Heidrun Hurst · Im Feuer des Lebens

Heidrun Hurst

Im Feuer des Lebens

Roman

Im Gedenken an meine Urgroßeltern
Jakob und Elisabeth Selzer

mediaKern

Bibliografische Information der Deutschen Nationalbibliothek
Die Deutsche Nationalbibliothek verzeichnet diese Publikation in der Deutschen Nationalbibliografie; detaillierte bibliografische Daten sind im Internet über http://www.dnb.de abrufbar.

ISBN 978-3-8429-2306-5
Bestell-Nr. 512 2306

Umschlagfotos:
Hintergrund: Ronald Hudson/Fotolia
Ornamente: Rockfeler/Fotolia
Knopf: donatas1205/Fotolia
Umschlaggestaltung: Ch. Karádi
Layout: J. Deusch
Gesamtherstellung: Drukarnia Dimograf, Bielsko-Biała, Polen
Printed in Germany 2014

www.media-kern.de

Was bisher geschah

Im Winter 1606 wird Jakob Selzer unter tragischen Umständen auf dem Erzkasten bei Freiburg geboren. Die Mutter überlebt die Geburt nicht, und so ist es die zweite Frau seines Vaters, die ihm und seiner Schwester Bärbel ein liebevolles Zuhause schenkt. Doch das Leben der Bergleute ist hart und entbehrungsreich, und auch der kleine Jakob lernt schon früh, was es bedeutet, dem Berg das Silber für die Stadt Freiburg abzuringen. Als die beiden Kinder neun und elf Jahre alt sind, verlieren sie im Abstand von wenigen Wochen beide Elternteile. Noch dazu zwingt sie das Schicksal, den Erzkasten zu verlassen. Vollkommen auf sich allein gestellt, nur mit der Heiratsurkunde ihres Vaters im Gepäck, machen sie sich auf die Suche nach ihren Verwandten, die im Rheintal leben müssen. Schließlich werden sie fündig und kommen in eine ganz andere Welt, als sie es bisher gewohnt waren. Die Menschen im Rheintal waren im Vergleich zu den Bergleuten das, was man als wohlhabend bezeichnen könnte. Als sie endlich auf dem Hof ihres Onkels ankommen, müssen sie jedoch entsetzt feststellen, dass sie auch dort nicht willkommen sind. Ihr Onkel entschließt sich, nur eines der Kinder zu behalten. Während Jakob bei ihm als Knecht anfangen kann, bringt die Bäuerin Bärbel nach Straßburg, wo sie eine Stelle als Küchenmädchen antreten muss.

Die Jahre vergehen und nur an Martini ist es Jakob erlaubt, seine Schwester zu besuchen. Er wird bei seinem Onkel nicht immer gerecht behandelt, seiner Schwester hingegen scheint es in Straßburg zu gefallen. Doch dann finden die beiden Geschwister ihre große Liebe und ihr Leben nimmt noch einmal eine dramatische Wendung.

Die hier zusammengefasste Vorgeschichte finden Sie ausführlich erzählt in Heidrun Hursts Roman »Die Kinder des Bergmanns« (mediaKern 2013).

I. Teil

Mai 1626

Auf in den Krieg

Wenn im März die Sonne damit beginnt, das Land in ihr warmes, goldenes Licht zu tauchen, erwacht die Natur zu neuem Leben. Kröten wandern zu ihren Laichgewässern, Zugvögel kehren aus fernen Ländern zurück, und die Buschwindröschen verwandeln den Waldboden in ein weißes Blütenmeer.

Nun war es Mitte Mai, der Wald roch nur noch schwach nach Bärlauch, dessen würziger Duft in den letzten Wochen durchdringend in der Luft gelegen hatte, und das Rheintal hatte sich in einen Rausch aus Farben, Formen und Fruchtbarkeit verwandelt, die Jakob in sich aufsog wie trockenes Moos den Morgentau. Er prägte sich alles ein, was sich schon so viele Male vor seinen Augen vollzogen hatte. Zumindest versuchte er es. Bis zu diesem Zeitpunkt war ihm dies noch nie wichtig erschienen, nun konnte es aber gut sein, dass dieses Wunder zum letzten Mal für ihn sichtbar wurde. Es war Zeit, Abschied zu nehmen und er wusste nicht, ob er jemals wieder zurückkehren würde.

Ein Geräusch ließ Jakob zur Seite blicken. Sein Hund Aaron, der eben noch einem Wasservogel hinterhergejagt war, kam japsend und mit hängender Zunge zu ihm zurück. Er war lange Jahre Kettenhund auf dem Bauernhof seines *Oheims* gewesen. Nun genoss er seine Freiheit in vollen Zügen und schien instinktiv zu wissen, dass er seit seiner Freilassung selbst für einen vollen Magen sorgen musste. Einer Verpflichtung, der er allzu gerne nachkam, auch wenn er dieses Mal keinen Erfolg gehabt hatte. Missmutig schüttelte Aaron sein zotteliges Fell, aus dem es Wassertropfen zusammen mit Blättern und kleinen, abgerissenen

Zweigen regnete. Dann seufzte er, ergab sich in sein Schicksal und reihte sich neben Jakob in den Marsch der Männer ein, der vom gleichförmigen Takt einer Trommel begleitet wurde.

Peter, der auf der anderen Seite neben Jakob marschierte, beäugte den Hund misstrauisch. Für seinen Geschmack war er viel zu groß. Noch dazu sah er nicht besonders vertrauenerweckend aus. Obwohl Peter selbst ein langer Kerl war, reichte der massige Körper des Tieres bis über sein Knie. Das struppige Fell, dessen Farben von einem hellen Braun bis zu düsterem Schwarz reichten, hatte etwas Räudiges, ja sogar Wölfisches an sich, das Peter einen leisen Schauder über den Rücken jagte. Eine lange, dunkle Nase und große Stehohren vervollständigten das Bild. Er mochte ihn nicht besonders, obwohl er seinem Herrn treu ergeben zu sein schien.

Der Hund schenkte ihm einen argwöhnischen Blick aus bernsteinfarbenen Augen, als ob er seine Gedanken erraten hätte, und Peter senkte irritiert den Kopf. Der Boden unter seinen Stiefeln war schlüpfrig und feucht. Er konzentrierte sich darauf, nicht in eines der sumpfigen Löcher zu geraten, die sich hin und wieder auf ihrem Weg befanden.

Sie folgten dem Flusslauf des Rheins, der sich immer wieder zu flachen Strömen und seeähnlichen Gebilden verzweigte, zwischen denen sich eine Fülle aus bewaldeten Inseln, sumpfigen Wiesen und Riedflächen befand. Weiden säumten vielerorts das Ufer und streckten ihre langen, schlangenförmigen Wurzeln dem feuchten Untergrund entgegen. Ein wahres Paradies für jemanden, der untertauchen wollte, doch ein Albtraum für denjenigen, der sich nicht darin auskannte. Doch sie hatten einen Führer dabei, der sie durch das Gewirr aus Wasserläufen, Bäumen, Sträuchern, Sumpf und Ried führte. Peter wischte sich den Schweiß von der Stirn. Dies war kein vergnüglicher Spaziergang und er beglückwünschte sich, dass es auf den Abend zuging. Die Schnaken und winzigen Kriebelmücken, die ihn seit einer Weile wie eine Wolke umkreisten, schienen es jedoch ebenfalls zu wissen. Jeden Abend machten sie ihm mit ihren stechenden Rüsseln das Leben schwer. Er wedelte hektisch mit der Hand, doch es dauerte nur wenige Sekunden, bis die widerlichen Viecher wieder an Ort und Stelle waren.

»Wie lange wird es dauern, bis wir den Musterplatz erreichen?«, fragte Jakob plötzlich. Noch waren sie keine richtigen Söldner. Sie waren Bewerbsmänner, die man angeworben und in Listen eingetragen hatte. Auf dem Musterplatz wurde ihre körperliche Tauglichkeit überprüft. Erst dann gehörten sie der kaiserlichen Soldateska an.

Peter schnaubte und reckte sein langes Kinn vor. »Kommt ganz darauf an, wohin uns der *Weibel* führt.«

Sie waren erst wenige Tage unterwegs, zu einem Ort, den nur der Feldweibel kannte, der das Kommando innehatte. Fünfhundert Mann, die alle dem gleichen Ziel folgten und in ihrem Unterbewusstsein den immerwährenden Takt der Trommel in sich aufnahmen, um im Gleichschritt über unwegsames Gelände zu marschieren. Einige Packpferde folgten ihnen, neben mehreren berittenen Söldnern, die dafür zu sorgen hatten, dass sie vollständig an Ort und Stelle eintrafen. Ganz gleich, wo dies sein mochte.

»Auf jeden Fall bringt er uns zu den Kaiserlichen. – Dort, wo wir am dringendsten gebraucht werden. – Nehme ich an«, fügte Peter hinzu.

Oberst Ossa, der sie angeworben hatte, verfügte über kein eigenes Regiment, das die Männer aufnehmen konnte, doch seine Treue galt dem katholischen Kaiser Ferdinand II.

Wie seltsam, dachte Jakob. Er war katholisch getauft und erzogen worden, dann hatte er viele Jahre bei den Lutheranern gelebt und musste sich wie einer von ihnen benehmen. Er war sogar konfirmiert worden. Und nun, nachdem er sich an diese andere Glaubensform gewöhnt hatte, sollte er plötzlich wieder katholisch sein?

Peter hatte indessen seine eigenen Sorgen. »Auf einem Schiff wäre die Reise schneller und bequemer gewesen.« Er verzog sein

Gesicht zu einer angestrengten Grimasse und sah dabei aus wie ein unglückliches Pferd. Sein sehnsuchtsvoller Blick fiel auf Jakobs bloße Füße. Dieser hatte seine Holzpantinen ausgezogen, weil sie sich nicht für lange Märsche eigneten und stapfte geradezu leichtfüßig über den schmatzenden Boden. Peters Stiefel hingegen saugten sich darin fest. Er hatte Mühe, sie aus der schweren Erde zu ziehen und gleichzeitig anzubehalten. Die Haut an seinen Fersen warf an einigen Stellen bereits Blasen, doch die Stiefel entsprachen der neuesten Mode und es kam nicht infrage, sie auf dem Rücken durch die Gegend zu schleppen.

Jakob sprang leichtfüßig über eine Pfütze hinweg – was Peters Qualen noch vergrößerte –, während sein Blick Aaron folgte, dem ein Schwan in die Quere gekommen war. Ein wildes Fauchen zischte aus dem aufgesperrten Schnabel des Tieres, und Aaron beschloss, dass es klüger war, sein Heil in der Flucht zu suchen. Ganze Scharen von Wasservögeln nisteten im Dickicht der Inseln. Der Schwan, der Aaron in die Flucht geschlagen hatte, bewachte ein beachtliches Nest aus Gräsern und Zweigen auf einer kleinen Erhebung aus Kies und Geröll mitten im Wasser. Seine Gefährtin hatte wie eine Königin darauf Platz genommen und brütete vermutlich ihre Eier aus.

Aaron hatte in der Zwischenzeit einen neuen Zeitvertreib gefunden. Er schreckte Reiherenten, Haubentaucher und Blesshühner aus dem Wasser, was einen allgemeinen Aufruhr verursachte, bis Jakob den Hund zurückpfiff.

Wie es Elisabeth jetzt wohl ging? Sacht glitten seine Finger über ihr Brusttuch an seinem Hals, das sie wie einen letzten Gruß um Aarons Nacken geknotet hatte. Es war sein kostbarster Besitz, ein unausgesprochenes Versprechen, dass sie auf ihn warten würde. – Ganz gleich, wie lange es dauerte, bis er zurückkam. Seine Gedanken waren fast ständig bei ihr. Würde sie zurechtkommen? Würde sie den Hof nach der Plünderung durch die Landsknechte retten können? Würde sie *wirklich* auf ihn warten? All dies waren Dinge, auf die er jetzt keinen Einfluss mehr hatte. Am liebsten wäre er zurückmarschiert, hätte sie an sich gerissen und wäre nie mehr fortgegangen. Doch das konnte er nicht tun, auch wenn er schier daran verzweifelte. Oberst Ossa, der so unverhofft bei seiner bevorstehenden Hinrichtung aufgetaucht war, hatte die Todesstrafe in einen zehnjährigen Dienst beim Heer umgewandelt. Falls er dieses Versprechen nicht einhielt, war er ein Deserteur, dem wiederum der Tod drohte, und man würde wissen, wo er zu finden war.

Dann war da noch Bärbel, seine Schwester. Jedes Jahr an Martini hatte er sie in Straßburg besucht, doch nun lag auch diese Stadt bereits einige Meilen hinter ihm. Was würde sie tun, wenn er dieses Jahr nicht kam? Würde sie nach ihm suchen? Und würde sie erfahren, was er getan hatte? Er schämte sich schrecklich bei dem Gedanken, sie wiederzusehen. Wie sollte er ihr erklären, dass er für den Tod ihres Oheims verantwortlich war? – Falls er sie überhaupt jemals wiedersah! Die Fragen begannen in seinem Kopf zu kreisen, machten ihn fast schwindelig vor lauter Grübelei. Doch es war zum Verzweifeln, er wälzte sie hin und her und fand trotzdem keine Antwort. Eine einfache Lösung war nicht sehr wahrscheinlich. Nur die Zeit konnte sie entschlüsseln.

In all die Verzweiflung, die in Jakob tobte, mischte sich aber auch ein anderes Gefühl, wie der unerwartete Ton in einem Lied. Seit Tagen rumorte es schon in seinem Innern. Er schämte sich dafür, als er es sich eingestand. Es knisterte in ihm wie ein frisch entzündetes Feuer. Und nicht nur in ihm, sondern auch in all den anderen, die sich zum Dienst verpflichtet hatten und nun vereint zum Musterplatz strebten. Es hatte sich ausgebreitet wie ein Fieber, das von einem Mann zum nächsten übersprang. Die Erwartung von etwas völlig Neuem. Die Verlockung des Abenteuers, das sie erwartete.

Die Sonne stand wie ein goldener Feuerball knapp über dem Horizont, als sie ihr Lager aufschlugen. Es war nicht viel, was für Bequemlichkeit gesorgt hätte. Zumindest besaß jeder eine Decke, um sich nachts auf einem behelfsmäßigen Bett aus Blättern und Zweigen darin einzuhüllen. Doch auch dies konnte nicht verhindern, dass die beständige Feuchtigkeit des Untergrunds in ihre Kleider drang und man morgens schlotternd und klamm erwachte, die Muskeln vor Kälte schmerzhaft verkrampft. Es kam schon fast einer Erlösung gleich, wenn sie weitermarschieren mussten, denn das beständige Laufen erwärmte ihren Körper und lockerte die Muskeln. Doch auch diese Freude nahm von Tag zu Tag mehr ab. Jakobs Muskeln waren von der harten bäuerlichen Arbeit der letzten Jahre gestählt, aber er war es nicht gewohnt, den ganzen Tag zu marschieren. Seine Fuß- und Kniegelenke begannen zu protestieren, sogar seine Hüften bereiteten ihm Schmerzen. Wenn er abends erschöpft am Feuer saß, waren seine Beine so schwer wie Blei und seine Fußsohlen übersät von winzigen Wunden, weil er keine Schuhe trug. Vor zwei Tagen war er in einen Dorn getreten, der eine eitrige Stelle hinterlassen hatte und nachts beunruhigend pochte.

Wenigstens sein Magen erfuhr eine gewisse Befriedigung. Jeden Tag zog eine Schar Männer aus, um die erforderlichen Nahrungsmittel der Truppe zu beschaffen. Nachdem die Feuer entzündet und aus dem, was die Packpferde mit sich trugen, eine provisorische Feldküche errichtet worden war, erschien Jakob das Lager fast so etwas wie ein gemütlicher Ort.

Auch an diesem Abend zog dunkler Rauch über die sumpfige Landschaft am Fluss. Goldene Funken stoben in den dämmrigen Himmel und von überallher war Gemurmel und Gelächter zu hören, während die Männer auf das Essen warteten. Um das Feuer, zu dem sich Peter und Jakob gesellt hatten, scharten sich nur wenige Männer. Noch immer begegnete man Jakob mit Misstrauen. Die Umstände seiner Rekrutierung hatten sich wie ein Lauffeuer verbreitet. Man hielt sich auf Abstand, denn schließlich war er ein begnadigter Mörder. Der Auswurf der Gesellschaft. Einer, der eigentlich an den Galgen gehörte, oder unter das Richtschwert. Trotzdem fand Jakob es auch ein klein wenig seltsam, dass man ihn so behandelte. Immerhin waren sie alle aus demselben Grund hier. Sie waren einem Ruf gefolgt, um in den Krieg zu ziehen. – Zwar würde dies mit dem Segen des Kaisers geschehen, aber auch sie würden zu Mördern werden.

Bei Balthasar, Zacharias und Heinrich, die sich mit ihnen um das Feuer scharten, schien der Argwohn allmählich nachzulassen. Alle drei waren sie einfache Knechte, deren Dienstherren nicht gerade zartfühlend mit ihnen umgegangen waren. Vielleicht war es das, was sie miteinander verband, denn auch Jakob hatte die Härte des Bauern zu spüren bekommen, selbst wenn dieser obendrein sein Oheim gewesen war. Sie wussten, was es bedeutete, hart zu arbeiten, kaum etwas zu verdienen und für jeden noch so kleinen Fehler großzügig bestraft zu werden. Kannten das Gefühl des Ausgeliefertseins in ein Schicksal, das sich nicht ändern ließ.

Peter, der sich eben seiner Stiefel entledigt hatte, seufzte erleichtert auf und streckte die bestrumpften Füße den wärmenden Flammen des Feuers entgegen. Er wackelte behaglich mit den Zehen und entblößte dabei ein großes Loch, das fast die gesamte Fußspitze freilegte. »Ah, tut das gut«, murmelte er zufrieden.

Auch er kannte den Geschmack der Armut und hoffte nun darauf, dem Schicksal ein Schnippchen zu schlagen. Dem zu entkommen, was ihm und seinen Kameraden von Geburt an auferlegt war. Der Krieg konnte das Mittel dazu sein. Des einen Glück und des anderen Leid. So war es schon von alters her gewesen. Er war der einzige, der seinen Dienst schon etwas früher angetreten hatte, und den Trupp nun begleitete.

Balthasar, der groß und grobschlächtig wie ein Ochse war, lächelte gutmütig und schlang die Arme um seine angewinkelten Beine. »Ich hab auch nichts dagegen, endlich mal wieder auszuruhen.« Sein leicht dümmlicher Blick schwenkte in Richtung der Feldküche. Die Sonne versank hinter ihr und tauchte sie, nebst dem emsig arbeitenden Koch mit seinen Gehilfen, in scharfe, dunkle Konturen vor einem rotgoldenen Hintergrund. »Hoffentlich gibt es bald was zu beißen. Ich hab fürchterlichen

Hunger.« Sein Magen knurrte zur Bestätigung so laut wie ein zorniger Wolf.

»Wann hast du das nicht?«, zog Heinrich ihn auf und blickte in das grobknochige Gesicht seines Gegenübers.

Balthasar zuckte ratlos mit den Schultern. »Ist eben viel, was ein Mensch von meinen Ausmaßen zu sich nehmen muss. – Mehr, als uns hier geboten wird.«

Trotzdem war es reichlich, was die Männer zu sich nehmen konnten. Die Schar, die für die erforderlichen Mengen an Nahrung verantwortlich war, schaffte immer genügend herbei. Jakob bezweifelte, dass sie etwas dafür bezahlten. Sein Magen begann sich bei dem Gedanken zu verknoten, wie viel Not und Elend sie auf ihrem Weg hinter sich ließen, und wenn man Peter glauben mochte, so waren sie nur ein kleiner Teil der Truppen, die durch das Land zogen.

»Was meint ihr, wohin die Reise gehen soll?«, fragte Zacharias neugierig. Er war ein junger Bursche, kaum den Kinderschuhen entwachsen und voller Tatendrang.

»Wahrscheinlich nach Norden«, warf Peter ein. »Dort tobt der Krieg am heftigsten. Nach allem, was ich hörte, ist der dänische König Christian letztes Jahr in Kurland und Preußen eingefallen. Er steht auf der Seite der Reformierten, und der Kaiser braucht Männer, um seine Truppen zu verstärken.«

Balthasar, Zacharias und Heinrich starrten ihn verwundert an. Jakob schmunzelte. Im Gegensatz zu ihnen kannte er Peters Gedankengänge schon etwas besser. Peter war lang und hager. Seine Gelenke hingegen so grob, dass sie wie die knorrigen Verdickungen mancher Äste aussahen und ihm das Aussehen einer harmlosen Marionette gaben, der man die Fäden abgeschnitten hatte. Doch er war zäh, besaß die Neugier eines Waschweibes und seine nicht unbeträchtliche Klugheit ließ ihn die richtigen Schlüsse ziehen.

»Und woher weißt du das?«, fragte Heinrich. Er war etwas älter als Zacharias und von normaler Statur. Seinem gewöhnlichen

Gesicht haftete durch zu groß geratene, abstehende Ohren ein neckisches Aussehen an.

»Nun, ich höre zu, wenn andere reden«, erwiderte Peter gelassen. Ein leichter Ton der Genugtuung schwang in seiner Stimme. »Im Übrigen frage ich nach, sobald sich eine Gelegenheit dazu bietet, und wenn man anschließend eins und eins zusammenzählt …«

Balthasar grinste in seiner gutmütigen Art, die ihn selbst im Gesicht wie einen trägen Ochsen erscheinen ließ. »So, so. Reden und denken kann er, der Herr.«

Heinrichs Mund verzog sich zu einem Strich. »Wir werden ja sehen, ob du recht hast oder nicht.«

Peter hatte recht. Plötzlich ging alles sehr schnell. Ein reitender Bote erreichte sie zwei Tage später, mit dreckigen Stiefeln, einer schlammbespritzten Schlumperhose und schweißdurchtränkten Hemdsärmeln, die aus dem ledernen Wams ragten. Die Beine des Pferdes zitterten, als er es zum Stehen brachte. Es schüttelte energisch den Kopf und versprühte dabei dicke Schaumflocken aus seinem Maul. Die Unterredung mit dem Weibel war kurz, hatte aber eine Erhöhung des Trommeltaktes zur Folge, der ihre Schritte über die Rheinauen peitschte. In der Nähe von Karlsruhe erwarteten sie mehrere Flöße, auf denen man geräumige Hütten errichtet und den Boden mit Stroh aufgeschüttet hatte. Sie würden sowohl den Männern als auch den Floßmeistern und ihren Knechten als Schlafplatz dienen. Die Flößer hatten Proviant für mehrere Tage geladen, sodass sie selbst nachts nicht anhalten mussten. Jakob reckte seinen Hals, um bei ihrer Fahrt einen Blick auf Karlsruhe zu erhaschen, doch er bekam die Stadt nicht zu Gesicht. Sie lag zu weit vom Fluss entfernt, einige Meilen sogar, wie man ihm versicherte. Die Flößer stellten ihr ganzes Können unter Beweis, um sie sicher durch die mäanderförmigen Schlingen des Rheins zu geleiten. Unter der Besatzung herrschte eine strenge Hierarchie, die sich in einen Floßmeister neben seinen Meister-

und Ankerknechten gliederte. Nachdem Jakob sich an das tief im Wasser liegende Gefährt und das Ächzen und Stöhnen des Holzes gewöhnt hatte, fand er es gar nicht so schlimm, einige Zeit darauf zu wohnen. Es gab nichts, das man hätte tun können. So ließ er sich die meiste Zeit treiben und betrachtete schläfrig die Landschaft, die zu beiden Seiten des Ufers an ihnen vorbeizog. Sie fuhren bis nach Mainz, wo eine große Brücke den Rhein überspannte und das gewaltige Gebäude des Doms hoch über den Häusern aufragte.

Dort gingen die Flöße vor Anker, was sich als eine knifflige Sache erwies und Jakob gleichzeitig darüber aufklärte, warum sie unterwegs nicht angehalten hatten. Trotz mehrerer Anker, die sich in den Grund des Flusses senkten, riss die Strömung sie noch ein gutes Stück über das Wasser, bevor sich die Vorderteile der Flöße mit einem hässlich knirschenden Geräusch in den Ufersand bohrten. Die Wucht, mit der dies geschah, holte die Männer von den Beinen. Auf einem der Flöße rissen dabei mehrere *Wieden* entzwei, mit denen die Baumstämme zu einem festen Gefüge verbunden waren. Die Stämme verschoben sich und zerquetschten einem der Landsknechte den Fuß, sodass man ihn wohl oder übel zurücklassen musste.

Auf dem Main stiegen sie in Schiffe um, die von *Treidelpferden* gezogen wurden, da sie sich nun gegen die Strömung bewegten. Auf diese Weise gelangten sie bis nach Hanau, wo ihre bequeme Schiffsreise ein Ende fand. Dieses Mal hieß es zu Fuß weitergehen und der Weibel trieb sie unaufhörlich weiter.

Einsame Erinnerungen

Elisabeth schlenderte in den Garten, der sich hinter dem Stall befand. Sie wollte allein sein. Allein mit sich, ihren Gedanken und Erinnerungen. Alles erinnerte sie hier an ihren Vater. Wies wie ein Fingerzeig auf ihn hin. Die Wiese mit den Obstbäumen.

Die sorgsam angelegten Beete des Krautgartens, die ein schützender Flechtzaun umgab. Die großblättrige Weinrebe, deren Ranken sich über die gesamte südliche Stallwand ausgebreitet hatten. All das hatte er geliebt. Seufzend nahm sie ihre Haube vom Kopf und löste mit den Fingern ihre miteinander verflochtenen, weizenblonden Haare. Tränen traten in ihre Augen. Sie rollten wie gläserne Perlen an ihren Wangen hinab, als sie daran dachte, was heute geschehen war. Sie hatten Vater zu Grabe getragen. Er hatte die Ereignisse der letzten Tage nicht verkraftet. Ihr Blick glitt hinüber zum Galgenfeld, das von hier aus gut zu sehen war. Der Galgen stand immer noch dort, als ob er hartnäckig darauf wartete, endlich benutzt zu werden. Jedes Mal, wenn sie ihn sah, war sie dankbar für das Wunder, das Jakob vor dieser Todesart gerettet hatte. Doch verloren hatte sie ihn trotzdem. Seine Strafe war in einen Heeresdienst umgewandelt worden. Wie lange, konnte ihr niemand sagen. – Je länger sie darüber nachdachte, desto mehr kam es ihr wie ein Aufschub vor, der seinen Tod um ein paar Wochen, vielleicht Monate hinauszögerte. Jedenfalls gab es keine Garantie dafür, dass sie ihn jemals wiedersehen würde, geschweige denn ihn heiraten konnte. Das hatte auch ihr Vater gewusst – und nicht nur das. Auf eine gewisse Weise war sie nun entehrt, weil sie sich mit einem Mörder eingelassen hatte. Kein Mann, der etwas auf sich hielt, würde sie noch heiraten wollen. Selbst wenn Jakob nicht mehr zurückkam. Demzufolge würde sie vermutlich als alte Jungfer sterben, was mit großer Wahrscheinlichkeit den Verfall des Hofes mit sich brachte, denn eine Frau allein konnte ihn nicht halten. Sie hatte Vater die Verzweiflung darüber angesehen, auch wenn er nicht mehr in der Lage gewesen war, zu sprechen. Hinzu kamen ihre überstürzte Flucht vor den Landsknechten der kaiserlichen Armee und die Plünderung des Hofes.

Nachdem die Landsknechte das Dorf verlassen hatten, war sie auf den elterlichen Hof zurückgekehrt und erleichtert darüber gewesen, dass den beiden alten Leuten nichts geschehen war.

Doch das Vieh war fort und mit ihm alles von Wert: ein Großteil ihrer Vorräte, außer dem halb vollen Mehlsack, mit dem sie sich auf eine der Rheininseln gerettet hatte, und etwas Spinnhanf. Auch etwas Geld hatten sie retten können. Zum Glück hatten sie wenigstens den Hof nicht angezündet und die Gebäude nicht auseinandergenommen. Die Aussaat des Sommergetreides war vor dem Einmarsch der Truppe beendet worden und im Krautgarten reifte das Gemüse heran. Doch es würde noch einige Zeit dauern, bis sie ernten konnten. Sie würden den Gürtel ein ganzes Stück enger schnallen müssen. Außerdem hatten sie keine Milch und kein Fleisch mehr. Selbst Lukas, ihren hellbraunen Wallach, hatten die Landsknechte mitgenommen. Wie sollten sie die Ernte nach Hause bringen ohne ihn? An das Bearbeiten der Felder mochte sie gar nicht denken. Sie würde sich selbst vor den Pflug spannen müssen, wenn sie bis dahin kein geeignetes Tier auftreiben konnte. Mutlos schob sie diesen Gedanken beiseite und tröstete sich damit, dass ihr zu gegebener Zeit schon etwas einfallen würde. Stattdessen konzentrierte sie sich wieder auf ihren Vater. Sie wollte ihn noch nicht fortgehen lassen. Sie würde ihn noch ein Weilchen festhalten – wenigstens in ihren Gedanken.

Ihre Schritte hielten auf eine einfach gezimmerte Bank zu, die ihr Vater vor langer Zeit unter die Krone eines Apfelbaums gestellt hatte. Im Sommer hatten sie oft hier gesessen. Abends, wenn die Arbeit getan war und ihr Blick ohne Eile über den Garten, die Wiesen, Bäume und Felder schweifen konnte, bis hin zum Schwarzwald, der grün und kühl auf sie herabblickte.

Elisabeth ließ ihre Hand über das verblichene Holz gleiten. Strich mit den Fingern an der ausgelaugten Oberfläche entlang, über die Kante eines Astlochs, das sich schon solange sie denken konnte, an dieser Stelle befunden hatte. Ein paar Mal war ihre Mutter bei ihnen gesessen, doch die meiste Zeit hatten sie allein hier draußen verbracht. Ein unausgesprochenes Einverständnis, das zwischen ihnen geherrscht hatte, um Dinge anzusprechen, die man besser zu zweit besprach.

Eines Abends hatte er über den Tod gesprochen. Sie sah ihren Vater noch vor sich, als sie ihn überrascht von der Seite gemustert hatte, denn für sie war dies kein Thema, mit dem sie mehr als nötig konfrontiert werden wollte. Sein schmales Profil zeichnete sich so scharf wie ein Scherenschnitt vor ihrer Nase ab. Wie üblich saß er kerzengerade und mit gestrafften Schultern auf der Bank, das gesunde Knie gebeugt, während er sein rechtes Bein lang und steif von sich streckte. Doch sein Haar war das eines alten Mannes: weiß und ohne eine Spur seiner ursprünglichen Farbe. Die abendliche Sonne ließ helle Stoppeln auf seinem faltendurchfurchten Gesicht aufblitzen, die wie sprießendes Gras durch die Oberfläche der Haut drangen. Und sie begriff, dass man sich in diesem Lebensabschnitt intensiver mit jenem Thema beschäftigte, als man es in jungen Jahren tat. Einfach weil es unausweichlich war und man sowieso schon von Glück sprechen konnte, dass man noch immer im Diesseits lebte. Das fand *sie* jedenfalls, doch ihr Vater schien anderer Meinung zu sein.

»Fürchtest du dich nicht vor dem Tod?«, hatte sie ihn gefragt und dabei selbst einen harten Knoten in ihrem Leib gespürt.

Vater hatte sich lächelnd zu ihr umgedreht. Seine Augen ruhten schelmisch auf ihrem Gesicht. »Nein.« Dann hatte er seinen Blick auf die Landschaft gerichtet und über etwas gesprochen, was er nicht sehen konnte, von dem er aber fest überzeugt zu sein schien. »Ich habe eine Hoffnung, weißt du«, fuhr er fort. »Eine Hoffnung auf eine bessere Welt, in die ich gehen werde. Eine Welt, in der keiner mehr weinen muss – außer vor Freude.«

Sie wusste, wovon er sprach. Der Pfarrer predigte es bei jedem Begräbnis. Es war die Ansicht der Heiligen Schrift. »Was macht dich so sicher, dass es dort wirklich so ist?«, hatte sie ihn gefragt. *Sie* war alles andere als überzeugt davon.

Vater hatte noch eine Weile nachgedacht und dann mit den Schultern gezuckt. »Ich weiß es eben«, hatte er geantwortet.

Nun war er also dort, und sie hoffte, dass er sich nicht getäuscht hatte. Trotzdem fühlte sie sich schuldig. Auch sie war eine Hoffnung gewesen und sie hatte ihn auf jeden Fall bitterlich enttäuscht. Natürlich wusste sie, dass er eines Tages sterben musste, doch sein Tod hätte friedlicher sein können, verbunden mit der Gewissheit, Weib und Tochter in guten Händen zu wissen. Zu ihrer eigenen Schande war es ganz anders gekommen, auch wenn sie nicht für alles etwas konnte. Wasser strömte ihr in die Augen und verband sich mit dem Rinnsal ihrer Tränen zu einem reißenden Strom.

»Mutter, sieh mal, was ich mitgebracht habe.« Elisabeth trieb zwei verfilzt aussehende Schafe und eine magere Ziege über die Bachbrücke auf den Hof, einer rechteckigen Einfriedung, die L-förmig von Haus, Scheuer und Stall umgeben war. Das kleine Fachwerkhaus stand wie fast alle Häuser mit der Giebelseite zum Bach, der sich in der Form eines überdimensionalen Hufeisens durch das gesamte Dorf zog.

Elisabeth war schon in der Frühe aufgebrochen, um die Viehhändler abzufangen, die Schlachtvieh nach Straßburg trieben, um es dort zu verkaufen. Eigentlich hatte sie eine Kuh kaufen wollen, doch der Preis für diese Tiere war infolge der Plünderungen derart in die Höhe geschossen, dass sie es sich nicht leisten konnte. – Und das, obwohl sie um einiges billiger waren als in Straßburg selbst, da die Händler den Zoll noch nicht entrichtet hatten. Sie hatte den Preis zu drücken versucht, hatte verhandelt, beschwatzt und gebettelt. Doch es nützte nichts. Am Ende hatte sie sich mit den drei Tieren begnügen müssen, die das Uferstück zwischen Haus und Bach bereits erobert hatten, um dort dem Genuss von frischem Gras zu frönen.

Christine Strickler stellte den schweren Kübel so heftig in den Schotter des Hofes, dass das Wasser darin überschwappte. Ihre immer noch klaren, blauen Augen verengten sich zu kritischen Schlitzen. »Sind wir schon so weit gesunken, dass wir leben müssen wie die *Schirmer*, die sich nur Schafe und Ziegen leisten können?« Die tiefe Stimme der alten Frau klang anklagend.

Elisabeth schluckte die harte Erwiderung hinunter, die ihr auf der Zunge lag. Zugegeben, die Tiere sahen nicht sehr gepflegt aus. Die Schafe waren nicht geschoren und ihre Wolle befand sich in einem miserablen Zustand. Ihr letzter Besitzer schien sich keine Mühe mit ihnen gegeben zu haben. Vielleicht weil der Schlachter sie ohnehin getötet hätte? Doch dadurch waren sie bezahlbar gewesen und mit etwas Pflege würde sie die Tiere schon wieder hinbekommen.

»Wir werden sie behalten«, erwiderte Elisabeth. »Sie sind robust und genügsam, und selbst im Winter kann man sie zur Futtersuche nach draußen treiben.«

»Aber sie geben keine Milch«, entgegnete ihre Mutter barsch.

Elisabeth schnaubte durch die Nase und zog die Ziege von den jungen Trieben eines Schneeballstrauches weg, der ebenfalls am Bachufer stand. »Diese hier schon. Sie hat erst vor kurzem geworfen.« Elisabeth schluckte. Sie dachte an die großen, unschuldigen Augen des Zickleins, das sie laut klagend zurücklassen musste. Wahrscheinlich war es in der Zwischenzeit dem Metzgerbeil zum Opfer gefallen. »Die Schafe kann ich scheren und nächstes Jahr werden wir ihre Wolle verkaufen.« Die Wolle von diesem Jahr sah nicht danach aus, als ob sie dafür infrage käme. »Vielleicht kann ich ja auch einen Bock auftreiben, der ihnen Junge beschert.« Sie ging auf die alte Frau zu und legte begütigend den Arm um sie. »Es ist zumindest ein Anfang. Findest du nicht?«

»Wenn du meinst«, entgegnete Christine Strickler nüchtern. Auf ihrem Gesicht zeigte sich nicht die Spur eines Lächelns.

Elisabeth seufzte. »Ich kümmere mich um die Tiere.« Erleichtert, sich entfernen zu können, trieb sie das Ergebnis ihrer Verhandlungen in den Stall. Nachdem sie die Tür verschlossen hatte, lehnte sie sich für einen Augenblick gegen das kühle Holz der Wand und stieß entmutigt die Luft aus ihren Lungen, während die Tiere eifrig ihr neues Refugium beschnüffelten. Was sollte sie nur tun? Es war nicht leicht, mit ihrer Mutter auf dem Hof zu leben. Sie war schon immer ein eher nüchterner Mensch gewesen, doch seit Vaters Tod war sie so freudlos und nörgelig, dass man es kaum an ihrer Seite aushielt. Am schlimmsten waren ihre Augen. Dieser Blick der stummen Anklage über die Umstände ihres Lebens, auch wenn sie ihn oft zu verbergen versuchte. Was hätte sie darum gegeben, damit ihre Mutter wieder fröhlicher oder wenigstens zufrieden sein konnte. Doch sie konnte das Geschehene nicht mehr rückgängig machen. Plötzlich fühlte sie sich schuldig. Die Last, für das Unglück ihrer Eltern verantwortlich zu sein, drückte schwer wie ein Joch auf ihre Schultern. War es ihr eigener Egoismus gewesen? Der Wunsch, ein bisschen Glück ihr eigenes zu nennen, der sie alle ins Verderben gestürzt hatte? Was wäre geschehen, wenn sie Andreas' Antrag angenommen hätte? Elisabeth schnaubte. Sie fröstelte, als sich die feinen Härchen ihrer Unterarme aufstellten. Unbewusst rieb sie darüber. Wenn sie Andreas' Werben nachgegeben hätte, wäre sie nun mit einem Mann verheiratet, den sie nicht einmal mochte! Sie ekelte sich bei dem Gedanken, ihm zu Willen sein zu müssen. Auf das Erscheinen der Landsknechte hätte es ohnehin keinen Einfluss gehabt, und wahrscheinlich würde ihre Mutter den Hof nun allein bewirtschaften müssen, da ihre Tochter bei den Selzers wohnen würde. – Aber der Mord an Kaspar Selzer wäre niemals geschehen und Jakob hätte nicht in den Krieg ziehen müssen. »Ach Jakob«, murmelte sie traurig, »wenn du nur hier sein könntest.« Ihr Herz zog sich vor Sehnsucht zusammen. Wie von Geisterhand tauchte der Schemen seines Gesichts vor ihr auf. Seine tiefdunklen Augen blinzelten ihr zu. Sie streckte die Hand aus, um ihre Finger über seine hohen Wangenknochen gleiten zu lassen, sah das freundliche Lächeln seines Mundes, sogar die schmale silbrige Narbe auf seiner Stirn. – Doch sie griff ins Leere und Jakobs Gesicht verpuffte wie die Luft zwischen ihren Fingern. Entmutigt ließ sie den Kopf hängen. Sie war so entsetzlich allein auf dieser Welt, dass es schmerzte. Die Nase der Ziege stupste sie schließlich an und riss sie aus ihren Gedanken. Die geschlitzten Pupillen des Tieres betrachteten sie ernst, als ob es sich Gedanken um ihren Gemütszustand machen würde. Elisabeth lächelte und strich der Ziege über den gescheckten Kopf. »Wenigstens eine, die sich Sorgen um mich macht«, flüsterte sie. Dann straffte sie ihren Rücken. Es half niemandem, wenn sie sich entmutigenden Gedanken hingab. Sie würde noch eine ganze Weile stark sein müssen, denn noch war sie nicht bereit dazu, aufzugeben.

Juli 1626

Lagerleben

Es war Anfang Juli, als die Männer endlich in Aschersleben ankamen, abgerissen und dürr und mit dem drängenden Wunsch nach einem stillen, schattigen Plätzchen, um sich auszuruhen.

Die Stadt lag in einer schmalen Flussniederung am Fuß des Harzes und war von einer stabilen Mauer umgeben. Dies schien ihr in diesem Fall nichts zu nützen, denn das hügelige Ackerland, das sie umgab, war bevölkert von einem alles verschlingenden Moloch aus Zelten, Wagen, Tieren und Menschen. Dort, wo sich einmal Felder und Wiesen befunden hatten, sah man nichts als aufgewühlte, zertrampelte Erde zwischen Bergen von Unrat und tiefen Fahrrinnen, die sich wie Schlangen durch das Lager zogen.

»Willkommen im Heer Wallensteins«, rief der Weibel fröhlich und grinste beim Anblick der entsetzten Gesichter, die auf das Bild der Verwüstung vor ihren Augen starrten.

Der Gestank des Lagers trieb ihnen die reine Luft der Berge aus den Lungen. Nur Aaron schien den üblen Gerüchen etwas abgewinnen zu können. Er senkte seine lange Nase zu Boden, schnüffelte interessiert und steckte sein Maul in den Schmutz, um nach Essbarem zu suchen.

Inmitten der über die Fläche verstreuten Zelte und Wagen sah

Jakob, dass die Landsknechte auch hier keineswegs die einzigen waren, die sie bewohnten. Ein gewaltiger Tross aus Weibern, Kindern und sogar Krüppeln schloss sich ihnen an. Seine Hoffnung auf ein anständiges Essen schwand dahin, als er in die ausgemergelten Gesichter um ihn herum blickte. Der Vorrat an Nahrung schien aufgebraucht zu sein, was auch kein Wunder war. Eine solch gewaltige Menge an Menschen konnte auch die größte Stadt nicht über längere Zeit ernähren, und der Zustand des Lagers ließ darauf schließen, dass sie schon eine ganze Weile hier sein mussten.

Nach einer längeren Unterredung mit einem der Offiziere führte der Weibel sie auf den Musterplatz. Er lag direkt vor den dicken Stadtmauern, die man mit einem steinernen Band aus hübschen Rundbögen verziert hatte, und einem fürchterlich stinkenden Graben. Der Platz selbst war ein zertrampeltes Oval, das von den Wagen der Marketender gesäumt wurde, die Waffen, Rüstungen, Kleidung und andere seltsame Dinge verkauften. Er erinnerte Jakob eher an einen Marktflecken, als an den höchst würdevollen Standpunkt eines Exerzierplatzes. Doch die Ankunft im Lager hatte ihm bereits vor Augen geführt, dass seine Vorstellungen wohl nicht ganz der Realität entsprachen.

Die Musterung begann kurze Zeit später. Man teilte die Bewerbsmänner in zwei Reihen ein und hieß sie, sich hintereinander aufzustellen. Peter, der in der Zwischenzeit festgestellt hatte, dass Aaron wohl doch kein Untier zu sein schien, nahm den Hund unter seine Fittiche. Zusammen mit ein paar Söldnern, die den Trupp ebenfalls begleitet hatten, lehnte er sich an einen Marketenderwagen, um dabei zuzusehen, wie aus den Frischlingen echte Landsknechte wurden. Die eben errichteten Durchgänge aus zwei Hellebarden und einer darüber liegenden Pike standen bereit.

An diesem Punkt wurde die Musterung jäh unterbrochen, bevor sie noch richtig begonnen hatte. Ein stolzer Mann betrat den Platz. Er hielt sich kerzengerade und die Haltung seines Kopfes ließ darauf schließen, dass er es gewohnt war, Befehle zu erteilen. Seine Kleidung war dunkel und schlicht. Nur ein einfacher weißer Kragen hob sich von dem düsteren Schwarz seines Wamses ab.

Der für die Musterung zuständige Offizier nahm mit seinen Männern schleunigst Haltung an.

Jakob betrachtete die aufrechte Gestalt, bei der es sich offensichtlich um eine Respektsperson handelte, ohne seine Neugier allzu offen zur Schau zu stellen. Es konnte sich nur um Wallenstein, den großen Heerführer handeln, der mit hocherhobenem Kinn die Reihen der Männer abschritt, um sie eigenhändig in Augenschein zu nehmen. Jakob hatte ihn schon einmal auf einer Flugschrift gesehen. Die Zeichnung, die er in Erinnerung hatte, glich dem Original in verblüffender Weise. Das schmale Gesicht mit der hohen Stirn, die messerscharf geschnittene Nase über einem modisch geformten Knebelbart. Der strenge Gesichtsausdruck. All dies hatte der Zeichner hervorragend festgehalten, wie er nun anerkennend feststellen musste. Doch nun trat der Feldherr auf ihn zu, sah ihm höchstpersönlich in die Augen und flößte ihm gehörigen Respekt ein. Jakob erstarrte, tat es aber den anderen gleich und hielt sich so gerade wie ein Stecken.

»Er soll fortfahren«, befahl Albrecht von Wallenstein dem Offizier.

Die Spannung löste sich augenblicklich und die Bewerbsmänner wurden angewiesen, der Reihe nach den Durchgang aus Hellebarden und Pike zu durchschreiten, um festzustellen, ob sie groß genug für den Krieg waren.

Der große Feldherr übernahm schließlich selbst die Überprüfung ihrer körperlichen Verfassung. Jakob beobachtete fasziniert jede seiner eleganten Bewegungen und bewunderte die Art und Weise, wie er den Kopf ein wenig schief legte, um nachzudenken. Wallenstein sah angespannt aus, doch seine Worte waren nicht unfreundlich, als er ihn musterte.

»Ein wenig Speck auf den Rippen würd' Ihm nicht schaden«, sagte er.

Jakob nickte. Sein Magen knurrte in diesem Moment so vernehmlich, als ob er diese Tatsache bestätigen müsste.

Direkt nach der Musterung zahlte ihnen der Pfennigmeister den Sold in Form von 6 Gulden und 40 Kreuzern aus. Eine enorme Summe, die Jakob ungläubig in den Händen hielt. Noch nie in seinem Leben hatte er so viel Geld auf einmal besessen! Und nun sollte ihm dieser Segen jeden Monat zuteilwerden. Außerdem würde jeder Landsknecht zwei Essen am Tag erhalten, die aus mindestens einem Pfund Fleisch, zwei Pfund Brot und einem Maß Wein oder zwei Maß Bier bestanden. Die Glückseligkeit, die Jakob bei diesen Versprechungen durchflutete, wurde jäh gedämpft, als der Offizier den Männern zu verstehen gab, dass dies im Moment nicht möglich sei. Das Heer stand schon zu lange in Aschersleben und die Gegend war so ausgeblutet wie ein Huhn, dem man den Kopf abgeschlagen hatte. Doch das würde sich bald ändern, fügte er mit geheimniskrämerischer Miene hinzu.

Nach der Besoldung wurden die frischgebackenen Landsknechte, darunter auch Jakob und seine Gefährten, einem Fähnlein zugewiesen, das aus der üblichen Verteilung an kampferprobten Söldnern – die doppelten Sold erhielten – und Frischlingen bestand, sodass es am Ende über dreihundert Männer verfügte. Hauptmann von Ovelacker, ein Mann in mittleren Jahren, mit einem Schmerbauch, geckenhafter Kleidung und Stulpenstiefeln, die ihm bis zu den Oberschenkeln reichten, wurde zum Anführer von Jakobs Fähnlein ernannt. Seine erste Amtshandlung bestand darin, einen kräftigen Söldner, der schon längere Zeit im Heer diente und die meisten um mehr als einen Kopf überragte, zu ihrem Fähnrich zu bestimmen. Stolz umfasste der Mann die lange Stange, deren oberes Ende das Bildnis eines schwarzen Doppeladlers auf schwarz-gelbem Hintergrund zierte. Und während das schwere seidene Tuch im Wind wehte, schwor er, die Fahne unter dem Einsatz seines Lebens zu verteidigen.

»Ihr anderen Kriegsleute«, rief Ovelacker und seine tragende Stimme ließ es an einer gewissen Dramatik nicht fehlen, »sollt der Fahne in der Schlacht folgen, solange sie fliegt und noch ein Stück von ihr an der Stange hängt. Seid ihr dazu bereit?« Prüfend sah er sich um. Musterte jedes Gesicht, ob sich das »Ja« ihres Mundes in den Zügen fortsetzte. »So hört nun die Feldordnung.«

Er verlas den Artikelbrief, der sie über die Rechte und Pflichten eines Söldners aufklärte. Danach schworen sie in Anwesenheit eines Schultheißen ihren Eid auf den Kaiser und bezeugten, sich gemäß der verlesenen Statuten an die festgelegte Ordnung zu halten. Mit diesem Versprechen legten sie ihr Leben in die Hand des obersten Kriegsherrn: Kaiser Ferdinand II, Herrscher über das Heilige Römische Reich Deutscher Nation und seines Feldherrn Wallenstein. Während der ganzen Prozedur sengte sich der brennende Schmerz des Hungers in Jakobs Magenwände und sein Körper sehnte sich nach Ruhe und einem gemütlichen Plätzchen, auf das man sich legen konnte.

Nach dem Ende der Zeremonie wankte Jakob mit Aaron und Peter in das stinkende Lager zurück, bereit um sich in die nächstbeste freie Ecke zu begeben und seine Decke über den Kopf zu ziehen. Er beachtete weder die Huren, die ihre Reize zur Schau stellten, um ihnen den frischen Sold aus der Tasche zu ziehen, noch hörte er Peters aufgeregtem Redeschwall richtig zu.

»Ich werde es bis zum Fähnrich bringen, Jakob. Du wirst schon sehen!«, prahlte er. »Hast du gehört, wie viel Sold der Fähnrich erhält?« Er blickte erwartungsvoll zu Jakob hinüber, doch dieser brummte nur zur Antwort, während ihn der Hund mit seinen gelben Augen interessiert musterte. Doch Peter ließ sich nicht entmutigen. »Fünfzig Gulden! Diese Summe muss man sich einmal auf der Zunge zergehen lassen. Fünfzig Gulden!«, wiederholte er noch einmal genüsslich. »Ich wäre ein reicher Mann!« An diesem Punkt jauchzte er, was Jakob ein wenig aus seiner Trägheit riss und Aaron zu einem verblüfften Bellen veranlasste. »Doch dieses Geld ist hart verdient«, fuhr Peter fort. »Habe ich dir schon von dem Fähnrich erzählt, dem sie beide Hände abgehackt haben und er sich dennoch tapfer in die Fahne gewickelt und sie mit den Zähnen festgehalten hat, bevor er verblutete? Und das alles nur, damit sie dem Feind nicht in die Hände fällt …« Peter redete und redete, bis sie schließlich ein freies Plätzchen gefunden hatten, und während Jakob seinen Hunger ignorierte und sich auf der Stelle hinlegte, um endlich schlafen zu können, zog Peter noch einmal von dannen, auf der Suche nach interessanten Neuigkeiten. Die Sonne färbte den Himmel in ein purpurnes Glühen, als Jakob, den Kopf auf Aarons warmen, pelzigen Körper gebettet, bereits tief und fest schlief.

Der nächste Morgen brachte ihnen eine dünne Milchsuppe ein, die nicht das Geringste mit den Schlemmereien zu tun hatte, die bei ihrer Vereidigung zur Sprache gekommen waren. Das gesamte Lager schien nichts Besseres zu essen zu haben, und unter den Menschen herrschte eine höchst angespannte Stimmung. Sie saßen bei Vincent, einem der Söldner, der sie an sein Feuer eingeladen hatte. Seine Söhne, zwei dreckige kleine Jungen von etwa vier und sechs Jahren beäugten Aaron mit einer Mischung aus Neugierde und Argwohn. Dieser blinzelte sie aus trägen Augen an, legte ungerührt seinen Kopf auf die Pfoten und döste vor sich hin. Vincent hatte noch eine Tochter. Sie war erst wenige Wochen alt und schlief in einem Weidenkorb friedlich in der Nähe seines Weibes. Die ausgemergelte Frau warf dem Ochsen, der ihnen als Zugtier diente, gerade eine kärgliche Ration unschön zertrampeltes Gras hin. Weit und breit schien es keinen einzigen Halm mehr zu geben, der noch aufrecht stand. Außer dem Wagen, vor den der Ochse gespannt werden konnte, bestand ihr Hausstand aus einem schmutzig weißen Leinenzelt, einer Kiste mit Viktualien, Töpfen, Pfannen, Schüsseln, einem recht kärglichen Holzvorrat und fauligem Stroh. Geradeeben so viel, wie man zum Reisen benötigte. Sie waren so arm, wie es Jakob aus seiner Kindheit auf dem Erzkasten kannte. Balthasar, Zacharias, Heinrich und Peter schien dies nicht zu ernüchtern. Sie sogen jede Kleinigkeit begeistert in sich auf. Heinrichs abstehende Ohren glühten vor lauter Neugierde in einem flammenden Rot.

Peter, der in der Zwischenzeit eine Menge an Neuigkeiten gesammelt hatte, hörte für einen Moment auf, seine Suppe zu schlürfen. »Wie ich hörte, will sich Wallenstein mit Tilly vereinigen, um mit geballter Kraft gegen den Dänenkönig zu ziehen.«

»Das sagt man«, erwiderte Vincent mit einer Stimme, die nicht frei von Verdruss war. »Aber wenn es tatsächlich so ist, warten wir schon viel zu lange auf Tilly. Der Kerl kommt einfach nicht. Man könnte meinen, der große Feldherr hat es sich anders überlegt.«

Johann t'Serclaes von Tilly war in der Tat ein großer Mann, auch wenn Vincents Rede einen spöttischen Beigeschmack hatte. Als Heerführer der katholischen Liga kämpfte er wie Wallenstein für die Sache des Kaisers, doch man munkelte, dass er und Wallenstein nicht die besten Freunde waren.

»Wallenstein sollte nicht seine Zeit damit vergeuden, auf ihn zu warten«, fuhr Vincent fort. »Es ist fast nichts mehr da, was wir beißen könnten, und wir sind nicht hierhergekommen, um zu hungern.« Sein Blick schweifte zur Stadt hinüber, über der sich majestätisch ein weißer Bergrücken erhob. »Selbst die dort drüben haben nichts mehr zu fressen.«

»Wallenstein wird schon wissen, was er tut.« Peter starrte in seine fast geleerte Schüssel, als ob er auf ihrem Boden eine Bestätigung seiner Worte finden könne. »Er ist kein schlechter Heerführer. Bis jetzt ist er sogar ausgesprochen erfolgreich gewesen. Wie ich hörte, haben seine Truppen sogar den Mansfelder bei der Schlacht an der Dessauer Brücke vernichtend geschlagen.«

Die Schlacht an der Elbbrücke bei Dessau war ein Massaker gewesen. Etwa viertausend Mann aus dem protestantischen Heer Mansfelds waren gefallen. Darüber hinaus hatten die Katholischen 1500 Gefangene gemacht, die angesichts ihrer Niederlage prompt die Seiten wechselten und nun auf Wallensteins Seite kämpften.

Vincent neigte bedächtig den Kopf. »Ja, das haben sie. Ich bin selbst dabei gewesen.« Sein gedrungener Körper beugte sich vor. Er hielt die Hände dem Feuer entgegen, als ob er seine Wärme suchte, doch es war ein freundlicher Tag, wenn er auch etwas kälter war, als es Jakob vom Rheintal um diese Jahreszeit gewohnt war. »Aber jetzt sieht es ganz danach aus, als ob Tilly ihn hereinlegen würde.« Vincent schüttelte den Kopf. »Wie man hört, soll Wallenstein zu derselben Auffassung gelangt sein. Er soll sogar schon getobt haben, weil ihn Tilly so lange hinhält.«

»Warten wir's ab«, entgegnete Peter begütigend. »Mehr können wir sowieso nicht tun.« Er stellte die geleerte Schüssel auf den Boden und hievte seine langen Glieder in die Höhe. »Vorerst müssen wir für die richtige Ausrüstung unserer frischgebackenen Söldner sorgen. – Was ist?«, fragte er, als ihn die vier mit großen Augen anstarrten. »Bewegt endlich eure faulen Knochen! Es gilt den neu erworbenen Sold unter die Leute zu bringen.«

Peter führte sie zu den Marketendern, die auf dem Musterplatz Stellung bezogen hatten. Er prüfte ihre Ware. Hielt sie ans Tageslicht, während Aaron interessiert am Holz der Wagen schnüffelte und gelegentlich sein Bein hob. Peter achtete darauf, dass die Kleidung wenig Nähte und kein Fell hatte, um das Ungeziefer fernzuhalten und verwarf sie wieder, bis er zu einem guten Ergebnis gelangte. Am Ende waren Jakob, Balthasar, Zacharias und Heinrich stolze Besitzer einer Schlumperhose, zweier dicker Hemden, einem Lederwams, langen Strümpfen und einigermaßen bequemen Schuhen, nebst einem dicken Mantel und einem Filzhut, die sie gegen Nässe und Kälte schützen sollten. Die neu erworbenen Gegenstände kosteten sie fast ihren gesamten Sold und so waren sie so arm wie zuvor, als sie die Marketender verließen.

Am nächsten Tag begann der Drill und Jakob vergaß, dass er nur wenig zu essen bekam. Er erhielt ein großes Messer und eine Pike, die aus einer ungeheuer langen Stange und einer zweischneidigen Eisenspitze bestand. Der Umgang mit diesem Kriegsgerät war anfangs umständlich, doch Jakob und seine Gefährten lernten schnell, wie man sie zu halten hatte – ohne die eigenen Kameraden zu verletzen – und sie auf dem Boden aufstützte, damit der angreifende Gegner in die Spitzen hineinlief. Auf von Ovelackers bellenden Befehl mussten sie sich mit mehreren anderen Fähnlein zu einem Tercio zusammenschließen. Einem strategischen Viereck, das in der Mitte aus Pikenieren bestand, die Waffen hoch erhoben wie das Fakirbrett eines Gauklers. Das einzig Höhere war die Fahne des Fähnrichs, die als Feldzeichen daraus emporragte. Die wesentlich kleineren Flügel bildeten die Musketiere, bewaffnet mit Musketen und Arkebusen – schweren Feuerwaffen, die beim Zielen und Abfeuern von einer Gabel gestützt werden mussten. Das Manövrieren in dieser starren Formation erwies sich als äußerst schwierig und wurde bis zum Umfallen geübt. Unterstützt wurden die Männer von mehreren Trommlern, die den Takt der Schritte vorgaben, und den lautstarken Befehlen der Offiziere. Den Rest besorgten an den Rändern postierte Feldweibel. Sie trugen als einzige eine Hellebarde in den Händen, die ihnen nicht nur als Rangsymbol, sondern auch als Mittel zum Zweck diente. Marschierte einer der Pikeniere nicht im Gleichschritt, erhielt er vom Feldweibel einen Schlag mit der flachen Seite der Hellebarde, was die Konzentration der frischgebackenen Söldner zu ungeahnten Höhen trieb.

Die Rückkehr einer Toten

Bärbel saß auf dem Bett, als Sebastian Liebig das Schlafzimmer betrat. Der Dielenboden ächzte unter seinem Gewicht und ein herzhaftes Schaben an der Unterkante der Tür erinnerte ihn daran, dass er sie an dieser Stelle ein wenig abschleifen musste. Er fügte es in Gedanken zu der imaginären Liste aus dringlichen

Besorgungen und unerledigten Verrichtungen hinzu, die neuerdings in seinem Kopf schwebte. Bärbel sah auf und lächelte ihn liebevoll an. Sein geräuschvolles Erscheinen war natürlich nicht unentdeckt geblieben, obwohl er sich Mühe gegeben hatte, das friedvolle Bild vor seinen Augen nicht zu stören. Allem Anschein nach war ihm dies auch gelungen. Marie lag an der entblößten Brust seines Weibes, ohne ihn auch nur im Geringsten wahrgenommen zu haben. Ihr kleiner Körper schmiegte sich an ihre Mutter, wie Plätzchenteig an ein Model, und ihr Mund saugte so geräuschvoll, dass Sebastian das Gefühl hatte, ganze Wasserbäche würden an der Innenseite ihres zierlichen Halses entlang in die Tiefe strömen. Es war ein inniges Bild an Mütterlichkeit. Eine Verschmelzung zwischen Mutter und Kind, die Sebastian einen kleinen Stich der Eifersucht versetzte. Sechs Wochen waren seit Maries Geburt vergangen, in denen sich Bärbel vom Mädchen zur Frau verwandelt und in denen er sie nicht einen Moment ganz für sich allein gehabt hatte. Ständig schien jemand an ihrer Brust zu hängen, ob es nun die kleine Marie war oder der Junge, den er während Maries Geburt in der hölzernen Klappe neben der Haustür gefunden hatte. Ausgerechnet an diesem denkwürdigen Tag! Sebastian lächelte verstohlen in sich hinein. Der Herrgott hatte manchmal schon einen seltsamen Sinn für Humor.

Die Klappe war für diesen Zweck erst wenige Wochen zuvor dort angebracht worden, doch bis zu jenem Tag hatte es niemand gewagt, ein Kind hineinzulegen.

Wahrscheinlich war der Junge nur ein paar Tage älter als Marie. Als Therese, die alte Haushälterin, den winzigen Säugling aus seinem Bündel gewickelt hatte, um nachzusehen, ob es ein Junge oder ein Mädchen war, fand sie einen Knopf mit einem markanten Muster, sorgsam in der Windel verborgen. Jemand hatte einen Strahlenkranz in den Rand geschnitzt, sodass er fast wie eine Sonne aussah. Sebastian bewahrte den Knopf sorgfältig auf und vermerkte die Ankunft des Kleinen in einer Liste. Vielleicht wollte die Mutter ihr Kind eines Tages wiederhaben und würde zum Beweis, dass er ihr gehörte, einen zweiten Knopf von der gleichen Machart hervorziehen? Sozusagen als Gegenstück zu demjenigen, den der Junge dabei gehabt hatte. Doch auch er brauchte eine gewisse Sicherheit, dass die Kinder nicht in die falschen Hände gerieten, und so war es gut, sich das Datum der Abgabe zu merken. Die meisten Eltern würden sich an diesen Tag zurückerinnern können. Wahrscheinlich würde er ihnen fortwährend vor Augen stehen, dieser beschwerliche Schritt, den sie getan hatten. – Tun mussten, um das Leben ihres Kindes zu retten.

Ein Schmatzen ließ Sebastian in die Wiege blicken, die nun für zwei Säuglinge herhalten musste, was sie auch unangefochten tat. Der Junge hatte sich in der Zwischenzeit prächtig entwickelt. Sie hatten ihn auf den Namen Johannes getauft. Er war ein strammer kleiner Kerl, viel kräftiger als die zierliche, feingliedrige Marie, und sein Bedarf an Nahrung schien unersättlich zu sein. Das wütende Gebrüll des Kleinen schallte mehrmals täglich durch das Haus. Wäre er nicht so hilflos gewesen, so hätte er seiner »Schwester« vermutlich Gewalt angetan, um als Erster an Bärbels Brust zu gelangen. Auch jetzt entdeckte Sebastian, dass Bärbel ihn zuerst gestillt hatte. Der kleine Körper lag in straffe Wickeltücher gebunden, wie eine verpuppte Raupe auf dem Rücken, doch ein dünnes Rinnsal aus Milch rann aus Johannes' erschlafftem Mundwinkel und benetzte das Linnen unter ihm. Sein voller Bauch schien ihn müde gemacht zu haben. Er schlief tief und fest, auch wenn er hin und wieder im Traum schmatzte.

Das Bettstroh raschelte leise, als Bärbel eine bequemere Stellung suchte. Seit der Geburt war sie etwas fülliger geworden. Ihre Brust schien sich, ermuntert durch den Hunger zweier Kinder, auf das Doppelte vergrößert zu haben. Doch die dunklen Ringe unter ihren Augen zeugten von ihrer Erschöpfung.

Immer mehr Kinder drängten inzwischen in das Haus in der Steinstraßer Vorstadt, unweit der Stadtmauer. Und so leer das Findelhaus am Anfang gewesen war, schien es jetzt fast aus allen

Nähten zu platzen. Ein dumpfes Poltern, gefolgt von Thereses tadelnder Stimme entlockte Bärbel einen überdrüssigen Seufzer. Sebastian erging es nicht anders. Er hatte nicht viel an Erfahrung beizusteuern, was den Umgang mit Kindern betraf. Noch nie war ihm so sehr vor Augen geführt worden, dass Kinder zwar auch Menschen waren, aber auf eine etwas subtilere Weise als ihre erwachsenen Artgenossen. Die meisten weinten tagelang, wenn sie abgegeben wurden. Vor allem, wenn sie noch sehr klein waren. Sie schrien nach ihrer Mutter und sehnten sich nach ihren Geschwistern oder dem, was sie unter einer Familie verstanden, auch wenn es noch so schrecklich gewesen war. Etwas, das er anfangs gar nicht verstanden hatte, dämmerte ihm so langsam: dass die Übereinstimmung des Blutes eine starke Verbindung war. So wie diese hier, direkt vor seinen Augen.

Bärbels Blick ruhte auf ihrer Tochter. Sie lächelte selbstvergessen und strich zärtlich über den perfekt gerundeten Kopf in ihrer Armbeuge. Man konnte noch nicht sagen, wem sie ähnlich sah, doch unter dem wollenen Käppchen, das die Kleine trug, verbarg sich ein rötlicher Flaum. Die Haarfarbe ihrer Mutter. Ihm selbst würde sie ohnehin nicht ähnlich sehen, schließlich war er nicht ihr Vater. Doch er würde sich alle Mühe geben, es zu werden.

Auch ein paar Straßenkinder waren inzwischen zu ihnen gestoßen. Sie weinten nicht über den Verlust ihres vermeintlichen Zuhauses. Für sie war das schmale Straßburger Haus eine zu offensichtliche Verbesserung. Doch sie waren außer Rand und Band. Niemand schien ihnen je Manieren beigebracht zu haben.

Bärbels wasserblaue Augen hefteten sich Hilfe suchend auf ihren Mann, als ob sie seine Gedanken gelesen hätte. »Die Sache wächst uns langsam über den Kopf, nicht wahr?«

Sebastians Mund verzog sich zu einem schmalen Strich, doch er wollte es sich nicht eingestehen, dass Bärbel möglicherweise recht hatte. Es würde eine Zeitlang dauern, aber mit der Hilfe des Herrgotts würden sie schon eine Lösung finden, mit der sie ihrer neuen Aufgabe gerecht werden konnten.

Bärbels Augen senkten sich wieder auf das Gesicht ihrer Tochter. Ihr Zeigefinger strich zart über die kleine Nase und die konzentriert geschlossenen Lider, während die Milch glucksend die zierliche Kehle hinabströmte. »Wie sollen wir das alles nur schaffen?«, flüsterte sie. »Bald werden wir kein Geld mehr haben, um sie alle zu versorgen. Ganz zu schweigen davon, wenn es noch mehr werden sollten.«

Sebastian schnappte nach Luft, um zu einer geeigneten Antwort anzusetzen. Doch dann schoss ihm etwas durch den Kopf, das ihn selbst beruhigte. »Sorge dich nicht um morgen, denn der morgige Tag wird für das Seinige sorgen.« Er setzte sich neben Bärbel und legte den Arm um ihre Schulter. »Es ist genug, dass jeder Tag seine eigene Plage hat.«

»Woher hast du das?«, fragte sie.

»Es steht in der Heiligen Schrift. Und es bedeutet, dass wir unser Vertrauen auf den Herrgott setzen sollen. *Er* wird für uns sorgen.«

»Möglicherweise ist er in deinem Fall sogar von Amts wegen dazu verpflichtet«, scherzte sie.

Sebastian beugte sich vor. Seine Lippen streiften für einen kurzen Moment Bärbels Stirn, während seine freie Hand sich um den Rücken des Säuglings legte. »Nun, wir wollen Gottes Gnade nicht überstrapazieren«, erwiderte er schmunzelnd. »Aber freuen würde es mich schon.«

»Himmel, Herrgott noch mal«, fluchte Therese laut. »Leg das sofort wieder hin!«

Gabriel, ein etwa siebenjähriger Junge mit einem verschmitzten Gesicht und blonden, lockigen Haaren, zog rasch seine Hand zurück, mit der er eben noch ein Plätzchen verschwinden lassen wollte. Therese hatte es kurz zuvor aus dem Ofen geholt und – zusammen mit den anderen – auf ein Gitter zum Abkühlen gelegt. Ein wilder Blick traf die alte Haushälterin, mit dem Gabriel seine Chancen abschätzte, ungeschoren davonzukommen, doch es war bereits zu spät. Der erhobene Kochlöffel in Thereses Hand sauste durch die Luft und landete schmerzhaft auf seinen Fingern, die zwar etwas abseits aber immer noch unschlüssig in der Nähe der Plätzchen schwebten. Der Junge zuckte zusammen. Er schalt sich einen Narren, dass er nicht schneller gewesen war, doch die Alte war nicht zu unterschätzen. Die kleine Ottilia, die friedlich mit einer Stoffpuppe gespielt hatte, brach derweil vor Schreck in Tränen aus.

Gabriel rieb seine brennenden Finger unauffällig am Stoff der Hose ab. Doch er hatte nicht ohne Grund so lange auf der Straße überlebt und versuchte es nun mit einer neuen Taktik. Er senkte den Kopf und nahm aus den Augenwinkeln die anderen Kinder wahr, die ihn gebannt beobachteten. Binnen weniger Sekunden verzog sich sein Mund zu einem charmanten Lächeln, während seine tiefblauen Augen den Blick eines treuen Hundes annahmen, der kurz vor dem Verhungern war. »Bitte Therese«, hauchte er schmachtend. »Ich habe solchen Hunger.«

Unglücklicherweise steigerte sich Ottilias Geschrei inzwischen zu einem unerträglichen Kreischen, das die anderen jedoch – begierig auf den Ausgang von Gabriels interessanter Darbietung – ignorierten.

Wütend schleuderte Therese den Kochlöffel in eine Ecke und bückte sich ächzend zu Ottilia hinunter. »Jetzt sieh nur, was du angerichtet hast«, keifte sie in Gabriels Richtung. Ihre Hand fuhr in die Rocktasche und holte ein Schnäuztuch hervor, mit dem sie Ottilia die Tränen von den runden Wangen wischte. Unter beruhigendem Murmeln tätschelte sie ihr den Rücken und war für einen Moment abgelenkt.

Gabriel nutzte die Gunst der Stunde, schnappte sich seine Beute und rannte Hals über Kopf aus der Küche. Dort stieß er mit Bärbel zusammen, die eben durch die Tür schlüpfte, um nach dem Rechten zu sehen.

»Hoppla«, ächzte diese erschrocken. »Wohin so eilig?«

Doch Gabriel hatte keine Zeit für Erklärungen. Er trat einen hastigen Schritt zurück, umrundete in Windeseile die verdutzte Bärbel und schlüpfte durch die Tür.

»Der Junge hat etwas *gestohlen*«, rief Therese anklagend. »Und nicht zum ersten Mal, so viel ist sicher! Was für eine Schande! Dass ich *das* noch erleben muss!«

Bärbel seufzte. Mit einer flüchtigen Geste rieb sie über ihre spannende Brust. Kaum hatte sie die Kleinen gestillt, begann sich ihre körpereigene Vorratskammer bereits wieder zu füllen. Sie fühlte sich in letzter Zeit wie eine Milchkuh, die sich vorgenommen hatte, die Beste im ganzen Stall zu sein. »Nun mal langsam«, erwiderte sie lahm an Therese gewandt, während sie die Blicke der anderen Kinder auf sich spürte. »Was ist denn geschehen?«

»Oh! Eine ganze Menge«, schimpfte Therese. »Zuerst hat David in die Hosen gemacht, dann hat sich Georg mit Bastian geschlagen. Martha hat geweint, weil Gertrud an ihren Haaren gezogen hat, danach ist Markus auf den Küchenschemel geklettert und anschließend mit ihm umgekippt, weil ich nicht schnell genug war, um ihn aufzufangen. Und nun hat sich dieser kleine Schuft auch noch eines meiner Plätzchen geschnappt, und – ach«, sie schlug voller Verzweiflung die Hände vor ihr zerknittertes Gesicht. *»Ich halte das alles nicht mehr aus!«*

Während sie Thereses Klagen nur halbherzig lauschte, kreisten die Gedanken wie Bienenschwärme in Bärbels Kopf. Therese war genauso erschöpft wie sie selbst. Die Falten im Gesicht der alten Frau waren tiefer geworden und ihre Haut sah aus wie ein schrumpeliger Apfel kurz vor der Fäulnis. Auch ihr sonst so stattliches Bäuchlein hatte sich in den letzten Wochen verändert. Es war deutlich geschrumpft. Das Leibchen der Haushälterin, das sie über einem schlichten Hemd aus Hanfleinen trug, schien über zu viel Stoff zu verfügen, obwohl sie es so eng geschnürt hatte wie es möglich war. Therese würde nicht mehr lange durchhalten. Sie brauchten unbedingt Hilfe. Eine Frau, die jung und kräftig und in der Lage war, die kleinen Schurken in Schach zu halten, die das Haus unsicher machten. Oder jemanden für die Küche, damit sich Therese zusammen mit ihr mehr um die Kinder kümmern konnte. Bärbel wusste, wer dafür infrage kam. Ein heißer Stich fuhr ihr bei dem bloßen Gedanken daran in die Magengrube. Würde sie sich überwinden können, dort hinzugehen, um zu fragen?

Zwei Tage später schlenderte Bärbel durch die Straßen der Stadt. Ein Korb hing an ihrer Armbeuge. Sie war sich immer noch nicht ganz sicher, ob sie unterwegs war, um nur auf dem Markt einkaufen zu gehen, oder ob sie ihren Plan in die Tat umsetzen sollte. Sie hatte niemandem gesagt, was sie im Schilde führte. Nicht einmal Sebastian, obwohl er längst wusste, wo sie gewohnt hatte, bevor er sie in jener Nacht aus dem Wasser zog. Ihr Herzschlag begann sich unwillkürlich zu beschleunigen. Sollte sie es wagen, dorthin zurückkehren? Sie schämte sich schon jetzt, wenn sie daran dachte. Ob es den Versuch überhaupt wert war? Vielleicht wollte Grete gar nicht mit ihr gehen? Doch sie war ihr immer wieder in den Sinn gekommen, und es gab nur diesen einen Weg, um Grete zu treffen und es herauszufinden. – Es sei denn, sie begegneten sich zufällig in der Stadt, aber dies war in den letzten Monaten kein einziges Mal geschehen.

Bärbel blieb einen Moment lang in einer schattigen Gasse stehen, um ein wenig zu verschnaufen. Das Stillen zweier Kinder zehrte an ihren Kräften, aber eine Amme konnten sie sich nicht leisten, und noch hatte sie Milch für beide. Doch es waren nicht nur die beiden Kleinen, die sie brauchten. Die drei Kammern im zweiten Stock waren inzwischen alle belegt. Zwei der insgesamt sechs Betten sogar doppelt. Das machte eine Summe von zehn Kindern, wenn sie Marie und Johannes mitrechnete. Eine stolze Zahl für ein junges Ehepaar und eine alte Haushälterin, bei der die Hysterie nur noch knapp unter der Oberfläche lauerte. Es half alles nichts. Sie *musste* es versuchen. Bärbels Schritte wurden entschlossener, als sie ihren Weg quer durch die Stadt fortsetzte. Schließlich gelangte sie vor das Münster, das mit majestätischer

Würde die benachbarten Häuser überragte. Eine warme Sonne beschien mit strahlender Milde die Gräber auf dem von einer Mauer umgebenen Kirchhof. Bärbel trat durch einen der Durchgänge, die mit einer Trittsperre versehen waren, um freilaufende Hunde und Schweine fernzuhalten. Sie ließ ihren Blick über die Ansammlung aus Kreuzen und Grabsteinen schweifen. Noch vor wenigen Monaten hatte sie sich nichts sehnlicher gewünscht, als ebenfalls hier zu liegen. Das ungeborene Kind, von dem niemand außer seinem Vater etwas wusste, unbemerkt unter ihrem Herzen verborgen. Doch es war ganz anders gekommen, was ein Glück war, dass sie immer noch kaum fassen konnte. Was hatte Sebastian um ihretwillen nicht alles auf sich genommen? Es war nicht nur das Gerede, das in jenem Moment eingesetzt hatte, als er sie bei sich aufnahm. Nein, er hatte sie tatsächlich geheiratet, und das, obwohl man ihr die Schwangerschaft zu diesem Zeitpunkt längst ansah. Ein warmes Gefühl stieg bei dem Gedanken an Sebastian in ihr auf. Er schien sie wirklich zu lieben, doch noch schöner war, dass sie es ebenfalls tat. Sebastian war ein liebevoller Mensch, der zu seinem Wort stand, wenn er es einmal gegeben hatte. Ganz anders als Martin, dieser Schuft. Nachdem das Mittel der Engelmacherin nicht die gewünschte Wirkung gezeigt hatte, kümmerte ihn ihr Schicksal nicht weiter. Ein ungemütliches Gefühl breitete sich in ihrer Körpermitte aus und schien ihre Eingeweide zu verknoten. Wie hatte sie nur jemals auf die Idee kommen können, die kleine Marie in ihrem Leib zu töten? Dieses bezaubernde Wesen, das ihr trotz aller Arbeit so viel Freude machte. Wie gut, dass es nicht funktioniert hatte. Ihr Blick schweifte zu dem prächtigen Fachwerkhaus an der Nordseite des Münsters. Sie hatte es nicht mehr gesehen, seit Sebastian sie in jener Nacht aus der Breusch gezogen hatte. Sie hatte es nicht mehr fertiggebracht, sich auch nur in seine Nähe zu begeben. Zu groß war die Angst gewesen, entdeckt zu werden, denn niemand wusste, was mit ihr geschehen war. Und sie wollte weder der Herrin gegenübertreten, um ihr Rede und Antwort zu stehen, noch wollte sie Martin jemals wiedersehen. Doch dies konnte gut geschehen, wenn sie jetzt an die schwere Eingangstür klopfte. Dennoch war sie nun da und würde nicht mehr zurückweichen. Tief sog Bärbel die Luft in ihre Lungen und musste lächeln, weil sie sich daran erinnerte, dass ihre *Muhme* dasselbe getan hatte, als sie vor Jahren hier um eine Anstellung für sie bat. Damals war sie, nach einer anfänglichen Zeit der Trauer, froh gewesen, in solch einem Haus dienen zu dürfen. Die Abendrots besaßen eines der großen Handelshäuser, die den Hanf von den Bauern der Umgebung aufkauften, um ihn gewinnbringend zu exportieren.

»Nun denn«, murmelte Bärbel, »gehen wir's an.«

Durch einen Arkadenbogen betrat sie den Gang, in dessen Schutz man die Wagen ein- und ausladen konnte. Von dort gelangte sie zur Haustür und schlug, nach kurzem Zögern, den schweren Eisenring auf das massive Holz. Ihr Herzschlag pochte laut in ihren Ohren, als sie darauf wartete, eingelassen zu werden. Sie musste sich nicht lange gedulden. Schon nach kurzer Zeit eilten flinke Schritte von innen auf die Tür zu. Das Dienstmädchen, das sie öffnete, blieb wie erstarrt vor Bärbel stehen.

»Guten Tag, Agathe«, sagte Bärbel freundlich. »Wie geht es dir?«

Agathe blinzelte sie einen Moment lang unverständig an, dann klappte ihr der Mund vor Erstaunen auf. Wie alle Dienstmädchen war sie ganz in Schwarz gekleidet. Nur die weiße Haube bildete einen Kontrast zu der sonst so tristen Garderobe. Als Bärbel hier gearbeitet hatte, war Agathe Küchenmädchen gewesen, doch in der Zwischenzeit schien sie im Rang gestiegen zu sein. Wahrscheinlich war Agathe nun auf dem Posten, den Bärbel damals selbst innehatte.

»Du?«, murmelte Agathe verblüfft.

»Ja. Ich bin es«, erwiderte Bärbel höflich. »Ich würde gern Grete sprechen«, fügte sie hinzu und schob sich an Agathe vorbei, die widerwillig das Feld räumte.

Ohne ein weiteres Wort bahnte sich Bärbel ihren Weg in die

Küche, wo Grete bei ihrem Erscheinen die Schüssel fallen ließ, die sie in den Händen gehalten hatte. Das schlichte Keramikgefäß traf mit einem dumpfen Ton auf dem Steinboden auf, bevor es in mehrere Bruchstücke zersprang und seinen Inhalt in alle Himmelsrichtungen verteilte. Normalerweise hätte Grete sofort in resolutem Ton nach einem Küchenmädchen gerufen, um den Schmutz beseitigen zu lassen. Dieses Mal jedoch blieb die Köchin stumm. Ihre hübschen grauen Augen hefteten sich mit staunender Ungläubigkeit auf ihr Gegenüber, doch dann zogen sie sich zu amüsierten Schlitzen zusammen, und Grete brach in schallendes Gelächter aus, in das Bärbel erleichtert mit einstimmte.

»Bärbel«, rief Grete endlich. Mit einer herzhaften Umarmung drückte sie die junge Frau an ihren fülligen Körper. »Wo bist du nur gewesen? Ich dachte, du wärst tot.«

»Nun, das wäre ich auch fast gewesen«, erwiderte Bärbel lachend. »Aber der Herrgott war wohl nicht ganz einverstanden damit.«

Die korpulente Köchin sog scharf die Luft durch ihre Zähne, dann schob sie Bärbel ein Stück von sich, um sie zu betrachten. »Du hast ein Kind bekommen, nicht wahr?«

Bärbel nickte zustimmend.

»Komm, setz dich und erzähl mir alles«, forderte Grete sie auf. Die beiden Frauen setzten sich an den großen Küchentisch. Dann begann Bärbel zu erzählen, was sich seit ihrem Verschwinden ereignet hatte. Von ihrem Versuch, sich in der Breusch zu ertränken und der wundersamen Rettung durch Sebastian. Dem eiskalten Wasser des Flusses, das dafür gesorgt hatte, dass sie sehr krank wurde. Noch einmal hatte sie zwischen Leben und Tod geschwebt, doch dann war sie gesund geworden und das Kind in ihrem Bauch schien alles unbeschadet überstanden zu haben. Trotz ihrer Schwangerschaft hatte Sebastian sie bei sich aufgenommen, obwohl er Pfarrer war und um seinen guten Ruf fürchten musste. Schließlich hatten sie geheiratet und zusammen ein Findelhaus eröffnet, doch die Arbeit wuchs ihnen nun über den Kopf.

»Ts, ts, ts«, Grete schnalzte besorgt mit der Zunge.

»Deshalb bin hier«, fuhr Bärbel fort. »Ich wollte dich fragen, ob du uns helfen möchtest? Wir brauchen dringend Unterstützung.«

»Mich?«, erwiderte Grete erstaunt. »Aber wieso denn?«

Bärbel zuckte mit den Achseln. »Weil du die Einzige bist, die mir immer wieder in den Sinn kam, wenn ich darüber nachgedacht habe. Ich könnte mir keine bessere Hilfe vorstellen.« Ihre wasserblauen Augen warfen Grete einen flehentlichen Blick zu. »Und weil ich dich schrecklich vermisse.«

Gerührt schenkte ihr die Köchin ein schüchternes Lächeln, was sonst nicht ihre Art war. Dann runzelte sie konzentriert die Stirn und ließ ihren Blick durch die Küche schweifen. Über den großen gemauerten Herd, in dem gelbe Flammen aus dem Stellgitter züngelten und an einem großen Topf emporleckten. Den über ihm hängenden Rauchfang, den Backofen und den Rest der Küche, die über ein gewaltiges Ausmaß verfügte. Doch Bärbel hatte nicht das Gefühl, dass Grete tatsächlich sah, was sie vor Augen hatte. Schließlich richtete sie ihren Blick wieder auf Bärbel. »Ich überlege es mir«, sagte sie schlicht.

Nachdem sie Grete den Weg zum Findelhaus erklärt hatte, verabschiedete sich Bärbel von ihr. Ihre Brust nahm fühlbar an Umfang zu und ein zartes Kribbeln erinnerte sie daran, dass die beiden Kleinen bald wieder gefüttert werden mussten. Auf leisen Sohlen verließ sie die Küche. Wenn sie jetzt niemand entdeckte, würde sie unbemerkt verschwinden können, was ihr sehr gelegen käme. Agathe schien jedoch anderer Meinung zu sein, denn sie stellte sich ihr in den Weg, um sie genau daran zu hindern.

»Halt«, sagte sie bestimmt. »Die Meisterin will dich sprechen.«

Bärbel versuchte ihr auszuweichen, doch Agathe packte sie am Arm und hielt sie fest.

»Lass mich los«, zischte Bärbel.

»Hast du nicht gehört, was ich gesagt habe?«, erwiderte Agathe bissig. »Die Meisterin erwartet dich bereits.«

»Ich möchte aber nicht erwartet werden«, zischte Bärbel zurück, immer noch ängstlich darauf bedacht, keinen Lärm zu machen.

»Warum nicht?«

Eine scharfe Stimme durchschnitt die Luft. Bärbel zuckte unwillkürlich zusammen.

»Ist dein schlechtes Gewissen etwa so groß, dass du mir nicht in die Augen sehen kannst?«

Bärbels Blick fuhr nach oben und blieb an der schlanken, kerzengeraden Gestalt hängen, die mit hoch erhobenem Kopf und so aufrecht wie ein Besenstiel auf der obersten Treppenstufe stand.

»Komm herauf«, die Stimme der Abendrotin ließ keinen Widerspruch zu. »Du bist mir eine Erklärung schuldig!«

Bärbel schluckte. *Du Närrin,* dachte sie. *Hattest du wirklich gedacht, dass du so leicht davonkommst?* Sie fürchtete sich vor den Fragen der strengen Frau. Doch konnte sie ihr eine Antwort verweigern? Sie hatte jahrelang in ihrem Haushalt gearbeitet. Hatte von der Gunst dieses Weibes gelebt. War es nicht ihr gutes Recht zu erfahren, wo sie die ganze Zeit gesteckt hatte?

Also gut, dachte sie. *Ich muss ja nicht erzählen, warum ich gegangen bin.* Doch die Angst presste sich wie ein zu enges Leibchen um ihre Brust, als sie die Stufen der Treppe erklomm. Kurz darauf fand sich Bärbel in der großen Stube mit den prächtigen Fenstern wieder, die aus zusammengefügten Tellerscheiben bestanden, deren Lichtbrechungen dem Raum eine behagliche Stimmung verliehen. Bärbel selbst war es alles andere als behaglich zumute und auch die Abendrotin schien nicht zu einem freundlichen Plausch aufgelegt zu sein. Ihr breiter Mund zog sich missbilligend nach unten. Sie stellte sich in die Nähe eines Fensters und ließ Bärbel neben der Tür verharren. Ihre Aufmachung war wie immer formvollendet. Die Falten des Kleides saßen so tadellos wie das Spitzenhäubchen, das ihr graues Haar bedeckte. Bärbel fragte sich, ob sie wohl jemals einen Fehler machte. Die Augen der älteren Frau blickten tadelnd auf sie herab, obwohl Bärbel nicht kleiner als die Meisterin war. Es lag an ihrer Haltung, die diesen Eindruck erweckte.

»Du bist fett geworden«, begann sie. Ihre Stimme hatte etwas Beleidigendes an sich. »Hast wohl einen Bastard bekommen, wie? Mit wem hast du dich eingelassen? Etwa mit dem Stallknecht?«

Bärbel blickte an sich herab und ihre Scham verwandelte sich in heiße Wut. Sie war nicht die alleinig Schuldige, die dies zu verantworten hatte. Ihre guten Vorsätze waren von einem Augenblick zum anderen wie weggewischt. Sollte die Abendrotin doch ruhig wissen, wer der Vater des Kindes war. »Nein. Es war Martin, Euer eigener Sohn, mit dem ich mich eingelassen habe«, erwiderte sie bissig.

Sie sah, wie die Meisterin erstarrte. Ihre Lider senkten sich und sie fuhr nervös mit den Fingerspitzen über eine Falte ihres dunklen Kleides. Doch es dauerte nur wenige Sekunden, bis sie sich wieder gefangen hatte. »Nun, du scheinst deiner Muhme in nichts nachzustehen«, erwiderte sie abschätzig. Der Blick unter ihrer Haube gefror zu Eis.

»Meiner Muhme? Klara?«

Der Mund der Abendrotin verzog sich zu einem bösartigen Grinsen. »Ich hätte es wissen müssen. Wenn eine aus einer Familie nichts taugt, sind die anderen für gewöhnlich auch nicht besser! Vor Jahren hat sich diese *Klara* an meinen Mann herangemacht. Hier in diesem Haus hat sie es mit ihm getrieben, dieses schamlose Weib. – Bis ich dahintergekommen bin«, spie sie hervor. Die Worte schlüpften aus ihrem Mund, ohne dass sie es verhindern konnte. Sie hätte sich auf die Zunge beißen können über das, was sie eben preisgegeben hatte. Doch nun war es heraus.

Jäh hatte Bärbel das Gefühl, Klara verteidigen zu müssen. Sie wusste nicht warum. Sie kannte ihre Muhme kaum. Vielleicht, weil sie dafür gesorgt hatte, dass sie nicht verhungern musste? Vielleicht aber auch deshalb, weil sie sich in einer ähnlichen Lage befunden hatte, wie sie selbst? »Nun, sie wird Euren Mann wohl kaum dazu gezwungen haben«, erwiderte sie. *Genau wie man deinen Sohn nicht zwingen musste,* setzte sie in Gedanken hinzu. Der Apfel fiel nicht weit vom Stamm. Da hatte die Meisterin recht.

Die Abendrotin ging nicht weiter auf ihre Antwort ein. Wahrscheinlich war sie zu demselben Ergebnis gekommen, wie Bärbel selbst. »Und wo ist das Kind nun?«, fragte sie kalt. »Ist es tot?«

»Nein, es lebt und erfreut sich bester Gesundheit«, setzte Bärbel angriffslustig nach.

Die Meisterin schnaubte aufgebracht. »Glaub ja nicht, dass ich für es sorgen werde«, erwiderte sie eisig. »Dies ist ganz allein deine Angelegenheit.«

»Das habe ich auch nicht verlangt.« Bärbel reckte stolz ihr Kinn. »Ich brauche Euer Geld nicht.« Mit diesen Worten machte sie auf dem Absatz kehrt und rauschte mit wehenden Röcken durch die Tür.

Bärbel holte tief Luft, als sie sich endlich wieder auf der Straße befand. Der Gestank der Stadt war immer noch besser als die von Arroganz verpestete Luft im Hause der Abendrots. Eine Windbö erfasste sie, als sie am Kirchhof vorbeiging. Der Platz vor dem Münster war fast zu jeder Jahreszeit eine zugige Angelegenheit. Heute war sie jedoch dankbar dafür, dass der frische Wind über ihren vom Zorn erhitzten Körper strich. Mit hastigen Schritten schlug sie den Weg in die Kurwegass ein, dann fiel ihr Blick auf das Münster, das massiv und filigran zugleich fast bis in den Himmel zu ragen schien. Einem Impuls folgend betrat sie noch einmal den Kirchhof. Ein paar Tauben hockten gurrend auf der ihn umgebenden Mauer. Ihre Augen schweiften zu der riesigen Fensterrose der Kathedrale, die mit bunten Glasfenstern verziert war. Kurz entschlossen schritt sie durch das figurengeschmückte Portal. Eine dämmrige Kühle schlug ihr im Innern des Münsters entgegen und die erhabene Höhe der riesigen Halle nahm sie gefangen, obwohl es hier zuging wie in einem Bienenstock. Um endlich etwas Ruhe zu finden, blickte Bärbel zu dem imposanten Deckengewölbe hinauf, das sie immer mit einer gewissen Ehrfurcht erfüllte. Wie hatten die Baumeister nur so etwas Großes, Hohes und zugleich so Schönes erschaffen können? Gewiss, sie hatten Jahrhunderte dafür gebraucht, aber dies war in der Tat ein prächtiges Haus für einen großen Gott. Ihr Herzschlag nahm langsam wieder seine normale Geschwindigkeit an und sie schlenderte zu der gigantischen Uhr im Innern der Kathedrale. Der Streit mit der Abendrotin ging ihr nicht aus dem Kopf. Wie hatte sie nur verraten können, dass das Kind von Martin stammte? Genau dies hatte sie unter gar keinen Umständen tun wollen, und theoretisch *wäre* ja auch ein anderer Vater möglich gewesen. Doch die Worte der Meisterin hatten ihr Ehrgefühl aufs Tiefste verletzt. Sie schien genau gewusst zu haben, wie man die Wahrheit aus ihr herauslocken konnte. Sie biss sich ärgerlich auf die Unterlippe. Was, wenn die Abendrotin ihr nun nachspionierte und die kleine Marie ausfindig machte? Würde sie versuchen, ihr das Kind wegzunehmen, oder es gar wagen, ihm etwas antun? Sehr wahrscheinlich war es nicht, immerhin hatte sie nicht einmal wissen wollen, ob ihr Enkel ein Junge oder ein Mädchen war. Es war ohnehin zu spät, sich jetzt darüber Gedanken zu machen. Sie hätte früher daran denken sollen. Bärbel zuckte erschrocken zusammen, als das helle, mechanische Krähen eines Hahns erklang. »Du liebe Zeit! Ist es schon so spät?«, murmelte sie verblüfft. Tatsächlich es war bereits um die Mittagszeit. Zu Hause würde man sich Sorgen machen, wo sie so lange blieb. Trotzdem blieb sie noch einen Moment stehen und ignorierte das schmerzhafte Ziehen in ihrer Brust, um fasziniert das Schauspiel zu betrachten, das sich vor ihren Augen abspielte. Unter dem krähenden Flügelschlag des metallischen Hahns erschienen die Apostel und zogen an einem segnenden Christus vorbei, bevor sie wieder in den Tiefen der Uhr verschwanden. Schnell schickte sie ein Stoßgebet in das hohe Deckengewölbe hinauf und schob entschlossen die panischen Gedanken von sich. Sie war nicht allein, der Herrgott war bei ihr, und falls die Abendrotin etwas im Schilde führte, würde sie mit Sebastian um ihre kleine Tochter kämpfen. In großer Eile verließ sie das Münster und mischte sich unter die wabernde Masse der Menschen und Tiere auf Straßburgs Gassen. Mechanisch erledigte sie die Einkäufe, die Therese ihr aufgetragen hatte, dann eilte sie nach Hause, um die Kleinen zu stillen.

Drei Wochen später klopfte es laut an der Tür, als Bärbel und Therese gerade in der Küche beschäftigt waren. Die beiden Säuglinge schliefen friedlich in ihrer Wiege, während die kleineren Kinder in der Küche spielten und Sebastian sich der schwierigen Aufgabe widmete, die rastloseren Großen zu unterrichten. Seit die Zahl der Kinder wuchs, wurde auch eine viel größere Menge an Nahrung gebraucht, die jeden Tag zubereitet werden musste, und Bärbel hatte beschlossen, die alte Therese dabei zu unterstützen, wann immer es ging, da sie dies unmöglich allein bewältigen konnte. Von Grete hatte sie nichts mehr gehört seit jenem denkwürdigen Besuch vor etwas mehr als zwanzig Tagen.

Überrascht hoben die beiden Frauen ihre Köpfe.

»Wer mag das sein?«, fragte Therese. »Doch nicht schon wieder ein Neuzugang?«

Bärbel zuckte mit den Achseln und machte sich auf den Weg zur Tür. Ein entzücktes Kreischen drang aus ihrem Mund, als sie die Besucherin erkannte.

»Grete«, rief sie. »Wie schön, dich zu sehen!« Dann hob sie die Arme und schlang sie stürmisch um die füllige Köchin.

Grete schmunzelte. »Nun mal langsam. Du erdrückst mich ja.«

»Ach Grete. Ich freue mich so, dich zu sehen! Kommst du, um zu bleiben?«

»Wenn ich noch gebraucht werde«, erwiderte Grete nüchtern. »Was ich jedoch hoffe. Es gab einen riesigen Aufstand, als ich kündigte.«

»Und die Abendrotin ließ dich einfach so gehen?«

»Was hätte sie anderes tun sollen?«, erwiderte Grete schmunzelnd. »Schließlich bin ich so lange geblieben, bis sie eine neue Köchin aufgetrieben hatte. – Zurück kann ich jedenfalls nicht mehr.«

»Das wird auch nicht nötig sein«, erwiderte Bärbel. »Du wirst hier dringend gebraucht.« Ihr Lächeln verschwand abrupt, als ihr ein neuer Gedanke kam. »Hast du der Meisterin gesagt, wohin du gehst?«

Grete schüttelte den Kopf. »Nein, aber ich glaube, sie ahnt, dass es etwas mit dir zu tun hat.«

Bärbel trat zur Seite und ließ Grete eintreten. »Komm, ich stelle dir Therese vor. Die wird froh sein!« Sie schob Grete in die Küche, wo sie von mehreren Kindern und den alten Augen der Haushälterin angestarrt wurde, als wäre sie die Jungfrau von Orléans. »Das ist Grete«, rief Bärbel fröhlich. »Sie wird uns von nun an helfen. – Oh Therese, ist das nicht wunderbar? Wir müssen die viele Arbeit nicht mehr allein bewältigen! Grete ist eine gute Köchin und es gewohnt, für einen großen Haushalt zu sorgen.«

»Wir werden ja sehen«, erwiderte Therese mürrisch, während sie die pockennarbige Grete mit einem durchdringenden Blick musterte.

Grete ließ sich von der unterkühlten Begrüßung nicht abschrecken und lächelte unerschrocken in die Runde. Sie stellte ihr Bündel auf den Boden, in dem sie ihre ganze Habe verstaut hatte.

»Wo soll ich denn wohnen?«, fragte sie. Interessiert sah sie sich in der Küche um, die nicht im Mindesten über die Ausmaße ihrer alten Wirkungsstätte verfügte.

»Ähem«, das war in der Tat ein Problem, das Bärbel nicht bedacht hatte. Schnell überschlug sie die Möglichkeiten. Viele waren es nicht. »Du kannst deine Sachen in Thereses Kammer bringen. Doch bis wir ein Bett darin aufgestellt haben, wirst du mit dem *Lotterbett* in der Stube vorlieb nehmen müssen.«

»Was?« Therese schnappte nach Luft. »Ich soll meine enge Kammer mit *dieser* Person teilen?« Sie schloss für einen Moment entsetzt die Augen, während Gretes Brauen verwundert in die Höhe schossen. Auch sie schien mit dieser Lösung nicht sonderlich zufrieden zu sein. Vor allem war sie Besseres gewohnt.

»Nun mal langsam, Therese«, erwiderte Bärbel lahm. »Du weißt, dass wir nicht mehr Platz haben, und eine Hilfe ist doch auch etwas. Nicht wahr?«

Therese schüttelte ärgerlich den Kopf, während Grete von der alten Haushälterin zu Bärbel blickte, nicht mehr ganz so sicher, ob sie das Richtige getan hatte.

Bärbel tätschelte Grete beruhigend den Arm. »Das wird schon werden.« Und zu Therese gewandt: »Du wirst Grete mögen. Sie ist eine nette Person. Wartet erst einmal ab, bis ihr euch besser kennengelernt habt.«

Resolut nahm sie den Kochlöffel und rührte in der Gerstengrütze, die auf dem Herd stand. Sie war die Herrin des Hauses und Therese würde gehorchen müssen.

Am darauffolgenden Tag ging Bärbel mit Grete auf den Markt, um die erforderlichen Lebensmittel zu kaufen. Gabriel begleitete sie. Er würde ihnen beim Tragen der Körbe helfen.

»Wir müssen aufpassen«, raunte Bärbel Grete zu. »Gabriel ist ein Straßenkind. Er stiehlt wie eine Elster. Sebastian hat schon ein ernstes Wort mit ihm reden müssen. Er hat ihm verboten, es jemals wieder zu tun. Ich hoffe, seine Strafpredigt war nicht umsonst.«

Grete wies ihnen den Weg ins Gerberviertel, das direkt an der Breusch lag. Der strenge Geruch nach fauligem Fleisch und der bittere Geschmack der Gerberlohe wehte ihnen schon von Weitem entgegen. Gabriel zog angewidert die Nase kraus, als sie eine Brücke passierten, die sie über den Gerbergraben führte. Eine schmutzige, stinkende Brühe strömte von dort in den Fluss und weiter vor die Tore der Stadt. Grete kannte hier ein paar Marktstände, deren Waren nicht so teuer waren wie in der Mitte der Stadt. Neben den Gerbern wohnten hier auch Müller und Fischer, deren Gewerbe ebenfalls auf das Wasser angewiesen war. Sie erstanden geschrotetes Korn, suchten das Beste aus dem angebotenen Obst und Gemüse aus und traten mit vollbepackten Körben den Rückweg an, erleichtert, dem strengen Duft entfliehen zu können, der aus den Lohegruben und den großen am Wasser liegenden Fachwerkhäusern mit ihren mehrstöckigen Trockenböden wehte. Als sie etwa die Hälfte des Weges gemeistert hatten, wichen sie einem Fuhrwerk aus und Bärbel erkannte den Fuhrmann, den sie nach Odelshofen zu ihrem Bruder geschickt hatte, damit er ihm von der Hochzeit mit Sebastian erzählte und ihn zum Kommen einlud.

»Halt«, schrie Bärbel.

Der Fuhrmann, ein großer, stämmiger Bursche mit einem kantigen Gesicht, wandte erstaunt den Kopf und zügelte sein Pferd. Doch dann erhellten sich seine Züge, als er das junge Weib mit den wasserblauen Augen erkannte, der er im Januar versprochen hatte, ihren Bruder aufzusuchen. »Na, ist Euer Bruder zu Eurer Hochzeit gekommen?«, rief er gut gelaunt.

Bärbel schüttelte traurig den Kopf und packte ihren Korb fester. »Nein, leider nicht. Nicht einmal eine Nachricht hat er geschickt«, erwiderte sie. »War er wohlauf, als ihr ihn gesehen habt?«

Der Fuhrmann nickte. »Ja, und er hat gesagt, dass er den Bauern um Erlaubnis fragen wird, damit er bei Eurer Hochzeit dabei sein kann.«

Bärbel sah bedrückt zu Boden. »Das verstehe ich nicht, warum ist er dann nicht gekommen?«

Der Fuhrmann schob seine dunklen Brauen in die Höhe und hob ratlos die Schultern. »Ich hoffe, es hat nichts mit dem Mordfall zu tun, der wohl kurz darauf in diesem Dorf geschehen ist.«

»Ein Mord?« Bärbels Knie wurden weich. Ihr Gesicht trug in diesem Augenblick den Ausdruck eines verschreckten Kindes und der Fuhrmann hätte am liebsten laut darüber geflucht, dass er dieses Thema überhaupt angeschnitten hatte. Doch nun war es zu spät dafür. »Nun, ich weiß nicht viel darüber«, entgegnete er bedächtig. »Nur das, was man eben so hört, wenn man viel unterwegs ist. – Auf jeden Fall soll ein Knecht seinen Herrn erstochen haben. Als ich das letzte Mal in dieser Richtung unterwegs war, wurde gerade der Galgen aufgestellt«, er bewegte mit einer unbewussten Geste seine Schultern, als ob ihm sein Hemd zu eng wäre. »Ihr wisst ja selbst, dass man in solch einem Fall nicht ungeschoren davonkommt.« Er warf einen hoffnungslosen Blick in die Richtung der beiden Frauen, die ihn betreten anstarrten. Die Schrecklichkeit einer solchen Hinrichtung war ihnen allen nicht fremd.

Der kleine Gabriel hatte in der Zwischenzeit seinen Korb neben Grete gestellt und sich unbemerkt aus dem Staub gemacht.

»Doch nun muss ich weiter«, der Fuhrmann tippte zum Abschied mit dem Finger an seine Kappe. »Nichts für ungut, meine Damen. Einen schönen Tag wünsch ich. – Ich hoffe, Euer Bruder hat mit dieser ganzen Sache nichts zu tun.« Er hob die Zügel und schnalzte mit der Zunge. »Hüh Kasimir!« Der Wagen rollte an. Seine eisenbereiften Räder rumpelten geräuschvoll über die mit Stirnholz gepflasterte Straße.

Bärbel sah dem Fuhrwerk schweigend hinterher.

»Mmh«, brummte Grete, ebenso sprachlos wie ihre Freundin. Unschlüssig trat sie an Bärbels Seite von einem Fuß auf den anderen und wusste nicht, was sie von den Worten des Fuhrmanns halten sollte. Plötzlich stieß ihr Schuh an den Korb, den Gabriel neben ihr abgestellt hatte. Ein hungriges Schwein schoss in diesem Moment zielsicher darauf zu. Sie gab ihm einen Tritt, um es von den Karotten fernzuhalten, die zuoberst lagen. Gerade als sie mit den Augen nach dem Jungen zu suchen begann, streckte er schwer atmend seinen Kopf aus einer Seitengasse, entdeckte erleichtert, dass die beiden Frauen noch da waren, und gesellte sich wieder zu ihnen. Ein letzter Rest *Latwerk*, das er auf dem Markt erbeutet hatte, verschwand derweil unbemerkt in seinem Mund. Er schenkte Grete ein entwaffnendes Lächeln, das die ohnehin nachdenkliche Köchin als Entschuldigung über sein plötzliches Verschwinden akzeptierte, und hievte den Korb in die Höhe.

»Ich muss nach Odelshofen«, sagte Bärbel, als sie ihren Weg fortsetzten. »Ich muss mich vergewissern, dass es nicht Jakob war, den sie gehängt haben.«

»Das Beste wird es wohl sein«, erwiderte Grete.

»Wen haben sie aufgehängt?«, rief Gabriel fröhlich.

Das skrupellose Wesen der Wahrheit

Die einspännige Mietkutsche rumpelte, mit Sebastian als Kutscher, über die s-förmige Rheinbrücke und erinnerte Bärbel daran, wie sie vor acht Jahren mit ihrer Muhme Klara aus der entgegengesetzten Richtung gekommen war. Acht Jahre, in denen sie Straßburg nicht ein einziges Mal verlassen hatte. Es war ein beklemmendes Gefühl, nach so langer Zeit den Schutz der Mauern zu verlassen und einem Land voller Gefahren ausgesetzt zu sein. Straßburg war in diesem Krieg bis jetzt neutral geblieben. Diese Neutralität hatte es vor Schaden bewahrt, doch sie wusste, dass es im Umland ganz anders aussah. Besonders das Elsass auf der linken Seite des Rheins hatte es hart getroffen. Sie drückte die kleine Marie fester an ihre Brust, die es sich während der Fahrt auf ihrem Schoß gemütlich machte. Johannes schlief satt und rund in dem Körbchen, in das sie ihn für die Fahrt gelegt hatten. Seine kleine speckige Faust steckte in seinem Mund. Er saugte im Schlaf kräftig daran. Seit ein paar Tagen wickelte sie die beiden nur noch bis zum Bauch, sodass ihre Arme sich einer ungewohnten Bewegungsfreiheit erfreuten, die eifrig genutzt wurde. Das Rumpeln der Räder auf den Holzbohlen der Brücke schien Johannes nicht weiter zu stören, doch auf seinem Kittelchen prangte bereits ein unschöner Fleck aus geronnener Milch, die ihm aus dem Mund gelaufen war. Bärbel schüttelte missbilligend den

Kopf. Sie hatte nicht vorgehabt, in der Heimat ihres Bruders einen schlechten Eindruck zu machen.

Marie war wach. Sie sah mit runden Augen neugierig in die Landschaft, getrost und geborgen durch die Nähe ihrer Mutter. Beim Anblick der sorglosen Kinder entspannte sich Bärbel ein wenig. Ihr Blick schweifte über das grüne Wasser des Rheins, dessen Bett sich in den letzten Jahren verändert hatte. Die Strömung schien an manchen Stellen einen anderen Weg genommen zu haben, hatte neue Sandbänke geschaffen, andere hinweggespült und nur die großen bewaldeten Inseln an ihrer Stelle belassen.

Um das Kehler Zollhaus auf der gegenüberliegenden Seite des Ufers war eine Schanze gebaut worden, doch ansonsten nahm alles seinen friedlichen Lauf. Es schien tatsächlich wahr zu sein, dass der Krieg die rechte Rheinseite bis auf ein kurzes Gastspiel verschont hatte, zumindest hatten sie dies gehört, sonst wäre Sebastian niemals auf ihren Vorschlag eingegangen, mit ihr nach Odelshofen zu fahren und dort nach dem Rechten zu sehen. Sie fanden die Dörfer in friedlicher Geschäftigkeit vor. Die Felder waren bestellt und die Heuernte bereits abgeschlossen. Bärbel beobachtete die Bauern und ihr Gesinde dabei, wie sie Unkraut zwischen den Nutzpflanzen entfernten. Je näher sie Odelshofen kamen, desto gespannter hielt sie nach Jakob Ausschau, doch keiner der Feldarbeiter schien ihr Bruder zu sein. Ihr war ein wenig flau im Magen, als das Dorf mit seinen Hofstätten und Flechtzäunen und den bellenden Hunden, die jeden Eindringling laut ankündigten, in Sicht kam. Schließlich rumpelte die Kutsche den Weg zum Hof der Selzers entlang. Diejenigen, die daheim geblieben waren, um sich um Haus und Hof zu kümmern, schauten wissbegierig aus den Fenstern oder rannten ans Hoftor, denn anders als in der Stadt war es immer ein Ereignis, wenn sich ein fremdes Gefährt in das kleine Dorf verirrte. Bärbel fühlte die neugierigen Blicke auf sich, bis sie über die Brücke fuhren und sie die Leute im Rücken hatte.

»Brr«, rief Sebastian. Das äußerst gehorsame Pferd hielt im Hof der Selzers an. Das gesamte Gehöft wirkte seltsam ausgestorben, was vielleicht auch kein Wunder war. Vermutlich befanden sich seine Bewohner ebenfalls auf dem Feld. Doch nicht einmal einen Hund schien es zu geben, denn niemand kündigte ihr Kommen an. Bärbel sah sich erstaunt um. Der ganze Hof sah schäbiger aus als in ihrer Erinnerung. Sebastian half ihr aus der Kutsche und nahm Marie auf seinen Arm, die fröhlich vor sich hin brabbelte. Johannes schlief immer noch. So ließen sie ihn in seinem Körbchen zurück und machten sich auf den Weg zur Tür.

Bärbel hörte ein müdes Schlurfen, nachdem sie laut geklopft hatte. Die obere Hälfte der zweigeteilten Eingangstür klappte auf und sie wäre um ein Haar zurückgeprallt, als sie Klara erkannte. Sie sah furchtbar aus. Das Gesicht war vor Kummer verhärmt, die Haut hing schlaff von ihren fülligen Wangen und schimmerte in einem so fahlen Ton, als ob sie sterbenskrank wäre.

Bärbel nahm sich zusammen und brachte ein Lächeln zustande. »Guten Tag, Klara. Ich bin's, Bärbel. Erkennst du mich noch?«

»Du?«, würgte Klara hervor. »Dass du dich noch hierher traust!«

In Bärbel keimte ein fürchterlicher Verdacht auf, doch sie erlaubte sich nicht, ihren Befürchtungen nachzugeben. »Warum? Wie meinst du das?«

»Ja, weißt du denn nicht, was geschehen ist?«

»Was? Was ist geschehen?« Sie konnte Klara unmöglich von dem erzählen, was ihr der Fuhrmann berichtet hatte. Zu schrecklich war die Vorstellung, dass es sich dabei wirklich um Jakob handeln könnte.

Klara stieß die Luft wie ein wütender Stier aus ihrer Nase. »Du hast wirklich keine Ahnung, nicht wahr?«

Bärbel schüttelte panisch den Kopf. »Ich wollte Jakob besuchen, sonst nichts.«

»Deinen sauberen Bruder wirst du hier nicht mehr finden«, höhnte Klara. »Ich hätte auf Kaspar hören sollen. Er wollte von Anfang an nicht, dass Jakob bei uns in Stellung geht, aber ich musste ja unbedingt Mitleid mit euch haben. Wie konnte ich nur so blind sein! Ich dumme Gans! Nun ist es zu spät!« Schweißflecke begannen sich unter ihren Achseln zu bilden und färbten den Stoff ihres Leibchens dunkel. Sie roch nach Wut und Verzweiflung.

Bärbel wandte den Kopf und warf einen hilflosen Blick auf Sebastian, doch dieser zuckte nur mit den Achseln und starrte dann gebannt auf die Bäuerin, die sich schwer atmend an die untere Hälfte der Haustür klammerte.

»Bitte, Klara«, fuhr Bärbel fort. »Für was ist es zu spät?«

»Mein Mann ist tot«, erklärte Klara schneidend. »Und *dein* Bruder hat ihn umgebracht.«

Bärbels Knie wurden weich. All ihre Befürchtungen entsprachen der Wirklichkeit! Sie strauchelte und stieß taumelnd gegen Sebastian.

Schnell legte er den Arm um sie, damit sie nicht stürzte, während er auf dem anderen Marie balancierte.

»Du lieber Gott, wie konnte das geschehen?«, flüsterte Bärbel schwach.

»Frag nicht mich. Frag diese Elisabeth. Sie ist für alles verantwortlich. Und nun schert euch fort. Ich will niemanden von eurer Brut hier sehen. Nie wieder! Hörst du!«

Bärbel schluckte. Entsetzen machte sich in ihr breit. Wie eisige Splitter zog es von ihrer Magengrube bis in jeden Winkel ihres Körpers hinein. »Wo kann ich Elisabeth finden?«

»Frag jemand anderen«, blaffte Klara, dann schlug sie das Oberteil der Tür mit einem dumpfen Knall zu, um sie unmissverständlich darauf hinzuweisen, dass das Gespräch für sie beendet war.

Sebastian streichelte zart Bärbels Schulter. »Komm«, sagte er. »Wir werden Elisabeth schon finden.«

Bärbel nickte instinktiv. Tränen stiegen ihr in die Augen. Wenn das stimmte, was Klara sagte, dann war es Jakob, den sie an den Galgen gehängt hatten. Sie wollte nicht daran denken, welche unausweichliche Folge aus diesem Ereignis resultierte, doch sie konnte es nicht unterdrücken. »Sebastian«, wisperte sie heiser. »Jakob ist tot!«

Sebastian Liebig kam sich zutiefst unnütz vor. Die Nachricht der Bäuerin bestürzte ihn genauso sehr wie Bärbel. Er hatte ihren Bruder nie kennengelernt, aber es war schrecklich, wenn man ein Familienmitglied auf diese Weise verlor. Sein ganzer Trost würde nicht ausreichen, um diese Wunde in Bärbels Seele zu heilen. »Komm«, sagte er noch einmal, weil ihm nichts anders einfiel. »Suchen wir nach Elisabeth.«

Auf einem benachbarten Hof erklärte man ihnen den Weg und die neugierigen Blicke der Dorfbewohner sengten sich in Bärbels Rücken, bis die einspännige Kutsche vor dem Haus der Stricklers hielt, um die ganze Wahrheit herauszufinden.

Eine hochgewachsene, junge Frau öffnete ihnen die Tür. Ihr Haaransatz, der unter dem Saum ihrer Haube zum Vorschein kam, war weizenblond und ihre Augen leuchteten in einem intensiven Grün, so lieblich wie eine bemooste Quelle, die von der Sonne beschienen wurde.

»Guten Tag«, sagte Sebastian. »Ich bin Sebastian Liebig, und das ist Bärbel, mein Weib.«

Das hübsche Gesicht wandte sich Bärbel zu, die schützend ihre Tochter an die Brust klammerte und ihre Tränen nicht mehr zurückhalten konnte. Erkenntnis blitzte in den grünen Augen der jungen Frau auf, wie ein Stein, der das Wasser bewegte. »Kommt herein«, erwiderte sie. »Mein Name ist Elisabeth. Ich denke, ich weiß, was euch hierher geführt hat.« Mit einer einladenden Geste wies sie in den Flur.

Sebastian holte das Körbchen mit Johannes aus dem Wagen, der langsam zu greinen begann, während Bärbel ihr nasses Gesicht gegen das wollene Käppchen ihrer Tochter drückte und

Elisabeth ins Haus folgte. Sie wurde in die Stube geführt, wo eine alte Frau am Spinnrad vor dem Fenster saß. Ihre knotigen Finger bewegten sich in mechanischer Monotonie über den dünnen Hanffaden. Sie nickte kurz und beugte sich dann wieder über ihre Arbeit.

»Meine Mutter«, erklärte Elisabeth.

Sebastian stieß kurz darauf zu ihnen und Elisabeth bat die beiden, sich an den Tisch zu setzen.

»Ihr seid wegen Jakob gekommen, nicht wahr?«

Die alte Frau hob kurz den Kopf, fuhr aber dann mit ihrer Arbeit fort.

»Ja«, schniefte Bärbel. »Ich muss wissen, was mit ihm geschehen ist.«

»Ihr wart bei Klara?« Es war mehr eine Feststellung als eine Frage.

Bärbel nickte stumm.

»Aber sie hat euch vermutlich nicht alles erzählt, nicht wahr?«

»Haben sie Jakob aufgehängt?« Bärbels Stimme kippte.

Elisabeth legte beruhigend ihre Hand auf Bärbels verkrampfte Hände, die sie vor dem rundlichen Bäuchlein des Kindes gefaltet hatte, das nun auf ihrem Schoss saß. »Nein, das haben sie nicht. Er hat seltenes Glück gehabt«, begann sie. »Aber ob es tatsächlich ein Glück war, muss sich erst noch erweisen.«

»Er ist … nicht … tot?«, krächzte Bärbel.

»Nein. Er ist begnadigt worden, von einem Oberst, der gerade durch das Gebiet zog, um Truppen anzuwerben. Aber es war äußerst knapp.« Dann erzählte sie den beiden die ganze Geschichte, während Bärbel den kleinen Johannes zu stillen begann, der mittlerweile lautstark nach seiner nächsten Mahlzeit verlangte. Sie berichtete, wie Jakob von Kaspar hereingelegt wurde, damit man ihn als Dieb verurteilen und sie nicht heiraten konnte – auch in diesem Fall hätte ihm der Strang gedroht –, und wie es schließlich zu dieser schrecklichen Tat gekommen war. Von Jakobs Hinrichtung, die in einer Begnadigung endete und seiner Verpflichtung zum Landsknecht, um fern der Heimat in den Krieg zu ziehen. »Ich hoffe, dass er heil zurückkommt«, schloss sie.

»Oh Elisabeth! Wie schrecklich das alles ist«, erwiderte Bärbel. Doch sie war auch ein wenig getröstet darüber, dass Jakob noch lebte. Für den Augenblick wenigstens, denn der Krieg war ein grausames Geschäft.

Elisabeth senkte traurig den Kopf. »Es ist nicht einfach für uns hier. Man schneidet uns seitdem und mein Vater ist vor lauter Gram gestorben.«

Bärbel schlang den freien Arm um sie. »Ich denke nicht, dass mein Bruder dies gewollt hat.«

»Nein, das hat er nicht.«

»Und doch hat er Unglück über uns gebracht.« Die unerwartet tiefe Stimme der alten Frau durchschnitt die Stube.

»Mutter!«, sagte Elisabeth streng, doch Christine Strickler hatte sich wieder ihrer Spinnarbeit zugewandt und schien in ihrer eigenen Welt zu sein.

Sie ist auch ein Opfer dieses schrecklichen Ereignisses, genau wie Klara, schoss es Bärbel durch den Kopf. *So viel Leid wegen einer einzigen Tat.*

»Wir kommen schon zurecht«, entgegnete Elisabeth tapfer.

»Du bist eine starke Frau«, entfuhr es Bärbel.

Elisabeth presste die Lippen zusammen. »Ich tue, was ich kann.« Ihr Blick fiel auf Jakobs Schwester, die kaum jünger war als sie selbst, und die schlanke Gestalt ihres Ehemanns, dessen tiefblaue Augen unter der hohen Stirn betroffen auf ihr ruhten. Obwohl sie ihnen ihr Glück gönnte, verkrampfte ein jäher Schmerz ihre Brust. Diese zwei verband etwas, was sie von ganzem Herzen begehrte. Der Herrgott allein wusste, ob sie jemals so glücklich sein würde wie sie.

Sebastian und Bärbel blieben noch eine Weile, bevor sie sich von den beiden Frauen verabschiedeten.

»Komm zu uns, wenn du Hilfe brauchst«, sagte Bärbel zum

Abschied. Dann erklärte sie Elisabeth den Weg zu ihrem Haus in Straßburg.

Die Rückfahrt verbrachten sie in tiefem Schweigen.

Endlich, als sie bereits zu Hause im Bett lagen, wandte sich Bärbel Sebastian zu und barg ihren Kopf wie ein Kätzchen in seiner Halsbeuge. »Nun haben wir einen Mörder in der Familie«, sagte sie und brach erneut in Tränen aus.

»Auch er ist in Gottes Hand«, flüsterte Sebastian.

Doch seine Worte trösteten sie nicht. Er zog sie noch enger an sich, nahm sie fest in die Arme und streichelte ihr tränennasses Gesicht, bis der Schlaf sie in gnädiges Vergessen hüllte.

Zerplatzte Träume

Die Tage des Drills zogen sich für Jakob und seine Kameraden hin, was, wie sich später herausstellte, noch das geringere Übel war. Obwohl Wallenstein sich am 16. Juli dazu entschloss, nicht länger auf Tilly zu warten, und dem Mansfelder ein kroatisches Reiterheer hinterherschickte, schwankte er in seinem Entschluss, ihn mit seinem Hauptheer zu verfolgen. Erst am 8. August erging der Befehl zum Abmarsch an einen Teil des Heers. Die Truppe war 14 000 Mann stark, darunter Jakob, Peter, Balthasar, Zacharias und Heinrich. Wallenstein war des langen Wartens müde und beschloss nun endlich, dem Mansfelder hinterherzujagen, dessen Truppen zu frischer Größe herangewachsen und nach Schlesien aufgebrochen waren, um sich dort mit Bethlen Gabor zu vereinigen, einem weiteren Feind des Habsburgischen Kaisers. Der Rest des Heers blieb unter dem Befehl des Herzogs Georg von Lüneburg zurück.

Ein Koloss gewaltigen Ausmaßes setzte sich in Bewegung. Wie ein riesenhafter Lindwurm zog er sich über das Land. An seinem Kopf marschierten die Söldner, sein um ein Vielfaches größerer Schwanz umfasste den Tross. Ein Pulk aus Munitionswagen, Ausrüstungen und Zugpferden, Schanzwerkzeug und Belagerungsmaschinen, einer verschwindend geringen Menge Schlachtvieh, Reitpferden, Weibern, Kindern, Huren und Mätressen, Mägden und Knechten, Geschäftemachern, Gaunern und Schankwirten, und schließlich den Krüppeln und elternlosen Kindern, den Verlierern des Krieges, die nicht nur ihrer Gesundheit, sondern auch ihrer Bleibe beraubt worden waren.

Die folgenden Wochen bescherten Jakob einen Vorgeschmack dessen, was sie erwartete. Wallenstein trieb sie in einem mörderischen Tempo voran und sie erreichten bereits am 6. September die ungarisch-märische Grenze, da Mansfelds Truppen längst bis nach Ungarn vorgedrungen waren. In nur dreißig Tagen hatten sie eine gewaltige Strecke zurückgelegt. Zumindest diejenigen, die noch lebten. Viele waren dem anstrengenden Marsch durch Hunger, Erschöpfung oder irgendeiner Krankheit zum Opfer gefallen. Selbst Aaron war deutlich magerer geworden, obwohl er sich sein Essen nach wie vor selbst jagte. Der lange Weg und das schnelle Tempo hatten auch ihm zu schaffen gemacht. Sie waren ausgelaugt, müde und kaum in der Lage, eine Schlacht zu bestreiten. Es grenzte an ein Wunder, dass die fünf Kampfgefährten überlebt hatten, und Jakob dankte dem Herrgott, dass Wallenstein drei Tage später beschloss, bei Neuhäusel ein Lager aufzuschlagen, damit sich die erschöpften Söldner ausruhen und neue Kräfte sammeln konnten. Im Lager trafen sie Vincent wieder, der vor wenigen Tagen zum Witwer geworden war. Sein ohnehin schon geschwächtes Weib hatte die Strapazen nicht überlebt. Ihre kleine Tochter war der Mutter in den Tod gefolgt, da Vincent keine Amme für das Kind auftreiben konnte.

»Der Herrgott verleihe ihnen eine fröhliche Auferstehung«, sagte er traurig. »Im ewigen seligen Leben wollen wir einander wiedersehen.«

Die kleinen Jungen klammerten sich verstört und hohläugig an ihren Vater, doch auch ihren Hunger konnte er nicht stillen. Weit und breit gab es kaum etwas zu essen. Das Land war durch die Truppen des Mansfelders geplündert und verwüstet worden. Die versprochenen Vorräte kamen nicht und selbst Hauptmann von Ovelackers Schmerbauch schwand zur Bedeutungslosigkeit dahin.

In jenen hungrigen Nächten zog Jakob sein Halstuch aus. Er presste es an sein Gesicht in der irrigen Hoffnung, einen letzten Hauch von Elisabeths Duft in dem schmutzigen Gewebe zu erhaschen. Vielleicht half es ihm dabei, endlich einzuschlafen, um den Hunger zu vergessen, doch noch im Schlaf plagte er ihn. Er träumte von den Dingen, die man ihm versprochen hatte. Von Fleisch und Brot, Bier und Wein – und das nicht weniger als zweimal am Tag. Die Teller, Platten und Humpen tanzten einen lustigen Reigen vor seinem inneren Auge, doch sobald er danach griff, waren sie verschwunden. Nichts davon hatte sich erfüllt. Ganz zu schweigen von dem Sold, von dem er seit seiner Vereidigung nichts mehr erhalten hatte. War dies die Sühne für das, was er getan hatte?

Die Stimmung der Männer sank auf ihren tiefsten Punkt. Ein empörtes Murren machte die Runde und die Rufe nach Befehlsverweigerung wurden lauter. Kurz bevor die Moral der Truppe endgültig kippte, tauchte in der Ferne ein riesiger Tross aus hintereinander gereihten Fuhrwerken auf. Endlich wurde die lang ersehnte Nahrung ins Lager gebracht. Für eine große Zahl an Menschen war es trotz alledem wenig, was sich auf den Ladeflächen der Wagen befand, doch es reichte aus, um zumindest den gröbsten Hunger zu stillen.

Nach nur acht Tagen der Ruhe trieb Wallenstein sie weiter. Dieses Mal ging es nach Neograd, doch der Belagerungsring vor der Stadt löste sich auf, sobald man von ihrem Herannahen erfuhr. Am 30. September trafen sie schließlich auf Bethlen Gabors Heer. Obwohl Wallensteins Truppe dezimiert war, musste sie doch einen furchterregenden Eindruck gemacht haben. Gabor bot auf der Stelle einen Waffenstillstand an, doch am nächsten Morgen hatte er sich mit seinem gesamten Heer in aller Stille davongemacht. Wutentbrannt kehrte Wallenstein mit seinen Männern nach Neuhäusel zurück. Die nun folgenden Wochen bestanden aus Truppenverschiebungen, Belagerungen und Hunger, und in Jakob manifestierte sich der Gedanke, dass er wohl eher an einer Krankheit, Erschöpfung oder den Folgen seines leeren Magens sterben würde, als an den Auswirkungen einer Schlacht. Infolge des Mangels an Brot schwärmte der Tross auf die Felder der Umgebung aus, doch das wenige, was sich ernten ließ, waren faulige, überreife Früchte, und so blieb es nicht aus, dass dies einigen ganz gehörig auf den Magen schlug. Männer, Frauen und Kinder erkrankten an Durchfall, schmerzhaften Koliken und Erbrechen. Bald war das Lager erfüllt vom Gestank entleerter Mägen und Därme, dem Stöhnen der Gequälten und dem Klagen der Trauernden, denn immer mehr überstanden die Krankheit nicht, die sich wie ein Lauffeuer ausbreitete. Den Rest von Vincents Familie raffte sie dahin und zum Schluss starb auch er ohne den Trost von Weib und Kindern.

»Hoffen wir, dass er wenigstens im Tod mit seiner Familie vereint ist«, bemerkte Peter, als sie ihn begruben. Über sein langes Gesicht liefen bittere Tränen.

Dann erkrankte Heinrich. Seine abstehenden Ohren rollten sich ein wie vertrocknende Blätter, und seine Träume von einer besseren Zukunft verwandelten sich in eine Agonie aus Wut, Angst und Schmerzen. Es dauert drei Tage, bis Heinrichs Leben wimmernd in Balthasars grobknochigen Armen verging. Der gutmütige Riese hockte neben dem Lager seines Freundes und heulte wie ein Schlosshund, als die Züge des Jungen sich endlich entspannten und er sich auf einer Reise fern ihrer Vorstellungen befand. Wütend ballte er seine Faust. »Dieser elende Wallenstein. Dieser verdammte, aufgeblasene Schurke. In welches Unglück hat er uns gestürzt?« Schluchzend schlug er die Hände vor sein Gesicht. »Ich geh hin und schlag ihm den Schädel ein.«

Aaron betrachtete ihn aufmerksam und legte ihm tröstend seinen großen Kopf in den Schoß, während Jakob begütigend Balthasars Arm tätschelte, an dem das Fleisch schlaff über die Knochen hing. »Lass gut sein, Balthasar. Wir können doch nichts dran ändern.« Tief in seinem Herzen konnte Jakob Balthasars Wut verstehen. Fast alle hatten sich freiwillig zum Heeresdienst gemeldet, doch selbst dem Dümmsten war in der Zwischenzeit aufgegangen, dass sie auch dieses Mal das Schicksal nicht wenden konnten. Die Fleischtöpfe der Reichen blieben ihnen nach wie vor verwehrt. All die lockenden Versprechungen hatten sich als unwahr erwiesen und es erging ihnen schlimmer als je zuvor. Jakob dachte an den vergangenen Morgen zurück. Er hatte sich im Spiegelbild eines gefüllten Wasserbottichs rasiert. Als sein Blick auf das leicht verzerrte Abbild der spiegelnden Oberfläche traf, zuckte er für einen Moment erschrocken zurück. Ein ausgemergeltes Gesicht starrte ihm entgegen, fremd und mit so tief liegenden Augen, als ob er bereits gestorben wäre. Die Erinnerung daran bohrte eisige Krallen in sein Fleisch. Wahrscheinlich war es nur eine Frage der Zeit, bis der Tod auch nach ihm die Hände ausstreckte. Seine Hoffnungen und Träume würden ebenso unerfüllt bleiben, wie es bei Heinrich der Fall gewesen war, wenn sie auch eine ganz andere Richtung nahmen. Es ging ihm nicht darum, sich den Bauch vollzuschlagen, obwohl dieser Aspekt nicht unerheblich war. Nein. Er wollte Elisabeth wiedersehen, in ihre wundervollen Augen blicken, ihr zartes Gesicht berühren, nach dem er sich mit jeder Faser seines Daseins mit einer Liebe sehnte, die auch der Hunger nicht vertreiben konnte.

September 1626

Was sorgst du dich um morgen?

Sebastian Liebig lief in der Stube voller Unruhe auf und ab. Die Sache begann ihm langsam über den Kopf zu wachsen. Ach! Was hieß denn hier langsam? Sie türmte sich geradezu vor ihm auf. Sicher, Kinder hatten sie genug. Gestern war sogar noch eines dazugekommen. Wieder ein Säugling, der Bärbel an den Rand der Erschöpfung brachte. Es musste eine Amme her, denn sein Weib konnte unmöglich alle drei Kinder stillen, schon gar nicht in dem Zustand der Trauer, in dem sie sich befand. Das Unglück ihres Bruders belastete Bärbel, wenn sie es auch zu verbergen versuchte. Nichtsdestotrotz musste jemand gefunden werden, der sich um das Kleine kümmerte, damit es nicht zu kurz kam. Doch das war nicht seine einzige Sorge. Ständig war das Geld knapp. So viele Kinder brauchten jeden Tag eine Menge zu essen, ganz zu schweigen von Kleidung, Schuhen, Feuerholz und anderen anfallenden Kosten. Was sollte er tun, wenn es gar nicht mehr reichte? Außerdem gab es einige Kinder, die nicht unproblematisch waren. Gabriel schien ein notorischer Dieb zu sein. Er traute ihm nicht über den Weg, obwohl der Junge ein Charmeur war und Sebastian ihn längst ins Herz geschlossen hatte. Georg und Martha, beide etwa acht oder neun Jahre alt, waren so wild wie ausgesetzte Kätzchen, die nie die Wärme eines Heims kennengelernt hatten. Martha aß wie ein Tier. Bei jeder Mahlzeit stopfte sie so viel in sich hinein, als ob es ihre letzte wäre. Darüber hinaus musste man sie ständig daran erinnern, dass es nicht mehr nötig war, ihr Essen mit Zähnen und Klauen zu verteidigen. Georgs Manieren waren nicht viel besser. Dann war da noch das Theater, das Therese wegen Grete machte. Ihm schien, dass sie eifersüchtig auf die jüngere, tatkräftige Grete war, und diese tat nichts, um die Ältere zu besänftigen. Doch Therese war ihm immer eine gute Haushälterin gewesen. Er wollte nicht, dass es ihr schlecht ging, aber er wusste beim besten Willen nicht, wie er ihr helfen konnte. Sebastian stöhnte auf. Er hatte Gottes Diener sein wollen. Aus diesem Grund hatte er einen Ort der Zuflucht und Geborgenheit für Kinder geschaffen, die diese Hilfe dringend brauchten. Doch wie sollte er dies nur alles bewältigen?

Möglicherweise ist Gott in deinem Fall schon von Amts wegen dazu verpflichtet, dir zu helfen, schoss es ihm durch den Kopf. Es waren Bärbels Worte gewesen, die sie vor ein paar Wochen an ihn gerichtet hatte. Nun, dies hatte er eigentlich auch gedacht, doch nun erwachten Zweifel in ihm. *Was, wenn Gott doch nicht half? Was, wenn er einfach nichts tat, als ihn zu beobachten und zuzusehen, wie er sich abstrampelte?* Sebastian schluckte hart. Das war keine Vorstellung, die ihm behagte.

Hast du den Herrgott eigentlich schon einmal ernsthaft um die Lösung deiner Probleme gebeten? Wieder ein Gedanke, der ihm in den Sinn kam. Wenn er ehrlich zu sich selbst war, hatte er das nicht getan. Er war jemand, der sich nicht lange mit beten aufhielt. Er tat, was ihm in den Sinn kam. Der Herrgott konnte es ja trotzdem segnen. Aber vielleicht wollte er auch gebeten werden? Sebastians Schritte stockten. Vielleicht war es der falsche Weg, den er eingeschlagen hatte? Nun, dies konnte man ändern. Vorsichtig schlich er sich ins Schlafzimmer, in dem nun drei Säuglinge schliefen. Zwei in der Wiege und einer in dem Körbchen, in dem sie Johannes in der Kutsche transportiert hatten. Wie gut, dass er die Unterkante der Tür bereits abgeschliffen hatte und diese nicht mehr geräuschvoll über den Boden schabte.

Der Dielenboden ächzte leise, als er auf die Knie sank und begann, Gott sein Herz auszuschütten.

Es war wohl eine Stunde verstrichen, als eines der Kinder langsam erwachte und sich die Geräusche von freundlichem Gebrabbel zu weinerlichem Geschrei steigerten. Bärbel stürmte plötzlich zur Tür herein und fand ihren Mann völlig versunken auf den Knien vor.

»Sebastian, was machst du hier?«, rief sie erstaunt.

»Beten«, erwiderte er in aller Logik. »Und ich glaube, ich habe eine Lösung gefunden, zumindest was Therese betrifft.«

»Na, da bin ich aber gespannt«, sagte Bärbel. »Sie streitet sich gerade wieder mit Grete. Dieses Mal geht es darum, welche von beiden die bessere Gemüsesuppe zubereitet.« Bärbel seufzte laut. »Als ob das nicht egal wäre.«

Sebastian hatte tatsächlich eine Lösung parat. Er besorgte eine Amme für Sybilla – so hatten sie die Kleine genannt – und handelte einen Vertrag aus, dass man ihr das Kind alle paar Stunden bringen würde. Mit dieser Aufgabe betraute er Therese. Sie sollte sich auch sonst um Sybilla kümmern und Bärbel bei den anderen Kindern etwas zur Hand gehen. Dadurch waren die Aufgaben klar verteilt und Therese entlastet, da sie sich nun nicht mehr in alles einmischen musste. Die Küche regierte von nun an Grete und die Amme war nicht so teuer, weil das Kind nicht bei ihr wohnte.

»Wie bist du nur darauf gekommen?«, fragte Bärbel ihren Mann.

»Das fiel mir beim Beten ein«, erklärte er ihr. »Wir sollten es von nun an öfter tun.«

Bärbel schmunzelte, doch sie entdeckte in Sebastians dunkelblauen Augen die Ernsthaftigkeit, mit der er diese Worte ausgesprochen hatte.

»So, fertig«, stellte Grete zufrieden fest und setzte sich auf das frisch bezogene Bett, das ein Schreiner in Thereses Kammer aufgestellt hatte. Endlich musste sie nicht mehr auf dem Lotterbett in der Stube schlafen. Die beiden mit Strohsäcken gefüllten Kästen standen dicht hintereinander an der Wand, trotzdem gab es nun neben einem Nachttischchen für Therese, einer Truhe und einer Wiege für Sybilla kaum noch Platz, um sich in der Kammer zu bewegen. Therese warf ihr einen missmutigen Blick zu und Grete fühlte sich wie ein Eindringling in einem fremden Palast. Einem sehr bescheidenen Palast, wie sie zugeben musste. Ihre Kammer bei den Abendrots war dagegen schon fast luxuriös gewesen. Aufmunternd klopfte sie auf die freie Fläche neben sich und bat die alte Haushälterin mit dieser Geste, sich zu ihr zu setzen.

Therese reckte hochmütig ihre Nase in die Luft. »Danke«, entgegnete sie spitz. »Ich stehe lieber.« Jeder Versuch, sich ihr freundschaftlich zu nähern, wurde schon im Keim erstickt.

Doch so leicht gab sich Grete nicht geschlagen. »Weißt du, Therese«, begann sie. »Ich möchte dir hier nichts wegnehmen.«

»Das tust du aber«, erwiderte diese, eingeschnappt wie ein kleines Mädchen. »Du füllst meinen Platz in der Küche aus und nun quartierst du dich auch noch in meiner Kammer ein.«

»Wäre es dir denn lieber, wenn du die ganze Arbeit allein tun müsstest?«

Therese rieb sich nachdenklich über den runzligen Mund. »Nun ja. – Nein«, gab sie dann zögernd zu. »Meine alten Knochen sind nicht mehr so belastbar wie früher.«

»Siehst du. Und nun bin ich hier, um dich bei deiner Arbeit zu unterstützen.«

»Du unterstützt mich nicht. Du entmündigst mich!«

»Ich habe den Herrn Pfarrer nicht gebeten, mich mit der Verantwortung für die Küche zu betrauen. Und der Umgang mit der kleinen Sybilla scheint dir doch zu gefallen. Oder etwa nicht?«

Ein schnippisches »Pff« drang aus Thereses Richtung.

Gretes Blick schweifte von dem verschlossenen Gesicht der alten Haushälterin zum Fenster hinaus. Zwei Spatzen hatten sich auf dem äußeren Sims niedergelassen. Sie zwitscherten laut und waren offenbar in ihre eigene Unterhaltung vertieft. »Weißt du, ich habe mir immer eine Familie gewünscht. – Eine Familie wie diese, auch wenn es nicht meine eigene ist.«

»Hast du denn keine?«, fragte Therese, nun doch ein bisschen neugierig geworden, aber immer noch deutlich in ihrem Stolz gekränkt.

Grete schüttelte den Kopf. »Nein, sie sind alle gestorben. – Schon vor langer Zeit.« Plötzlich war sie wieder ein junges Mädchen. Mitglied einer wohlhabenden Familie, die selbst über eine Köchin und ein Hausmädchen verfügte. Grete hatte schon immer in Straßburg gelebt. Ihr Vater war einer der vielen Drucker gewesen, die seit dem Siegeszug des Buchdrucks in zahlreichen Werkstätten die Stadt bevölkerten. Sie sah das Haus noch deutlich vor sich, wenn auch die Zeit die Spuren der Vergangenheit allmählich zu verwischen begann. Es war eines der vielen Fachwerkhäuser gewesen, nicht so schmal wie das, in dem sie nun wohnte, doch ebenso hoch und mit steilen Dachgeschossen, die durch kleine Fenster belüftet wurden. Im Erdgeschoss hatte sich die Werkstatt ihres Vaters befunden. Eine riesige Druckerpresse stand darin, daneben Säcke mit Druckerschwärze und anderen Farben. Über einer freien Fläche hatte er Wäscheleinen gespannt, an denen die noch feuchten Blätter zum Trocknen aufgehängt wurden. Vor der Werkstatt befand sich ein kleiner Laden mit einer Theke und einer Klappe, die man öffnen und aus der Theke heraustreten konnte. Als sie klein war, hatte sie oft auf dem polierten Holz gesessen und ihrer Mutter zugesehen, wie sie die gewünschten Bücher, Hefte oder Flugschriften verkaufte. Sie hatte sich dabei immer als etwas ganz Besonderes gefühlt und sie war stolz darauf gewesen, dass ihr Vater so schöne Blätter drucken konnte.

Vater war ein fleißiger Mann. Er gab sich viel Mühe, um die große Familie zu ernähren, die er sein eigen nannte. Grete war die Mittlere von sieben Geschwistern. Mutter sagte oft, dass der Herrgott es besonders gut mit ihnen meinte, weil sie so viele Kinder durch die gefährlichen ersten Jahre gebracht hatten. Sie waren eine laute, fröhliche Familie, bei der es Freude machte, dazuzugehören. Grete wuchs in dem Glauben auf, dass sie selbst auch einmal heiraten und Kinder haben würde, wenn sie alt genug dafür war. Doch es sollte alles ganz anders kommen. Als sie zehn Jahre alt wurde, bekam einer ihrer Brüder plötzlich Fieber. Sie wunderte sich noch, dass es ausgerechnet den sechzehnjährigen Albertus erwischte, denn in ihrer kindlichen Wahrnehmung war er groß und stark wie ein Ochse. Binnen weniger Stunden erinnerte er eher an ein wimmerndes Hündchen, das sich schutzbedürftig zusammenringelte. Aber es war etwas anderes, das Grete bestürzte: Er heulte. Seit mehr als zwei Jahren hatte er dies nicht mehr getan, es sogar als schwächliche Gefühlsregung belächelt, die eines

Mannes nicht würdig war. Doch nun tat ihm der Kopf so sehr weh, dass sein Stolz wie ein baufälliger Turm in sich zusammenbrach. Von Zeit zu Zeit befiel ihn eine fiebrige Hitze, die von schlotternder Kälte abgelöst wurde, bis seine Zähne geräuschvoll aufeinanderklapperten. Mutter pflegte ihn, so gut es ging. Wenn sie in den Laden musste, wechselten sich die Geschwister darin ab, Albertus mit kühlen Tüchern zu waschen, ihn zuzudecken, wenn er fror, oder ihm den Mund abzuwischen, wenn er hustete. Nach fünf Tagen schien das Fieber gebrochen zu sein. Alle atmeten erleichtert auf, nur um am nächsten Tag festzustellen, dass es in seiner ganzen Härte zurückgekehrt war. In ihrer Not holten die Eltern einen Medicus. Er ließ Albertus zur Ader, doch es schien ihm nicht zu helfen. Stattdessen bekam er kurz darauf einen hässlichen Ausschlag, der fast seinen ganzen Körper bedeckte. Mit der Zeit füllten sich die Pusteln mit fürchterlich stinkendem Eiter. Er sah zum Fürchten aus und obwohl ihre Eltern nichts sagten, sahen es die Kinder an ihren Augen, dass dies eine ernste Angelegenheit war, gegen die man nicht viel tun konnte. Dann griff die Krankheit um sich. Binnen weniger Tage breitete sich das Fieber unter ihren Geschwistern aus, mit denselben Anzeichen wie bei Albertus. Das Dienstmädchen floh, nur die Köchin blieb treu auf ihrem Posten. Als der Zustand ihres Bruders sich dramatisch verschlechterte, war auch ihre Mutter dem Fieber verfallen. Sie bekam nicht mit, als er starb. Ein fürchterlicher Husten quälte sie und rasende Kopfschmerzen fesselten sie an ihr Bett. Als auch sie den ekelerregenden Ausschlag bekam, stand fest, dass es sich um die Blattern handelte. Sie überlebte ihren Sohn nur um wenige Tage. Schließlich griffen die Blattern auf den gesunden Rest des Haushalts über. Grete erinnerte sich mit Schaudern an die schreckliche Krankheit, die sie in den Klauen hielt. Sie konnte sich nicht mehr auf den Beinen halten. Die Schmerzen in ihrem Körper fraßen sie fast auf, und in den wenigen lichten Momenten sah sie die entstellten Gesichter ihrer Geschwister und des Vaters. Sie wusste, dass der Ausschlag auch ihre

Haut überzog. Die Pusteln juckten zuerst fürchterlich, dann begannen sie zu schmerzen und brachen auf. Alles um sie herum verfiel in einen Zustand dräuender Schwärze und als sie nach Tagen daraus erwachte, war niemand mehr am Leben. Sogar die Köchin war verschwunden.

Ein Weib aus der Nachbarschaft pflegte sie. Von ihr erfuhr Grete, dass halb Straßburg von der Krankheit befallen war. Nur wenige waren stark genug, um sie zu überleben. Grete gehörte zu ihnen, doch als sie das erste Mal in einen Spiegel schaute, wäre es ihr lieber gewesen, sie wäre ebenfalls gestorben. Ihr Gesicht war mit Krusten übersät und als diese abfielen, hatten sich hässliche Narben darunter gebildet. Seit dieser Zeit konnte man sie kaum noch als hübsch bezeichnen, doch noch schlimmer war, dass sie kein Heim mehr hatte. Sie gehörte zu den Überbleibseln der Gesellschaft, ohne die Liebe einer Familie und ihren sicheren Halt. Die Zunft regelte alles. Haus und Werkstatt wurden verkauft. Der Erlös floss in zu begleichende Rechnungen, wie die hohen Begräbniskosten, die bei einer solch großen Familie anfielen und vieles mehr. Für sie fand man eine Stellung in einem Straßburger Haushalt. Von nun an würde sie dem Dienstpersonal angehören und nicht mehr der besseren Gesellschaft.

»Dort habe ich mich von einer einfachen Küchenmagd bis zur Köchin hochgearbeitet. Dies war alles, was ich erreichen konnte. Einen Mann werde ich wohl niemals abbekommen, so hässlich, wie ich bin. Und diese Kinder werden die einzigen sein, für die ich sorgen darf.«

Die alte Therese hatte nun doch auf dem Bett Platz genommen. Ihr Blick war weich, als sie die Hand hob und mit den Fingerkuppen sanft über die Narben auf Gretes Wange strich. »Weißt du, ich habe auch niemanden mehr«, sagte sie leise. »Aber vielleicht können wir wenigstens füreinander so etwas wie eine Familie sein?«

Grete lächelte plötzlich. »Wir könnten es zumindest versuchen.«

Es war später Abend, die letzte Stunde vor dem Zubettgehen, die Sebastian und Bärbel nutzten, um sich der Buchführung, organisatorischen Dingen oder ihren eigenen Angelegenheiten zu widmen. Sie hatten sich in ihr Arbeitszimmer zurückgezogen, eine schmale Kammer, die sich zwischen Schlafzimmer und Stube befand. Sebastian saß grübelnd vor dem zierlichen Schreibtisch, den er darin untergebracht hatte, um noch genügend Platz für ein Regal mit zwei Borden, eine Truhe und zwei Stühle zu haben, die allerdings sehr dicht aufeinander standen, einer vor und einer hinter dem Schreibtisch. Ein frisch angespitzter Federkiel lag in seiner rechten Hand. Gedankenverloren tauchte er die Spitze in ein Fässchen mit Eisengallustinte, um ein paar Notizen in seinem Tagebuch zu hinterlassen.

Die Kinder waren bereits zu Bett gegangen. Man hörte nur noch gelegentliches Schaben aus den drei Kammern im zweiten Stock über ihnen und das Kratzen des Federkiels über den aufgeschlagenen Seiten.

Bärbel seufzte erleichtert. Endlich kehrte etwas Ruhe in den turbulenten Alltag ein. Die beiden Kleinen schliefen friedlich nebenan, während sie Sybilla nun bei Therese untergebracht hatten, die ganz vernarrt in das kleine Mädchen war. Selbst die Tatsache, dass sie ihre Kammer seit ein paar Tagen auch noch mit Grete teilen musste, schien ihr nichts mehr auszumachen. Bärbel lächelte vor sich hin. Sebastians Idee schien gar nicht so schlecht gewesen zu sein. Die beiden Frauen hatten ihren Frieden miteinander geschlossen, wenn sie auch nicht wusste weshalb.

Sie holte einen Lederbeutel aus der an der Wand stehenden Truhe. Sie würde morgen wieder mit Therese auf den Markt gehen müssen, um Grete mit frischen Lebensmitteln zu versorgen. Diese Regelung hatte sich inzwischen eingebürgert und war praktisch für alle. Grete konnte so in der Küche bleiben, darin schalten und walten, wie sie wollte und nebenbei die kleineren Kinder beaufsichtigen. Bärbel ging mit Therese, Marie, Johannes und Sybilla auf den Markt, während Sebastian die Größeren unterrichtete. Er hatte ein Handwägelchen besorgt, in dem außer den Kindern auch noch zwei große Körbe Platz fanden. So war allen gedient. Die Kinder kamen an die frische Luft und die beiden Frauen mussten die schweren Körbe nicht mehr nach Hause schleppen.

Bärbel wog den Beutel prüfend in ihrer Hand, setzte sich auf den Stuhl gegenüber von Sebastian und schüttelte die Münzen in ihren Rockschoß. »Du lieber Himmel, Sebastian! Wir haben fast kein Geld mehr.«

Sebastian hielt in seiner Arbeit inne, als er den besorgten Unterton in der Stimme seines Weibes hörte.

»Wie sollen wir die Kinder nur weiter ernähren, wenn es aufgebraucht ist?« Bärbel zählte die wenigen Pfennige wieder und wieder, um sicherzugehen, dass sie sich nicht getäuscht hatte, während sie in Gedanken rasch überschlug, was sie dafür kaufen konnte. »Es wird kaum noch für morgen reichen.« Ihre hellen Augen hefteten sich Hilfe suchend auf ihren Mann.

Sebastian stützte das Kinn in seine Hand und runzelte die Stirn. »Die wenigen fortlaufenden Zahlungen, die mir zugesagt wurden, sind diesen Monat auch ausgeblieben.«

»Dann wirst du mit diesen Leuten reden müssen«, sagte Bärbel bestimmt. »Sie dürfen uns jetzt nicht einfach hängen lassen.«

»Auch sie haben es in letzter Zeit schwer«, entgegnete er nachdenklich. »Zwar hat der Krieg Straßburg bis jetzt in Ruhe gelassen, aber er ist nicht gut fürs Geschäft, sofern man nicht mit Kanonen, Piken und Musketen handelt. Im Umland haben die Leute infolge der Plünderungen kaum noch Geld, und dies wirkt sich wiederum auf unsere Stadt aus.«

Bärbel schüttelte ungläubig den Kopf. »Aber was sollen wir denn tun? Irgendjemanden müssen wir doch fragen!«

»Wir werden den fragen, der seine Schatzkammer im Himmel hat«, erwiderte Sebastian. »Wenn es Gottes Wille ist, dass diese Kinder bei uns leben, dann wird er auch für alles Notwendige sorgen.«

Bärbel seufzte. »Ich hoffe, du hast recht.« Seit sie von Jakobs und Elisabeths Schicksal erfahren hatte, war sie sich schmerzlich der Tatsache bewusst, dass die Dinge nicht immer so liefen, wie man es sich wünschte. Und auch sie hatte in dieser Hinsicht schon eigene Erfahrungen gesammelt. Die Erinnerung daran drängte in letzter Zeit deutlich an die Oberfläche ihrer Gedanken.

Sebastian griff über den Tisch, nahm eine ihrer Hände und zog sie nahe zu sich heran. Ihre Handfläche war warm und er roch den metallischen Geruch des Geldes, das sich darin befunden hatte. Zart zeichnete er die Linien nach, die sich darin eingegraben hatten. »Lass es uns versuchen«, erwiderte er fest.

»Ach Sebastian«, seufzte Bärbel. »Ich hoffe, dass es auch Gottes Wille ist, dass Jakob wieder gesund zu uns zurückkehrt.«

Der darauffolgende Tag war eine Geduldsprobe für Bärbel und Sebastian. Sie sagten niemandem etwas davon, dass das Geld knapp war – auch Therese und Grete nicht – und Bärbel ging mit Therese wie jeden Morgen auf den Markt, um das zu kaufen, was Grete ihr aufgetragen hatte.

Am Abend waren fast alle Lebensmittel aufgebraucht. Nur ein Rest Suppe war noch übrig, den Grete großzügig mit Wasser verdünnte. »Du wirst morgen etwas mehr kaufen müssen«, stellte sie nüchtern fest.

Bärbel konnte nur stumm nicken, während sie den Kloß in ihrem Hals mühsam hinunterschluckte, der sich dort hartnäckig festgesetzt hatte.

Zum Nachtmahl setzten sich die Kinder mit den Erwachsenen wie gewohnt an den Tisch in der Stube. Sebastian faltete die Hände. »Und nun, Kinder, lasst uns beten und dem Herrn danken, dass er uns mit allem versorgt, was wir benötigen.«

Die kleinen Köpfe senkten sich. Wie üblich vernahm Sebastian ein krampfhaftes Kichern aus einer Ecke, denn nicht alle waren es gewohnt, vor dem Essen zu beten. Doch sie bemühten sich immer mehr, ihren Platz in dem neuen Heim einzunehmen, das er ihnen bot. Diejenigen, die das nicht wollten, waren schon lange wieder fort. Und so ignorierte Sebastian den Heiterkeitsausbruch und begann, für das Essen zu danken.

Danach herrschte eine fast stille Gefräßigkeit. Bärbel beobachtete verstohlen, wie die Kinder ihre Löffel in die schlichten Teller tauchten und hungrig ihre Suppe schlürften. Die größeren Jungen hatten in kürzester Zeit aufgegessen. Gerade sie hatten einen mächtigen Appetit. Bärbel wurde schlecht bei dem Gedanken, dass sie morgen vor leeren Tellern sitzen könnten. Was, wenn Sebastians Plan nicht funktionierte? *Woher sollen wir nur all das Geld nehmen, um sie satt zu bekommen? Ob ich wohl doch noch einmal zur Meisterin gehe, um sie um ein Almosen zu bitten?*, überlegte sie. Der Gedanke daran verstärkte die Übelkeit, die sich wie ein harter Stein in ihre Magengrube drückte. Dies war eines der Dinge, die sie am allerwenigsten wollte. Doch selbst wenn sich die Abendrotin erweichen ließ – ewig würde es nicht reichen.

Plötzlich klopfte es laut an die Haustür. Bärbel wurde das Herz schwer. *Hoffentlich ist es nicht noch ein Kind, das bei uns wohnen soll,* dachte sie entmutigt.

»Ich werde nachsehen, wer da ist.« Sebastian erhob sich rasch, bevor Grete aufspringen konnte, und ging nach unten, um zu öffnen.

Eine Brothüterin stand vor der Tür. »Guten Tag, Herr Pfarrer«, sagte sie etwas schüchtern. Sie war ein schlichtes Weib, das verkaufte, was der Bäcker lieferte. »Ich hab noch ein paar Brotlaibe von heut übrig und dachte, dass es schade wäre, wenn sie verderben würden.«

Sebastian strahlte übers ganze Gesicht. »Ich danke Euch, gute Frau«, sagte er und nahm ihr die Brote ab, die sie ihm hinhielt. Es waren zehn Laibe. Genug für das Frühmahl, selbst wenn man sie in Wasser einweichen musste.

Am nächsten Morgen, kurz bevor sich die Kinder an den Tisch setzten, klopfte es wieder. Dieses Mal war es der Milchmann, dem die Achse seines Handwagens gebrochen war. »Wollt ihr diese Milch?«, fragte er Bärbel und stellte die schwere Kanne so schwungvoll auf den Boden, dass der Deckel schepperte. »Ich muss den Wagen entladen, damit ich ihn reparieren kann. Wäre doch schade, wenn sie bei dem warmen Wetter in der Zwischenzeit sauer werden würde.«

Bärbel war verblüfft und beschämt zugleich, als Grete aus Brot und Milch eine dicke Milchsuppe zubereitete. Wie hatte sie je daran zweifeln können, dass der Herrgott sie nicht versorgte?

»Komm, lass uns beten«, schlug sie Sebastian vor, als die Kinder gegessen hatten. Und so taten sie es von nun an jeden Tag. Mal kamen nur ein paar Pfennige herein, die irgendjemand abgegeben hatte, mal war es ein Schilling. An einem Tag im Herbst brachte ein Mann ein ganzes Pfund Pfennige vorbei. Dabei handelte es sich um 240 Pfennige, die einen Gegenwert von 20 Schillingen hatten. Er erzählte, dass er in der letzten Nacht nicht schlafen konnte und das Gefühl hatte, dass der Herrgott ihn in dieser Zeit bedrängt habe, das Geld hier abzugeben. Davon konnten sie frisches Feuerholz kaufen, von dem ein großes Bündel bereits acht Schilling kostete. Andere brachten brauchbares Tuch, aus dem man Kleider nähen konnten oder Schuhe, die ihren eigenen Kindern nicht mehr passten. Der Herrgott schien es den Menschen aufs Herz zu legen, dass sie etwas für das Findelhaus tun sollten, und das, obwohl niemand sie darum bat. Es gab noch ein anderes Findelhaus, deren Kinder jährlich zu Ostern durch die Straßen und Gassen zogen, um Almosen zu erbitten. So etwas taten sie nicht. Nicht einmal ihre engsten Freunde baten sie um etwas und doch hatten sie immer genug, aber niemals mehr, als sie gebrauchen konnten. Ihr Vertrauen wuchs, dass der Herrgott für alles Notwendige sorgen würde.

Feldarbeit

Der Altweibersommer zeigte sich von seiner schönsten Seite. Elisabeth beschattete ihre Augen und blickte über den Acker, den sie für die Saat vorbereiten wollte. Der Boden war feucht und schwer, durchtränkt vom Tau und gelegentlichen Regengüssen. Genährt für die bevorstehende Aussaat. Es war an der Zeit, das Wintergetreide unter die Erde zu bringen, doch zuerst mussten sie mit dem Pflug Furchen ziehen, in denen die Körner versenkt werden konnten. Sie betrachtete das Gerät, das auf dem Acker bereitstand. Ein längliches Etwas mit einem hölzernen Rahmen und einer eisernen Pflugschar. Durch eine gabelförmige Führung ließ sich der Pflug in die gewünschte Richtung lenken, während an einer Vorrichtung auf der gegenüberliegenden Seite das Geschirr für ein Zugtier befestigt war. Elisabeth lächelte trostlos in sich hinein. Dieses Tier würde sie sein. Doch es würde nichts nützen, in Selbstmitleid zu versinken. Es gab schrecklich viel zu tun für zwei Frauen, die einen Hof allein bewirtschafteten, aber sie hatten früher schon viele Arbeiten übernehmen müssen, die Vater wegen seines steifen Beins nicht mehr bewältigen konnte. Mutter war es gewohnt, den Pflug zu lenken, während sie das Pferd geführt hatte. Das Pferd! Es war das größte Hindernis dabei, beziehungsweise die Tatsache, dass sie immer noch keines hatten. So blieb nur die Möglichkeit, sich selbst vor den Pflug zu spannen. Von den Dorfbewohnern war keine Hilfe zu erwarten. Mit Schaudern erinnerte sich Elisabeth an die vor Kurzem eingebrachte Ernte. Jeden einzelnen Halm hatten sie mit dem Handkarren nach Hause holen müssen. Etliche, kräftezehrende Male waren sie damit unterwegs gewesen, um das Heu für die wenigen Tiere und die Korngarben in die Scheuer zu bringen. Nur die Ziege hatte ihnen bei der Beförderung geholfen. Die übrigen Bewohner des Dorfes bemerkten wohl, wie sehr sich Elisabeth und ihre Mutter plagten, begnügten sich jedoch damit, ihnen dabei zuzusehen. Es war fast über ihre Kräfte gegangen, aber mit einem zähen Willen schafften sie es.

Den anstrengenden Hanfanbau hatten sie aus diesem Grund gar nicht erst versucht.

Doch die bevorstehende Arbeit würde eine ebenso große Herausforderung darstellen, denn der Pflug war schwer und die Erde unter ihren Füßen leistete gehörigen Widerstand. Sie nahm das Geschirr vom Boden auf, das sie an einigen Stellen erleichtert hatte, spannte ihre Muskeln und stemmte sich hinein. Es gelang ihr, einen Fuß vor den anderen zu setzen. – Nur um den mühsamen Schritt anschließend wieder zurückzutaumeln. Enttäuscht stieß sie die Luft aus den Lungen. Nicht ein Stückchen hatte sich das schwere Gerät bewegt. Sie versuchte es noch einmal, doch das Ergebnis blieb dasselbe.

»Sieh es doch endlich ein«, ihre Mutter, die den Pflug mithilfe der gabelförmigen Führung zu lenken versucht und gleichzeitig kräftig von hinten geschoben hatte, schenkte ihr einen schiefen Blick. »Wir sind viel zu schwach, um so etwas Schweres in Gang zu bringen.«

Wütend warf Elisabeth das Geschirr auf die Erde. Mit hektischen Schritten lief sie über den brachliegenden Acker, während sich Zorn wie glimmende Funken in ihrem Körper entfachte und sich die Gedanken durch ihre Gehirnwindungen wühlten. Sie musste sich etwas einfallen lassen. Überall waren Leute auf den Feldern. Sie wusste, dass man sie beobachtete, auch wenn keiner direkt hinsah. Auf keinen Fall würde sie jetzt klein beigeben! Niemand sollte sich an ihrem Versagen ergötzen können! Plötzlich sah sie auf und ein klein wenig Hoffnung glättete ihre Züge. Die Ziege! Sie war es wenigstens ein bisschen gewohnt zu ziehen, schließlich hatten sie das Tier schon mehrere Male vor den Handkarren gespannt. Vielleicht würde sich der Pflug bewegen, wenn das Tier sie unterstützte? Kurz entschlossen ging Elisabeth zu ihrer Mutter zurück, die sich immer noch auf die Gabel des Pfluges lehnte, als ob sie zu schwach sei, um auf eigenen Beinen zu stehen.

»Setz dich ein Weilchen in den Schatten, Mutter. Ich gehe nach Hause, die Ziege holen.«

Christine Strickler nickte und steuerte auf die Dornenhecke zu, die den Acker begrenzte. Seufzend setzte sie sich in den Schatten und nahm ihre Haube vom Kopf, um sich damit Luft zuzufächeln. Das Haar, das darunter zum Vorschein kam, war schlohweiß.

Auf dem Weg ins Dorf überschlug Elisabeth noch einmal ihre Möglichkeiten. Sollte sie die Schafe ebenfalls mitnehmen? Sie waren keine Zugtiere, aber wenn jemand voranging, liefen sie hinterher. Ob sie allerdings stehenbleiben würden, wenn sie den Widerstand spürten, konnte sie nicht sagen. Doch dies konnte man herausfinden.

Mit roten, vom Laufen erhitzten Wangen, aber wesentlich besser gelaunt, öffnete sie die Stalltür. Sie hatte die Tiere kurzerhand eingesperrt, als sie aufs Feld gegangen waren. Allein konnten sie nicht draußen bleiben. Zu viele Heimatlose streiften neuerdings umher, für die zwei herrenlose Schafe und eine Ziege ein willkommener Leckerbissen wären. Und dem Hirten konnte sie die Tiere nicht mitgeben, weil dieser dafür entlohnt werden wollte. So blieb ihr nur, diese Aufgabe selbst zu übernehmen, auch wenn an manchen Tagen der Stall eine unvermeidbare Alternative war. Trotzdem sahen die drei wesentlich gesünder aus als zuvor. Die Ziege verfügte mittlerweile über ein beträchtliches Bäuchlein und das Fell der Schafe wuchs ordentlich, nachdem sie die verfilzten Haare abgeschnitten hatte. Die sanften Augen der Tiere musterten Elisabeth und entlockten ihr ein Lächeln.

»Kommt, meine Schönen«, sagte sie, trieb die Tiere aus dem Stall und steckte noch ein paar Lederriemen in einen Beutel, den sie sich über die Schulter schwang.

Das sonnige Wetter regte ihre kleine Gefolgschaft zu ein paar freudigen Sprüngen an. Solchermaßen gestärkt erreichten sie nach kurzer Zeit den Acker, an dessen Rand sich Christine Strickler im Schutz der Hecke niedergelassen hatte. Schwerfällig erhob sie sich.

Elisabeth schluckte den Kloß in ihrem Hals hinunter, der ihr beim Anblick der alten Frau in die Kehle stieg. Sie sah müde und abgespannt aus. Ihr Körper hatte immer eine gewisse Würde besessen, eine ruhige Kraft, die in ihm lag. Nun war sie verschwunden, stattdessen schien ihre Mutter nur noch aus Knochen zu bestehen, über die sich eine ledrige Haut spannte. Doch sie konnte sie nicht schonen. Nur zu zweit war es möglich, das Feld zu bestellen. Wenn sie es nicht taten, würden sie im nächsten Jahr kein Korn ernten können. – Vorausgesetzt es verfaulte nicht im Boden.

Und im Frühjahr schlossen sich Hafer und Weizensaat an. Sonst reichte es nicht bis zur nächsten Ernte.

»Komm Mutter. Lass es uns noch einmal versuchen.«

Christine Strickler nickte matt.

Mithilfe der Lederriemen befestigten sie das Pfluggeschirr an der Ziege, ließen Platz für Elisabeth und machten zwei behelfsmäßige Halfter für die Schafe, die ihre Plätze in der zweiten Reihe einnahmen.

»Ziieeht an!«, rief Elisabeth in gebieterischem Tonfall. Mit aller Kraft stemmte sie sich in das Geschirr.

Die Ziege verstand, was sie tun sollte und legte sich ebenfalls in die Riemen, doch die Schafe blökten erschrocken auf, als sie den Widerstand spürten. Sie purzelten durcheinander und verfingen sich in den Halftern. Wieder kam der Zug zum Stehen, bevor sich der Pflug bewegt hatte.

Christine Strickler stöhnte auf. »Das hat doch alles keinen Zweck«, murrte sie.

Elisabeth spürte, wie ihre Verzweiflung in schiere Wut umschlug, die in ihr hochstieg wie Dampf aus einem kochenden Kessel. »Nun reiß dich endlich zusammen, Mutter«, schimpfte sie. »Oder ist es dir lieber zu hungern?«

Die alte Frau gab einen unbestimmten Laut von sich, der ihre Tochter darüber im Unklaren ließ, was sie damit meinte.

»Wir versuchen es noch einmal«, sagte Elisabeth bestimmt. Ihr Gesicht hatte eine unnatürliche Röte angenommen, die nicht nur auf die Anstrengung zurückzuführen war. Mit bebenden Fingern entwirrte sie die Halfter der Schafe und stellte die Tiere resolut nebeneinander. Danach gab sie ihrer Mutter einen der übrig gebliebenen Riemen in die Hand. »Vielleicht wird dies die Schafe davon überzeugen, in die richtige Richtung zu laufen.«

Sie stellte sich wieder an ihren Platz, strich der Ziege mit einer zärtlichen Geste über den gescheckten Kopf und gab von Neuem das Kommando. »Ziieeht an!«

Dieses Mal gab es einen kurzen Ruck, bevor das herzzerreißende Blöken begann. Dann hörte Elisabeth, wie der Riemen schnalzte, was ein noch lauteres Klagen nach sich zog. Just in dem Moment, in dem ihre letzten Hoffnungen dahinzufahren drohten, setzte sich der Zug aus Mensch und Tier in Bewegung, bevor er erneut zum Erliegen kam. Nicht mehr als zwei winzig kleine Schritte hatte sich der Pflug bewegt, doch es war immerhin ein Anfang. Der Rest des Tages bestand aus Stillstand, Taumeln, Ziehen und Atemholen, doch bis zum Abend hatten sie den Acker gepflügt, obwohl sie eher Trunkenbolden glichen, die über die Erde wankten. Elisabeth war es letztlich gleich. Die Furchen, in die sie morgen die Körner legen würden, waren nicht schnurgerade. Viel wichtiger war jedoch, dass ihr Mut angesichts dieses Sieges einen deutlichen Auftrieb erhalten hatte. Auch wenn sie müde und zerschlagen waren, sah es danach aus, als ob sie es doch schaffen könnten, selbst für ihren Unterhalt zu sorgen.

Der Stöcklin

Einen Monat später betrat Elisabeth mit ihrer kleinen Herde die Straße, die sowohl nach Straßburg, als auch nach Willstätt führte. Es war noch früher Morgen. Der Nebel hing wie ein schwebender Teppich über den Feldern und nässte das farbige Laub, das den Boden bedeckte. Dies war die fruchtbare Zeit der Schafe und sie brauchte jemanden, der ihr einen Bock zur Verfügung stellte.

Willstätt war nur wenige Gehminuten entfernt, doch möglicherweise weit genug weg, um jemanden zu finden, der mit ihr verhandeln würde. Vorausgesetzt, sie traf noch vor dem Hirten dort ein.

Im Gegensatz zu Odelshofen war der Ort von Mauern umgeben. Ein in Nebel gehüllter Schemen vor ihren Augen, bedeckt von der Stille des Morgens, die nur durch das gelegentliche Krächzen eines Raben durchbrochen wurde. Bei gutem Wetter konnte Elisabeth die hohe Wehrmauer sogar von ihrem Garten aus sehen. Dennoch war sie nur wenige Male dort gewesen. Die Willstätter waren schon immer ein eigenes Völkchen, was wahrscheinlich daran lag, dass es sowohl Amtssitz war, als auch ein Schloss beherbergte, das dem Hanau-Lichtenbergischen Grafen Philipp Wolfgang gehörte. Vielleicht bot sich aber gerade hier eine Chance, den Skandal, der wie eine unsichtbare Wolke um sie schwebte, geheim zu halten. Zumindest war sie nicht die einzige Fremde, die sich dort aufhalten würde. In Willstätt endete die Fahrt der Flößer, die Stammholz aus den Wäldern des Schwarzwaldes auf der Kinzig transportierten. Die weitere Beförderung des Holzes wurde von der Flößergilde des Rheins übernommen. Nach vollbrachter Fahrt führte der Weg der Flößer ins Wirtshaus, wo sie ihren Lohn empfingen und sich nach einer angemessenen Stärkung zu Fuß auf den langen Weg nach Hause machten.

Die Menschen im Ort waren es also gewohnt, dass sie nicht jeden kannten. Wahrscheinlich würden sie nicht so genau hinsehen und selbst wenn, konnten sie nicht wissen, um wen es sich handelte. In Kork war dies ganz anders. Dort konnte sie noch nicht einmal den Versuch wagen, um etwas zu bitten.

Fröstelnd zog sie ihr Schultertuch fester um sich. Die kühle Feuchtigkeit drang durch die Fasern ihres Kleides und benetzte die Felle der Tiere, denen dies nichts auszumachen schien.

Am Ende der Straße erreichte sie den Torturm, der auf dieser Seite die einzige Lücke in der Wehrmauer bildete. Ihre Hand fuhr noch einmal unauffällig in einen Schlitz zwischen ihren

Rockfalten, um sich zu vergewissern, dass das Messer, das sie über dem Hemd an einem Gürtel trug, immer noch an Ort und Stelle war. In diesen unruhigen Zeiten war es nicht ganz ungefährlich, sich als Frau allein außerhalb der Grenzen des Dorfes zu bewegen.

Der Torwärter, ein Mann mittleren Alters, musterte sie jedoch freundlich. »Was ist dein Begehr?«

Elisabeth erwiderte das wohlwollende Lächeln des Mannes. »Ich möchte meine Tiere decken lassen. Wisst Ihr zufällig jemanden, an den ich mich wenden könnte?«

Der Torwärter rieb sich die kalten Hände und betrachtete nun die Tiere, die seiner eingehenden Prüfung standzuhalten schienen. Langsam und bedächtig nickte er. »Ja, es gibt jemanden, der dafür infrage kommt. Es ist gar nicht weit. Geh geradewegs auf die Kinzig zu, wenn du das Tor durchschritten hast. Du musst sie überqueren und danach kannst du nach dem Stöcklin fragen. Sein Haus steht in der zweiten Reihe.«

Elisabeth knickste höflich. »Ich danke Euch.«

Der Torwärter grinste. »Du brauchst mir nicht zu danken. Gib mir lieber den Zoll, den ich für die Einreise deiner Tiere bekomme.«

Elisabeth runzelte die Stirn. »Wie viel ist es denn?«

»Drei Helblinge«, erwiderte der Mann. »Für jedes Tier einen.« Er streckte fordernd die Hand aus.

»Die Ziege will ich aber nicht decken lassen.«

»Das hättest du dir früher überlegen sollen. Jedes Tier, das den Amtssitz betritt, muss verzollt werden.«

Elisabeth schnaubte, kramte in dem Beutel, der mithilfe eines Lederbandes an ihrer Taille befestigt war, und förderte die Münzen zutage. Hoffentlich lohnte sich diese Investition. Sie besaßen zu wenig Geld, um es zu verschleudern. Ganz abgesehen davon würde das Decken der Schafe auch nicht umsonst sein.

Der Torwärter nickte zufrieden und ließ sie vorbei.

Ein ungewohntes Bild bot sich Elisabeth, als sie durch den

Turm in den Ort gelangte. Alles schien hier dicht nebeneinanderzustehen, obwohl die Enge wahrscheinlich mehr von der alles umschließenden Mauer herrührte, die das Umland dahinter verbarg. Die Kinzig trennte die Reihen der Fachwerkhäuser in zwei separate Teile, dessen linke Seite im hinteren Drittel von einer weiteren strahlenförmigen Mauer begrenzt wurde. Darüber ragten die Dächer und Türmchen des Schlosses empor. Ein kompakter Koloss, im Vergleich zu den Wohnstätten der übrigen Bewohner. Sie folgte der Beschreibung des Torwärters und betrat eine Brücke, unter der die Kinzig in einer fast schnurgeraden Linie hindurchfloss. Kurz darauf erkannte sie den Hof, den sie suchte, an dem unverwechselbaren Blöken der Tiere. Hinter der Umzäunung war ein mittelgroßer Mann von gedrungener Statur gerade damit beschäftigt, seine Schafe aus dem Stall zu treiben. Elisabeth gestattete sich ein wenig aufzuatmen. Zumindest waren die Tiere noch da.

»Entschuldigt bitte!«, rief sie. »Seid Ihr der Stöcklin?«

Die grauen Augen des Mannes sahen erstaunt auf. »Ja, der bin ich.« Interessiert kam er näher. »Warum willst du das wissen?«

»Meine Schafe sind bockig. Ich wollte fragen, ob ich sie bei Euch decken lassen könnte.«

Der Mann musterte sie nun mit unverhohlener Neugier. Sein Haar war voll und von einem hellen Blond. »Du bist nicht von hier. Nicht wahr?«

»Nein.«

»Und wo kommst du her?«

Elisabeth sah kurz zu Boden. Sie hatte gehofft, dass man ihr diese Frage nicht stellen würde, doch nun musste sie antworten. Besser sie tat es gleich – selbstsicher und ohne zu zögern. Fest heftete sie ihre moosgrünen Augen auf den Stöcklin. »Aus Odelshofen.«

»Aha.« Er blickte hinunter zu den beiden Schafen und der Ziege, die seinen Blick treuherzig erwiderte. »Warum lässt du sie nicht in deinem eigenen Dorf decken?«, fragte er dann.

»Weil es dort keinen geeigneten Bock gibt.«

Der Mann, dessen stämmige Beine in einer schmutzigen Hose steckten, schien kurz zu überlegen. »Das wird dich aber etwas kosten.«

»Wie viel denn?«

»Fünf Pfennige«, erwiderte er, »oder eines der Lämmer.«

»Ich gebe Euch das Geld.« Ein Lamm war mit der Zeit mehr wert als fünf Pfennige. Außerdem würde es die Herde vergrößern.

»In Ordnung«, der Mann nickte. Dann öffnete er das Hoftor und ließ sie herein. Elisabeth musterte ihn aus den Augenwinkeln. Er war ein paar Jahre älter als sie. Das offene Gesicht war nicht unattraktiv, wenn auch der Zustand seiner Kleider auf das Fehlen eines Weibes in seinem Haushalt hinwies. – *Es sei denn, sie ist eine Schlampe,* fuhr es ihr durch den Kopf.

Just in diesem Moment ertönte ein lauter Pfiff, der ihre Aufmerksamkeit auf die Vorgänge in der Gasse lenkte. Ein dürres Männlein erschien mit mehreren Schafen und Ziegen im Gefolge. Offenbar war er der Viehhirt, denn die Schafe im Hof blökten freudig, als sie ihn sahen.

Der Stöcklin öffnete erneut das Hoftor. »Der Bock bleibt heut hier«, rief er dem Männlein zu. »Ich brauch ihn zum Decken.« Mit einem geschickten Griff hielt er das kapitale Tier zurück, während die anderen zu ihren Artgenossen eilten.

Der Hirte nickte zum Zeichen, dass er verstanden hatte, dann zog er seiner Wege.

Elisabeth betrachtete bewundernd den kapitalen Bock, der etwa ein Drittel größer als ihre eigenen Schafe war. Auf seinem lang gezogenen Schädel saß ein imposanter Kopfputz aus dicken, gebogenen Hörnern und seine Wolle erschien ihr prächtiger als die Kleidung seines Herrn. Beim Anblick der Damen fing er an, wie ein arroganter Lüstling auf und ab zu stolzieren. Den beiden schien dies zu gefallen. Genüsslich sogen sie den strengen Geruch des männlichen Tieres in ihre Nasen, als ob es sich dabei um Veilchenduft handelte. Danach drängten sie sich aufgeregt an ihn.

Die Erregung schien sogar auf die Ziege überzuspringen, die laut zu meckern begann.

Der Stöcklin wies mit dem Kinn auf die Tiere. »Wird wohl noch ein Weilchen dauern, bis sie sich einig sind. – Komm doch so lang mit nach drinnen. Ich habe eine Milchsuppe auf dem Herd. Ich glaube, sie reicht auch für zwei.«

Elisabeth schüttelte den Kopf und setzte ein unverbindliches Lächeln auf. »Das ist sehr nett von Euch, aber ich habe schon gegessen.« Ihr Lächeln gefror zu einer Grimasse, als sie die Blicke des Mannes über ihren Körper huschen sah.

Ein wenig beleidigt zuckte er mit den Achseln. »Siehst auf jeden Fall so aus, als ob du noch ein paar Bissen vertragen könntest.«

»Nein danke«, wehrte Elisabeth immer noch lächelnd ab. »Ich muss so schnell wie möglich nach Hause.«

»Hast wohl einen Liebsten, der auf dich wartet, wie?«

Elisabeth ignorierte diese Frage und sah zu dem Bock hinüber, der sich mit einem ihrer Schafe bereits einig geworden war. Na also, das ging ja schneller als gedacht. Bald würde sie den Hof wieder verlassen können. Sie kramte in ihrem Beutel und suchte das Geld für den Bauern zusammen.

»Nun komm schon«, versuchte er noch einmal sein Glück. »Wenigstens etwas trinken kannst du. Ich habe frischen Most. Er ist noch ganz süß.«

Während sie die Münzen zusammenklaubte, überlegte Elisabeth, wie lange sie den Mann noch hinhalten konnte. Sie wollte nicht allein mit ihm im Haus sein, denn bis jetzt war niemand zu sehen, der bei ihm wohnen könnte. War es aber klug, ihn noch länger vor den Kopf zu stoßen? Schließlich hatte er eine Menge guten Willen gezeigt und seinen Bock zur Verfügung gestellt.

»Ich nehme das Geld erst, wenn du einen Schluck mit mir getrunken hast«, sagte der Stöcklin freundlich.

Elisabeth blickte zur Seite. Die Paarung war noch nicht vollendet. Er konnte sie jederzeit davonjagen, wenn er sich gekränkt fühlte. »Also gut«, lenkte sie ein. »Ein kleiner Becher Most wird mir nicht schaden.«

Sie folgte ihm nach drinnen. Das Haus war ungefähr so groß wie ihr eigenes und unterschied sich auch in seiner inneren Aufteilung kaum davon. Von einem rechteckigen Flur mit einer Stiege, die ins Dachgeschoss führte, gelangte man in die Küche, die Stube und vermutlich auch in ein Schlafzimmer. In der Küche trafen sie auf ein Sammelsurium, das keinen Zweifel daran ließ, dass der Stöcklin allein lebte. *Warum eigentlich?*, dachte Elisabeth flüchtig. *Völlig unsympathisch scheint er nicht zu sein. Man kann ihn nicht einmal als hässlich bezeichnen.*

Der Mann trat an den Herd und zog die Milchsuppe beiseite, damit sie nicht anbrannte. »Lauf nicht weg. Ich komm gleich wieder.« Ein schelmisches Grinsen lag in seinem Gesicht, als er nach dem Krug im Regal griff und eine Tür öffnete, hinter der sich ein paar Stufen verbargen, die in den angrenzenden Keller führten. Kurz darauf ertönte ein plätscherndes Geräusch, mit dem er den Most aus einem Fässchen abfüllte. Elisabeth fühlte sich nicht ganz wohl in ihrer Haut, obwohl ihr der Stöcklin keinen Anlass dazu gegeben hatte. Vermutlich war er nichts weiter als ein netter Kerl, der sich über die unverhoffte Gesellschaft freute. Trotzdem war es besser, auf der Hut zu sein.

Ein wenig später ertönten seine Schritte erneut auf der steinernen Treppe. Lächelnd stellte er den Krug auf den Tisch und griff nach zwei Bechern, die er mit zusammengekniffenen Augen auf ihre Sauberkeit überprüfte. Nachdem er zu einem zufriedenstellenden Ergebnis gelangt war, schenkte er ein. Kameradschaftlich hob er Elisabeth ihren Becher entgegen. »Willst du dich nicht setzen?« Er wies auf einen der Schemel, die um den Küchentisch standen. Die Platte war mit diversen Krümeln längst vergangener Mahlzeiten übersät.

Wohl oder übel nahm Elisabeth auf dem Schemel Platz und legte die fünf Pfennige der Reihe nach auf das unordentliche Möbelstück. Unauffällig warf sie einen Blick aus dem Fenster, das zum Hof führte. Der Bock war gerade mit Schaf Nummer zwei zugange. Gut so! Dann würde sie nicht lange hier drin bleiben müssen.

Der Stöcklin hatte sich auf den gegenüberliegenden Schemel gesetzt und betrachtete sie wohlwollend. »Bist ein hübsches Mädchen«, sagte er dann.

Elisabeth lächelte dankend.

»Wie kommt es, dass du ganz allein unterwegs bist?«

Sie zuckte mit den Achseln. »Warum nicht?«

»Warum nicht?«, er lachte auf. »Weil junge Weiber für gewöhnlich nie allein unterwegs sind, deshalb!« Plötzlich wurde sein Blick forschend. »Hast wohl irgendwas zu verbergen, wie?«

Elisabeth spürte, wie sich die feinen Härchen in ihrem Nacken aufstellten. Langsam wurde es ihr nun doch zu viel. Sie nahm zwei große Schlucke aus ihrem Becher, dann stand sie auf. »Ich glaube, ich muss jetzt gehen.«

Der Mann ihr gegenüber sprang auf die Füße. Irgendetwas in seinem Gesicht veränderte sich. Plötzlich erschien es alles andere als liebenswürdig. Ein berechnend kalter Ausdruck lag nun darin. »Aber, aber. Wohin denn so eilig? Hast wohl ein schlechtes Gewissen bekommen, was?«

Elisabeth machte einen Schritt in Richtung der Tür, doch ein eiserner Griff hielt sie jäh zurück. Der Stöcklin zog sie an sich. Sein keuchender Atem strich warm, wie eine Liebkosung, über ihren Hals. Ihr Herzschlag beschleunigte sich im Takt seiner hektischen Atemzüge. Dröhnend pochte er in ihren Ohren. Das Gesicht des Bauern kam so nah, dass sie mit Macht ihren aufsteigenden Ekel unterdrücken musste. Überdeutlich sah sie, wie kleine Schweißperlen auf seiner Oberlippe zitterten.

»Glaubst du, ich weiß nicht, wer du bist?«, fragte er in hinterlistigem Tonfall. »Du bist die Metze, die ihren Liebsten dazu gebracht hat, seinen Herrn zu töten. Nicht wahr?«

»Lass mich los«, zischte Elisabeth. Panik stieg in ihr auf. Sie versuchte sich loszureißen, doch der Mann war viel zu stark.

»Aber warum denn?«, gurrte er. »Wir können doch das Gleiche tun wie die Tiere draußen. Oder bist du dir zu schade dafür? Bei deinem Liebsten warst du bestimmt nicht so zimperlich. – Und bei einigen anderen sicher auch nicht.«

Elisabeths Zustand steigerte sich zur Hysterie. Ihr ganzer Körper wurde davon erfasst und sie begann unkontrolliert zu zittern. »Lass mich endlich in Ruhe«, schrie sie. Ihre Stimme überschlug sich gellend.

Der Mann lächelte. Er holte zum Schlag aus. Seine flache Hand landete klatschend in ihrem Gesicht. Augenblicklich füllte sich ihr Mund mit dem metallischen Geschmack von Blut. An ihrer Lippe klaffte ein schmerzhafter Riss, doch er brachte sie auch dazu, einigermaßen vernünftig zu denken.

»Na, wirst du nun gehorchen?«, säuselte der Stöcklin triumphierend, nachdem er den entsetzten Blick seines Gegenübers zufrieden gemustert hatte.

Elisabeth nickte langsam. Der eiserne Griff lockerte sich, während der Bauer sich anschickte, sie zu umarmen.

»So ist's schon besser.« Genüsslich schob sich sein Mund vor, um sie zu küssen. »Ich will doch nur ein bisschen Liebe. Mehr nicht.«

Elisabeth ließ es widerwillig geschehen und nutzte die Zeit, um unauffällig nach dem Messer zu tasten, das sie in ihrem Rock versteckt hatte. Mit zittrigen Fingern konnte sie es von außen fühlen. Doch wo war der Schlitz? Wo war der vermaledeite Schlitz? Es erschien ihr wie eine halbe Ewigkeit, bis sie ihn gefunden hatte. Vorsichtig zog sie das Messer aus der ledernen Scheide.

Der Mund des Bauern hing immer noch an ihren Lippen, während seine Hände bereits auf Wanderschaft gingen. Plötzlich hielten sie verdutzt inne. Sein Kopf zuckte zurück, gefolgt von der Klinge, deren scharfe Spitze gegen seine Kehle drückte. Mit runden, entsetzt blickenden Augen sah er sie an.

»Nimm deine dreckigen Finger von mir«, zischte Elisabeth.

Zufrieden bemerkte sie, wie seine Hände so blitzschnell verschwanden, als würde sie brennen.

Das Messer blieb jedoch an Ort und Stelle. »Setz dich wieder auf den Schemel«, forderte sie scharf.

Der Mann wankte nach hinten und sie folgte ihm, wie in einem langsamen, bedächtigen Tanz. Nachdem er den Schemel mit der Hand ertastet hatte, setzte er sich vorsichtig darauf. Der Druck an seiner Kehle verstärkte sich. Er schluckte krampfhaft, während er seine Augen nicht von der jungen Frau ließ, die ihn kalt musterte. Ihre Lippe war nun dick geschwollen und blutete stark. Sie bleckte ihre blutverschmierten Zähne, wie ein Wolf, der ein Tier gerissen hatte, und schenkte ihm einen schaurigen Blick in das Innere ihres Mundes.

»Wag es ja nicht, mir nachzugehen oder schlecht über mich zu reden«, drohte sie. Die schönen, grünen Augen blickten hart und ohne jeglichen Liebreiz. »Sonst stech ich dich ab. Hast du verstanden?«

Der Stöcklin nickte vorsichtig. Er fühlte ein warmes Rinnsal, das über seinen Hals floss. Dann beobachtete er, wie sie abrupt kehrt machte und mit langen Schritten aus dem Haus rannte. Sein rauschendes Blut dröhnte ihm in den Ohren und ihm wurde schwindelig. Nie hätte er erwartet, dass dieses zarte Geschöpf sich in ein solch wehrhaftes Weib verwandeln würde.

Elisabeth rief nach den Tieren, sobald sie den Hof erreichte. Sie schienen inzwischen fertig zu sein, denn der wollüstige Liebhaber nahm keine Notiz mehr von seinen Damen. Diese schienen ebenfalls das Interesse verloren zu haben. Sie eilten auf Elisabeth zu, wie sie erleichtert feststellte. Mit immer noch zitternden Fingern öffnete sie das Hoftor und ließ die Tiere hinaus, während sie einen prüfenden Blick zum Haus warf. Niemand war zu sehen. Der Stöcklin schien sich an ihre Abmachung zu halten. Sie rannte die Gasse hinab, bevor er es sich anders überlegen konnte, überquerte die Kinzig und eilte mit den Tieren an dem Torwärter vorbei, der ihr verwundert hinterher sah.

Erst in sicherer Entfernung zur Mauer hielt sie schwer atmend an.

Du Idiotin!, schalt sie sich. *Wie konntest du nur so dumm sein und dich auf so etwas einlassen? Du bist nichts weiter als ein Weib. Nichts von Wert und ohne Bedeutung. Hast du das immer noch nicht verstanden?*

Erschöpft rang sie nach Luft. Tränen der Wut und des Ekels rannen über ihre Wangen, vermischten sich mit dem Blut auf ihrer Lippe und hinterließen scharlachrote Tropfen auf dem Schotter der Straße. Sie ignorierte das fordernde Stupsen, mit dem die Ziege ihren Schenkel bearbeitete. Dann allerdings fiel ihr beim Anblick des gescheckten Tieres etwas ein. Der Hirte! Hatte er außer den Schafen nicht auch Ziegen auf die Weide geführt? Es würde nicht mehr lange dauern, bis die Ziege ebenfalls hitzig wurde. Ob sie sich mit ihm wohl einigen konnte? Natürlich wusste sie nicht, ob – und wenn Ja, was der Stöcklin über sie erzählen würde. Doch wahrscheinlich konnte man davon ausgehen, dass er seine Niederlage niemandem eingestand. Zu ihrer eigenen Sicherheit würde sie Willstätt ohnehin in der nächsten Zeit nicht mehr betreten. Aber vielleicht fand sie die Weide des Hirten? Entschlossen raffte sie sich auf und wischte mit dem Handrücken das Blut von ihrem Kinn. Heute würde sie sich gestatten, ihre Wunden zu lecken, aber in ein paar Tagen sah die Welt wieder anders aus.

Dezember 1626

Winterlager

Am 19. Dezember brachen die ungarischen Truppen Wallensteins nach Böhmen auf, um dort das Winterlager aufzuschlagen. Bis zu diesem Zeitpunkt hatte sich der Zustand von Söldnern und Tross weiter verschlimmert. Es war eine Karawane des Elends, die wie eine monströse, aber dennoch deutlich geschmälerte Schlange mühsam durch Täler und Wälder kroch und schließlich die böhmische Ebene erreichte.

Gerüchten zufolge schien selbst der Mansfelder ein Opfer der katastrophalen Zustände in Ungarn geworden zu sein. Es hieß, dass er mit seinen engsten Getreuen aufgebrochen war, um in Venedig neue Truppen für sein arg geschrumpftes Heer anzuwerben. Den kläglichen Rest hatte er bei Bethlen Gabor zurückgelassen. Doch der Mansfelder sei so schwach gewesen, dass er es nicht einmal bis Sarajevo schaffte. Dort soll er sich auf sein Schwert gestützt haben und, von seinen Gefährten gehalten, im Stehen gestorben sein. Allerdings wusste niemand, ob diese Geschichte ins Reich der Märchen und Sagen gehörte, oder ob sie tatsächlich der Wahrheit entsprach.

Fest stand jedoch, dass sie in Böhmen nicht willkommen waren. Das Land war so ausgeblutet, wie sie es bereits aus Ungarn kannten. Es gab keine Nahrung mehr her. Weder für die Soldateska noch für die Bauern, die es bebaut hatten. Doch nicht nur diese Tatsache machte sie unbeliebt, obwohl sie vollkommen ausgereicht hätte. Der protestantische Aufstand Böhmens war im Jahr 1620 nach der Schlacht am Weißen Berg zerschlagen worden. Danach hatte der katholische Kaiser erneut die Macht im Land ergriffen und etwa die Hälfte der Aufwiegler hinrichten lassen. Die zumeist protestantische Bevölkerung wurde entweder enteignet und vertrieben, oder zwangsweise dem Katholizismus zugeführt. So war es nicht verwunderlich, dass man das Heer des Kaisers nicht gerade freundlich in Empfang nahm.

Als sie endlich ihren Bestimmungsort erreichten, waren noch einmal zweitausend Söldner an Hunger und Erschöpfung gestorben oder weil sie unterwegs schlicht erfroren waren. Im Tross sah es nicht besser aus. Eine scheußliche Kälte hing in der Luft und der Schnee bahnte sich ohne Gnade seinen Weg vom Himmel zur Erde. Doch Jakob überlebte. Er war fest entschlossen, nicht zu sterben. Er wollte, nein, er *würde* Elisabeth wiedersehen. Dieser alles beherrschende Gedanke trieb ihn vorwärts, hielt seinen Körper aufrecht und schenkte ihm die Kraft, die er brauchte, auch wenn nicht mehr viel davon übrig zu sein schien. Aaron folgte ihm wie ein haftender Schatten. Der Kampf ums Überleben hatte ihn verändert. Sein Fell war infolge des Winters dicker und verfilzter denn je. Er war wilder geworden und glich immer mehr einem Wolf als einem satten, behäbigen Hofhund.

Ihre Ankunft im Winterlager reihte sich mühelos in die Kette wiederholten Verdrusses ein. Es gab weder Unterkünfte noch Feuerholz oder Nahrung.

Nicht eines dieser Dinge war ungewöhnlich und doch war etwas mit ihnen geschehen. Es hatte sich schleichend und heimlich in ihrem Innern vollzogen, so wie es oft geschieht, wenn ein Mensch lange genug irgendeiner Sache ausgesetzt ist. Sie hatten sich daran gewöhnt. An den Hunger, das Elend und den Tod, dessen allumfassendes Wesen jederzeit gegenwärtig war. Es hatte nichts Befremdliches mehr an sich und so nahmen sie keinen Anstoß daran, das Land zu bedecken wie ein gewaltiger Heuschreckenschwarm. Sie strömten in die Wälder, um Holz für notdürftige Hütten zu schlagen und ein Feuer zu betreiben. Zermalmten Dörfer, um an die kargen Vorräte ihrer Bewohner und ihre Kleidung zu gelangen, oder um in den Häusern nach brauchbaren Gegenständen zu suchen, die für ihre eigenen Behausungen erforderlich waren.

Hauptmann von Ovelacker wies das Fähnlein an, zusammenzubleiben – zumindest das, was davon noch übrig war und sich nicht über das ganze Lager zu verteilen. Dann machte er sich auf, um den Winter in einem der komfortablen Offizierszelte zu verbringen, die man im Tross mitgeführt und nun schleunigst aufgebaut hatte.

Jakob blieb bei seinen Freunden. Peter, Balthasar und Zacharias hatten ebenfalls überlebt, auch wenn ihre Gesichter mehr einem Totenkopf glichen als einem lebenden Menschen. Ihre

Kraft reichte kaum aus, um einen halbwegs trockenen Unterschlupf zu errichten. Er war nicht größer als das Zelt, das ihnen in letzter Zeit als Behausung gedient hatte. Da sie aber infolge des Winters ein Feuer brauchten, um sich wenigstens ein bisschen warmhalten zu können, konstruierten sie ihn wie ein schräges Dach, das sie mit Zeltleinen bespannten. Zum Schutz gegen Wind, Schnee und Kälte bedeckten sie es zusätzlich mit einer dicken Schicht aus Tannenzweigen. An den Seiten bauten sie Wände, die mehr einem Flechtzaun glichen, neben denen aber als zusätzlicher Schutz Feuerholz lagerte. Die größte Schwachstelle befand sich im vorderen Teil des Ganzen. Eine große Lücke klaffte dort, damit sie das Feuer unterhalten konnten, ohne dass der Unterschlupf dabei in Flammen aufging. An jener Stelle waren die vier Freunde weder vor Wind noch vor Regen oder dem Schnee geschützt, sobald diese Widrigkeiten aus einer ungünstigen Richtung kamen. Doch es war das Beste, was sie zuwege brachten. Alles in allem war das Dach an seiner steilsten Stelle gerade so hoch, um aufrecht darunter sitzen zu können. Nachts lagen sie dicht gedrängt auf einem mit Laub und Tannenzweigen gepolsterten Lager, doch das machte niemandem etwas aus. Sie brauchten die Körperwärme der anderen, um die Kälte in der Dunkelheit zu überstehen. Wenn sich nächtliche Stille über das Lager senkte, hörte man das Säuseln des Windes, der wie ein unsichtbarer Geist durch die Luft schwebte, und auch die rauchige Wärme des Feuers konnte die Kälte nicht vollständig vertreiben. Es gab weitaus gemütlichere Orte, an denen man sich im Winter aufhalten konnte, und dennoch war es ihr Heim.

Das Feuer in der Höhe des Eingangs brannte ununterbrochen. Nachts wechselten sie sich mit der Wache ab, um es in Gang zu halten und damit sich niemand an dem Holz vergriff, das sie an den Seitenwänden aufgeschichtet hatten. Der nächste Wald lag ein Stück vom Lager entfernt und es war eine Knochenarbeit, genügend Brennholz herbeizuschaffen. Der Respekt, den ihre Nachbarn vor Aaron hatten, war ihnen dabei eine große Hilfe. Vor einiger Zeit hatte er sich mit einem der Dorfhunde gestritten, einem großen Tier, das ihm in der Größe noch einmal um eine Handbreit überlegen war. Der riesenhafte Hund war wie ein Dämon aus einem der Gehöfte geschossen, die ihren Weg gekreuzt hatten. Sein pechschwarzer, massiger Körper ließ die Männer auseinanderfahren, aber er hatte nur Augen für Aaron gehabt, den er ohne zu zögern angriff. Der darauf folgende Kampf war laut und so Furcht einflößend gewesen, dass selbst Jakob es nicht wagte, dazwischenzugehen. Am Ende war Aaron als Sieger daraus hervorgegangen, aber ein großer Riss klaffte seitdem an seinem rechten Ohr, was ihm ein verwegenes Äußeres gab. Verbunden mit seiner Größe hatte es etwas Furcht einflößendes an sich, das ihnen nun zugutekam, denn die Stimmung im Lager war angespannt. Es gab einige, die sich mit ihrem Unterschlupf nicht so viel Mühe gaben wie die vier Freunde. Manche gruben lediglich einfache Erdlöcher, um darin zu schlafen. – Sie waren die ersten, die starben, erfroren in der kalten Erde, die sie nicht warmhalten konnte. Ihre Habe wurde unter denen aufgeteilt, die sie entdeckt hatten. Überall im Lager herrschte ein zäher Kampf ums Überleben. Fast täglich gab es Streit, weil sich jemand am Eigentum eines anderen vergriff. Man kämpfte um Nahrung, Kleidung, Holz oder einen warmen Platz am Feuer. – Oder weil die Umstände, zu denen man sie verdammte, eine gewisse Form der Streitlust hervorgerufen hatten.

Seltsame Begegnungen

Weihnachten war längst vorüber, als Jakob sich mit Aaron zu der Reihe der Söldner und Trossweiber gesellte, die wartend vor einem Zelt standen. Das neue Jahr war angebrochen und sein zwanzigster Geburtstag in den Wirren des Krieges untergegangen. Obwohl der 5. Dezember auch während seiner Zeit als Knecht nie ein besonderer Tag gewesen war. Er zog seinen Mantel fester um sich. Es war bitterkalt. Eine eisige Kälte zog in seine Knochen und gab ihm das Gefühl, sie würde ihn nie wieder loslassen. Er fror trotz mehrerer Lagen Kleidung, die er am Leib trug. Im Grunde hatte er alles angezogen, was er besaß. Es war besser so. Die Kleider hielten ihn wenigstens etwas warm und auf diese Weise wurde schon nichts gestohlen. Trotzdem peinigten ihn seit ein paar Tagen mehrere Frostbeulen an den Füßen. Etwas, was er seit seiner Kindheit nicht mehr gehabt hatte, aber der Schmerz erinnerte ihn so sehr daran, als ob sie nie fort gewesen wären. Vorsichtig bewegte er seine Zehen in den groben Schuhen. Da war noch etwas anderes, das ihn quälte: Als sie sich im Mai des letzten Jahres auf den Weg gemacht hatten, war er barfuß gewesen. Dabei hatte seine linke, ungeschützte Fußsohle mit einem Dorn Bekanntschaft gemacht. Die Stelle war nie ganz verheilt und hatte immer wieder geeitert. Die ganze Zeit über war sie nicht mehr als ein kleiner, gelber Punkt, der sich nach einiger Zeit von selbst entleerte. Doch nun breitete er sich aus und verursachte ihm zusätzliche Schmerzen.

Fröstelnd zog er die Schultern hoch und warf einen Blick über die Köpfe der Wartenden hinweg, um abzuschätzen, wie lange es noch dauern würde, bis er an die Reihe kam. Sechs Söldner standen vor ihm. Alles in allem waren sie ein illustres Häufchen, gekleidet wie die Lumpensammler mit allen möglichen und unmöglichen Dingen, die sie ergattert hatten. Sie husteten und schnieften infolge einer Erkältung, die sich in rasendem Galopp im Lager ausbreitete. Zwei Trossweiber vervollkommneten das Bild vor seinen Augen. Schwatzend und mit zusammengesteckten Köpfen standen sie etwas abseits. Die gerüschten Borten ihrer schmutzigen Hauben erzitterten unter ihrem Geschnatter.

»Hast du schon gehört?«, wisperte die eine bedeutungsvoll und so laut, dass er es ohne Probleme verstand. Die beiden trugen wie Jakob mehrere Lagen Kleidung übereinander und glichen zwei aufgeplusterten Hühnern.

Ihre etwas kleinere Gesprächspartnerin starrte gebannt in das Gesicht der anderen, in dem eine etwas zu groß geratene Nase prangte. »Nun sag schon«, drängte sie.

»Der Hans soll immer öfter hinter der Marga herschleichen.«

»Nein!«, erwiderte die andere entsetzt. »Was will er denn mit *der*?« Sie schüttelte erbost den Kopf. »Die wird ihn nie über die Runden bringen. Weiß nicht einmal, wie man den Bauern ihre versteckten Vorräte entlockt. Und hübsch ist sie auch nicht.«

Jakob grinste in sich hinein. Nun, das war etwas, was man von den beiden ebenfalls nicht behaupten konnte. Und der Geruch, den sie verströmten, hätte einem Hühnerstall alle Ehre gemacht. Aber wahrscheinlich haftete auch an ihm kein angenehmer Duft. Infolge der Kälte wusch man weder sich noch seine Kleider. Ein Hauch von altem Schweiß, abgestandenem Körpergeruch, feuchtem Tuch und dem all gegenwärtigen Holzrauch hing in der Luft. In diesem Fall war es ein Segen, dass man sich nicht in geschlossenen Räumen aufhalten musste. Vorsichtig trat er von einem Fuß auf den anderen. Er würde wohl noch eine Weile ausharren müssen, bis er seine Wünsche vorbringen konnte.

Peter, der wie immer über alles im Lager Bescheid wusste, hatte ihm erzählt, dass in dem Zelt tagsüber ein Schreiber saß, der Briefe für diejenigen verfasste, die dieser Kunst nicht mächtig waren. Natürlich tat er das nur gegen eine angemessene Bezahlung. Und da so gut wie niemand im Heer schreiben konnte, musste es ein gutes Geschäft sein. Er wollte, dass der Schreiber einen Brief für Elisabeth verfasste, und wenn es ihn den Rest seines Solds kostete. Sie sollte wissen, dass er noch am Leben war. Sollte er auch einen Brief an Bärbel schreiben? Er vermisste sie ebenso sehr und hoffte, dass es ihr gut ging. Doch wahrscheinlich würde dies mehr kosten, als er besaß. Er entschied, in Elisabeths Brief einen Gruß für sie beizufügen. Vielleicht gelang es ihr, Bärbel zu finden?

In diesem Moment trat ein junges Weib aus dem Zelteingang. Eine fast unmerkliche Bewegung wogte wie ein leichter Windstoß durch die Reihe der wartenden Männer. Ihre Aufmerksamkeit richtete sich gebannt auf die mädchenhafte Gestalt. Die beiden Trossweiber schienen dies nicht zu bemerken, denn sie schwatzten ungerührt weiter.

Jakob erkannte auf den ersten Blick, was die Söldner so in Aufruhr versetzt hatte. Die Frau machte einen jungen, gesunden Eindruck. Allein dies grenzte schon fast an ein Wunder und stand in krassem Gegensatz zu den verbrauchten Gestalten, die man sonst zu Gesicht bekam. Noch dazu war sie auffallend hübsch. Dichtes kastanienbraunes Haar lugte unter ihrer Haube hervor und umrahmte schmeichelnd ihre harmonischen Züge. Sie ging an der Reihe der Wartenden entlang, ohne den Männern mehr als die nötige Aufmerksamkeit zu schenken. Als sie näher kam, entdeckte Jakob, dass ihre Augen sehr auffallend waren. Sie erinnerten an das Blau von Kornblumen in einem Weizenfeld. Zumindest das Linke. Im rechten prangte ein Fleck, fast wie eine zweite Pupille, nur etwa doppelt so groß, der das Blau an dieser Stelle mit einem hellen Braun verdrängte. Es war irritierend, ihrem Blick standzuhalten und sie schien sich dieser Tatsache durchaus bewusst zu sein. Doch ihre Augen schweiften weder amüsiert noch aufreizend über die starrenden Männer. Eine würdevolle Ernsthaftigkeit ging von ihr aus, die man nicht erwartet hätte, ihr aber etwas Sonderbares verlieh. Jakob hob mit einer unbehaglichen Geste die Schultern. Wenn er sich je ein Bild von einer Hexe gemacht hatte, kam es diesem am nächsten. – Obwohl sie eine recht makellose Hexe gewesen wäre. Kein Mal und keine schiefe Nase zeichneten ihr Gesicht, noch hatte sie einen Buckel oder sonst etwas Ungewöhnliches. Doch es sollte ja auch Hexen geben, die sich in die Gestalt eines schönen Weibes verwandelten.

Die Frau ging an ihm vorbei und strich Aaron ohne jede Hast über den Kopf. Der Hund schien sie zu mögen, denn er knurrte nicht und wedelte stattdessen mit dem Schwanz. Dann war sie fort. Ihre Schritte entfernten sich im knirschenden Schnee und verhallten kurz darauf hinter ihm. Die Spannung wich fast augenblicklich aus den Männern, als ob man Luft aus einem Blasebalg gepresst hätte.

Nach einer Weile vergaß Jakob die junge Frau und begann wieder seinen eigenen Gedanken nachzuhängen. Was sollte er Elisabeth schreiben? Dass es ihm nicht gut ging? Dass er mehr tot als lebendig war? Auf keinen Fall! Es war nicht nötig, sie zu ängstigen. Sie konnte ohnehin nichts daran ändern. Seine kalte Hand fuhr an ihr Brusttuch, das arg lädiert immer noch an seinem Hals hing. Ihr Geruch wurde längst von seinem eigenen überdeckt, doch es war die einzige Erinnerung, die ihm blieb. Nein, er würde nichts von alledem preisgeben, außer dem Hinweis, wo er war und dass er, sobald es ging, zurückkommen würde. Seine Gedanken reisten zu dem kleinen Fachwerkhaus am Bachufer. Er versuchte sich vorzustellen, was sie in diesem Moment tat. Malte sich ihr Bild vor Augen, als ob sie neben ihm stünde. Würde sie sich in der Stube aufhalten und das Spinnrad bedienen? Dies war eines der Dinge, die ein Weib im Winter normalerweise tat. Falls sie und ihre Mutter es geschafft hatten, den dafür erforderlichen Hanf anzubauen. Vielleicht war sie ja auch im Stall bei den Tieren? – Wenn sie wieder welche besaßen! Er biss sich auf die Unterlippe. Die Wahrscheinlichkeit, dass in Odelshofen etwas schief gelaufen war, erschien ihm um einiges größer als das Gegenteil. Ihm wurde schlecht bei diesem Gedanken. Die grauenhafte Vorstellung zweier hungernder, ausgemergelter Gestalten stieg in ihm auf. In den verhärmten Gesichtszügen spiegelte sich das Bild von Elisabeth und ihrer Mutter. Er hatte schon zu viel gesehen, um es sich nicht ausmalen zu können. Im Grunde wusste er nicht einmal, ob sie noch lebten. Es war gut möglich, dass der Krieg auch dort tobte und das Land so verheert war wie hier in Böhmen. Diese Aussicht versetzte ihm einen gehörigen Stich und eine eisige Kralle griff nach seinem Herzen. Was, wenn Elisabeth schon längst tot war? Wenn er endlich nach Hause kam und sie nicht mehr lebte? Alles Hoffen und Bangen wäre umsonst gewesen! Der Gedanke quälte ihn und ließ ihn beinahe wahnsinnig werden vor Schmerz. – Doch mit einem Mal konnte er ihre Gegenwart fast körperlich spüren. Ein tröstlicher Hauch senkte sich in sein Herz und umhüllte es wie eine wärmende Decke. Er schloss die Augen, als ob er diesen flüchtigen Moment damit festhalten könne. Ein alles umfassender Friede durchströmte seine Glieder. Er konnte nicht sagen warum, doch er spürte es ganz gewiss. Sie war in Sicherheit und noch am Leben. Sie würde auf ihn warten. Sie würde ausharren und ganz fest damit rechnen, dass er zurückkam.

In dieser Nacht fiel Jakob in einen wirren Schlaf. Trotz der Wärme Aarons und Peters, die ihn zwischen sich eingekeilt hatten, und der relativen Behaglichkeit des brennenden Feuers schmerzten seine Füße fürchterlich. In seinen Träumen befand er sich mit einem Mal in der elterlichen Bergarbeiterhütte auf dem Erzkasten. Er war wieder ein kleiner Junge und lag mit schmerzenden Frostbeulen in dem Bett, das sich die Familie geteilt hatte. Die anklagende Stimme Maries, seiner Stiefmutter, drang an sein Ohr. Er hörte, wie sie mit seinem Vater sprach und ihn bat, mit ihnen fortzuziehen.

Dann sah er Marie. Wie sie nach der Geburt ihres letzten Kindes vor sich hin siechte. Schaute zu, wie sie starb. Die arme Marie! Auch ihr Leben war nicht so verlaufen, wie sie es sich gewünscht hatte. Während er voller Trauer ihr liebes Gesicht betrachtete, schlug sie unvermittelt die Augen auf – obwohl sie doch längst tot war. Ein eisiger Schauder durchzuckte ihn. Er starrte wie gebannt auf ihren gütigen Blick. Entdeckte, wie ihr Mund geduldig ein Wort formte. »Komm«, sagte sie. »Komm!« Entsetzt fuhr Jakob auf und stieß sich den Kopf an dem schrägen Dach über ihm. Eisige Tröpfchen fielen von dort auf die Schlafenden und zogen ein entrüstetes Gemurmel nach sich. Mit einem Seufzer ließ er sich wieder fallen.

»Gib endlich Ruhe«, flüsterte Peter, der neben ihm lag.

Das lang gezogene Heulen eines Wolfes vertrieb die letzten Fetzen des Schlafes aus Jakobs Seele. Aaron hob alarmiert den

Kopf, schnüffelte und senkte ihn kurz darauf mit einem abschließenden »Wuff« wieder. Der Wolf war viel zu weit entfernt, um eine Gefahr darzustellen. Jakobs Gesicht war schweißbedeckt. Ein kaltes Rinnsal lief vom Kinn in seine Halsbeuge. Draußen sah er Zacharias' zusammengekauerte Gestalt vor dem Feuer sitzen, umrahmt vom kalten Licht der Sterne im nachtschwarzen Himmel. Jakob zog seinen Mantel, den er als zusätzliche Decke benutzte, bis unters Kinn, und ignorierte das rhythmische Pochen, das in seiner Fußsohle pulsierte. *Nein,* dachte er trotzig. *Ich werde nicht zu dir kommen. Es ist noch nicht an der Zeit abzutreten. Es gibt zu vieles, das noch erledigt werden muss.*

Magdalena

Am nächsten Morgen waren die Schmerzen in Jakobs linkem Fuß kaum noch zu ertragen. Er saß mit Peter, Balthasar und Zacharias an der hell auflodernden Feuerstelle. Ein leuchtender Lichtkegel im grauen Schnee. Nur einer von vielen, die sich kreuz und quer durch das Lager zogen. Es war bitterkalt. Ein bleierner Himmel hing über ihnen, in dem sich blass die runde Scheibe der Sonne spiegelte. Sie wirkte so müde und ausgelaugt wie die Männer selbst, die sich, die großen Schlapphüte tief ins Gesicht gezogen, der Wärme des Feuers entgegenstreckten. Dunkle Ränder umschatteten ihre Augen und der Schein der tanzenden Flammen auf ihren Gesichtern ließ sie älter erscheinen, als sie in Wirklichkeit waren. Die rückwärtige Seite ihrer Mäntel wurde von einer feinen Reifschicht überzogen, obwohl sie noch nicht lange auf den Beinen waren, und in ihren Bärten, die sie sich zum Schutz gegen die Kälte hatten stehen lassen, schmolzen kleine Eisklümpchen dahin. Seit zwei Tagen schneite es nicht mehr. Doch die Gegend sah deshalb nicht freundlicher aus. Der Schnee um die Feuerstelle war geschmolzen und zog sich auf dem gefrorenen Boden als zertrampelte, schmutzig graue Masse zwischen zusammengeschusterten Unterschlüpfen, schmutzigen Zelten und Wagen dahin, deren Zugtiere entweder einer Reihe hungriger Mägen zum Opfer gefallen waren oder vor Schwäche klapperten. Nur die komfortablen Zelte der Offiziere, abseits der gewöhnlichen Söldner, bildeten eine Ausnahme. Wallenstein selbst hatte die Truppe schon vor einiger Zeit verlassen. Man munkelte, dass der Generalissimus, erbost über die Unfähigkeit des kaiserlichen Hofes, seine Männer zu versorgen, sich auf den Weg gemacht hatte, um Verhandlungen mit dem Wiener Hofrat zu führen. Jeder im Lager hoffte, dass er damit Erfolg hatte, vor allem, dass die geforderten Lebensmittel noch rechtzeitig eintrafen, bevor es zu spät war.

Vorsichtig zog Jakob Schuh und Strumpf aus, nachdem ihm etwas wärmer geworden war, und betrachtete mit gerunzelter Stirn seinen linken Fuß. Die vordere Hälfte war gerötet und bis über den Spann geschwollen. Jetzt, da die Geschwulst nicht mehr durch das Leder eingeengt wurde, pochte und klopfte sie in einer Art, die nichts Gutes verhieß. Als er prüfend über die schwammige Erhebung strich, fühlte sich die Haut trotz der Kälte fiebrig heiß an. Balthasar und Peter warfen sorgenvolle Blicke darauf, während Zacharias rasselnd hustete und anschließend ins Feuer spuckte, dass es zischte.

Ein Kolkrabe flog auf das Dach ihres Unterschlupfes. Er betrachtete Jakob mit einem seiner schwarzen Augen, als ob er prüfen wollte, wie lange er noch durchhalten würde. Ein brennendes Gefühl schoss Jakob, jäh wie eine Musketenkugel, in den Magen. Die riesigen Vögel waren kein gutes Zeichen. Man erzählte, dass sie sich überall dort aufhielten, wo der Tod lauerte. Wusste der Vogel vielleicht mehr als er selbst? War er hier gelandet, weil er verstand, was Jakob nicht wahrhaben wollte? Dass er an dieser äußerst banalen Verletzung sterben würde, die er sich schon vor Monaten zugezogen hatte? Jakob warf einen Stein nach ihm, um ihn zu vertreiben. Der Rabe flog empört krächzend auf, nur um ein paar Schritte weiter auf dem Boden zu landen und ihn erneut zu mustern. Jakobs Nackenhaare sträubten sich, doch dann kam ihm dieser Gedanke plötzlich lächerlich vor. Die Wahrscheinlichkeit, dass in nächster Zeit hier jemand starb, war auch ohne den Raben sehr hoch.

»Du musst etwas unternehmen«, holte ihn Balthasar auf den Boden der Tatsachen zurück, »sonst muss ihn der Feldscher noch abschneiden.«

»Zum Feldscher gehe ich auf keinen Fall«, erwiderte Jakob mürrisch. Der Mann war ein Quacksalber, der mehr Menschen zu Tode brachte als er heilte. Und Krüppel, die auf seine Rechnung gingen, gab es schon mehr als genug im Tross.

»Ich weiß etwas Besseres«, erwiderte Peter. Die Spitze seiner Nase leuchtete rot vor Kälte. Er schnäuzte sich geräuschvoll und wischte anschließend mit dem Ärmel darüber.

»Und was soll das deiner Meinung nach sein?« Jakob schob skeptisch eine seiner schwarzen Brauen in die Höhe.

»Komm einfach mit. Du wirst schon sehen.« Etwas Geheimnisvolles lag in Peters Stimme, doch wenn jemand wusste, wohin man sich wenden konnte, so war es mit Sicherheit er.

Jakob schnaubte und stieß ein weißes Atemwölkchen dabei aus. »Ich hoffe, du hast recht. Wenn sich aber herausstellen sollte, dass es sich dabei um einen noch schlimmeren Quacksalber handelt, gehe ich wieder!«

Ein unterdrücktes Grunzen ertönte in diesem Moment. Aaron kam hinter dem Unterschlupf zum Vorschein und legte vorsichtig einen mageren Hasen vor die Männer. Der große Hund schien instinktiv zu wissen, dass sie hungerten, und brachte ihnen hin und wieder etwas Fleisch mit, das er nicht für sich selbst beanspruchte. Jakobs Freunde brachen in triumphierendes Freudengeheul aus, was Zacharias erneut zum Husten reizte. Kurz darauf nieste er explosionsartig und der Schleim in seiner Kehle knarzte wie ein schlecht geöltes Scharnier.

»Guter Hund«, Balthasar tätschelte anerkennend Aarons Kopf.

Dieser gähnte laut, ließ die lange Zunge aus dem Maul hängen und warf einen misstrauischen Blick auf den Raben, der es für klüger hielt, sich davonzumachen.

Der grobschlächtige Balthasar nahm den Hasen an sich, bevor es sich Aaron noch einmal anders überlegen konnte. »Ich werde uns einen schönen Eintopf daraus machen«, er kratzte seine breite Stirn, während er das schlaffe Tier mit einem abschätzenden Blick betrachtete, »obwohl er kaum für uns alle reichen wird. So mager, wie der aussieht.« Tatsächlich handelte es sich um einen langohrigen Feldhasen, der genauso dürftig ernährt war wie sie selbst. Doch dann grinste Balthasar gutmütig. »Machen wir das Beste daraus. Ein wenig Rinde in der Suppe verfeinert den Geschmack und füllt den Magen. Nicht wahr, Zacharias?«

Der junge Söldner, dessen Bart im Vergleich zu den anderen noch spärlich wuchs, räusperte sich geräuschvoll, bevor er nickte.

Balthasar wies mit dem Kinn auf Peter und Jakob. »Kümmert ihr euch derweil um Jakobs Fuß.«

Jakob humpelte Peter hinterher, sobald er den Strumpf wieder angezogen hatte. Die Schwellung hatte sich in der Zwischenzeit weiter ausgedehnt. Es war unmöglich, noch einmal in den Schuh zu schlüpfen und so musste er wohl oder übel ohne ihn auskommen.

»Eigentlich wollte ich ja einen vollen Magen, wenn ich ins Heer eintrete«, meinte Peter. Betont langsam suchte er sich einen Weg zwischen Feuerstellen, Behausungen, herumliegenden Gegenständen und den üblichen Hinterlassenschaften des Heeres, damit Jakob nachkommen konnte. »Doch dies hier bietet alles andere als das.« Der dürre Landsknecht gab einen angewiderten Ton von sich. »Nichts als Armut, Kälte und Unrat. Ob sich das jemals ändern wird?«

Jakob zuckte mit den Achseln. Nach den bisherigen Erfahrungen war es kaum anzunehmen, dass sie noch bessere Zeiten erleben würden. Doch sie hatten einen Eid geleistet. Als dienende Söldner unterstanden sie der Gerichtsbarkeit des Heeres. Falls sie desertierten und der *Profos* oder seine Stockknechte sie dabei erwischten, würden sie mit dem Tod bestraft werden. Es hatte schon eine ganze Reihe solcher Hinrichtungen gegeben. Der dabei nicht unerhebliche Effekt der Abschreckung war tief in seine Seele gedrungen. Wenn sie hier blieben, hatten sie wenigstens eine Chance zu überleben.

Peter führte ihn zu einem Wagen, der mit mehreren anderen in einem Halbkreis stand. In der Mitte brannte ein kleines Feuer, vor dem eine einzige Person saß und die Hände nach den wärmenden Flammen ausstreckte. Jakob glaubte seinen Augen nicht zu trauen, als er entdeckte, dass es die seltsame junge Frau war, die er vor dem Zelt des Schreibers gesehen hatte. Sie begrüßte die beiden mit einem ernsten Blick.

»Guten Morgen, Magdalena.« Peter schenkte ihr ein freundliches Grinsen aus seinem gutmütigen Pferdegesicht. Sein langes Kinn wies auf Jakob. »Ich habe meinen Freund mitgebracht. Er braucht dringend deine Hilfe.«

Magdalenas fremdartige Augen musterten Jakob von oben bis unten. »Was fehlt ihm denn?«, wandte sie sich an Peter, als ob er ein Kind wäre, das nicht für sich selbst sprechen konnte.

»Es ist sein Fuß«, antwortete Peter. »Irgendetwas scheint damit nicht in Ordnung zu sein.«

Magdalena wies ihnen einen Platz am Feuer zu. Dann wandte sie sich doch an Jakob, der sich umständlich auf einen niedrigen Holzklotz setzte. »Zieh deinen Strumpf aus, damit ich es mir ansehen kann.« Wie am Tag zuvor strich sie Aaron ohne jegliche Hast über den Kopf, während sie wartete. Der große Hund hatte es sich neben seinem Herrn bequem gemacht und musterte die Vorgänge um ihn herum mit einem schläfrigen Blick.

Jakob gehorchte Magdalena ein wenig verschämt. Er war es nicht gewohnt, sich vor einem Weib auszuziehen, selbst wenn es sich nur um ein solch unbedeutendes Körperteil wie seinen Fuß handelte. Magdalena griff nach seiner Ferse, was Jakob noch mehr in Aufruhr versetzte, und zog seinen Fuß näher zu sich heran. Die Narbe auf seiner Stirn begann sich zu verfärben. Die Hebamme hatte sie ihm bei seiner Geburt zugefügt und jedes Mal, wenn er sich aufregte, leuchtete sie in einem flammenden Rot. Er konnte fühlen, wie dies nun geschah. Mit einer kräftigen Bewegung zog er seinen Filzhut fester über die Ohren.

Sie schien nichts zu bemerken, stattdessen fuhren ihre Augen in schamloser Konzentration über seine Zehen und die Schwellung hinweg. »Ts, ts, ts«, murmelte sie. »Du hast Frostbeulen.«

»Das weiß ich selbst«, knurrte Jakob. Er wollte nicht unfreundlich sein. Dennoch tat er es, ohne dass er einen Grund dafür nennen konnte. Die seltsame junge Frau verunsicherte ihn. Er nahm sich zusammen und streckte ihr die Sohle hin. »Es ist etwas anderes, das mir Sorgen macht.«

Magdalena nickte verstehend und strich mit ihren zierlichen Fingern über die Fußsohle. Vorsichtig betastete sie anschließend die betroffene Stelle und drückte prüfend darauf.

»Aua«, zischte er empört.

Magdalena sah auf. Ihr ungewöhnlicher Blick traf den seinen. »Wahrscheinlich hast du dir etwas in den Ballen getreten. Unter der schwieligen Haut steckt eine Menge Eiter.«

»Und nun?«, fragte Peter, der seine Neugier nicht länger zügeln konnte.

»Ich werde ihn aufschneiden müssen, um den Dreck herauszuholen. Dann kann auch der Eiter abfließen.«

Jakob stieß entsetzt die Luft aus den Lungen. »Auf gar keinen Fall wirst du das tun«, erwiderte er brüsk. »Es ist nur ein kleiner Dorn, in den ich getreten bin. Ich habe ihn schon längst entfernt.«

»Offenbar nicht ganz«, antwortete Magdalena. »Aber du kannst natürlich auch warten, bis dir der Fuß von allein abfault. – Wenn es das ist, was du willst.«

Jakob presste die Lippen aufeinander. Sein Mund verwandelte sich unter dem wilden Bart zu einem schmalen Strich.

»Nun komm schon«, versuchte ihn Peter aufzumuntern. »Magdalena kennt sich in solchen Dingen aus.«

Die Grimasse, die Jakob schnitt, wirkte nicht überzeugend.

Doch was blieb ihm anderes übrig? Der Fuß schmerzte immer noch fürchterlich. Er ahnte, dass Magdalenas Worte keine leere Drohung waren. Und ohne das betreffende Körperteil war er fast zu nichts mehr zu gebrauchen. »Also gut«, stieß er hervor. »Dann tu, was du für richtig hältst.«

Magdalena nickte. »Du musst sehr tapfer sein. Es wird wehtun. – Ich hoffe, du bist dazu imstande«, fügte sie in einer provozierenden Art und Weise hinzu, die ihn sein Einverständnis schon fast wieder bereuen ließ.

Er gab ein mürrisches Brummen von sich, das darauf hinwies, dass er den Schmerz schon ertragen würde. Trotzdem stieg Angst in Jakob auf, als Magdalena die Klinge eines kleinen Messers ins Feuer stieß. Dann verschwand sie in ihrem Wagen, wo die beiden Freunde hörten, wie sie scheppernd hantierte. Nach einiger Zeit schob sich ihr zarter Körper rückwärts unter der gespannten Plane hervor. Sie hielt in Streifen gerissenen Stoff und einen Tiegel in ihren Händen. Kurz entschlossen legte sie beides neben Jakob auf den Boden, bevor sie noch einmal in den Tiefen ihres Wagens verschwand. Aaron begann mit bebenden Nasenlöchern an dem Tiegel zu schnüffeln.

»Weg mit dir, Hund«, Jakob schob seinen Kopf beiseite und kraulte ihn hinter den Ohren.

Magdalena kam mit einem Brett wieder zum Vorschein. Schnaufend zog sie es aus dem Wagen. Peter eilte ihr zu Hilfe und trug es zu Jakob, der es misstrauisch beäugte.

»Ich werde dein Bein darauf festbinden«, erklärte sie ihm. »Wenn es ruhiggestellt ist, fällt mir das Schneiden leichter, und auch für dich ist es eine Hilfe. Du wirst schon sehen.«

Jakobs Miene verwandelte sich in ein Bild der Resignation. Er schluckte krampfhaft und sah der jungen Frau dabei zu, wie sie sein Bein auf dem Brett fixierte. Als sie fertig war, war es so unbeweglich wie ein junger Baum, den man an einen Pfosten gebunden hatte. Sein Herz begann aufgeregt zu klopfen. Sichtlich zufrieden mit ihrem Werk zog Magdalena das Messer aus dem

Feuer. »Halte das Bein deines Freundes gut fest, wenn ich schneide«, wies sie Peter an. Sie hockte sich vor Jakob auf den kalten Boden und legte das Ende des Brettes mitsamt seinem Inhalt auf ihre Knie. Eine kastanienbraune Locke war ihrer Haube entwischt. Sie schob sie mit einer mechanischen Bewegung wieder an ihren Platz.

Aaron, der seinen Kopf auf die Pfoten gelegt hatte, seufzte und setzte sich interessiert auf die Kehrseite, während Peter sich neben Jakob stellte.

Mit zusammengekniffenen Augen betrachtete Magdalena noch einmal seine Fußsohle. Ihre Finger fuhren in ruhiger Konzentration über die schwielige Haut. Dann richtete sich ihr Blick starr in die Ferne, als ob ihre Hände ins Innere seines Fußes sehen könnten. Ihre Sinne schienen sich einzig auf das zu richten, was sie vorhatte. »Halt ihn jetzt ruhig«, Magdalenas Stimme klang nun so streng wie ein Befehl des Feldweibels.

Und Peter gehorchte. Er hockte sich auf den Boden. Seine Hände griffen zu und umfingen Jakobs Bein von der Seite, sodass es wie in einem Schraubstock zwischen seinen Fingern gefangen war.

Der Schweiß brach Jakob aus, als Magdalena die Spitze der Klinge mit einem kräftigen Stich ins Fleisch trieb. Sein Fuß war inzwischen so kalt, dass er sie zunächst kaum spürte. Er versuchte nicht daran zu denken, was Magdalena tat, und beobachtete die seltsamen Kornblumenaugen, die sich konzentriert auf etwas richteten, was seinen Blicken verborgen war. Doch als sie den Eiterherd traf, explodierte der Schmerz wie ein kochender Vulkan in seinem Fleisch. Ruckartig ließ die Taubheit nach und eine bohrende Qual schoss an den langen Knochen seines Beines entlang. Immer weiter hinauf bis in sein Gedärm. Als sich der Eiter entleert hatte, kehrte so etwas wie Friede ein, doch nur für einen kurzen Moment, denn nun schob Magdalena die Klinge tiefer in die Wunde hinein. Er biss sich auf die Unterlippe, während er das Gefühl hatte, dass sie in seinem Fleisch herumstocherte, als ob ein Klümpchen Gold darin verborgen wäre. Zu allem Überfluss wurde Jakob schlecht. Er schluckte die bittere Galle hinunter, die ihm in die Kehle stieg.

Inzwischen hatten sich mehrere »Nachbarn« und ein paar neugierige Kinder um sie geschart, die, wie Aaron und Peter, das Ganze so interessiert verfolgten, als handele es sich dabei um ein Schauspiel auf dem Marktplatz. Sie rempelten sich gegenseitig an und quietschten vor Vergnügen angesichts des Gemetzels vor ihren Augen. Magdalena bemerkte sie nicht und Jakob waren sie egal. Er wollte nur noch eins: dass der Schmerz endlich ein Ende nahm.

Die nun folgenden Minuten verstrichen wie ein qualvoller Zeitraum von mehreren Stunden. Sein Bein begann trotz der Verschnürung zu zittern und er war froh, dass er es nicht selbst ruhig halten musste. Dann verkrampften sich die Muskeln zu harten Strängen und vergrößerten seine Qualen noch. Jakob biss die Zähne zusammen. Auf keinen Fall würde er sich die Blöße eines Schwächlings geben, der im Angesicht seiner Zuschauer kapitulierte. Seine Finger krallten sich in den großen Muskel seines Schenkels. Doch der Schmerz schien kein Ende zu nehmen. Er nagte an ihm. Trotz der Kälte schwitzte er nun stark. Er hätte schreien mögen, versuchte es mit aller Gewalt zu unterdrücken, konnte aber ein ersticktes Stöhnen nicht verhindern, das unversehens aus seiner Kehle drang.

»Gleich! Ich habe es gleich geschafft«, murmelte Magdalena, die sämtliche Vorgänge um sich herum außer Acht ließ. Nichts als vollkommene Stille schien sie zu umgeben.

»Da! Ich habe ihn!« Magdalenas triumphierender Ruf ließ schließlich nicht nur Jakob aufhorchen.

Sie beförderte mit der Messerspitze einen Spreißel aus der Wunde, der halb so groß wie ihr Daumennagel war. »Hier ist er, der Bösewicht«, erklärte sie strahlend. Ihre Hände waren blutverschmiert, doch das schien sie nicht weiter zu stören.

Trotz seines Elends ging Jakob auf, wie bezaubernd sie in diesem Moment aussah. Ihre Augen funkelten vor Freude. »Es scheint tatsächlich ein Stückchen Holz oder ein abgebrochener Dorn zu sein, der den Eiter verursacht hat.« Der fragliche Gegenstand lag nun auf ihrer Fingerspitze. Sie hielt ihn Jakob mit einem zufriedenen Grinsen vor die Nase. Dann wanderten ihre Augen prüfend über sein Gesicht. Die wenigen haarlosen Stellen hatten die gräuliche Farbe des allgegenwärtigen Schnees angenommen, doch ansonsten schien er einigermaßen in Ordnung zu sein.

Eines der Trossweiber, das auf der Suche nach ihrem verschwundenen Sohn war, erreichte laut rufend den Ort des Geschehens. Sie fand ihn unter den Zuschauern, packte ihn am Kragen und scheuchte den Rest der Kinder davon. Die Erwachsenen ließen sich nicht so leicht vertreiben und beobachteten schwatzend und gestikulierend Magdalenas Werk. Offenbar waren sie mit dem Ergebnis zufrieden.

Jakob, dem es vollkommen gleichgültig war, was den Eiter verursacht hatte, fühlte eine unendliche Erleichterung in sich. Hauptsache, der Schmerz ließ endlich etwas nach.

Mit geschickten Fingern säuberte Magdalena die Wunde, was Jakob noch einmal seine ganze Beherrschung kostete. Danach öffnete sie den Tiegel und strich Salbe darauf. Zum Schluss nahm sie die Stoffstreifen, mit denen sie sein Bein auf dem Brett fixiert hatte, und umwickelte den Fuß damit. Jakob atmete auf. Das Schlimmste schien überstanden zu sein.

»Komm morgen wieder, damit ich es mir ansehen kann«, sagte sie.

»Was bekommst du für … die Behandlung?«, fragte er zögernd.

»Hast du etwas zu essen?« Sie schob die Brauen in die Höhe und blickte ihn an. Etwas in ihrem Gesicht veränderte sich. Durch die Mauer aus unnahbarer Ernsthaftigkeit schimmerte für einen kurzen Moment die Verletzlichkeit eines jungen Mädchens. Sie hatte ebenso großen Hunger wie sie alle. Der Instinkt, sie beschützen zu wollen, regte sich in ihm, doch er riss sich zusammen. Er konnte ohnehin kaum etwas für sie tun. Das wenige, das sie hatten, würde nicht einmal für ihn und seine Freunde reichen.

»Nicht viel. Nur einen Hasen, den der Hund erlegt hat«, antwortete er zerknirscht. »Aber ich muss ihn schon mit drei anderen teilen.«

»Das macht nichts«, erwiderte Peter schnell. »ein bisschen wird für Magdalena schon noch übrig bleiben. – Am besten kommst du gleich mit«, wandte er sich an die junge Frau.

»Gut, dann ist es abgemacht.«

Jakob humpelte mit Peters Hilfe an ihr eigenes Feuer zurück, gefolgt von Magdalena, die von Balthasar und Zacharias staunend beäugt wurde. Es schien niemandem etwas auszumachen, den dünnen Eintopf mit ihr zu teilen, in dem außer dem Hasenfleisch auch noch Stückchen aus Birkenrinde und etwas Undefinierbarem schwammen, das die Form von Gras hatte. Die drei Freunde überschlugen sich geradezu, ihr zu gefallen, während sie aßen und Jakob unfassbar müde ihren Scherzen lauschte. Über Magdalenas Gesicht huschte hin und wieder ein kleines Lächeln, doch sie lachte nicht wirklich. Jakob bemerkte, dass sich ihre Augen nicht davon anstecken ließen. Sie verharrten in einer seltsamen Starre der Ernsthaftigkeit. Wieder ging ihm auf, wie nüchtern sie war. Sie war nicht älter als Elisabeth, doch es lag etwas Trauriges in ihrem Blick, dessen Grund nur sie zu kennen schien. Die Wärme des Feuers lullte ihn ein und kurze Zeit später war er eingeschlafen.

Als er wieder erwachte, war Magdalena fort.

»Ist sie nicht ein schönes Weib?«, fragte Peter, als er Jakobs Blick auf der Stelle ruhen sah, an der sie gesessen hatte. Und Jakob nickte.

»Möchtest du nicht doch lieber mitkommen?«, fragte Jakob.

Zacharias schüttelte den Kopf. »Das wird schon wieder. Wirst schon sehen.«

Der Husten des jungen Söldners hatte sich in der Nacht verschlimmert, dennoch beharrte er darauf, dass die Erkältung von allein wieder verschwinden würde.

»Also gut, wie du meinst.« Resigniert zuckte Jakob mit den Achseln und machte sich auf den Weg zu Magdalena. Im Gegensatz zu Zacharias ging es ihm heute viel besser. Zwar konnte er seinen Schuh immer noch nicht anziehen, doch die Schmerzen hatten deutlich nachgelassen. Nur beim Laufen fühlte er noch Stiche darin. Aaron folgte ihm wie ein haftender Schatten. Als er humpelnd bei Magdalenas Lager ankam, war sie nicht da und er wollte schon wieder umkehren. Ein Rascheln in ihrem Wagen, der neben mehreren anderen in einem Halbkreis stand, hielt ihn zurück.

»Wartet noch ein bisschen. Sie ist dort drin«, rief ihm eine alte Marketenderin überflüssigerweise zu, um seine Aufmerksamkeit auf sie zu lenken. »Ihr seid doch der junge Mann, dem sie gestern den Fuß aufgeschnitten hat, nicht wahr?« Sie schenkte ihm ein freundliches Grinsen aus einem zahnlosen Mund, bevor sie Aaron misstrauisch beäugte. »Ah und da ist ja auch der große Hund, der Euch überallhin folgt.«

Aaron beachtete sie nicht weiter und schnüffelte eifrig in der Nähe der Feuerstelle herum. Die Alte beschloss, dass er zu der harmloseren Sorte des Lagers gehören musste, und entspannte sich. Ihr vor Kälte gerötetes Gesicht wandte sich für einen kurzen Moment dem Hemd zu, das auf ihrem Schoß lag und einen langen Riss aufwies, den sie gerade zu flicken versucht hatte. Dann sah sie wieder auf und taxierte Jakob mit dem listigen Blick der Marketenderin, die sich darüber klar zu werden versuchte, ob es sich lohnte, ihm ihr Warenangebot anzupreisen. Offensichtlich fiel das Ergebnis zufriedenstellend aus, denn sie legte mit einem Seufzer ihre Flickarbeit zur Seite, schob eine Hand in ihren Rücken und trat neben ihre Auslagen. Allerlei wunderliche Dinge lagen dort auf einer Fläche, die so groß war wie ein Stubentisch, an dem sechs Personen

Platz nehmen konnten. Neben Tiegeln und Töpfen reihten sich Amulette, Rosenkränze und Kruzifixe, bunt bemalte Madonnen, Papierbögen, auf denen in schwarzer Farbe kleine Heiligenbildchen aufgedruckt waren, dünne Zettel mit aufgedruckten Gebeten und eine Anzahl roter Schnüre, auf die man mehrere Amulette und Segenszeichen aufgefädelt hatte.

»Seht Euch nur alles gut an«, umschmeichelte ihn die Alte. »Ich habe für jedes erdenkliche Leiden etwas dabei.« Mit wichtigtuerischer Miene sah sie sich nach allen Seiten um, um festzustellen, dass niemand mithörte. Erleichtert wandte sie sich Jakob wieder zu. Der freie Platz vor den Wagen war menschenleer. Ihr leicht gebeugter Körper streckte sich und sie stellte sich auf die Zehenspitzen, um Jakob etwas ins Ohr zu flüstern, das nur für ihn bestimmt zu sein schien. »Auch für die Gebrechen, bei denen Magdalena nichts mehr tun kann.« Sie griff nach einem der Amulette. »Dieses ist ein guter Schutz gegen Fieber, üblen Husten oder einen tüchtigen Schnupfen, deren Auswirkungen man heutzutage überall mit ansehen kann. Ich sage es immer wieder. Wenn man sich eines dieser Amulette umhängt, wird man gar nicht erst krank«, sie schnaubte verdrossen. »Die wenigsten scheinen meine Ratschläge ernst zu nehmen. Und was ist das Resultat ihrer Ignoranz?« Sie schüttelte missmutig den Kopf. »Wenn man der alten Berthe mehr Glauben schenken würde, gäbe es nicht so viele Kranke und Tote in diesem Lager«, fügte sie in wichtigtuerischem Ton hinzu. »Solltet Ihr bereits erkrankt sein – obwohl ich nicht glaube, dass Ihr davon befallen seid –, verfüge ich über ganz hervorragende Mittel zur Heilung zahlreicher Gebrechen.« Ihr arthritischer Finger wies auf die Schluckbildchen. »In Suppe oder heißem Wasser aufgelöst sind sie sehr wirkungsvoll gegen Magengrimmen und Durchfall.« Ihr Finger fuhr weiter zu den Heiligenbildchen und Madonnen. »Je nachdem, wie stark die Krankheit ausgeprägt ist, kann man auch diese zu Hilfe nehmen. – Natürlich kommt es auch auf den Inhalt Eures Geldsäckels an, aber Ihr seht mir nicht danach aus, als ob Ihr Euren ganzen Sold versaufen würdet.«

Jakob runzelte nachdenklich die Stirn. Diese Dinge wurden in jedem Lager angeboten, das er bis jetzt gesehen hatte. Ob sie wirklich so hilfreich waren, wie die Alte behauptete? Er nahm eine der roten Schnüre auf, deren Enden miteinander verbunden waren, um sie näher zu betrachten.

Die Alte schnappte danach, wie ein Fisch nach dem Köder. »Dies ist ein ganz besonderes Stück.« Sie nahm die rote Schnur mit einer energischen Bewegung an sich und hängte sie über ihre krummen Finger, sodass die Amulette und Segenszeichen wie an einer Halskette nach unten hingen. »Eine Fraisenkette«, erklärte sie. »Gut gegen jegliche Art von Krämpfen, ganz gleich, ob sie durch ein Fieber ausgelöst wurden, oder den Kranken wie aus dem Nichts zu Boden werfen.« Sie musterte ihn mit einem diskreten Blick. »Könnte es sein, dass Ihr selbst unter solchen Krämpfen leidet?«

»Das glaube ich nicht.« Magdalenas Stimme klang schneidend, mit einer Spur von Arroganz. Weder Jakob noch die alte Berthe hatten bemerkt, dass sie leise zu ihnen getreten war. »Zumindest werde ich dafür sorgen, dass er sich nicht von dir das Geld aus der Tasche ziehen lässt.«

Die Alte schnappte nach Luft, während Magdalena sich an Jakob wandte. »Komm mit, damit ich mir deinen Fuß ansehen kann.«

Die Marketenderin murmelte etwas wenig Schmeichelhaftes über die Art, wie man sich ihrer Kunden bemächtigte, dann wandte sie sich wieder ihrer Flickarbeit zu. – Nicht ohne ihrer Nachbarin ein paar wütende Blicke zuzuwerfen.

Nachdem sie sich ans Feuer gesetzt hatten, betrachtete Jakob die schmale Gestalt vor seiner Nase, die seinen Fuß auswickelte. Froh, den Klauen der Alten entflohen zu sein, entspannte er sich ein wenig. Der prüfende Blick des jungen Weibes machte ihm inzwischen nichts mehr aus. Er verkniff sich ein Lächeln, als sich ihr Gesicht der Wunde näherte. Sie schnüffelte fast wie ein Hund daran. Aaron schien dies ebenfalls etwas merkwürdig zu finden, denn er spitzte aufmerksam die Ohren und schob seine lange Nase in dieselbe Richtung. Das geschlitzte Ohr gab ihm dabei das Aussehen eines frechen Schurken. Magdalena schob ihn grinsend zur Seite und drückte vorsichtig auf die Wundränder. Schließlich nickte sie zufrieden.

»Sieht gar nicht übel aus«, sagte sie, nicht ohne einen Hauch von Stolz. »Es fließt kaum noch Eiter aus der Wunde. Das Schlimmste scheint überstanden zu sein.« Ein kleines Lächeln umspielte ihre Lippen. »Der Feldscher hätte die Wunde vermutlich ausgebrannt, um einen Wundbrand zu vermeiden«, überlegte sie laut. »Und warum bist du anderer Meinung?«, fragte er. Er wollte nicht undankbar erscheinen. Das Ausbrennen einer Wunde war eine geradezu barbarische Behandlung, die den stärksten Söldner an den Rand der Beherrschung brachte. Doch es musste einen gewichtigen Grund dafür geben, warum sie die Meinung eines gelehrten Mannes infrage stellte.

»Ich habe schon zu viele trotz dieser Behandlung sterben sehen. Ich für meinen Teil denke, es ist besser, etwas heilende Salbe aufzutragen. – Außerdem tut es erheblich weniger weh.« Magdalena sah auf. Die samtigen dunklen Augen des jungen Mannes gefielen ihr. Wenn er besser im Futter gestanden hätte, wäre er sogar mehr als hübsch gewesen. Der Gedanke, der sich wie ein unerwünschtes Insekt bei ihr eingenistet hatte, irritierte sie. Schnell senkte sie die Lider und betrachtete die Frostbeulen, die immer noch deutlich erkennbar waren. »Leg einen großen Feldstein ins Feuer, bevor du schlafen gehst. Wenn du ihn mit einem Tuch umwickelst, kannst du ihn an deine Füße legen. Dann ist dir nachts etwas wärmer.«

Jakob brummte zustimmend. »Das hat meine Mutter auch immer gemacht, wenn ich Frostbeulen hatte.«

»Und warum hast du es nicht selbst getan?«

Jakob zuckte mit den Achseln. »Ich fürchte, ich hatte es einfach vergessen.«

Magdalena nickte. »Ich werde die Wunde noch einmal mit Beinwellsalbe bestreichen, damit sie weiter heilen kann. Sie zieht den Eiter heraus. Danach könnte man etwas Schweineschmalz auftragen, dem man die Blüten von Ringelblumen beigemischt hat. Wenn ich wenigstens noch etwas Kamille hätte … – Leider ist alles aufgebraucht.«

»Woher weißt du das alles?«, platzte es plötzlich aus ihm heraus. Magdalena verfügte über ein Wissen, das normalerweise nicht üblich war. Es sei denn, sie war eine Wehmutter oder eine Kräuterfrau, aber sie ließ sich nicht so einfach in diese Kategorie einordnen. Darüber hinaus konnte sie besser als jeder Feldscher mit dem Messer umgehen – wie er gestern selbst am eigenen Leib feststellen musste. Sie widersprach allem, was Jakob bis zu diesem Zeitpunkt kennengelernt hatte.

Magdalena zuckte gleichgültig mit den Achseln. »Mein Vater war Apotheker«, erwiderte sie leichthin.

»Hat er dich diese Dinge gelehrt?«

»Nein«, antwortete sie nüchtern. »Er hat mir Lesen und Schreiben beigebracht, damit ich ihm bei seiner Arbeit helfen konnte. Ich musste Bestellungen aufnehmen und seine Bücher führen.« Allzu deutlich drängte sich die Erinnerung an eine vergangene Zeit in ihr Bewusstsein. Ein Bild von dem, was sie einst Heimat genannt hatte. Das große Haus, in dessen Erdgeschoss sich die Apotheke ihres Vaters befand. Die Offizin, das Herzstück des Ganzen, war Ausstellungsort und Werkstatt in einem. Ein schwerer Arbeitstisch aus dunklem Holz stand genau in seiner Mitte. Ihr Herz verströmte ein warmes Gefühl bei dem Gedanken an die bronzenen Mörser, Reiben und Schmelztiegel und all die anderen Geräte, die sich auf seiner fleckigen Oberfläche oder in einer der bis zum Boden reichenden Schubladen befanden. An den Wänden der Offizin befanden sich deckenhohe Regale, in denen sich irdene Gefäße aneinanderreihten. Sie waren gefüllt mit Gewürzen, Kräutern, pulverisierten Metallen und Mineralien, Bienenwachs, Tierfetten und zerriebenen tierischen Teilen, wie dem Horn des Einhorns, dem besondere Heilkraft nachgesagt wurde. Der Verkauf fand durch ein Fenster zur Straße hin statt, durch das die Kunden ihre Wünsche äußern oder die von einem Medicus verschriebenen Rezepturen für Arzneien, Salben und Tinkturen nach drinnen reichen konnten. Magdalenas Aufgabe bestand darin, das Verkaufte zu notieren und den Preis, den die Kundschaft dafür bezahlt hatte. Ihr Vater war ein geschäftstüchtiger Mann. Er ließ sie sämtliche Rezepturen in ein gesondertes Buch übertragen, und – wenn es herauszufinden war – wogegen sie angewandt wurden. So konnte er sie zu einem späteren Zeitpunkt selbst seinen Kunden empfehlen. Mit der Zeit sammelte er ein enormes Wissen an. Und die wissbegierige Magdalena lernte es gleich mit.

»Vieles von dem, was ich aufgeschrieben habe, ist nun in meinem Kopf«, erklärte sie Jakob, während sie die Erinnerung zurückdrängte. Ihre Hände zitterten ein wenig, als sie den Verband erneuerte.

War es die Kälte, die sie erschauern ließ, oder die Erinnerung an zu Hause? Jakob war sich nicht sicher.

»Den Rest habe ich mir im Tross angeeignet. Man lernt vieles durch Erfolg und Versagen.« Ihr Ton hatte etwas Nüchternes an sich und Jakob schluckte bei dem Gedanken, dass er eventuell auch zu dieser Art von Versuchen gehört hatte.

Sie schien seine Gedanken zu erraten. Ein breites Lächeln zierte nun ihr Gesicht. »Keine Angst. In deinem Fall wusste ich, was zu tun war. Im letzten Jahr war ich die Gehilfin eines Feldschers. Er war ein guter Wundarzt, nicht so ein Quacksalber wie der jetzige.«

»Und wo ist dein Vater jetzt?«

Sie hob ihr Gesicht. Der braune Fleck in ihrem rechten Auge schien sich in sein Gesicht zu bohren. Das Lächeln war verschwunden. Stattdessen lag ein seltsamer Ausdruck in ihrem Antlitz. Er konnte nicht sagen, ob es Trotz oder Besorgnis war, aber er fühlte, dass er soeben eine Grenze überschritten hatte, die er besser gemieden hätte.

»Ich wüsste nicht, was dich das angeht«, erwiderte sie eisig.

Jakob biss sich auf die Unterlippe. Der winzige Moment der Vertrautheit, den er soeben verspürt hatte, war dahin. Er hatte ihn durch eine einzige unbedachte Bemerkung zerstört. Binnen weniger Sekunden zog sich ihre Seele in das Schneckenhaus ihres Körpers zurück und sie war so unnahbar wie zuvor. Irgendwie hatte er das Gefühl, sich deshalb verteidigen zu müssen. »Nun, es ist schon etwas ungewöhnlich, wenn ein junges Weib wie du sich ganz allein in einem Heer aufhält. Findest du nicht?«, fragte er mit belegter Stimme.

»Auch das geht dich nichts an«, antwortete sie nicht eine Spur freundlicher.

Jakob räusperte sich verlegen. »Du hast recht. Es geht mich tatsächlich nichts an. Entschuldige meine törichten Fragen.«

Sie wandte sich wieder seinem Fuß zu und steckte das Ende des Stoffstreifens fest unter die Bandage. Die Salbe brannte in seiner Wunde, doch nach kurzer Zeit ließ der Schmerz nach und eine wohlige Wärme breitete sich unter dem Verband aus.

»Meine Eltern sind beide tot«, erwiderte sie in einem emotionslosen Ton, der ihn erneut überraschte. Vorsichtig zog sie den Strumpf über ihr Werk. »Komm morgen wieder«, sagte sie dann, und wandte sich ab.

Am Tag darauf war Zacharias nicht mehr in der Lage aufzustehen. Die Haut in seinem Gesicht hatte die Farbe ranziger Milch angenommen und ein bedrohlich schleimiger Ton rumpelte in seiner Brust. Sein ganzer Körper schlotterte unkontrolliert auf dem Lager. Balthasar entledigte sich seines Mantels und deckte ihn über den Jungen, der trotz der zusätzlichen Decke zitternd erbebte. Sein besorgniserregender Zustand dämpfte die Freude über das Wunder, das sie ein paar Stunden zuvor erlebt hatten. Der lang ersehnte Nachschub an Lebensmitteln war endlich eingetroffen.

Eine ansehnliche Viehherde hatte sich brüllend ihren Weg durch die zertrampelte Schneise gebahnt, die das Heer ins Land geschlagen hatte. Gefolgt von Wagen, die mit Hülsenfrüchten, Getreide und Branntwein beladen waren. Es würde nicht ewig reichen, sie aber für eine Weile am Leben erhalten.

»Ich werde dir etwas Ordentliches kochen«, sagte Balthasar hoffnungsvoll zu Zacharias, wie um sich selbst Mut zu machen. Doch seine Augen waren dunkel vor Sorge. Das Gesicht des Jungen erinnerte ihn zu sehr an das von Heinrich. »Ein Fleischsüppchen vielleicht, damit du wieder etwas Speck auf die Rippen bekommst. Wir haben ja jetzt genug davon.«

Kurz nachdem die Viehherde eingetroffen war, hatte das große Schlachten begonnen. Zum ersten Mal seit langer Zeit hatten sie wieder eine ordentliche Ration Fleisch erhalten, doch ihre eingeschrumpften Mägen waren nicht dazu imstande, zu viel auf einmal zu essen. Die Reste reichten aus, um sie auch heute noch satt zu machen. Doch die Nahrung allein würde nicht ausreichen, um Zacharias' Gesundheit wieder herzustellen.

Jakob und Peter sahen einander an, die Lippen bekümmert zusammengekniffen, um Balthasar nicht noch mehr zu ängstigen, der sich wie eine Glucke um den Jungen kümmerte.

»Ich hole Magdalena«, flüsterte Peter Jakob zu. »Jetzt wird er ihre Hilfe annehmen müssen. Und dir erspart es den Weg zu ihrem Lager.«

Jakob nickte. Nach dem gestrigen Vorfall war es ihm ganz recht, nicht mit Magdalena allein zu sein. Ein Anflug von Unbehagen kroch ihm in die Brust, als er sich daran erinnerte. Er wusste nicht, warum. Eigentlich ging ihn Magdalena gar nichts an. Es konnte ihm völlig gleichgültig sein, was sie dachte oder fühlte. Und doch spürte er, dass dies nicht der Wahrheit entsprach.

Seine Sorge erwies sich jedoch als unbegründet. Magdalena zeigte nicht eine Spur von Gekränktheit, als sie an ihr Feuer kam.

Zwar war sie so ernst wie immer, aber ihr Blick schien weder hochmütig noch verstimmt zu sein.

Sie kroch in das Schlaflager, um Zacharias zu untersuchen. Als sie wieder daraus hervorkam, lag ein sorgenvoller Ausdruck auf ihrem Gesicht. »Ich fürchte, es steht schlimm um ihn«, flüsterte sie Peter zu. »Ich muss zum Wagen, um eine passende Arznei für ihn zu holen.«

Kurze Zeit später kehrte sie mit einem verschlossenen Tiegel zurück. »Ich habe noch etwas getrockneten Thymian gefunden«, erklärte sie. »Ein gutes Mittel gegen den Husten.« Die winzigen Blättchen verströmten einen würzigen Duft, als sie den Deckel öffnete.

Peter zog die Nase kraus. »Puh! Das stinkt ja fürchterlich.«

»Und was sollen wir damit machen?«, fragte Balthasar.

Magdalena blickte zu dem großen Söldner auf. »Gib etwa einen Löffel von dem Kraut in einen Becher und übergieße ihn mit kochendem Wasser. Das Ganze muss eine Weile ziehen. Danach kannst du es Zacharias zu trinken geben. – Am besten hältst du den frisch aufgebrühten Trank erst einmal unter seine Nase, damit er die Dämpfe einatmen kann.« Sie verschloss den Tiegel wieder und drückte ihn Balthasar in die Hand. »Wir werden sehen, ob es davon besser wird. Im Übrigen ist es alles, was ich noch habe. Wenn es nicht hilft, werde ich nichts mehr für ihn tun können.«

Balthasar seufzte und trottete mit hängendem Kopf davon, um einen geeigneten Topf zu holen, in dem er Wasser erhitzen konnte.

»So, nun bist du an der Reihe«, wandte sich Magdalena an Jakob.

Nachdem sie die Wunde betrachtet hatte, schien sie mit dem Ergebnis zufrieden zu sein. »Dein Fuß macht gute Fortschritte. Bis in ein paar Tagen ist er verheilt.« Sie warf einen Blick in Zacharias' Richtung. »Ich hoffe, dein Freund hat ebenso viel Glück wie du.«

Magdalenas Hoffnungen erfüllten sich nicht. Zacharias aß kaum etwas, obwohl sie absurderweise nun genug davon hatten. Sie taten, was sie konnten, hielten ihn warm und flößten ihm den Sud aus Wasser und Thymian ein. Doch aus der ohnehin schon schmalen Brust des jungen Söldners begannen die Rippen wie Radspeichen hervorzutreten. Der alles durchdringende Geruch des Thymians drang tief in ihre Atemwege. Zacharias jedoch schien er nicht zu helfen. In ihrer Not besann sich Jakob auf die alte Marketenderin mit den blanken Kiefern. Die drei Freunde kratzten ihre letzten Pfennige zusammen und kauften, ohne Magdalenas Wissen, eine kleine Schabfigur bei ihr, deren heilende Fähigkeiten wirksamer waren, als die der Schluck- und Heiligenbildchen. Das fingerlange, bunt bemalte Standbild aus Ton stellte die Jungfrau Maria in schlichter Pose mit einem verklärten Blick dar. Sie schabten mehrmals täglich ein paar Späne davon in heißes Wasser, das sie dem Kranken schluckweise einflößten. Doch auch diese Investition nützte nichts. Vier Tage später starb Zacharias, ohne jemals richtig gekämpft zu haben. Der Tod schien kein Gemetzel zu benötigen, um einen nach dem anderen dahinzuraffen. Ein unbehagliches Gefühl kam über sie. Sollte es ihr Schicksal sein, in diesem Krieg nie in einer Schlacht zu stehen und trotzdem zu sterben?

Ein alter Bekannter

Der Januar neigte sich dem Ende zu. Es war immer noch bitterkalt in Böhmen, doch infolge eines gut gefüllten Bauches war dieser Zustand wesentlich besser zu ertragen. Jakobs Wunde war verheilt und der empfindsame Balthasar schien sich langsam mit der Tatsache abzufinden, dass er noch einen Freund verloren hatte. Um auf andere Gedanken zu kommen, beschlossen die drei Freunde, eines der Schankzelte aufzusuchen, die selbst gebrautes Bier und Branntwein neben diversen anderen Dingen im Angebot hatten, die ein einsames Söldnerherz erfreuten. Der endlich ausbezahlte Sold war nicht ganz so kräftig geflossen, wie man es ihnen versprochen hatte, doch die Münzen in ihren Beuteln verlangten danach, unter die Leute gebracht zu werden.

Als sie aufbrachen, hatte sich eine tiefe, winterliche Dunkelheit über das Lager gelegt. Doch der warme Schein der allgegenwärtigen Feuerstellen tauchte selbst den widerlichsten Unrat in ein heimeliges Licht. Aaron folgte ihnen mit lautlosen Schritten zwischen Zelten, Wagen und Unterschlüpfen hindurch, bis sie an ein Schankzelt gelangten, in dem es hinter der verschlossenen Leinwand lustig zuzugehen schien. Es stand in einer recht dunklen Ecke des Lagers und auch durch das Gewebe des groben Tuches drang kaum Licht. Trotz alledem konnte es Peter kaum erwarten, an den Ort des Geschehens zu gelangen. Er schlug den Eingang zurück und trat – gefolgt von Jakob, Aaron und Balthasar – beherzt ein. Das muffige Innere erinnerte an das Betreten einer unzureichend belüfteten Höhle. Ein Geruch aus ungewaschenen Leibern, vermischt mit Rauch und den Ausdünstungen von Bier und Branntwein schlug ihnen wie eine Wand entgegen. Aaron grunzte angesichts des unsanften Angriffs auf sein empfindliches Riechorgan. Ein kräftiges Niesen aus seiner Richtung folgte, bevor er angewidert den Pelz schüttelte.

Die drei Männer blieben einen Moment lang stehen, sowohl aufgrund des Aromas als auch, um sich an das dürftige Licht zu gewöhnen, das ihnen für einen Moment die Sehkraft raubte. Inmitten des Zeltes stand ein glimmender Feuerkorb, dessen wabernder Rauch durch eine Öffnung in der Plane nur mäßig abziehen konnte. Seine größte Leistung schien darin zu bestehen, die Luft zu verpesten, denn außer einem kärglichen Schein spendete er nur unzureichend Wärme. Ansonsten drang lediglich das sachte Glühen eines Kienspans durch die Düsternis.

Jakob konnte nicht mehr als die Umrisse mehrerer Gestalten erkennen, die sich um einen Tisch scharten, der sich neben dem Feuerkorb befand. In der Hauptsache schien die kleine Gesellschaft aus Männern zu bestehen, doch die Stimmen zweier Weiber stachen deutlich daraus hervor. Die Stimmung befand sich in einem Zustand fröhlicher Ausgelassenheit und sie wurden lautstark begrüßt.

»Mensch, Nichtgeborener!«, donnerte es plötzlich mit dröhnender Stimme in das Durcheinander der Begrüßungen hinein. »Bist du das?«

Jakob stutzte und versuchte mit seinen Augen das trübe Licht zu durchdringen. Die Stimme kam ihm bekannt vor, aber es war vor allen Dingen ein einziges Wort, das ihn an seine Heimat auf dem Erzkasten erinnerte: Nichtgeborener! Schon lange hatte ihn niemand mehr so genannt! Sein Herz begann aufgeregt zu pochen. Die Muskeln in seinem Rücken spannten sich an, als er verfolgte, wie sich einer der Männer erhob. Er war breit und fast so groß wie Balthasar. – Als sich Jakobs Augen endlich an die Düsternis im Innern des Zeltes gewöhnt hatten, erblickte er jäh das Gesicht des Mannes. Eine gebrochene Nase, inmitten eines runden Schädels mit pockennarbigen Wangen. Es war Clauß! Clauß, sein alter Feind aus Kindertagen! Für den Bruchteil einiger Sekunden wurde ihm übel. Clauß war schon immer groß und breit gewesen. Doch man konnte sehen, dass seine Muskeln noch um einiges angeschwollen waren. Er würde kaum eine Chance gegen ihn haben, wenn Clauß gedachte, seine Rache von damals nachzuholen. Instinktiv trat Jakob einen Schritt zurück. Aaron begann alarmierend zu knurren, aber Clauß lachte, ignorierte den Hund und schien sich aufrichtig über das Wiedersehen zu freuen. Flink sprang er auf Jakob zu und packte ihn mit seinen starken Armen. Nur einen Augenblick später fand Jakob sich an der mächtigen Brust seines Gegenübers wieder, der ihn in einer stürmischen Umarmung an sich drückte. Verblüfft, aber auch ein wenig erleichtert, ließ es Jakob geschehen. Lediglich Aaron schien damit nicht einverstanden zu sein. Seine Nackenhaare stellten sich auf, während das Knurren nun tief aus seiner Kehle kam.

»Ist schon gut«, beruhigte Jakob den Hund, dessen verwegenes Äußeres dem von Clauß in nichts nachzustehen schien.

Aaron warf dem grobschlächtigen Söldner einen letzten misstrauischen Blick zu, dann verstummte er.

»Du liebe Zeit, Jakob! Dass ich dich noch einmal wiedersehe!«, rief Clauß. Nicht eine Spur von Feindseligkeit lag in seiner Stimme. Der große Hund an Jakobs Seite schien ihn nicht weiter zu beunruhigen, obwohl dieser immer noch auf der Hut war. »Komm, setz dich und erzähl'. Wie geht es dir?« Er drückte den verdutzten Jakob auf eine der Bänke, die um den Tisch standen. »Adam«, rief er dem Schankwirt zu, »bring ihm einen Becher Branntwein. Aber von dem Besten, und nicht den Fusel, den du deinen Gästen im Allgemeinen anzudrehen pflegst. Er geht auf meine Rechnung.«

Der Schankwirt nickte und machte sich an einem separaten Tisch ans Werk, auf dem mehrere Fässchen und Becher bereitstanden.

Aaron kroch unter der Bank hindurch und legte sich auf Jakobs Füße. Der dicke Hundepelz verströmte eine angenehme Wärme und milderte die durchdringende Kälte des Bodens, die Jakob durch die Schuhsohlen drang.

»Bring noch zwei weitere mit«, rief Peter dem Wirt zu, »ein gutes Tröpfchen wird uns ebenfalls nicht schaden.«

Eifriges Rücken setzte ein, um den neuen Gästen Platz zu machen.

»Nun erzähl' schon. Was hat dich hierher verschlagen?« Clauß betrachtete Jakob voll Interesse. Sein Gesicht hatte sich kaum verändert. Lediglich sein Haar schien schütter geworden zu sein, denn als er den Schlapphut absetzte, kam eine Strickmütze zum Vorschein, die den Verdacht nährte, dass sich darunter nicht viel mehr als ein blanker Schädel befand. Doch die verschlagene Miene war immer noch dieselbe. Sie hatten sich nicht im Guten getrennt. Damals, als er den Erzkasten verlassen musste, weil seine Eltern gestorben waren. Jakob erinnerte sich noch genau daran, wie elend er sich gefühlt hatte. Clauß hatte sein Leid bis zur Neige ausgekostet. Es schien ihn nicht zu kümmern, dass man ihn und Bärbel in eine ungewisse Zukunft schickte. Eine Zukunft, die ihr Verderben hätte sein können.

Während die Becher mit Branntwein geleert und immer wieder frisch aufgefüllt wurden, erzählte Jakob seinem alten Feind von ihrem Weg ins Rheintal, den Kindern in Breisach und das Leben auf dem Hof seines Oheims. Der Alkohol löste ihm die Zunge und so vertraute er ihm auch die schreckliche Tat an, die er begangen hatte, und ihre unausweichliche Folgen. Es spielte ohnehin keine Rolle mehr, denn hier im Heer war keiner besser als die anderen. Jeder von ihnen hatte bereits Schuld auf sich geladen und sei es nur, um nicht selbst dabei zu verhungern. Als er geendet hatte, zeigte Clauß' Gesicht für einen kurzen Moment so etwas wie Betroffenheit. Dann nahm es wieder seine alten Züge an. Ein schiefes, arglistiges Grinsen, von dem man nicht wusste, wie es gemeint war.

»Und wie ist es dir so ergangen?«, fragte Jakob, nun seinerseits neugierig. »Bist du schon lang im Heer? Ich habe dich noch nie gesehen.«

»Nun, das ist keine Kunst. Das Lager ist groß genug, sodass man sich nicht unbedingt über den Weg laufen muss«, erwiderte Clauß.

Jakob nickte zustimmend. Es waren Tausende von Menschen, die hier überwinterten, wenn man den Tross noch dazurechnete.

»Vor eineinhalb Jahren kamen Werber im Auftrag Wallensteins nach Freiburg. Ich war gerade in der Stadt, als das Schauspiel begann. Noch nie zuvor hatte ich so etwas gehört oder gesehen. Die Fassaden der Häuser hallten vom rhythmischen Donnern der Trommler wider, einer kleinen Vorhut von etwa zehn Mann, bevor die eigentliche Schar der Kriegsleute erschien. ›Wenn ihr einer von uns werdet, wird es euch an nichts mangeln‹, riefen sie. Du hättest die Männer sehen sollen. Ihre Kleider waren bunt und an den Krempen der Schlapphüte steckten lange, gefärbte Federn.

Ich war beeindruckt, und neben mir viele andere, die man schon an ihrer ärmlichen Kleidung von den feinen Bürgern unterscheiden konnte. Du kennst die Verhältnisse auf dem Erzkasten. Die Bergleute sind so arm wie ehedem und der Berg gibt fast nichts mehr her. Das ganze Aussehen dieser prächtigen Kriegsmänner unterschied sich von dem unsrigen, wie sich ein Adler von einer Maus unterscheidet. In kurzer Zeit hatte sich eine ansehnliche Menge um sie geschart. Knechte, Taglöhner und andere ärmliche Gestalten, die in der Stadt ein Auskommen suchten. Kurz vor dem Rathaus hielten sie an. Sie erzählten uns, dass wir die Welt sehen würden, wenn wir mit ihnen gingen. Von Ruhm, Ansehen und fetter Beute. – Und der Sold war auch nicht übel. Ich dachte, dass es mir besser gehen würde, wenn ich mich ihnen anschloss. Das Angebot war zu verlockend, um es auszuschlagen.«

Jakob nickte. Seine Miene war bitter. »Ich kenne all ihre Versprechungen.«

Clauß grinste verdrießlich. »Nun, die Welt habe ich seither gesehen. Wenigstens etwas davon. Doch alles andere war Lug und Trug.«

»Was ist mit Thoman, Gerg, Hans und Paule?« Voller Wehmut dachte Jakob an die Freunde seiner Kindheit. Nicht ein einziges Wort hatte er nach jener Zeit auf dem Erzkasten von ihnen gehört. »Sind sie auch hier?«

Clauß schüttelte verneinend den Kopf. »Thoman hat die Köhlerei seines Vaters übernommen. Der alte Wolf ist vor drei Jahren gestorben. Sein Weib hat ihn eines Tages neben einem Meiler gefunden. Er muss schon mehrere Stunden tot gewesen sein. Der Meiler hat fürchterlich geraucht. Wahrscheinlich ist er zusammengebrochen, als er die Luftzufuhr regeln wollte und an den giftigen Dämpfen erstickt.«

Der Verlust, den diese Nachricht bedeutete, legte sich wie ein eisiger Gürtel um Jakobs Brust. Er senkte betroffen die Lider. Der gute Wolf! Er hatte Thomans Vater sehr gern gehabt. Er war immer so fröhlich und herzlich gewesen und in gewisser Weise hatte er die Rolle seines eigenen Vaters übernommen, der dazu nie in der Lage gewesen war. »Geht es … Thoman gut?«

»Zumindest war dies der Fall, als ich ihn das letzte Mal gesehen habe. Doch inzwischen kann vieles passiert sein. Der Krieg hatte den Erzkasten bis zum Zeitpunkt meiner Abreise verschont. Aber du weißt, wie schnell sich das ändern kann.«

»Und die anderen?«

»Gerg ist schon vor langer Zeit an einem Fieber gestorben. Hans ist Bergmann geworden und Paule ist wie ich ins Heer eingetreten.«

Jakob horchte auf. »Und er ist nicht mit dir hierhergekommen?« Ausgerechnet der ängstliche Paule war Söldner geworden! Er musste sich mächtig verändert haben, seit er ihn das letzte Mal gesehen hatte.

»Nein«, erwiderte Clauß. »Nach der Musterung habe ich ihn aus den Augen verloren.«

Jakob schnaubte enttäuscht. »Schade. Ich hätte gern gesehen, was aus ihm geworden ist.«

»Nun vielleicht wirst du das auch. Der Krieg ist noch nicht zu Ende.«

»Falls er überhaupt noch am Leben ist«, murmelte Jakob. Er hatte schon zu viele sterben sehen und Paule schien ihm nicht der Mensch zu sein, der über genügend Zähigkeit verfügte, um am Leben zu bleiben. So viel Tod und Leid lagen zwischen seiner Kindheit und der Gegenwart. Zu viel davon in den wenigen Jahren, die seitdem vergangen waren.

Die Stille der Nacht senkte sich über das Zelt, das sich wie eine kräftige Brise von der Ruhe im Lager unterschied. Mit dem Anstieg des Alkoholpegels wurden die Männer und die beiden Trosshuren, die ihnen Gesellschaft leisteten, immer ausgelassener. Der Würfelbecher machte die Runde und jeder Sieg wurde mit Branntwein und Bier frenetisch gefeiert.

»Wisst ihr eigentlich, dass mein Freund hier ein Nichtgeborener ist?«, rief Clauß plötzlich in die Menge und zeigte mit einem siegessicheren Grinsen auf Jakob. Er sah nicht danach aus, als ob ihm der Alkohol zu schaffen machte und auch sein Gespür für ein großes Schauspiel schien ihm nicht abhanden gekommen zu sein.

Die Gesellschaft am Tisch verstummte. Ihre Augen richteten sich auf Jakob, der angesichts dieses Bekenntnisses in sich zusammenschrumpfte. *Oh nein! Das nicht auch noch!,* dachte er. Dieser verdammte Clauß konnte aber auch nichts für sich behalten.

»Wie soll das gehen?«, rief eine der Huren. Ein noch recht junges Mädchen mit dunkel umrandeten Augen und anrüchig roten Lippen. »Hat der Herrgott ihn etwa aus Lehm geformt? Wie den alten Adam? Oder ist er aus einem Ei geschlüpft?« Ihre Stimme klang schleppend. Sie erhob sich mit der konzentrierten Langsamkeit einer Betrunkenen und umrundete mit raschelnden Röcken den Tisch, um Jakob genauer in Augenschein zu nehmen. Ihre gefärbten Lider klimperten so übertrieben, als ob sie etwas im Auge hätte.

Er senkte beschämt den Blick.

»Nichts von alledem«, erklärte Clauß mit der Gelassenheit der Besserwissenden.

Dann erzählte er mit Gesten, die jeden Schausteller auf dem Jahrmarkt vor Neid erblassen ließen, dass Jakob nicht durch die natürliche Pforte seiner Mutter zur Welt gekommen war. Stattdessen hatte man ihn aus ihrem Leib geschnitten. Ein lebendiges Kind, dessen Mutter zu diesem Zeitpunkt bereits tot war.

Eine Welle des Entsetzens durchlief die Männer und Frauen, obwohl sie alle nicht mehr nüchtern waren. Jakob schien es, als ob man die Fröhlichkeit von ihren Mündern gewischt hätte. Ein Moment des vollkommenen Schweigens setzte ein und er blickte in bestürzte Gesichter, die ihre Augen auf einen einzigen Punkt gerichtet hatten. Ihn!

Die junge Hure verzog angewidert das Gesicht.

»Ist das wahr?«, stieß Peter endlich hervor.

»Ja, es ist wahr«, knurrte Jakob. Er wusste, was in ihnen vorging, aber es hatte auch keinen Zweck, den ungewöhnlichen Beginn seines Lebens zu leugnen. Jetzt, nachdem Clauß ihnen die Geschichte erzählt hatte, würde ihm sowieso keiner mehr glauben. Söldner waren die abergläubischsten Leute, die er kannte. Es konnte ein schlechtes Omen sein, mit einer solchen Person in den Krieg zu ziehen. »Aber auch wenn dies etwas ungewöhnlich klingt, so bin ich doch ein ganz normaler Mensch«, erklärte er. Das fehlte ihm noch, dass seine Freunde ihm aus dem Weg gingen, weil sie befürchteten, dass er ihnen Unglück brachte.

»So würde ich das nicht sagen«, erwiderte Peter, der inzwischen seine Sprache wiedergefunden hatte. »Wenn man bedenkt, dass du deiner eigenen Hinrichtung entkommen bist.«

»Am Ende ist er noch ein *Gefrorener*«, warf die andere Hure ein.

»Da ist was dran«, lallte Balthasar. Er hielt die ältere der beiden Trosshuren fest an sich gedrückt. »Schließlich ist auch die Wunde, die Magdalena ihm aufgeschnitten hat, ohne Weiteres verheilt.«

»Magdalena?«, fragte Clauß interessiert. »Wer ist denn Magdalena?«

Jakob winkte ab. »Ist nicht weiter wichtig.«

»So würde ich das nicht sagen«, wandte Peter, inzwischen wieder gut gelaunt, ein. »Sie ist ein schönes Weib, das sich ab und zu an unserem Feuer aufhält. Ein Prachtweib, um genau zu sein.«

»He, he«, die jüngere der beiden Huren zog in gespielter Entrüstung ihre Stirn kraus. »Gibt es etwa noch etwas Schöneres als mich?« Sie lächelte kokett und entblößte dabei eine große Lücke in ihrem Oberkiefer.

»Aha, ein schönes Weib also. Das möchte uns der Herr wohl vorenthalten«, rief einer der Söldner lachend dazwischen. »Willst sie wohl für dich haben, wie? Für dich ganz allein.« Ein allgemeines Gelächter setzte ein, das Aaron aus seinem Halbschlaf schreckte. »Wuff«, dröhnte es unter dem Tisch, was für noch mehr Gelächter sorgte.

Jakob streckte beruhigend die Hand nach Aarons Kopf aus. »Nein … nein«, stammelte er, heillos überfordert von all den Vermutungen, die man über ihn anstellte. Und auch sein Hirn war nicht mehr dazu in der Lage, einen allzu schnellen Gedanken zu fassen.

Die Witzeleien wurden bald von einem weiteren Würfelspiel abgelöst. Doch Jakob stand nicht mehr der Sinn nach Gesellschaft. Nach zwei Runden erfand er eine Ausrede, um so schnell wie möglich zu entfliehen. Aaron kroch müde unter dem Tisch hervor, streckte die langen Hinterbeine und schüttelte sein Fell. Dann folgte er seinem Herrn aus dem Zelt hinaus.

Draußen war es bitterkalt und, nachdem sich Jakob aus der Reichweite des Schankzelts entfernt hatte, sehr still. Er ging mit den übertrieben vorsichtigen Schritten eines Betrunkenen. Etliche Becher Branntwein brausten in seinem Schädel. Der ungewohnte Alkohol summte wie ein aufgeschreckter Mückenschwarm durch seine Gehirnwindungen. Die Erleichterung über das unerwartete Resultat von Clauß' Erzählung drang durch den Nebel seiner Gedanken. Sollten sie ihn doch für einen Gefrorenen halten. Ein Gefrorener war praktisch unverwundbar. Er überlebte Kugelgewitter, Schlachten, Hungersnöte, Pest und harte Winter. Dies war kein schlechtes Omen, sondern ein höchst wünschenswerter Zustand. Niemand würde ihn deshalb meiden. Man würde fortan seine Gesellschaft suchen, um etwas von dem Glück abzubekommen, das von ihm ausging. Auch wenn er dies für vollkommenen Unsinn hielt. Doch es war etwas anderes, das ihn verwirrte. Hatte der Söldner die Wahrheit gesagt? Wollte er Magdalena wirklich für sich allein haben? Benommen schüttelte er den Kopf. Das konnte nicht sein. Sie war so etwas wie eine Freundin geworden, doch er liebte Elisabeth. *Sie* war die Einzige in seinem Leben. Oder etwa nicht?

Jakob erwachte mit einem brummenden Schädel. Peter, der irgendwann in der Nacht zu ihm gestoßen war, schien nicht an den

Folgen der Zecherei zu leiden. Er plauderte fröhlich drauflos wie eh und je. Balthasar traf erst im Laufe des Morgens an ihrem Feuer ein. Die Hure hatte ihn mit in ihr Lager genommen und nun summte er gut gelaunt und zufrieden ein Lied. Den beiden schien der nächtliche Ausflug gutgetan zu haben. Nur Jakob war den ganzen Tag übler Stimmung. Er ging mit Aaron in den Wald, um frisches Feuerholz zu suchen und vermied dabei sorgsam, auch nur in die Nähe von Magdalenas Lagerplatz zu kommen. Nichts als puren Unfug hatte er im Schankzelt vernommen! Er würde Elisabeth treu sein. Und wenn es ihn das Leben kostete! Doch er musste zugeben, dass er das seltsame Mädchen mehr mochte, als ihm lieb war.

Der sonderbare Mann aus dem Wald

»Erinnerst du dich an Melchior?« Clauß' Frage riss Jakob aus dem Zustand der Lethargie. Seit jenem Abend im Schankzelt tauchte er oft an ihrem Feuer auf.

Anfangs hatte sich Jakob gefragt, ob Clauß' Neugierde, was Magdalena betraf, so groß war, dass er deswegen fast jeden Tag bei ihnen vorbeischaute. Doch er schien die alte Feindschaft tatsächlich begraben zu haben. Stattdessen freute er sich nach wie vor, einen alten Bekannten wiederzusehen. Obwohl Clauß freundlich zu ihm war, hatte er sich im Großen und Ganzen nicht verändert. Die alte Hinterlistigkeit, die er bereits am ersten Abend unter Beweis gestellt hatte, war immer noch da. Sie ließ Jakob auf der Hut sein. Aaron schien dies zu spüren, denn er knurrte immer, wenn er Clauß entdeckte. Vielleicht war es aber auch das brutal wirkende Äußere, das Jakob abschreckte. Die Strickmütze und der fast kahle Schädel, der einmal darunter zum Vorschein kam, ließen ihn nicht milder erscheinen. Wenn man Clauß so sah, konnte man ohne Weiteres auf einen primitiven Geist schließen, aber er war nicht das, was man gemeinhin als dumm bezeichnete. Dennoch konnte er so gefühllos wie ein Ochse sein, dem man ins Horn kneift. Bei einem seiner Besuche lernte er dann doch Magdalena kennen, die hin und wieder zu ihnen schlenderte, um mit ihnen zu plaudern. Jakob sah das Verlangen in Clauß' Augen, als er sie betrachtete. Eine brennende Wut stieg in ihm auf. Es war keine Eifersucht, wie er sich selbst versicherte, aber er fühlte die Gefahr, in der Magdalena schwebte, falls dieses Verlangen nicht auf Gegenseitigkeit beruhte.

Jakob räusperte sich. »Du meinst die seltsame Gestalt, die ganz allein im Wald hauste?«

Clauß nickte, nahm seinen Hut ab, um den störenden Rauch damit fortzuwedeln, der sich in seine Richtung verirrt hatte, und kratzte sich am Schädel.

Jakobs Blick richtete sich nach innen. Er dachte zurück an die Zeit, in der er sonntags mit Thoman in den Bergwald gegangen war, um Wolf einen Besuch abzustatten. Diese Stunden gehörten zu den schönsten seines Lebens, – wenn man von denen absah, die er mit Elisabeth verbracht hatte. Sie hatten Thomans Vater Gesellschaft geleistet, der die ganze Woche über einsam im Wald lebte, ohne seine Meiler aus den Augen zu lassen. Hatten ihm geholfen oder – was selten vorkam – einfach nur gespielt. Eines Tages hatte Jakob bemerkt, dass irgendjemand Thoman und ihn dabei beobachtete, wie sie mit Stöcken ihre Kräfte maßen. Der Schreck war ihm in die Glieder gefahren, als er einen seltsamen Mann entdeckte, der nur ein paar Schritte entfernt so still und unauffällig im Wald stand, dass man ihn ohne Weiteres übersehen konnte. Alles an ihm war lang und schmal gewesen. Das ovale Gesicht mit der mächtigen Adlernase. Der schmächtige, ausgezehrte Körper. Er war alles andere als das, was man ansehnlich nennen konnte. Doch es waren seine blassen, eng beieinanderstehenden Augen, die ihm etwas Unheimliches verliehen. Zumindest meinte man das. Verstärkt wurde das Ganze noch durch die Tatsache, dass er nie sprach. Aber es konnte gut sein, dass er einfach nur schüchtern oder ängstlich war. Einmal hatte er seine Schwester Bärbel zu Tode erschreckt, als diese sich im Wald verirrt hatte. Sie hielt ihn für einen Unhold, doch Jakob konnte nicht so recht glauben, dass er etwas wirklich Bösartiges an sich hatte. Und auch Thoman war der Ansicht, dass er völlig harmlos war.

»Was ist mit ihm geschehen?« Jakob tauchte aus seiner Erinnerung auf und sah die Sensationsgier in Claußʼ Augen. Irgendetwas musste vorgefallen sein, sonst hätte er dieses Thema nicht angeschnitten. Er beugte sich vor und legte ein Stück morsches Holz nach, das sie im Wald gefunden hatten. Die Flammen züngelten daran empor, um es in Feuer und Rauch zu verwandeln.

»Nun, das ist eine lange Geschichte«, hob Clauß an. Er rekelte sich in aller Sorgfalt. Reckte und streckte sich nach allen Seiten und setzte sich bequemer hin.

Balthasar, der wie immer die Pflichten der Hausfrau an ihrem Feuer übernommen hatte und eifrig in einem Topf rührte, der am Rand der Flammen stand, spitzte die Ohren. Peter hatte eben noch auf dem Lager vor sich hin gedöst. Nun kam er herüber, um Clauß ebenfalls zu lauschen.

Die Augen des grobschlächtigen Söldners begannen zu leuchten angesichts der Aufmerksamkeit, die ihm zuteilwurde. Er reckte das Kinn und begann zu erzählen.

»Es ist nun schon einige Jahre her, als man die Tochter des Harlachers im Wald gefunden hatte. Ihr Vater ist Meier auf einem der Erbpachthöfe des Wilhelmitenklosters.«

Jakob nickte. Er kannte den Harlacher. Im Sommer hatte er oft zusammen mit Gerg auf dem Hof geholfen.

»Eines Morgens war sie von zu Hause aufgebrochen, um Pilze zu suchen«, fuhr Clauß fort. »Sie hatte ihrer Mutter versprochen, bis zum Mittag zurück zu sein, doch die Zeit verstrich, ohne dass das Mädchen nach Hause zurückgekehrt wäre. Schließlich hielt es ihr Vater nicht mehr länger aus. Er ließ sein Weib bei den Mägden zurück und machte sich mit dem alten Knecht auf die Suche nach der verschwundenen Tochter. Vielleicht hatte sie die Zeit vergessen? Oder sie fand den Weg nicht mehr, der sie nach

Hause bringen würde. Doch all die harmlosen Erklärungen, mit denen der verzweifelte Vater sein Gemüt zu beruhigen versuchte, lösten sich in Luft auf, als er seine Tochter fand. Ihr verkrümmter Körper lag unter einem Felsvorsprung. – Sie musste schon vor Stunden gestorben sein.«

»Hat sie den Abgrund übersehen und sich dabei zu Tode gestürzt?«, fragte Peter schläfrig und lehnte sich mit dem Rücken an den Holzstapel, der zum Nachlegen gedacht war. Für ihn war es nur eine Geschichte. Ein Schicksal, dessen Hauptakteure er nicht kannte. Sie waren nicht mehr als hölzerne Figuren, die man hin- und herschob auf dem Schachbrett des Lebens.

Für Jakob war dies etwas anderes. Er wusste, dass dem Harlacher mehrere Kinder gestorben waren, obwohl sein Weib etliche davon zur Welt gebracht hatte. So viel ihm bekannt war, hatte nur eine einzige Tochter das Kleinkindalter überlebt. Sie war ein paar Jahre jünger als er gewesen und wäre nun fünfzehn oder sechzehn Jahre alt. Doch dieses Alter hatte sie nie erreicht. Ihn fröstelte bei dem Gedanken daran. Wie musste ein Vater sich fühlen, wenn er seine zerschmetterte Tochter unter einem Felsvorsprung fand? Obwohl sie Stunden zuvor noch blühend und voller Leben war.

»Nun«, entgegnete Clauß. »Die einen behaupteten, dass es keine andere Möglichkeit geben konnte, als dass sie von selbst in den Tod gestürzt war. Wahrscheinlich war sie so vertieft in ihre Suche gewesen, dass sie den Abgrund übersehen hat. Vielleicht ist sie auch fehlgetreten und konnte sich nicht mehr halten. Vieles sprach dafür. Sie hatte mehrere Knochenbrüche und auch ihr Genick war gebrochen. Doch da war noch die Sache mit dem Korb. Weshalb stand er direkt neben ihr und warum waren die Pilze nicht in alle Winde verstreut?«

»Das ist allerdings höchst seltsam«, murmelte Jakob.

»Es muss jemand bei ihr gewesen sein«, antwortete Peter in aller Logik und setzte sich kerzengerade hin. Die Sache begann langsam spannend zu werden. »Hat man ihren Mörder gefunden?« Balthasar hörte auf zu rühren und starrte in das Gesicht seines Gegenübers.

Clauß ließ sich durch diese Frage nicht beirren und fuhr an der Stelle fort, an der er unterbrochen wurde. »Der Harlacher wurde fast wahnsinnig vor Schmerz. Er ging zum Schultheißen und verlangte, dass der Tod seines einzigen Kindes unter allen Umständen aufgeklärt werden müsse. Die Büttel schwärmten aus, um Fragen zu stellen und nach dem Schuldigen zu suchen. Nach wenigen Tagen kam ihnen das Gerücht zu Ohren, dass Melchior etwas mit der Sache zu tun haben könnte.« Clauß kratzte sich am Kinn. »Nun ja, abwegig war diese Vermutung nicht. Das Mädchen lag nur ein paar Gehminuten von Melchiors Hütte entfernt.« Sein Blick fiel auf Jakob. »Du weißt, dass er schon immer ein recht merkwürdiger Kauz gewesen ist. Die sonderbare Art, mit der er die Leute beobachtete, und diese unheimlichen Augen machten es nicht schwer, sich vorzustellen, was er mit dem Mädchen angestellt haben könnte. Es regte geradezu die Fantasie der Leute an. Immer mehr waren plötzlich der Meinung, dass Melchior eine Bedrohung sei. Er würde es immer wieder tun, sagten sie, wenn man nicht die Wahrheit herausfinden und den Schuldigen dafür bestrafen würde.«

Clauß verlagerte sein Gewicht und legte eine kunstvolle Pause ein, um die Spannung zu erhöhen. Dann fuhr er fort. »Schließlich zerrten ihn die Büttel aus seiner Hütte und schlossen ihn in den Turm. Anfangs bestritt Melchior, etwas mit dem Tod des Mädchens zu tun zu haben. Doch dann kam es zu einer peinlichen Befragung. Unter der Folter gab er alles zu. Er erzählte sogar, was er mit ihr angestellt hatte.«

»Was denn zum Beispiel?«, warf Peter ein.

Jakob wies ihn mit einer ungeduldigen Geste an, zu schweigen. »Was haben sie mit Melchior gemacht?«, fragte er atemlos.

»Sie haben ihn aufgehängt.«

»Du lieber Himmel. Der arme Melchior«, flüsterte Jakob. »Glaubst du, dass er schuldig war?«

Clauß hob ohne jedes Mitleid die Schultern. »Weiß nicht. Ein interessantes Schauspiel war es allemal.«

Jakob fühlte, wie ihm die Galle in die Kehle stieg. Wie konnte Clauß nur so gefühllos sein? Er selbst wusste allzu gut, wie man sich bei seiner eigenen Hinrichtung fühlte, obwohl ihm wenigstens die peinliche Befragung erspart geblieben war. Jäh erlebte er noch einmal das Grauen und die namenlose Angst, die ihn befallen hatte, als er im Schinderkarren zum Richtplatz geführt wurde. Die Muskeln in seinen Beinen spannten sich an. Er sprang abrupt auf und stapfte unter den erstaunten Blicken seiner Kameraden davon. Aaron, der wie immer neben seinem Herrn gelegen hatte, folgte ihm auf dem Fuß. Alles war besser, als neben diesem Mann zu sitzen, der nicht eine Spur von Mitgefühl zu empfinden schien. Doch auch wenn Clauß nicht das besaß, was man Edelmut nannte, was war mit denen, die Melchior zum Sündenbock gemacht hatten, nur weil er ein Sonderling war? Unter der Folter hatten schon viele Dinge gestanden, die nicht im Mindesten der Wahrheit entsprachen. Wahrscheinlich hatte Melchior nicht das Geringste damit zu tun gehabt.

Frühjahr 1627

Die Gewalt des Wassers

Die Sonne brach zwischen den Wolken hervor. Elisabeth hatte das Gefühl, als ob jemand einen Vorhang beiseitegeschoben hätte. Der graue Schleier lichtete sich und ließ die Landschaft in warmen Farben erstrahlen. Sie holte tief Luft, um das süßliche Aroma des Frühlings zu kosten, das die Taubnesseln am Wegesrand verströmten. Sie liebte diese Jahreszeit, wenn das Gras spross, Bäume und Sträucher ihre Knospen trieben, der Löwenzahn gelbe Punkte auf die Matten malte und die Schmetterlinge mit ihren bunten Flügeln durch die Luft segelten. Frisches Grün bedeckte in verschiedenen Tönen die ebene Landschaft. Glitzernde Tröpfchen perlten, gesättigt vom Regen der Nacht, von ihm ab.

Ein harter Winter lag hinter ihnen. Lang, kalt und mit einer Masse von Schnee, hatte er sich in seiner ganzen Härte gezeigt. Zum Glück war die Ernte des vergangenen Jahres nicht schlecht gewesen. Zumindest was Heu und Korn und das Gemüse im Krautgarten betraf. Auf jeden Fall waren sie ohne fremde Hilfe über den Winter gekommen. Elisabeth schnaubte verdrossen. Fast ein Jahr war seit dem schrecklichen Unglück vergangen, doch die Leute schnitten sie immer noch, als ob die Pest an ihr haftete.

Eines ihrer Schafe steuerte auf die saftigen Gräser der Matte zu, die dem Weg am nächsten lag, was Elisabeth dazu veranlasste, ihre Gedanken für einen Moment zu unterbrechen, um das Tier in die kleine Herde zurückzutreiben. Dabei schreckte sie ein paar Bachstelzen bei der Nahrungssuche auf. Die eleganten, schwarzweiß gefiederten Vögel stoben in alle Richtungen davon, während das Schaf zu seinen Kameraden zurücktrottete. Dies war nicht der Ort, wo es fressen sollte. Es musste sich gedulden, bis sie den Teil des Waldes erreicht hatten, der als *Allmende* dem ganzen Dorf gehörte, und als Waldweide diente. Dort wollte sie die beiden Schafe, die vor zwei Wochen Lämmer geboren hatten, fressen lassen. Dem Herrgott sei Dank, dass sich das Abenteuer mit dem Stöcklin doch noch ausgezahlt hatte. Doch nun brauchten sie frisches Gras und Kräuter, um ihre Jungen zu ernähren. Die Ziege war nicht so wählerisch und fraß sowieso alles, was ihr in den Weg kam. Auch sie hatte ein Junges bekommen, womit die Milch für dieses Jahr gesichert war. Nach einer Suche von zwei Tagen hatte sie den Hirten tatsächlich ausfindig gemacht. Erstaunlicherweise waren sie sich schnell einig geworden – was möglicherweise am Wetter lag, denn es goss wie aus Kübeln an jenem Tag. Nachdem alles Nötige geklärt war, hatte sich der schmächtige Mann wieder in seinen notdürftig errichteten Unterstand zurückgezogen, der einigermaßen trocken zu sein schien. Sie hatte vier weitere Pfennige opfern müssen, doch das Resultat dieser Investition konnte sich sehen lassen. Ein prächtiges Ziegenböckchen hatte nach fünf Monaten das Licht der Welt erblickt. Vor seiner Geschlechtsreife würden sie es schlachten müssen, aber so kam wenigstens wieder einmal etwas Fleisch auf den Tisch. Die beiden Schafe waren im Verlauf des Winters zu dicken, wolligen Knäueln angeschwollen. Noch dazu hatte eines der Mutterschafe Zwillinge geboren, was bedeutete, dass sie nun drei Lämmer hatten. Bald würde sie die älteren Tiere scheren und die Wolle anschließend in Straßburg verkaufen. Sie hoffte, dass sie genug einbringen würde, um vielleicht noch ein oder zwei Tiere hinzuzukaufen. Über den Winter hatte sich herausgestellt, dass es gar nicht so schlecht war, diese Art von Vieh zu besitzen. Die Ziege war wesentlich anspruchsloser als eine Kuh, und ihre Milch reichte aus, wenn sie auch einen herberen Geschmack hatte. Auch die Schafe hatte sie gut über den Winter gebracht und sie lieferten sowohl Wolle als auch Fleisch. Wenn es ihr gelang, die Herde zu vergrößern, würde das ein Teil der Einnahmen ersetzen, die ihr durch den fehlenden Hanfanbau verloren gingen. Noch dazu konnte es von ihr allein bewältigt werden, und Mutter kümmerte sich derweil um das Haus und den Garten. Allerdings würden sie sich die Arbeit auf den Kornäckern weiterhin teilen müssen. Elisabeth gestattete sich ein kleines Lächeln. Es war kein einfaches Leben, das sie führten. Aber es ging. Erstaunlicherweise brachten sie es fertig zu überleben. Und nicht nur das. Es gelang ihnen, den Hof am Leben zu erhalten. Die Ereignisse der letzten Wochen hatten ihr vor Augen geführt, dass sie zwar nicht aus Eisen, aber doch robuster war, als sie angenommen hatte – allen Angriffen und missgünstigen Blicken zum Trotz. Sollten die anderen ihr doch dabei zusehen, wie sie sich abrackerte. Sie würde nicht aufgeben. Sie würde sich durchbeißen – bis zum Äußersten, wenn es sein musste. Dann würde sich zeigen, wer am Ende der Überlegene war.

Ihr Blick fiel auf den Schwarzwald. Das Frühjahr war dort ebenfalls auf dem Vormarsch, wenn es auch heute durch einen grauen Regenschleier getrübt wurde. Die Schneeschmelze hatte eingesetzt, nur in den höheren Lagen hielt sich die weiße Masse noch hartnäckig. Sie schüttelte sich, als sie daran dachte, dass diese Menschen der Kälte noch länger ausgesetzt waren als sie selbst.

Schließlich hatte sie die Waldweide erreicht und ließ sich erleichtert auf einem Baumstumpf nieder, um die Tiere beim Fressen im Auge zu behalten.

Als Elisabeth gegen Abend den Rückweg antrat, war das Wetter längst nicht mehr so freundlich wie am Morgen. Der Himmel hatte sich zugezogen. Das Gesumm der Insekten war verstummt. Sogar die Vögel hatten aufgehört zu singen, um ein geschütztes Plätzchen aufzusuchen, das sie vor dem Regen schützte, der in immer dickeren Tropfen auf die Erde fiel. Elisabeth fröstelte. Ihre Kleider klebten nass auf ihrer Haut und die fehlende Sonne machte einer durchdringenden Kühle Platz. Endlich erreichte sie das kleine Fachwerkhaus, das verträumt am Bachufer lag. Sie warf einen Blick in das glucksende Wasser, als sie die Brücke zum Hof überquerte. Es führte eine schlammig, braune Brühe aus den Bergen mit sich. Hoffentlich schien wenigstens morgen wieder die Sonne, um mit ihren Strahlen die Erde zu erwärmen. Auch die Jungtiere hatten sie bitter nötig. Nass und frierend drängten sie sich an ihre Mütter. Elisabeth trieb sie in den trockenen Stall, wo sie sicher und geborgen waren.

Der nächste Morgen zeigte sich nicht freundlicher. Elisabeth warf einen prüfenden Blick in den Bach, dessen Pegel in der Nacht gestiegen war. Noch gab es keinen Grund zur Besorgnis. Der Regen an sich war im Frühjahr nichts Ungewöhnliches, wenn er allerdings mit der Schneeschmelze zusammentraf, die eine Masse aus Wasser in den Rhein spülte, konnte es auch für die Nebenflüsse gefährlich werden. Ihre Augen richteten sich gen Himmel. Eine glatte Fläche wölbte sich über ihr, so kalt und grau wie geschmiedetes Eisen. Im Moment sah es nicht danach aus, als ob das Wetter sich bessern würde. Sie beschloss, die Tiere im Stall zu lassen und füllte Heu in die Raufen, damit sie etwas zu fressen hatten. Die Ziegen und Schafe machten sowieso keine Anstalten, nach draußen zu gehen. Das schlechte Wetter ließ sie in einer seltsamen Starre verharren.

»Der Bach kommt!« Der entsetzte Ruf eines Jungen hallte sechs Tage später durch die abendliche Straße, um die Dorfbewohner zu warnen. Elisabeth legte die kleine Spanschachtel nieder, in die sie eben geronnene Ziegenmilch gefüllt hatte, und eilte zur Haustür. Wie alle anderen hatte sie die letzten Stunden in ängstlicher Erwartung verbracht. Fast ununterbrochen war Regen auf die Erde niedergeprasselt, bis das Anschwellen des Baches immer deutlicher zu erkennen war. Jetzt schien er über die Ufer getreten zu sein, gefühllos und taub für die Not der Menschen. Die Katastrophe brach unerbittlich über sie herein.

Elisabeths Herz schien auf die Höhe ihrer Eingeweide zu sinken, als sie die Tür öffnete. Das Wasser lag wie ein See in der einsetzenden Dämmerung. Eine dunkle, trostlose Fläche, von einer Strömung gekräuselt, die dort nicht hingehörte und immer neue Wassermassen hinzuschwemmte. Sie überspülte den Hof, umschwappte den Misthaufen und die übrigen Gebäude. Elisabeth schluckte. Der Eingang ihres Hauses lag nur einen Treppenabsatz höher als seine Umgebung. Nicht einmal eine Handbreit trennte ihn vom Pegel der Überflutung.

Ihre Mutter schlurfte mit schweren Schritten in den Flur. »Herrgott im Himmel!«, stieß sie hinter Elisabeths Rücken hervor. »Auch das noch! Nimmt unsere Not denn nie ein Ende?«

Elisabeth drehte ihr das Gesicht zu. Die Schultern der alten Frau fielen nach vorne und sie sah noch gebeugter aus, als sie es ohnehin schon tat. Die Last des Alleinseins traf Elisabeth mit voller Wucht. Wie sollten zwei schwache Frauen die Schwierigkeiten des Hochwassers bewältigen? Jäh fielen ihr die Tiere ein. Der Stall lag etwas niedriger als das Haus. Und er war wesentlich schlechter abgedichtet als dieses. »Ich muss nach draußen«, rief sie, dann eilte sie davon. Das Wasser umfloss ihre Beine, sobald sie einen Fuß vor die Tür setzte. Es beschwerte ihren Rock und beschmutzte ihn mit Schlamm und Gestank. Mit Mühe gelang es Elisabeth, den Stall zu erreichen. Ein mühevolles Ächzen drang aus ihrem Mund, als sie es endlich schaffte, die Tür ein Spalt zu öffnen. Die Tiere blökten angsterfüllt. Das Wasser hatte seinen Weg bereits durch die Ritzen der Wände gefunden. Nun strömte es in einem munteren Strom durch die neue Furt, die Elisabeth geschaffen hatte, und verwandelte das Stroh, auf dem die Tiere standen, in eine schmutzig, klebrige Masse. Elisabeth japste nach Luft. Das Elend ihrer Hilflosigkeit schnürte ihr die Kehle zu. Was sollte sie nur tun? Hier konnte sie weder die Schafe noch die Ziegen lassen. Sie würden krank werden, wenn sie noch lange in dieser ungemütlichen Suppe standen. Doch die Tiere waren ihr kostbarstes Gut. Gab es noch irgendeine Möglichkeit, sie zu retten? Sie müsste sie auf eine hoch gelegene Fläche bringen, wo das Wasser nicht hinkam. Ihr Blick glitt an den Wänden des Stalles nach oben. Der Heuboden lag hoch genug, um im Trockenen zu bleiben. Wenn sie die Tiere dort hinaufschaffen konnte, würden sie wahrscheinlich überleben. Flink machte sie kehrt und eilte so schnell sie konnte zum Haus zurück. »Mutter! Mutter!«, rief sie. »Du musst mir helfen!«

Ein Schwall Wasser schwappte in den Flur, als Elisabeth die Haustür öffnete. Es stieg nun mit rasanter Geschwindigkeit. Seine enorme Kraft würde auch vor der geschlossenen Tür nicht haltmachen. Bald würde der ganze untere Stock überschwemmt sein.

Ihre Mutter betrachtete mit immer noch hängenden Schultern, wie der Boden des Flures überschwemmte wurde, und das Wasser von dort mit unaufhaltsamer Trägheit die Zimmer des Erdgeschosses erreichte. Sie schwieg, doch die Verzweiflung sprang aus ihrer Miene, als ob sie ihr auf die Stirn geschrieben wäre.

»Komm Mutter. Wir müssen die Tiere in Sicherheit bringen.«

»Wohin willst du sie denn bringen?«, der Ton der alten Frau war beißend. »Willst du sie vielleicht mit in dein Bett nehmen?«

Elisabeths Mund zuckte gefährlich unter den höhnischen Fragen ihrer Mutter. Warum konnte sie nicht ein einziges Mal so etwas wie Zuversicht ausstrahlen, oder wenigstens ein tröstendes Wort über ihre Lippen bringen? Sie hätte so dringend jemanden gebraucht, der ihr Mut machte. Sie presste ihre vollen Lippen für einen Moment aufeinander, um nicht in Tränen auszubrechen. »Nein. Natürlich nicht!«, antwortete sie. »Aber vielleicht könnten wir sie auf den Heuboden schaffen. Dort ist es zumindest trocken«, ihre Stimme zitterte, aber es lag auch der Versuch darin, Hoffnung für sie beide zu haben.

Christine Strickler lachte müde auf, doch sie schickte sich trotz alledem an, ihrer Tochter zu folgen. »Und nun?«, fragte sie, als sie im Stall ankamen. Ihre Röcke waren nass bis zu den Knien. Langsam kroch das kalte Wasser am Gewebe des Stoffes weiter empor.

Elisabeth entledigte sich ihrer Holzpantinen, die in diesem Fall eher hinderlich waren, holte einen Strick und band ihn der Ziege um den Hals. »Die Leiter«, erwiderte sie. »Wenn es uns gelingt, die älteren Tiere die Leiter hinaufzuschaffen, kann ich die Jungen nach oben tragen. Sie sind leicht genug.«

Ihre Mutter schüttelte den Kopf, die Lippen zu einem argwöhnischen Strich zusammengepresst. »Eine Ziege mag ja klettern können, doch ich habe noch nie ein Schaf eine Leiter hinaufgehen sehen.«

»Versuchen wir es.«

Elisabeth watete mit der Ziege zur Leiter. »Ich ziehe und du hilfst von hinten nach.«

Die Ziege scheute, als sie begriff, was die beiden Frauen mit ihr vorhatten. Kurz entschlossen nahm Elisabeth ihr Junges und trug es nach oben. Das kleine Böckchen stellte sich an den Rand des Heubodens und meckerte klagend nach seiner Mutter. Solchermaßen angespornt schaffte das gescheckte Tier es tatsächlich, die Leiter zu erklimmen. Ein paar Mal rutschte es ab, aber Elisabeth hielt den Strick mit festem Griff und ihre Mutter entwickelte eine beträchtliche Kraft, mit der sie von hinten schob. Die Schafe erwiesen sich als härterer Brocken. Zwei der Lämmer konnte Elisabeth einfangen und nach oben transportieren. Das dritte musste irgendwo hineingeschlüpft sein und kam auch dann nicht heraus, als sie es lockte. Sie beschloss, sich erst um die großen Schafe zu kümmern. Wenn das Lamm ganz allein im Stall war, würde es schon wieder hervorkommen, um nach seiner Mutter zu suchen. Das Mutterschaf, das als nächstes an die Reihe kam, blökte ängstlich und war weder durch gutes Zureden noch mit Gewalt davon zu überzeugen, die Leiter hinaufzuklettern. Selbst das fordernde Blöken ihres Jungen konnte nichts daran ändern.

»Lass es gut sein, Elisabeth«, Christine Strickler keuchte erschöpft. »Wir werden es nie schaffen, diese gewichtigen Wollknäuel nach oben zu transportieren.«

Widerstrebend musste sich Elisabeth eingestehen, dass ihre Mutter nicht ganz falsch mit ihrer Meinung lag. Die Schafe waren viel zu schwer, um sie über die Leiter auf den Heuboden zu tragen. Dies würden sie auf keinen Fall zustande bringen. Doch was nun? Es *musste* eine Möglichkeit geben, die Tiere zu den anderen zu schaffen, die man oben im Heu rascheln hörte.

Eine Rampe, fuhr es ihr plötzlich in den Sinn. Natürlich, das war es. »Wir werden eine Rampe bauen«, erwiderte sie entschieden. »Vielleicht fällt es ihnen dann leichter hinaufzugehen.«

Christine Strickler hob gleichgültig die Achseln, während sie ein erhöhtes Plätzchen suchte, auf dem man noch einigermaßen trocken sitzen konnte. »Wenn du meinst.«

Das Licht im Stall hatte sich verändert. Elisabeth schaute sich suchend um. Lange Schatten zogen sich über die einzelnen Bereiche. Das langsam steigende Wasser lag bereits in tiefer Dunkelheit. Bald würde das gräuliche Licht der Dämmerung in eine dunkle Nacht übergehen. Sie mussten sich beeilen, wenn sie bei ihrer Arbeit noch etwas sehen wollten. Fieberhaft begann Elisabeth, nach langen Brettern zu suchen. Schließlich wurde sie fündig. Die Abgrenzung, die Kuh und Pferd ehemals voneinander getrennt hatte, bestand aus übereinander gesteckten Dielenbrettern, die in der Mitte und an den Seiten durch zwei parallel stehende Stangen befestigt waren. Sie riss die drei Bretter aus ihrer Verankerung, zog sich mehrere Spreißel zu und beachtete sie nicht weiter. Zusammengenommen waren die schweren Dielen lang genug, um sie in einem flacheren Winkel zum Heuboden zu führen. Doch hierbei gab es eine nicht zu unterschätzende Schwachstelle: Es gab keine Verbindung zwischen ihnen.

Die Leiter!, schoss es ihr durch den Kopf. Sie zog sie von ihrer Stelle, legte sie unter das mittlere Brett, stellte zufrieden fest, dass der Überstand groß genug war, um die beiden anderen daran zu fixieren und verband das Ganze mit stramm gebundenen Stricken. Alles in allem war es eine wacklige Konstruktion, aber sie hielt, als Elisabeth sie aufstellte und zur Probe daran rüttelte. Die wippende Brücke war nicht mehr als drei Fuß breit, doch es würde reichen. Zur Sicherheit schoben sie noch den Leiterwagen darunter. Er würde einen Teil abstützen und so für weitere Sicherheit sorgen.

Das erste Schaf fing an zu zittern, als es seinen Fuß auf das Brett setzte. Schritt für Schritt führte Elisabeth es nach oben. Das Holz ächzte und wippte. Sie fing an zu beten, dass es nicht brechen möge, wenigstens bis sie fertig waren. Das dazugehörige Lamm half auf seine Weise mit. Es hatte erneut begonnen, nach seiner Mutter zu schreien, und lockte so das Schaf immer weiter in die Höhe.

Das schier Unmögliche gelang. Beide Schafe fanden ihren Weg nach oben, obwohl sich Elisabeth dabei fühlte, als wäre sie auf einem schwankenden Schiff. Die Tiere blökten und zitterten während des Aufstiegs am ganzen Leib, aber schließlich waren sie in Sicherheit.

Es war fast dunkel, als Elisabeth sich auf die Suche nach dem verschwundenen Lamm machte. Der gestampfte Lehmboden unter ihren Füßen hatte sich in eine wässrig, glitschige Masse verwandelt, die ihre Fußsohlen aufweichte. In der nun alles umfassenden Düsternis lockte sie das Tierchen und durchsuchte tastend die Ecken und Nischen des Stalles. Endlich bekam sie es zu fassen. Es hatte sich zwischen einem Trog und mehreren Gegenständen verkeilt, die das Wasser von ihrem Platz geschwemmt hatte. Elisabeth nahm das vor Nässe triefende Tier auf den Arm und erklomm die schmale Brücke. Der Stoff ihrer durchnässten Röcke legte sich schwer um ihre Beine, doch sie hatte keine Zeit, sich darum zu kümmern. Ihre ganze Aufmerksamkeit lag bei dem Holz unter ihren schlüpfrigen Fußsohlen. Sie würden abstürzen, wenn sie ausglitt und ins Leere trat. Ein Rinnsal aus Schweiß lief an ihrer Wirbelsäule entlang, als sie etwa die Hälfte der Rampe hinter sich gelassen hatte. Dann geschah es. In der Dunkelheit des Stalles verlor sie die Orientierung. Einer ihrer Füße traf den Rand des Brettes. Infolge der dünnen Lehmschicht, die an ihren Fußsohlen klebte, rutschte sie ab und glitt ins Leere. Taumelnd verlor Elisabeth das Gleichgewicht und stürzte mit dem Lamm im Arm nach unten. Es krachte unheilvoll, als sie im Leiterwagen landeten. Schmerz brandete wie eine flammende Woge in ihr auf. Sie hatte sich den Kopf angeschlagen und ihre Knie brannten wie Feuer. Etwas trat in ihren Bauch, dann fühlte sie die windenden Bewegungen des Tieres. Sie hatte es unter sich begraben!

»Elisabeth! Ist dir etwas geschehen?«, rief ihre Mutter ängstlich.

»Nein Mutter«, antwortete sie. »Es ist alles in Ordnung.«

Das Lamm brüllte aus Leibeskräften. Elisabeth rollte sich auf die Seite und betastete vorsichtig den kleinen Körper des Tieres, was noch mehr Aufruhr verursachte. Die Rippen lagen weich und flexibel um seine Brust. Gut so. Hier schien nichts gebrochen zu sein. Vielleicht war es nur der Schreck, der es empört aufschreien ließ. Etwas beruhigter setzte sie ihre Untersuchung fort. Betastete die Beinchen, – und wurde plötzlich fündig. An einem der Oberschenkel fühlte sie deutlich die raue Kante eines Bruchs. Kleine Knochensplitter bohrten sich von innen durch die Haut. Auch das noch!

Ihr ganzer Körper schmerzte, als sie sich aufrappelte. »Das Lamm ist verletzt«, rief sie ihrer Mutter zu. »Wir werden es mit nach drinnen nehmen müssen.«

Sie entfernten die Rampe, damit der Rest der Tiere nicht wieder nach unten gelangen konnte. Dann nahmen die beiden Frauen das Lamm und gingen ins Haus. Wund und zerschunden legte sich Elisabeth in ihr Bett, das Lamm als wärmenden Trost an ihren Bauch gedrückt, während das Wasser seinen höchsten Pegel noch immer nicht erreicht hatte. Der Vorschlag ihrer Mutter war in dieser Hinsicht gar nicht so übel gewesen, auch wenn sie es nicht so gemeint hatte.

Unerwarteter Besuch

Eine Woche später war der Spuk vorbei. Die Sonne kam wieder zum Vorschein und tauchte den Himmel in ein unschuldiges Blau, auf dem weiße Wolken wie Schwanenflügel dahinzogen. Das Wasser floss ab, hinterließ jedoch zähen Schlamm in Haus, Hof und Stall. Es roch nach Schimmel und Fäulnis, und es dauerte Tage, bis alles wieder einigermaßen sauber war. Die Feuchtigkeit in den Wänden würde allerdings mehrere Wochen brauchen, bis sie verschwand.

Die Tiere auf dem Heuboden hatten das Hochwasser gut überstanden. Elisabeth atmete erleichtert auf, als sie endlich wieder an ihrem gewohnten Platz im Stall standen. Nur das Lamm, mit dem sie von der Rampe gefallen war, hatte es nicht so gut getroffen. Am Tag nach dem Sturz hatte es Fieber bekommen. Selbst als sie es zu seiner Mutter zurückbrachte, stellte sich keine Besserung ein. Schließlich schlachtete sie es, um zumindest Fleisch und Fell verwerten zu können. Dies war ein schmerzlicher Verlust, obwohl der ungewohnte Genuss von gegartem Fleisch sie ein wenig dafür entschädigte. Ihre eigenen Blessuren stellten sich als nicht weiter schlimm heraus und heilten bald ab.

Das gute Wetter behielt fortan die Oberhand. Der Pappelsamen segelte wie Schnee durch die Luft und sammelte sich in wolligen Verwehungen an Hofecken und am Wegesrand, als ein Reiter ins Dorf preschte. Seine Kleidung und der Klang seines Horns wiesen ihn als Postreiter aus und es folgte ihm eine Traube aus Menschen auf den kleinen Bühl des Dorfes, wo er unter der Linde anhielt. Es lagen nur drei Häuser zwischen dem Haus der Stricklers und dem Dorfplatz. Elisabeth eilte zum Stallfenster, durch das sie die Versammlung wenigstens teilweise beobachten konnte. Sie spitzte die Ohren und verstand fast jedes Wort, das der Mann mit lauter Stimme über die Köpfe der Leute schmetterte. Er war ein Bote, der Briefe vom Schlachtfeld mit sich führte. Elisabeths Herz begann aufgeregt zu pochen. Eine schmerzliche Sehnsucht brannte sich tief in ihre Brust. Vielleicht war auch einer für sie dabei? Eine Nachricht von Jakob oder wenigstens ein Zeichen, dass er noch lebte und es ihm gut ging. Sollte sie hinübergehen? Ihre Finger begannen zu zittern. Sie krallte sie an die Fensteröffnung, bis ihre Knöchel weiß hervortraten. Die Angst kroch wie eine Schlange zwischen ihre Schulterblätter. Sie brachte es nicht fertig, sich unter die Menschen zu mischen, die den Postreiter umringten. Jedes Auge würde sich auf sie richten, wenn sie es tat. Sie konnte die vorwurfsvollen Blicke, die man ihr zuwarf, nicht mehr ertragen und erst recht nicht die Schmach, wenn der Bote ihren Namen nicht nennen würde. Jakob konnte ohnehin nicht schreiben, genauso wenig wie sie lesen konnte. Es war also mehr als wahrscheinlich, dass keine Nachricht für sie dabei sein würde. So schlich sie sich schweren Herzens wieder in die Küche zurück und widmete sich der Wäsche, die in einem großen Kessel voll heißem Wasser vor sich hin dampfte. Als der Postreiter das Dorf wieder verließ, schwand ihre Sehnsucht dahin und hinterließ ein trostloses Gefühl der Leere in ihrem Herzen.

Einen ganzen Tag später klopfte es an der Tür. Ungläubig schob Elisabeth ihre Brauen in die Höhe und schaute in das verwunderte

Gesicht ihrer Mutter. Konnte es sein, dass sich jemand in die Nähe ihres Hauses verirrt hatte? Als Elisabeth öffnete, stand Katharina auf dem einzigen Treppenabsatz, der ins Haus führte. Katharina, die Schwester von Andreas, ihres einstigen Verehrers, dessen Missgunst dazu geführt hatte, dass Jakob nun in der Fremde leben musste. Sie widerstand einem ersten Impuls, dem Mädchen die Tür mit einem lauten Knall vor der Nase zuzuschlagen. Man konnte ihr wohl kaum die Schuld dafür geben. Trotzdem war es verwunderlich, dass ausgerechnet sie sich in die Nähe ihres Hauses wagte. Eine deutliche Wandlung hatte sich an Katharina vollzogen, seit sie ihr das letzte Mal begegnet war. Sie war ein ganzes Stück gewachsen. Ihr Gesicht hatte seine Kindlichkeit verloren und die Knochen zeichneten sich schärfer als früher darin ab. Man konnte sie durchaus als hübsch bezeichnen, wenn auch die fehlende Hand etwas verstörend Schmerzliches an sich hatte. Dieser Verlust war eigentlich nur zu bedauern, obwohl Katharina schon so auf die Welt gekommen war und ihr deshalb nichts fehlte. Darüber hinaus war sie die Tochter von Kaspar Selzer und somit eine der Letzten, die Elisabeth an ihrer Tür erwartet hätte. Katharina schien dieser Gedanke nicht fremd zu sein, denn sie blickte beschämt zu Boden.

»Guten Tag«, sagte Elisabeth überrascht, weil ihr nichts Besseres einfiel.

Katharina hob jäh die Lider. Der Stumpf ihres rechten Arms fuhr nervös über den gewebten Rock aus Hanfleinen, während sie mit der linken Hand ein Stück Papier umklammerte. Sie räusperte sich verlegen, bevor sie sprach. »Ich habe einen Brief für dich.« Katharinas Linke hob sich. Sie hielt Elisabeth das Papier in gehörigem Abstand unter die Nase, als ob sie Angst hätte, sich irgendeine Krankheit zu holen. »Er ist von Jakob.«

Elisabeth durchfuhr ein rasender Stich der Freude, der sich bis in ihre Glieder fortpflanzte. Ein seufzendes Geräusch drang aus ihrer Kehle. Es hätte ein Schluchzen oder ein Lachen sein können. »Von Jakob?«, flüsterte sie.

Katharina nickte. »Der Postreiter hat gestern ein paar Mal deinen Namen gerufen, aber du warst nicht da. – Schließlich habe ich ihn entgegengenommen. Der Rest der Familie war auf den Feldern, um nach dem Rechten zu sehen. Sie haben nichts davon mitbekommen«, fügte sie fast entschuldigend hinzu.

Also doch! Jakob hatte einen Brief an sie geschrieben und sie war nicht dort gewesen, um ihn in Empfang zu nehmen. Eine tiefe Dankbarkeit durchströmte Elisabeth, dass das Mädchen den Mut gehabt hatte, es an ihrer Stelle zu tun. Sie schwand jäh dahin, als Katharina fortfuhr.

»Eine ganze Weile habe ich überlegt, ob ich ihn nicht einfach ins Feuer werfen soll«, sagte sie schroff. Sie räusperte sich erneut. »Doch dann habe ich es nicht fertiggebracht.«

Der Brief schwebte immer noch in der Luft. Elisabeth starrte ihn an, unfähig, danach zu greifen. Sie fühlte sich wie gelähmt. Hin und her gerissen zwischen Traum und Wirklichkeit.

»Nun nimm ihn schon endlich«, forderte Katharina sie in energischem Tonfall auf.

Da löste sich die Starre. Elisabeths zitternde Finger umschlossen das Papier und zogen es in die Sicherheit ihres Körpers. »Ich danke dir.«

Eigentlich hätte das Mädchen nun gehen können, doch sie blieb unschlüssig auf dem Treppenabsatz stehen. Der Saum ihres Rocks wippte ruhelos hin und her. »Es ist wegen Jakob, weißt du?«, hob Katharina erneut an, als ob sie ihr sonderbares Verhalten erklären müsse. »Ich dachte an die schöne Zeit, die wir miteinander verbracht hatten. Die ganzen Jahre ist er immer nett zu mir gewesen. Fast wie ein Bruder.« Katharina schluckte. »Nun ja, und schließlich kannst du nichts dafür. – Für das, was geschehen ist.« Sie nickte noch einmal, dann machte sie auf dem Absatz kehrt und ging grußlos davon.

Elisabeth drückte das Papier an ihre Brust, als ob sie es beschützen müsse. Ein Lebenszeichen von Jakob! Er hatte sie nicht vergessen! Ein enormes Glückgefühl durchströmte ihren Körper wie das erfrischende Wasser eines Gebirgsbaches. Sie würde erfahren, wie es ihm ging. Würde an seinem Leben teilhaben können, das ihr nun so unbekannt war wie das eines Fremden. Bedächtig schloss sie die Tür und machte sich auf den Weg in die Küche.

»Ein Brief von Jakob?«, fragte ihre Mutter zweifelnd, als sie eintrat. In der Küche herrschte eine derartige Hitze, dass ihr der Schweiß auf die Stirn trat. Sie kam vom Backofen, der an der äußeren Küchenwand angebracht war, aber von innen bedient werden konnte. Heute war Brotbacktag. Im Ofen brannten Reisigwellen, um die erforderliche Hitze zu erreichen, die man zum Backen benötigte. Mutter war gerade damit beschäftigt, den aufgegangenen Teig zu teilen, ihn in kleine Körbe aus geflochtenem Stroh zu setzen und noch ein letztes Mal zum Gehen hinzustellen.

Elisabeth warf ihr einen Blick zu, der einen gehörigen Zweifel darüber ausdrückte, ob Mutter wirklich so schwerhörig war, wie sie es vorzugeben pflegte. Doch dies spielte im Moment keine Rolle. Mit klopfendem Herzen trat sie ans Fenster und betrachtete den Brief wie ein kostbares Geschenk. Mit vorsichtigen Fingern öffnete sie ihn. Er bestand aus einem einzigen Blatt Papier. Außen hatte jemand mit brauner Tinte ihren Namen und den Ort, wo sie wohnte, darauf festgehalten. Jakobs Namen fand sie an einer anderen Stelle. Wahrscheinlich handelte es sich bei den kurzen Zeilen darunter um die Bezeichnung seines Heeres und den Ort, wo er sich gerade befand. Im Innern des Briefes standen nur wenige Sätze. Elisabeth betrachtete sie konzentriert und hätte vor Wut aufschreien mögen, denn sie konnte sie nicht lesen. Doch Jakob hatte auch nicht schreiben können, als er sie verließ. Er musste jemanden mit dem Verfassen der Zeilen beauftragt haben. So, wie sie nun jemanden benötigte, der ihn ihr vorlas. Jakob musste sich sicher gewesen sein, dass sie eine Person fand, die dazu imstande war. Doch wen sollte sie fragen? Ganz abgesehen davon, dass sowieso kaum jemand mit ihr sprach, beherrschten die meisten Dorfbewohner die Kunst des Lesens genauso wenig wie sie. *Der Pfarrer,* schoss es ihr durch den Kopf. *Der Pfarrer kann lesen. Und außer Katharina ist er der einzige, der mit mir spricht! Ich werde den Brief am Sonntag mit zur Kirche nehmen. Vielleicht kann er mir sagen, was darin steht.*

Die Tage bis zum Sonntag zogen sich wie zäher Brotteig dahin, selbst der Gottesdienst erwies sich als eine schier unüberwindliche Geduldsprobe. Elisabeth hätte nicht ein Wort von dem wiederholen können, was der Pfarrer predigte.

Endlich war es so weit. Die Kirche leerte sich.

Wie üblich hatten sie in der letzten Kirchenbank Platz genommen, um schnell wieder verschwinden zu können, sobald der Gottesdienst fertig war. Doch heute gab es einen guten Grund zu bleiben.

»Ich geh schon mal nach Hause«, raunte Mutter in ihr Ohr.

Elisabeth warf ihr einen dankbaren Blick zu. »Ich komm gleich nach.« Sie drückte sich in den Schatten der Wand und wartete, bis sich niemand mehr in dem Gebäude aufhielt. Dann ging sie zur Tür, wo der Pfarrer wie jeden Sonntag seine Gemeinde verabschiedete. Der hochgewachsene Mann lächelte sie freundlich an, zog aber fragend die buschigen Brauen in die Höhe, als er bemerkte, dass Elisabeth etwas auf dem Herzen hatte. »Kann ich irgendetwas für dich tun?«

Elisabeth sah zu ihm auf, nickte befangen und senkte die Lider. Der Pfarrer war eine Respektsperson, bei der sie – trotz seiner Freundlichkeit – immer eine gewisse Scheu empfand. Trotz alledem konnte er den Brief nur dann lesen, wenn sie ihn herausrückte. Mit einer kühnen Geste fischte sie das Papier aus ihrer Rocktasche, bevor sie es sich noch einmal anders überlegen konnte. »Ich habe einen Brief von Jakob bekommen«, sie hielt ihn dem Pfarrer hin. »Aber ich kann ihn nicht lesen.«

Der Mann hüstelte und musterte das Schriftstück mit seinen haselnussbraunen Augen. »Und nun möchtest du, dass ich ihn dir vorlese?«

»Wenn es Euch nichts ausmacht«, flüsterte Elisabeth kaum hörbar.

Das Lächeln des Pfarrers wurde breiter. »Natürlich nicht.« Er streckte die Hand aus, hoffte inständig, dass nichts darinstand, was sie beide in Verlegenheit bringen würde, und nahm das zusammengefaltete Papier entgegen.

Elisabeths Eingeweide führten einen hektischen Tanz auf, während er es öffnete. Konzentriert blickte er anschließend auf den Brief, der an den Rändern schon arg gelitten hatte. *»Böhmen, Januar 1627«,* begann er.

»Meine liebste Elisabeth,
Ich schreibe Dir aus dem Lager in Böhmen, in dem unsere Truppe überwintern wird. Vor drei Wochen war Weihnachten und nichts wäre mir lieber gewesen, als dieses Fest mit Dir zu verbringen. Doch Dein Zuhause liegt zu viele Tagesmärsche von hier entfernt. Ich denke immerzu an Dich und hoffe aus ganzem Herzen, dass Du auf mich wartest, bis ich endlich zurückkehren kann. Auch wenn dies noch mehr als neun Jahre dauern wird. Doch ich werde zurückkommen. Ich verspreche es Dir!

Dein Dich liebender Jakob.

Postscriptum: Ich hoffe, es geht Dir gut. Grüße bitte meine Schwester von mir, wenn Du kannst.«

Der Pfarrer schlug die Augen auf, sah Elisabeth an und hielt ihr den Brief entgegen. »Das ist alles.«

Elisabeth überhörte den letzten Satz. Viel zu laut klangen Jakobs Worte in ihren Ohren, als ob er sie selbst ausgesprochen hätte. »Neun Jahre?«, flüsterte sie.

Der hochgewachsene Mann nickte stumm.

Ihre Eingeweide begannen sich zu verknoten. *Neun Jahre!* Dies war eine entsetzlich lange Zeit. Viel mehr, als sie erwartet hatte! Eine schier endlose Abfolge quälender Tage, bei der das Ende in einer ungewissen Zukunft lag. Wie, um alles in der Welt, sollte sie so lange durchhalten? Entsetzt malte sie sich das Wiedersehen mit Jakob aus. Ihre Jugend würde vorüber sein. Das Bild eines alten Weibes mit faltiger Haut und abgearbeitetem Körper tauchte wie ein Schreckgespenst vor ihr auf. Würde er sie dann überhaupt noch wollen? Mechanisch nahm Elisabeth das Blatt Papier entgegen und verstaute es wieder in ihrer Rocktasche. »Ich danke Euch, Herr Pfarrer«, murmelte sie.

Der hochgewachsene Mann sah mitfühlend zu ihr hinab. »Befiehl dem Herrn deine Wege und hoffe auf ihn; er wird's wohl machen«, rezitierte er einen Teil des 37. Psalms.

Tränen schossen Elisabeth in die Augen. Sie verwässerten ihren Blick und es kostete sie alle Mühe, sie zurückzuhalten. *Befiehl dem Herrn deine Wege,* wiederholte sie in Gedanken. – Was blieb ihr auch anderes übrig?

Frühjahrsputz

»Komm Aaron, es wird Zeit, dem Schmutz den Garaus zu machen.« Der große Hund sah zu Jakob auf, schob sein Hinterteil in die Höhe und streckte seine langen Vorderbeine aus. Dann trottete er gehorsam seinem Herrn hinterher.

Sie nahmen den Weg zum Bach, der das Lager auf einer Seite begrenzte. Einem kleinen romantischen Flüsschen, das nun, da sich das lang ersehnte Frühjahr endlich in seiner ganzen Pracht entfaltete, über verschwiegene Plätzchen verfügte, an denen man ungestört baden konnte.

Mit dem Ende des Winters war das Schmelzwasser gekommen und hatte das Lager in ein Meer aus Schlamm und Morast verwandelt. Doch als die Feuchtigkeit in die Erde sickerte, begann die Natur die Schäden zu überwuchern, die eine so große Anzahl an Menschen mit sich brachte – zumindest dort, wo sie eine Chance hatte. Fast überall spross und blühte es und der Bach war mit einem Vorhang aus Bäumen und Hecken gesäumt, die mit grünblättrigen Zweigen den Blick auf die Badenden verbargen. Diese beruhigende Tatsache galt allerdings nur, wenn man sich weit genug vom Lager entfernte. In der Nähe der Behausungen planschten eine Menge ausgelassener Kinder, denen das kalte Wasser nichts auszumachen schien, und die Frauen wuschen Kleider und Geschirr. Aus diesem Grund lief Jakob mit Aaron ein gutes Stück an dem Lauf des Flüsschens entlang, bis er eine Stelle fand, die ihm gut genug für sein Vorhaben erschien. Eine kleine Lichtung tat sich vor ihm auf. Die Bäume und Hecken, die sie umstanden, bildeten eine Nische, in der man mit sich allein sein konnte. Eine zertrampelte Schneise zog sich zu dem flachen Ufer hin. Er war also nicht der erste, der dieses verschwiegene Plätzchen entdeckt hatte. Doch nun war weit und breit kein Mensch zu sehen, was ihm mehr als recht war, denn er wollte niemanden um sich haben, wenn er nackt in die Fluten stieg. Im Schutz der Hecken zog er sich aus und nahm die Kleider nebst einem Stückchen Seife, das er bei einer Marketenderin gegen zwei Hasenfelle eingetauscht hatte, mit ans Ufer. Im Vergleich zum Winter war es nicht viel, das er nun ins Gras legte. Nur ein Hemd, eine Hose und Elisabeths Brusttuch. Den Rest hatte er einem Trossweib gegeben, das sich ein paar Münzen mit dem Waschen von Kleidung verdiente. Jakob zahlte das Geld nicht gern, aber es war bitter nötig gewesen, dem Schmutz mit allen Mitteln zu Leibe zu rücken.

Mit dem Frühjahr war auch der Gestank ins Lager zurückgekehrt, die Ausdünstungen von Unrat, Exkrementen und ungewaschener Kleidung, die einem fast den Atem raubten. Das warme Wetter tat nicht nur den Menschen gut. Es war auch ein Paradies für Läuse, die sich geradezu euphorisch auf ihnen ausbreiteten. Nun war es an der Zeit, sie in ihre Schranken zu weisen und noch einigen anderen Dingen, die sich auf seinem Körper angesiedelt hatten. Jakobs Hand fuhr an das Kinn, wo er die ungewohnte Form seines Bartes erfühlte. Seine erste Maßnahme zur

Verbesserung seines Wohlbefindens hatte aus einer Rasur bestanden. Eigentlich wollte er den Bart ganz abschneiden, doch als er das Messer ansetzte, schien es ihm plötzlich nicht ganz angemessen zu sein. Stattdessen entschied er sich für die verwegene Form eines Knebelbarts, den viele Söldner trugen. Einer modischen Kombination aus einem leicht gezwirbelten Schnauzbart und einem Kinnbärtchen. Wenn er schon ein Söldner war, konnte er auch wie einer aussehen.

Vorsichtig watete Jakob ein paar Schritte in den Bach hinein. Das Wasser war kühl. Die Haut an seinen Beinen begann zu prickeln. Er blieb einen Moment stehen, balancierend in der Strömung, während sich Fischkraut wie die liebkosenden Arme eines Weibes um seine Beine schlang. Sein Blick glitt über das mäanderförmige Flüsschen, das sich wie ein silbrig leuchtendes Band durch das grüne Ufer schlängelte. Die Sonne schien auf ihn herab und er reckte den Kopf, um die warmen Strahlen auf seiner Haut zu begrüßen. Es war ein herrlicher Tag. Der Himmel über ihm leuchtete veilchenblau. Ein paar weiße Wolken wogten träge darin, wie Schiffe in einem friedlichen Meer. Plötzlich spritzte das Wasser in kalten Fontänen neben ihm auf. Aaron war dem Beispiel seines Herrn gefolgt und hatte sich beherzt in die Fluten gestürzt. Jakob stieß einen entsetzten Schrei aus. Er taumelte einen Schritt zurück, verlor das Gleichgewicht und landete neben Aaron in den Fluten. Das kalte Wasser war ein Schock. Prustend tauchte Jakob daraus auf und schüttelte sein langes Haar, das ihm in Wellen bis auf die Schultern fiel. Der Bach war tiefer, als er gedacht hatte. In seiner Mitte reichte er ihm fast bis zur Brust. Kleine Nadelstiche fuhren durch seinen Körper und so schwamm er mit Aaron um die Wette, bis ihm etwas wärmer wurde. Der Hund paddelte voller Begeisterung neben ihm her. Plötzlich ertönte ein Plumpsen. Ein kleiner Körper hatte sich vom Rand des Ufers gelöst und ins Wasser fallen lassen. Aaron drehte ab, schwamm gegen die Strömung an und prustete dabei wie ein ausgepumptes Pferd. Als er die betreffende

Uferstelle erreicht hatte, fing er an zu wühlen und Jakob war vergessen. Dieser zuckte mit den Achseln und tauchte noch einmal unter. Er hielt die Luft an, in der Hoffnung, dass die Läuse sich davonmachen würden, wenn er lange genug unter Wasser blieb. Als er es endlich nicht mehr aushielt, schoss er wie ein Lachs durch die Oberfläche des Bachs und sog die Luft tief in seine Lungen ein. Mit langen Zügen schwamm er ans Ufer. Die Seife lag noch an Ort und Stelle. Er griff danach und begann sich ausgiebig zu waschen. Der Duft von Talg und Lavendel drang dabei in seine Nase. Er fühlte sich so rein wie ein Säugling, als er ein letztes Mal untertauchte, um die Reste des Schmutzes von seinem Körper zu spülen. Mit sich und der Welt zufrieden tauchte er wieder auf, schüttelte sich wie ein Hund und begann aus dem Wasser zu steigen. Seine Augen brannten, doch als er endlich wieder sehen konnte, blieb er abrupt stehen. Eine schmale Gestalt stand am Ufer. Sie lächelte schief in seine Richtung. Magdalena! Lediglich ein Hemd umspielte ihren Körper und ihr herrliches Haar hing offen bis weit über ihre Schultern hinab. Sie musste aus dem gleichen Grund wie er hier sein, aber sie starrte ihn an, als ob sie ihn zum ersten Mal gesehen hätte.

»Was machst du hier?«, stieß er hervor.

»Dir beim Baden zusehen. Weshalb sollte ich sonst hierhergekommen sein?«, antwortete sie schnippisch.

Sein Blick fuhr in panischer Angst an seinem Körper hinab. Er stand noch bis zum Bauchnabel im Wasser, doch die Schamesröte schoss ihm trotzdem in die Wangen. Die Narbe auf seiner Stirn begann zu pulsieren. Schlagartig wurde ihm bewusst, dass auch sie mit einer flammenden Röte überzogen war. »Dreh dich um«, befahl er barsch.

Ihre Mundwinkel zogen sich nach unten. »Wenn du meinst«, erwiderte sie. »Nicht dass du der erste Mann wärest, den ich im Adamskostüm erblickt hätte. Meine Tätigkeit bringt dergleichen mit sich«, erwiderte sie gelassen, drehte ihm aber gehorsam den Rücken zu. Ein Korb stand neben ihr, gefüllt mit Blättern, Zweigen und Blüten. Vermutlich hatte sie Kräuter gesammelt, wie sie es fast jeden Tag tat, seit die Pflanzen zu sprießen begannen. Anscheinend war sie dann auf die gleiche Idee wie Jakob gekommen, obwohl er es höchst ungewöhnlich fand, dass sie sich dafür dieselbe Stelle wie er ausgesucht hatte. Sollte dies am Ende ihre Absicht gewesen sein?

Jakob warf sein Hemd über und zwängte sich in seine Hose, die sich infolge der nassen Haut gehörig sträubte. Eigentlich hatte er die Kleider ebenfalls waschen und sie anschließend zum Trocknen in die Sonne zu legen wollen. Dies hatte sich nun erübrigt.

»Bist du endlich fertig?« Ihre Stimme klang leicht gekränkt, doch das kümmerte ihn nicht.

Er antwortete ihr mit einem mürrischen Knurren.

Aaron hatte inzwischen die Wühlerei am anderen Ufer aufgegeben. Nun paddelte er grunzend und prustend herüber und stieg aus dem Wasser, um ihren Gast zu begrüßen. Genüsslich schüttelte er seinen nassen Pelz und bespritzte die beiden mit einer Flut aus Wasser und Fell, das sich infolge des Frühjahrs zu lösen begann.

»Iiih«, quietschte Magdalena vergnügt. Dann sah sie Jakob mit ihren rätselhaften Augen an. »Nun komm schon. Stell dich nicht so an. Ich hab dir schon nichts abgeschaut«, meinte sie versöhnlich. »Obwohl das, was ich gesehen habe, recht ansehnlich ist.« Ihr Mund verzog sich zu einem kleinen Lächeln.

Jakob fühlte erneut, wie er angesichts dieses Kompliments zu glühen begann. »Ich … ääh … ich glaube, ich gehe jetzt.«

Sie blieb trotzig stehen und er sah einen Hauch von Ärger, der sich in ihrem Gesicht spiegelte. Dann schluckte sie. »Jakob. Warum weichst du mir aus?«

Er wollte nicht antworten auf diese Frage, doch die Verletzlichkeit in ihrer Stimme ließ ihn innehalten. Sie klang wie ein kleines Mädchen, das man zurückgestoßen hatte.

»Ich … ääh.«

»Nun hör schon auf zu stottern.« Magdalena presste die Lippen aufeinander und ihre Miene nahm denselben ernsten Ausdruck an, den er gewohnt war. »Möchtest du dich ein Weilchen zu mir setzen?«

Er wollte sie nicht noch einmal kränken und so ließ er sich dazu hinreißen, sich neben sie ins Gras zu setzen.

Betretenes Schweigen legte sich über sie. Jakob zupfte einen Grashalm ab und begann nervös damit zu spielen.

»Also«, durchbrach Magdalena plötzlich die Stille, »warum weichst du mir aus?«

Jakob überlegte lange. Er suchte nach den richtigen Worten, doch ausgerechnet in diesem Moment fiel ihm nichts Gescheites ein. »Du hast recht«, gab er schließlich zu. »Ich weiche dir aus, aber es ist nicht so, dass ich dich nicht mag. Ich möchte nur nicht, dass du denkst … ich … ähem.«

»Das ich denke, du könntest etwas von mir wollen?«

Er nickte betreten. Sie lächelte und senkte die Lider. Doch er hatte das enttäuschte Flackern bemerkt, das für einen kurzen Moment in ihre Augen getreten war.

»Du hast ein Mädchen, nicht wahr?«

Er nickte.

»Ist sie es, die dir dieses Brusttuch geschenkt hat?« Ihr Blick fiel auf das Tuch mit der hübschen Stickerei, das vor ihm im Gras lag. Die Ecken waren inzwischen arg verschlissen.

»Ja, es ist ein letzter Gruß von ihr.« Dann erzählte er Magdalena von Elisabeth und seinem Leben im Hanauerland, während ihm das Wasser aus dem Haar rann und feuchte Flecke auf seinem Hemd hinterließ. Besser sie wusste davon. Möglicherweise konnte er so weiteren Missverständnissen vorbeugen. Magdalena hörte ihm geduldig zu, ohne ihn ein einziges Mal zu unterbrechen.

Als er seine Erzählung beendet hatte, spiegelte sich in ihrem Gesicht echte Betroffenheit, aber auch eine schmerzliche Sehnsucht, die er durchaus nachempfinden konnte. »Das ist eine schöne Geschichte«, antwortete sie wehmütig. »So voller Liebe und doch voller Trauer und Leid. – Trotz alledem bist du zu beneiden.«

»Ich?«, fragte er verblüfft. »Warum denn das?«

»Weil du die Liebe kennengelernt hast. Dies Glück war mir noch nie beschieden. In meinem ganzen Leben nicht.« Sie senkte den Kopf. Die Sonne sprühte rötliche Funken auf ihrem dichten, kastanienbraunen Haar.

»Aber du hattest doch einen Vater und eine Mutter.«

Magdalena nickte. »Ja, die hatte ich. Aber das ist nicht dasselbe und ihre Geschichte ist eine traurige Angelegenheit.« Noch immer hielt sie den Kopf gesenkt, und Jakob spürte, dass sie sich zurückzuziehen begann, wie an jenem Tag, als sie seinen Verband gewechselt hatte. Sein Blick fiel auf Aaron, der sich am Boden wälzte, um sein Fell zu scheuern.

Plötzlich sah sie ihn an. »Vielleicht könnten wir einfach nur Freunde sein?« Sie lächelte scheu. »Ich möchte dir Elisabeth nicht wegnehmen und du scheinst dieses Mädchen aufrichtig zu lieben.«

»Zumindest könnten wir es versuchen«, erwiderte Jakob und lächelte ebenfalls.

Die militärischen Übungen mit Hauptmann von Ovelacker und den anderen Offizieren, die ein Fähnlein befehligten, wurden mit dem Einsetzen des guten Wetters wieder aufgenommen. Das reibungslose Bilden eines Tercios. Der wechselnde Einsatz von Piken und Feuerwaffen. Das sich gegenseitige Schützen von Pikenieren und Musketieren. Die aufeinander abgestimmten Bewegungen von über tausend Männern, die wie eine Festung voranschritten und dazu führten, dass man fast blind jede Regung der Kameraden erahnen konnte. Das schnelle Niederringen des Feindes. All das bereitete sie auf das neue Kriegsjahr vor und die Gefechte, die möglicherweise vor ihnen lagen. Darüber hinaus hatten die Übungen einen nützlichen Nebeneffekt. Es hielt sie für eine ganze Weile vom Würfelspiel und vom Trinken ab, denn was hätten sie sonst in den vielen unnützen Stunden des Tages tun sollen? Doch mit der Zeit hatten die daraus resultierenden Streitereien zugenommen und so war es ein Segen, dass sie etwas Ablenkung hatten.

Anfang Mai erreichte sie der Marschbefehl. In kürzester Zeit wurde das Lager abgebrochen und die Kolonne aus Söldnern und Tross setzte sich in Gang. Jakob überfiel eine seltsame Traurigkeit, als er ein letztes Mal den Unterschlupf betrachtete, der ihnen vier Monate lang Schutz und Schlafstätte gewesen war. Trotz der oft widrigen Umstände war er ihm so etwas wie ein Heim geworden. Vermutlich lag es aber auch daran, dass es ihnen in letzter Zeit nicht schlecht ergangen war. Erfreulicherweise war der Nachschub an Proviant nicht mehr abgerissen, seit er kurz vor Zacharias Tod das erste Mal ins Lager gebracht worden war. Zacharias! Auch ihn mussten sie hier zurücklassen. Er lag neben vielen anderen etwas abseits der Behausungen auf einem eigens dafür eingerichteten Friedhof. Einem traurigen Überbleibsel ihres Aufenthaltes.

»Komm«, sagte Peter. In seiner Stimme lag nicht der Hauch eines Bedauerns. »Es gilt den Blick nach vorne zu richten. Wer weiß? Möglicherweise sehen wir hoffnungsvolleren Zeiten entgegen?«

Jakob schüttelte lächelnd den Kopf, als sie ihre Bündel schulterten und Aaron zum Abschied sein Bein hob, um an die erkaltete Feuerstelle zu pinkeln. Den stets zuversichtlichen Peter schien einfach nichts zu erschüttern. Aber wer wusste es schon? Vielleicht ging es nun tatsächlich aufwärts?

Der Trupp der Überlebenden schlängelte sich durch das Land. Allen voran die Trommler, Trompeter und Fahnenträger, gefolgt von Söldnern und Tross. Jeden Tag legten sie ein Marschpensum von fünf bis sechs Meilen zurück. Die ungewohnte Bewegung bereitete Jakob anfangs Schmerzen in Hüften und Beinen, doch mit der Zeit gewöhnte er sich daran. Dank Magdalena machte ihm sein linker Fuß keine Schwierigkeiten mehr und auch die

Frostbeulen hatten sich infolge des milden Wetters von allein zurückgebildet.

Es galt als unausgesprochenes Eingeständnis, dass sich Jakob, Peter und Balthasar jeden Abend zum Lager Magdalenas aufmachten. Und auch Clauß traf regelmäßig dort ein. Ohne es zu wollen, war zwischen ihnen eine Verbundenheit entstanden, die sie fast wie eine Familie zusammenschweißte. Die verschiedenen Aufgaben ihres Zusammenlebens ergaben sich ganz von selbst. Während Magdalena und Balthasar für das Kochen verantwortlich waren und die junge Frau sich um jegliche Art von Blessuren kümmerte, besorgten die anderen den groben Rest, wie das Aufbauen des Lagers, das Herbeischaffen von Holz und Futter für den alternden Ochsen, den Magdalena vor ihren Wagen gespannt hatte.

Seit jenem Gespräch am Bach hatte sich eine behutsame Freundschaft zwischen Jakob und Magdalena entwickelt, die Clauß argwöhnisch beobachtete. Inzwischen war es offensichtlich, dass er mehr als freundschaftliche Gefühle für sie hegte. Doch Magdalena hielt ihn auf Abstand und Jakob war sich nicht sicher, wie lange Clauß dies dulden würde.

Die Apotheke des Schreckens

»Kommst du mit?« Magdalenas kornblumenblaue Augen richteten sich auf Jakob. »Ich möchte den freien Tag nutzen, um Lungenkraut zu suchen. Du könntest mich mit Aaron begleiten.«

Jakob brummte faul unter seinem Schlapphut, den er sich aufs Gesicht gelegt hatte. Wie jeden Sonntag hatten sie eine Marschpause eingelegt. Zwei Priester, die vor Kurzem als Nachschub für ihren bereits vor Monaten verstorbenen Vorgänger eingetroffen waren, hatten heute Morgen eine Messe gelesen. Und nun lag er faul an der Lagerstelle und ließ sich die Sonne auf den Bauch scheinen. Er hatte nicht die geringste Lust sich zu erheben, doch der Höflichkeit halber konnte er Magdalenas Bitte nicht abschlagen, ohne sie zu brüskieren. Im Stillen fragte er sich, warum sie nicht Clauß mitnahm. *Er* wäre noch im Fieber bereit gewesen, sie zu begleiten, nur um in ihrer Nähe zu sein. Träge lüpfte Jakob seinen Hut und stellte fest, dass weder Peter noch Clauß hier zu sein schienen. Aaron hatte sich zu einer Kugel zusammengerollt. Er seufzte im Schlaf, während Balthasar schnarchend auf der anderen Seite der erkalteten Feuerstelle lag. Sie hatten das Feuer herunterbrennen lassen. Es reichte völlig aus, wenn man es abends entzündete, kurz bevor das Nachtmahl zubereitet werden musste.

Jakob gähnte träge und rappelte sich auf. »Na gut. Gehen wir ein Stück.«

Das ganze Lager war in sonntägliche Ruhe gehüllt. Kinder spielten miteinander, während die Erwachsenen dem Faulenzen, geselligen Gesprächen oder der hingebungsvollen Vernichtung alkoholischer Getränke frönten.

»Wie sieht Lungenkraut denn aus?« Wenn er Magdalena schon begleiten musste, konnte er genauso gut seine Augen nach dem verflixten Gewächs offen halten.

»Oh, junges Kraut hat rote, trichterförmige Blüten, die sich aber je nach Alter der Pflanze violett oder blau färben können. Die Blätter sind behaart und mit weißen Fleck…« Weiter kam sie nicht. Die Worte blieben ihr förmlich im Hals stecken. Sie blieb wie angewurzelt stehen. Aaron stupste Magdalena verwundert mit der Nase an, doch sie blickte starr auf etwas, das sich ein paar Schritte weiter auf dem Boden befand.

»Magdalena, was ist denn?« Um ein Haar hätte Jakob sie umgerannt. Er hatte vertieft in ihre Erklärung zu Boden gesehen und nicht bemerkt, dass sie plötzlich stehen geblieben war. Jetzt folgte er ihrem Blick und entdeckte das, was sie gebannt betrachtete. Es war ein Kind, das auf der Erde hockte, lediglich mit einem kurzen Kittel bekleidet, und mit den Fingern im Dreck wühlte. Ein bedauernswertes Geschöpf von etwa vier oder fünf Jahren, mit einem missgestalteten Kopf und einem merkwürdig deformierten Gesicht. Augen und Nase schienen sich nicht an der richtigen Stelle zu befinden. Jakob schluckte bei seinem Anblick.

»Es ist nichts«, antwortete Magdalena etwas verspätet. Sie war keine gute Lügnerin und marschierte nun wie eine Besessene auf den Rand des Lagers zu, hinter dem sich eine fruchtbare Ebene mit zahlreichen Feldern öffnete. Es gelang ihm kaum, mit ihr Schritt zu halten, und so hastete er hinter Magdalena her, dicht gefolgt von Aaron, der hin und wieder davonsprang, um einem Hasen nachzujagen, oder einem anderen Tier, das so dumm war, seine Nase aus einem Loch zu stecken. Am Rand eines Feldes hielt sie schließlich schwer atmend an.

Er nahm ihr den Korb aus der Hand, in den sie ihre Ernte legen wollte.

»Komm, setz dich einen Moment hin. Du bist ja ganz durcheinander.« Seine Stimme klang liebevoll und behutsam.

Sie ließ eine Saite in Magdalena erklingen, von der es besser gewesen wäre, sie im Verborgenen zu halten. Doch nun war sie zu schwach dafür. Ihre Knie gaben nach und sie glitt auf das Gras am Wegesrand. Ihr Rücken streifte eine Hecke, die den Acker umzäunte. Jakob setzte sich neben sie in den Schatten und Aaron war wieder einmal verschwunden, um Ausschau nach einer geeigneten Mahlzeit zu halten.

»Willst du mir nicht erzählen, was dich so durcheinandergebracht hat?«

Seine dunklen Augen ruhten sanft auf ihrem Gesicht und sie musste die Lider senken, um sich nicht darin zu verlieren. Natürlich hatte er recht damit, dass ihre Seele sich nicht im Gleichgewicht befand. Sogar mehr als das! Doch sollte sie Jakob davon erzählen? Und wenn Ja, wo sollte sie beginnen? Magdalena senkte den Kopf. Die Geschichte ihrer Herkunft war ein Geheimnis, das sie wie einen kostbaren Schatz hütete. Zu schmerzhaft waren die Erinnerungen an ihr Zuhause und denjenigen, der ihr so viel Leid zugefügt hatte. Niemand wusste etwas davon, zumindest nicht von ihr. Doch der junge Mann an ihrer Seite hatte etwas in ihr geweckt, das sie noch nie zuvor gefühlt hatte. Auch wenn er dieses Gefühl nicht erwiderte, zog es sie mit jeder Faser ihres Wesens zu ihm hin. Wem, wenn nicht ihm sollte sie das, was ihre tiefste Seele bewegte, anvertrauen? »Also gut«, hob sie schließlich an. Ihre Stimme klang belegt.

Jakob fühlte die Überwindung, die es sie kostete.

»Dieses Kind, das ich vorhin gesehen habe. – Es hat mich an meinen Bruder erinnert und daran, wo ich herkomme.« Sie hockte wie eine Schnitzfigur im Gras, mit unterschlagenen Beinen, einem kerzengeraden Rücken und der anmutig, gesenkten Haltung ihres Kopfes. Das Abbild eines jungfräulichen Mädchens in sitzender Pose. Ihr Blick ruhte auf den im Schoß gefalteten Händen. Es schien ihm, als ob sie ihr Gesicht vor ihm verbergen wolle, denn sie wandte es halb von ihm ab. »Ich stamme aus Halle in Sachsen. Der Stadt der fünf Türme, wie man sie liebevoll nennt. Sie liegt am Saale-Fluss, einem Nebenfluss der Elbe. Durch ihre Salzquellen wurde die Stadt wohlhabend und auch mein Vater gehört zu ihren besser gestellten Bürgern.« Sie schluckte.

Er sah die sanfte Bewegung ihrer Kehle. Wie die Muskeln des Halses sich anspannten unter ihrer von der Sonne gebräunten Haut.

»Mein Elternhaus steht am Marktplatz, oder zumindest gehe ich davon aus, dass es sich dort noch befindet. Ein großes herrschaftliches Haus, das schon seit Generationen vom Vater an den Sohn weitervererbt wurde. Fast das ganze Erdgeschoss wird von der Apotheke und ihren verschiedenen Räumen eingenommen. Außer der großen Offizin gibt es noch eine Stoßkammer, um Kräuter zu zerkleinern und andere Dinge zu pulverisieren. In einer weiteren Kammer stapeln sich die verschiedensten Materialien und ein großer Teil des Dachbodens muss als Trockenraum für frische Kräuter herhalten.« Ein verhaltenes Lächeln kräuselte ihre Lippen bei der Erinnerung daran. »Das Geschäft lief gut. Vater hätte zufrieden sein können, doch seine Familie war eine Quelle unaufhörlichen Verdrusses. Schon, so lange ich denken kann, war meine Mutter krank. Mein Vater hat versucht, ihr zu helfen. Er probierte die verschiedensten Heilmittel an ihr aus. Sogar mit Quecksilber hat er sie behandelt, aber es nützte nichts. Die geheimnisvolle Krankheit raubte ihr die Kraft und sie verfiel immer mehr. Während dieser ganzen Zeit gebar sie ein Kind nach dem anderen. Erst später erfuhr ich, dass dies Vaters ausdrücklicher Wunsch gewesen ist. Es musste unbedingt ein männlicher Erbe her. Koste es, was es wolle! Doch es war immer dasselbe. Die meisten meiner Geschwister kamen missgestaltet zur Welt oder sie waren krank und starben schon nach kurzer Zeit. Nur ich blieb übrig. – Vielleicht weil ich die Älteste war.« Sie räusperte sich mit einem krampfhaften Geräusch, das sich an ihrer Kehle vorbeizwängte. »Dennoch, mein Vater verachtete mich. – Seine einzige Tochter. Ich war eben nicht mehr als ein Mädchen. Ein unzureichender Sprössling, der ihm zwar eine Hilfe sein konnte, aber nicht als Erbe der Apotheke infrage kam. Was ich auch tat, es war nie genug. Nie habe ich ein liebes Wort von ihm gehört oder irgendeine Geste der Zärtlichkeit empfangen.« Sie stockte und holte mit einem tiefen Atemzug Luft.

Jakob sah mitfühlend auf ihr bebendes Kinn, doch sie hielt den Blick starr auf ihre Hände gerichtet. Jäh ging ihm auf, dass sie ein ähnliches Schicksal wie er selbst erlitten hatte. Auch sie hatte verzweifelt um Liebe und Anerkennung gebuhlt und sie doch kaum erhalten. »Und dann? Was geschah dann?«

Magdalena fuhr fort. Ganz in ihre eigene Welt versunken. »Dann kam mein kleiner Bruder zur Welt. Mutter war in dieser Zeit sehr schwach und ich befürchtete schon, dass sie bei der Geburt sterben könnte. Doch sie überlebte, wenn auch noch mehr geschwächt, als sie es ohnehin schon war. Fortan musste sie ständig das Bett hüten.« Magdalenas Blick glitt in die Ferne und schweifte über die Felder. »Mir oblag es, die Dienstboten anzuweisen, nach meiner Mutter zu sehen und meinem Vater bei seiner Arbeit zu helfen. Dies lag mir am meisten. Ich sog alles in mich auf, was ich durch die Abschrift der Rezepturen und ihre Anweisungen lernen konnte. Bald kannte ich alle Heilmittel, die in den Regalen der Offizien standen. Es machte mir Freude, wenn sie halfen und ich prägte mir die verschiedenen Krankheiten und die Verwendung der Arzneien ein. Dies war lange Zeit das Einzige, was mich am Leben hielt. Der kleine Bruder, den Mutter geboren hatte, schien normal zu sein. Er war ein niedlicher kleiner Kerl. Seine Nase war zwar etwas eingedrückt, doch dies sah man auch hin und wieder bei anderen Leuten, die die Apotheke aufsuchten. Vater blühte auf. Er hütete den Säugling wie seinen Augapfel und stellte eine Amme für ihn ein, die später die Aufgaben einer Kindsmagd übernahm. Nach ein paar Monaten stellte sich jedoch heraus, dass auch mit ihm etwas nicht stimmte. Sein Kopf wuchs schneller als der Körper. Als er ein Jahr alt wurde, konnte man dieses Missverhältnis nicht mehr übersehen. Mit fast zwei Jahren konnte er weder sitzen noch stehen und auch seine geistigen Fähigkeiten blieben deutlich hinter den Kindern seines Alters zurück. Der Stolz meines Vaters schrumpfte in sich zusammen wie ein vertrocknender Apfel, und an seine Stelle trat eine Härte, die uns alle erzittern ließ.« Wieder stockte ihre Erzählung. Es schien, als ob sie neue Kraft schöpfen müsse, um fortzufahren. »Im Oktober des Jahres 1625 wachte ich eines Nachts plötzlich auf. Zuerst wusste ich nicht, was mich geweckt hatte, doch dann hörte ich das leise Jammern meines Bruders. Irgendetwas schien nicht in Ordnung zu sein. Vielleicht schlief die Kindsmagd, die das Zimmer mit ihm teilte, so fest, dass sie es nicht hörte? Leise schob ich mich aus dem Bett und öffnete die Tür. Ich hatte sie erst einen Spaltbreit geöffnet, als mich plötzlich etwas innehalten ließ. Weiter hinten im Flur brannte eine Kerze. Irgendjemand schien also auf den Beinen zu sein. Der Lichtschein kam näher und dann sah ich die Gestalt meines Vaters. Er war vollständig bekleidet, obwohl es bereits tiefe Nacht war. Mein kleiner Bruder wand sich auf seinem Arm, aber mein Vater hielt ihn mit eisernem Griff, während er mit der anderen Hand den Kerzenleuchter umklammerte. Ich verhielt mich mucksmäuschenstill, als sie an meiner Tür vorbeikamen. Dann beobachtete ich, wie mein Vater die Treppe hinunterstieg. Ein eisiger Schreck durchzuckte mich. Ich warf mir schnell den Mantel über und folgte ihm so leise es mir möglich war. Das Ganze schien mir nicht ganz geheuer. Ich musste herausfinden, was mein Vater mit meinem Bruder vorhatte. Also schlich ich hinter ihm auf die Straße. Ein kalter Windhauch fuhr mir unter die Kleider, doch ich setzte meinen Weg unbeirrt fort. Es ließ mir keine Ruhe. Ich liebte meinen Bruder. – Ich wollte nicht, dass ihm etwas geschah. Die Kerze und das Jammern wiesen mir den Weg. Es dauerte lange, bis Vater an seinem Ziel ankam. Wir hatten den Stadtkern schon längst hinter uns gelassen und kamen in weniger wohlhabende Viertel, dort wo die Armen wohnten und die Dirnen ihrem Gewerbe nachgingen. Schließlich hielt er in einer der Spelunken an, die einen mehr als zweifelhaften Ruf hatten. Ich schlich mich zum Fenster und spähte hinein.« Ein Schauer überlief sie. »Du kannst dir nicht vorstellen, was ich dort gesehen habe. Vater setzte sich zu einem Mann, der dem Aussehen nach ein Schausteller war. Sein Tisch stand nah bei dem Fenster und ich verstand jedes Wort, das sie miteinander redeten. Er hat meinen Bruder weggegeben. Ihn beseitigt wie ein beschädigtes Möbelstück«, wisperte sie. »Es war meinem Vater egal, dass man ihn wegen seines großen Kopfes zur Schau stellen würde. Es ging ihm nur darum, die Schande nicht länger ertragen zu müssen.« Wieder brach Magdalena für einen Moment ab.

Bestürzt blickte Jakob auf ihre zarte Gestalt, die immer noch so starr wie eine leblose Figur im Gras hockte. Wie konnte ein Vater sein eigenes Kind in fremde Hände geben? Eine eisige Schlange kroch ihm die Wirbelsäule hinauf.

»Ich weiß nicht mehr, wie ich in jener Nacht nach Hause gekommen bin«, flüsterte sie. »Natürlich dauerte es nicht lange, bis meine Mutter Verdacht schöpfte. Sie schrie nach ihrem Sohn, doch die Kindsmagd konnte ihr nicht antworten. Vater hatte sie entlassen und sie war nach Hause zurückgekehrt.« Wieder fehlten ihr die Worte.

Jakob wartete geduldig und ebenso sprachlos auf das Ende ihrer Geschichte.

»Schließlich hielt ich es nicht mehr aus. Ich bin zu ihr gegangen und habe ihr alles erzählt. Oh Jakob, es war so schrecklich. Sie schrie und tobte. Ich versuchte sie zu trösten, doch ich hätte selbst einen Tröster gebraucht. Erst recht, als sie mir die Geschichte ihrer Ehe erzählte. Als sie sich endlich beruhigt hatte, gestand sie mir die ganze Wahrheit. Es war die *Franzosenkrankheit*, die in ihr wütete. Vater machte sie dafür verantwortlich. Die Krankheit wäre eine Strafe Gottes für irgendein scheußliches Vergehen, dessen sie sich schuldig gemacht habe. Doch Mutter wusste nicht, was das sein sollte, und sie war gesund, als sie geheiratet hatte. Es war ihr Mann, der die Anzeichen dieser unglückseligen Seuche schon zu jener Zeit an seinem Körper trug, obwohl sie bei ihm nicht so schlimm zu verlaufen schien. In ihrer Not hatte Mutter einen Medicus angefleht, ihr die Wahrheit zu sagen. Er hatte ihr die Symptome und deren Auswirkungen notgedrungen erklärt. Diese schreckliche Seuche springt von einem Menschen auf den anderen über. Und es war mehr als wahrscheinlich, dass sie sich auf ihre ungeborenen Kinder übertragen hatte. Sie war außer sich, als sie es mir erzählte. Sie hatte ihren Mann angefleht, von ihr abzulassen, damit nicht noch mehr unschuldige Kinder sterben müssten. Doch er hatte nicht auf sie gehört. Es schien ihm vollkommen egal zu sein, dass auch sein Weib durch all das, was er ihr zumutete, sterben könnte. Und nun hatte er meinen kleinen Bruder einem Schausteller überlassen, damit er nicht mit der Schande seines missgestalteten, schwachsinnigen Körpers leben musste. Selbst wenn das den Tod seines eigenen Kindes zur Folge hatte! Mutter war zu schwach, um den Schock zu überleben, den die erneute Niedertracht ihres Mannes bei ihr ausgelöst hatte. Ein paar Tage später starb sie.« Magdalena blickte auf. Tränen spiegelten sich in ihren Augen. »Kurz darauf wurde die Stadt durch Wallensteins Truppen besetzt. Da habe ich mich davongemacht. Ich konnte unmöglich bei dem Mann bleiben, der sich so vieler Verbrechen schuldig gemacht hatte. Ich redete mir ein, dass ich meinen Bruder finden könne. Ihn retten könne vor diesem grässlichen Mann. Doch ich habe ihn nie wieder gesehen. Der Tross hat mich aufgenommen. – Und nun bin ich hier«, schloss sie schlicht. Eine Träne tropfte in ihren Schoß und bereitete den Weg für weitere, die wie feuchtes Glas auf ihren Rock fielen. Jakob konnte nicht anders, als sie in die Arme zu schließen.

»Scht«, sagte er, »alles wird gut«, obwohl er wusste, dass dies nicht der Fall sein würde.

Unerwartete Beschuldigungen

»Sebastian sieh nur, unsere kleine Marie kann laufen!« Der Anflug eines Lächelns lag in Bärbels Stimme.

Sebastian blickte auf und sah, wie seine Tochter mit wackligen Schritten auf ihn zu tapste. Kurz bevor sie ihn erreichte, strauchelte sie. Sebastian umfing sie geschickt mit seinen Händen und warf das zierliche Wesen mit vor Stolz geblähter Brust hoch in die Luft. Die Kleine quietschte vor Vergnügen. Ihre rotblonden Löckchen flogen wie feine Gespinste auseinander und senkten sich dann über das runde Gesicht mit den glühenden Pausbäckchen, denen man den Eifer der letzten Sekunden deutlich ansah. Die Kinder, die am Mittagstisch Platz genommen hatten, brachen in laute Begeisterungsrufe aus. Johannes saß gemütlich auf Bärbels linker Hüfte und jauchzte ebenfalls. Wenn auch mehr vor Freude an dem Geschrei als aus Anerkennung. Der viel schwerere Junge hatte bis jetzt noch keine Anstalten gemacht, es Marie gleichzutun, aber er krabbelte in einem rasanten Tempo. Sobald man ihn auf den Boden setzte, machte er mit seinen speckigen Händchen das ganze Haus unsicher. Auch die kleine Sybilla war nun beweglicher und forderte die alte Therese, die sie wie einen Augapfel hütete, bis an ihre Grenzen. Bärbel, Therese und Grete waren ständig auf der Hut, dass keines der Kleinen sich am Herd verbrannte oder etwas zerbrach.

Letztes Jahr an Martini war Jakob zum ersten Mal nicht erschienen, um Bärbel zu besuchen. Sie wusste, dass er nicht kommen würde. Dass er es gar nicht konnte, auch wenn er es noch so sehr wollte. Trotzdem war sie den ganzen Tag fahrig gewesen, hatte bei jedem Geräusch, das von der Straße ins Haus drang, den Kopf gehoben, als ob er jeden Moment zur Tür hereinspaziert käme. Natürlich war dies nicht der Fall gewesen und alle hatten ihre schlechte Laune ertragen müssen. Doch zumindest Sebastian begriff, dass Bärbel dies nicht mit Absicht getan hatte. Hinter ihrer stachligen Fassade befand sich eine verletzte Seele, die sich mit dem Verlust ihres Bruders auseinandersetzen musste. Sie war traurig darüber, dass sie mit Jakob nicht wenigstens einmal im Jahr sprechen konnte. Überdies war es gut möglich, dass sie ihn niemals wiedersehen würde, doch sie sprach diese Vermutung nicht aus und auch er hütete sich, dieses Thema anzuschneiden. Schließlich gab es immer noch Hoffnung, wenn sie auch verschwindend gering war. Aber wer wusste schon, wie der Herrgott in diesem Fall handeln würde?

Zumindest hatten sie vor Kurzem ein Lebenszeichen von ihm erhalten, doch die Freude darüber enthielt einen herben Beigeschmack. Vor einer Woche war Elisabeth bei ihnen gewesen. Nachdem sie die geschorene Wolle ihrer Schafe in der Stadt verkauft und einen zufriedenstellenden Gewinn gemacht hatte, fand sie noch etwas Zeit, um ihnen einen Besuch abzustatten. Sie fand das Haus in der Steinstraßer Vorstadt ohne große Schwierigkeit. Fast jeder schien mittlerweile zu wissen, wo sich dieses Haus befand. Bärbel hatte sich sehr über ihren Besuch gefreut. Doch der eigentliche Grund dafür war niederschmetternd gewesen. Elisabeth hatte einen Brief von Jakob erhalten. Ihr Gesicht glich einer starren, gefühllosen Maske, und so ahnte Sebastian das Unglück der jungen Frau, bevor es ihm in die Ohren drang.

»Ich dachte, du solltest wissen, was Jakob geschrieben hat«, sagte sie, nachdem sie am Tisch in der Stube Platz genommen hatten. Sie konnte Bärbel nicht ansehen, als sie ihr den Brief reichte.

Bärbel nahm ihn mit zitternden Händen auf und gab ihn an ihren Mann weiter. Er las ihn laut vor und war nicht weniger bestürzt als die beiden Frauen. Es würde weitere neun Jahre dauern, bis Jakob endlich nach Hause kommen konnte. Was für eine schrecklich lange Zeit! Über den Gruß an sie hatte Bärbel sich sehr gefreut. Sie bedauerte es jedoch, dass er mit keinem Wort etwas über die Umstände im Lager erwähnte. Wollte er oder durfte er nichts darüber schreiben? Oder ging es ihm am Ende so schlecht? Sebastian wusste, was es bedeutete, ein Beteiligter dieses Krieges zu sein, doch auch dies behielt er tunlichst für sich. Obwohl er seinen Schwager nicht kannte, empfand er ein gewisses Gefühl der Hochachtung für ihn. Es war wirklich besser, wenn die Frauen nicht zu viel davon wussten. Ihre Sorge würde nur noch größer werden. Er selbst wagte kaum daran zu denken, dass dieses Gemetzel noch so viele Jahre dauern könnte. Er hatte als Heerespfarrer unter Mansfeld gedient. Ihn schauderte, wenn er daran zurückdachte.

Im Gegensatz dazu lief das Findelhaus gut. Die Betten waren nun alle doppelt belegt, das machte eine Summe von fünfzehn Kindern. Sebastian begann darüber nachzudenken, ob sie eines der Dachgeschosse des schmalen Hauses ausbauen sollten, denn Marie und Johannes schliefen immer noch in ihrem Schlafzimmer und Sybilla hatte ein Bettchen in Thereses Kammer, die diese bereits mit Grete teilen musste. Zwar hatten die beiden Frauen inzwischen ihren Frieden miteinander geschlossen, doch der Raum, in dem sie ihre Nächte verbrachten, war sehr beengt.

Sebastian setzte sich an den gedeckten Tisch, nahm Marie auf den Schoß und faltete seine Hände. »Lasst uns beten und dem Herrn danken, dass er uns mit allem versorgt, was wir brauchen.«

Sie waren mitten im Gebet, als ein lautes Pochen an der Haustür sie aufschreckte.

»Lasst nur. Ich gehe schon«, sagte Sebastian nach einem raschen gemeinschaftlichen »Amen«. Er erhob sich und lief mit Marie im Arm zur Haustür.

Ein Büttel stand davor. »Guten Tag, Herr Pfarrer«, sagte er.

Sebastian nickte ihm freundlich zu. »Was kann ich für Euch tun?«, erkundigte er sich mit einem Lächeln, obwohl er in Gedanken bereits über die möglichen Gründe für diesen Besuch nachdachte.

Marie brabbelte fröhlich vor sich hin, griff mit den Händen in sein Haar und zog kräftig daran.

»Der Magistrat schickt mich«, erklärte der gedrungene Mann etwas verlegen. »Ich soll Euch ausrichten, dass Ihr Euch in zwei Tagen um 10 Uhr in der Pfalz einfinden sollt.«

Sebastian löste vorsichtig Maries Finger von seinen Haaren, bevor er weitersprach. »Habt Ihr eine Ahnung, warum?«

Der Büttel schüttelte den Kopf. »Nein, Herr Pfarrer. Das werden die Herren Euch wohl selbst sagen wollen.«

Die Pfalz, der Sitz des Rates der Stadt, begrüßte Sebastian mit seiner imposanten Fassade aus Ziegelstein, als er den von Tauben bevölkerten Sankt Martinsplatz betrat. An seinem Rand drängten sich *Gewerbslauben* in den Bogengängen der Häuser, in denen Waren zum Verkauf angeboten wurden. Gerade begann es zu regnen und die Tropfen fielen laut prasselnd auf das steile Dach des herrschaftlichen Gebäudes, das von getreppten Giebeln und mehreren Türmchen gekrönt war. Eine überdachte Außentreppe wand sich fast wie eine Schlange zu den Stockwerken empor. Noch einmal holte Sebastian tief und ausgiebig Luft, um sich Mut zu machen. Eine Vorladung des Rates hatte in der Regel nichts Gutes zu bedeuten. Trotzdem wusste er nicht, was er sich zuschulden hatte kommen lassen. Er hatte sich pflichtgemäß in das Bürgerbuch der Stadt eintragen lassen, als er das Haus in der Steinstraßer

Vorstadt erstand, was ihn eine Menge Geld gekostet hatte. Und seit dieser Zeit bezahlte er regelmäßig alle Steuern und die Ersatzgabe, die ihn vom Wachtdienst befreite. Doch irgendetwas musste vorgefallen sein. Sei's drum. Er würde es nie erfahren, wenn er nicht hineinging. Entschlossen betrat Sebastian das mehrgeschossige Haus, das eher wie ein Palast anmutete. Ein Dienstbote führte ihn vor die schwere, dunkle Eichentür der Ratsstube, wo er warten musste, bis man ihn einließ. Die Glocke des Münsters schlug zehn Uhr, als sich die Tür öffnete und ihn der Schreiber mit einem Wink bat einzutreten.

Sebastian nahm seinen Hut ab und trat in die große Ratsstube ein, einem weiten Raum mit dunkler Wandtäfelung, an der bunte Glasgemälde hingen. Jedes einzelne zeigte ein Wappen der verschiedenen Handwerkszünfte, von denen es zwanzig in Straßburg gab. Der Schreiber wies Sebastian an, vor den Tisch zu treten, hinter dem Matthias Carolus, Buchdrucker und Ammeister der Stadt Straßburg behäbig Platz genommen hatte. Er war ein Mann mit runden Wangen, die er hinter einem stattlichen Bart versteckte, und einer so wohlgenährten Taille, dass man diese nicht einmal mehr ansatzweise erkennen konnte. Sein zu kurz wirkender Hals steckte in einem weißen Mühlsteinkragen, der wie ein falsch platzierter Heiligenschein aus der übrigen in vorschriftsmäßigem Schwarz gehaltenen Kleidung hervorstach. Die träge Haltung des Ammeisters täuschte jedoch über seine geistige Wendigkeit hinweg, mit der er den Vorsitz des Straßburger Magistrats versah. Neben ihm saß der Stettmeister, während sich die restlichen Ratsmitglieder, die aus je einem Vertreter der zwanzig Zünfte gebildet wurden, rechts und links vom Tisch auf den Ratsbänken gegenübersaßen. Alles in allem war es eine wohlgenährte, in prachtvolle Gewänder gehüllte und – bis auf die ausladenden Kragen, Knöpfe und Manschetten – schwarz gekleidete Gesellschaft, die ihn erwartungsvoll anblickte. Sebastian beschlich ein beklommenes Gefühl. Obwohl auch er keine Lumpen anhatte, kam er sich seltsam klein und geradezu unwichtig gegen diese zur Schau gestellte Demonstration des Reichtums vor.

»Wie ich höre, betreibt Ihr ein Findelhaus?«, hob der Ammeister nach der Begrüßung an. Aus seinem mächtigen Leib dröhnte eine tiefe, volltönende Stimme.

Sebastian neigte leicht den Kopf. »Das ist wahr, Meister Carolus.«

»Bezieht Ihr irgendwelche Pfründe dafür?«

»Nein, wir leben von dem, was Gott uns schenkt.«

Von den Bänken der Ratsherren erhob sich ein Gemurmel, das fast an Empörung grenzte.

Meister Carolus runzelte seine breite Stirn. »Nun, das ist sehr löblich, Herr Pfarrer, doch findet Ihr nicht, dass man es auch als Leichtsinn bezeichnen könnte?«

Sebastian fühlte, wie seine Finger feucht wurden, mit denen er die Filzkrempe seines Hutes festhielt. Die offenkundig ablehnenden Gesichter der meisten Ratsherren beunruhigten ihn. »Bis jetzt hat uns der Herrgott mit allem versorgt, was nötig war.«

»Doch was tut Ihr, wenn es der Herrgott es sich anders überlegt, und Euch und die Kinder im Stich lässt?«, fragte der Ammeister mit einer deutlichen Schärfe in der Stimme.

Sebastian warf einen Seitenblick auf den Schreiber, der an einem Stehpult etwas abseits von ihm stand und jedes Wort mit Federkiel und Tinte auf das vor ihm liegende Papier bannte. Stumm schickte er ein Stoßgebet zum Himmel mit der Bitte um die richtige Antwort. »Glaubt Ihr, dass wir einen so schrecklichen Gott haben, dass er seinen Spott mit den armen Geschöpfen treibt, die wir der Armut oder gar dem Tod entrissen haben?«

Die tief liegenden Augen des Ammeisters musterten ihn lange, bevor er zu einer Antwort ansetzte. »Nun, ich will nicht hoffen, dass er dies tut, doch wenn ich mich in der Stadt umsehe, entdecke ich genügend Arme, Kranke und Bettler, die kaum ein Auskommen haben.«

»Umso besser ist es doch, wenn wir uns ihrer annehmen. Findet

Ihr nicht? Durch wen sollte der Herrgott denn sonst handeln, wenn nicht durch diejenigen, die an ihn glauben?«

Der Ammeister stieß nachdenklich die Luft aus der Nase. Sein gestärkter Kragen raschelte leise, als er das Kinn hineindrückte. »Trotzdem ist uns zu Ohren gekommen, dass die Kinder in Eurem Haus Hunger leiden. Noch dazu sollen sie schlecht gekleidet und eine Heimstatt für Läuse sein.«

»Wer behauptet das?«, entfuhr es Sebastian schärfer, als es seine Absicht war.

»Das tut nichts zur Sache«, erwiderte der Ammeister kühl. »Ihr seid hier der Beschuldigte, nicht derjenige, der Fragen zu stellen hat.«

»Das ist eine gemeine Lüge!« Sebastians Puls begann sich zu beschleunigen. Fast ein ganzes Jahr lang war alles so gut gelaufen. Sie hatten immer genug zu essen und zum Anziehen gehabt. Keiner konnte irgendeinen Anstoß an dem Findelhaus nehmen. Und trotzdem schien es nun jemanden zu stören! Die Anschuldigungen, die man ihm anlastete, waren keine Kleinigkeit. Sie konnten zum Verlust der Kinder führen, obwohl sie nicht stimmten. Und auf gar keinen Fall wollte er sie wieder hergeben müssen, wo er so viel Zeit und Liebe investiert hatte, und der Erfolg geradezu spürbar war. Er straffte seinen Rücken, schluckte seine Verärgerung hinunter und sah mit festem Blick in die Versammlung, die ihn wie ein Mann anstarrte. »Nun meine Herren«, erwiderte er. »Ich kann nichts zu meiner Verteidigung sagen, außer dass mein Findelhaus und auch die Kinder in bestem Zustand sind. Ich schlage Euch deshalb vor, Ihr überzeugt Euch selbst davon, dass nichts von dem, was man mir vorwirft, der Wahrheit entspricht.«

Wieder erhob sich Gemurmel. Mit einer Geste sorgte der Ammeister für Ruhe. »Wartet bitte einen Moment vor der Tür, Pfarrer Liebig«, entschied er dann.

Sebastian ging unruhig vor der Tür auf und ab. Die Zeit schien stillzustehen. Wie lange dauerte es denn, eine einfache Antwort auf eine ebensolche Frage zu finden? Von drinnen wehte aufgeregtes Gemurmel durch das schwere Holz der Tür, doch er verstand nichts von dem, was die Ratsherren verhandelten. Das ungute Gefühl, das er schon die ganze Zeit über gehabt hatte, verstärkte sich und fegte wie ein Straßenbesen die Zuversicht der vergangenen Monate aus seiner Seele. Wie schnell das Blatt sich doch wenden konnte! Eine kurze Zeit nur, ein fein ausgestreutes Gerücht, und der Traum des Findelhauses konnte für immer ausgeträumt sein. Die Angst griff wie eine kalte Hand nach ihm, und er unterdrückte das dringende Bedürfnis, nach Hause zu rennen, um alle in Sicherheit zu bringen. Doch wo sollte er mit ihnen hin? Es waren zu viele, um nicht aufzufallen und entdeckt zu werden, wo immer sie sich auch verkriechen mochten. Nein, dies war keine Lösung. Er würde kämpfen müssen, und bei Gott – er würde es tun. Doch wer hatte ihm diese Suppe eingebrockt? Während der verbleibenden Zeit des Wartens dachte Sebastian über diese Frage nach, doch er fand beim besten Willen keine Antwort darauf.

Schließlich ging die Tür auf und der Schreiber winkte ihn erneut herein.

Der Ammeister saß an seinem üblichen Platz hinter dem Tisch und beugte sich über ein Schriftstück. Sebastian blieb vor ihm stehen.

Die Augen des wohlgenährten Mannes blickten kühl und distanziert, als er aufblickte. »Wir werden Eurer Bitte nachkommen«, sagte er. »Übermorgen um 11 Uhr werden wir Euer Haus aufsuchen, um uns von der Wahrheit zu überzeugen.« Sein Blick sank wieder auf das Schriftstück. »Wie ich sehe, zahlt Ihr als rechtmäßiger Bürger regelmäßig Eure Abgaben.«

Sebastian nickte erleichtert.

»Nun, dann hoffen wir, dass Euer Findelhaus in dem Zustand ist, den Ihr behauptet.« Er rieb sich nachdenklich über den Bart. »Sollte dies aber nicht der Fall sein, werden wir es schließen müssen.«

Zwei Tage später stand Bärbel mit hochrotem Kopf und einem Herzen, das vor Nervosität schier zu zerspringen drohte, neben Sebastian in der Stube. Grete schleuste gerade die recht hohe Anzahl der Ratsherren von der schmalen Stiege durch die Tür. In den beiden vergangenen Tagen hatten sie das Haus in der Steinstraßer Vorstadt auf Hochglanz gebracht. Die Betten waren frisch bezogen, der Boden geschrubbt und kein Körnchen Staub fand sich auf den spärlichen Möbeln. Die Kinder standen, sauber gekleidet und frisch gekämmt, in zwei ordentlichen Reihen vor den Ratsmitgliedern, von denen nun die letzten in die Stube drängten. Auf Sebastians Wink hin machten die Mädchen einen Knicks, während die Jungen sich huldvoll verbeugten.

»Nun, das sieht gar nicht so übel aus, Pfarrer Liebig«, entgegnete der Ammeister erfreut. Seine dunkle Stimme schallte durch die vollgestopfte Stube, in der es kaum noch Luft zum Atmen gab. Das Lotterbett hatte man vorsorglich hinausgeräumt, um wenigstens etwas mehr Platz zu schaffen.

Bärbels Augen schweiften über die Ratsherren hinweg, während Therese und Grete, die die Reihen der Kinder flankierten, demütig ihren Blick senkten. Erleichtert stellte sie fest, dass die Herren die Meinung des Ammeisters zu teilen schienen.

Meister Carolus' wohlgenährter Leib beugte sich ein wenig vor. Seine tief liegenden Augen fixierten Gabriel, der mit seinem Engelsgesichtchen einen braven und wohlerzogenen Eindruck machte. »Lernst du hier auch etwas?«, fragte er ihn.

Gabriel nickte eifrig. »Ja, Herr Ammeister. Ich lerne lesen und schreiben und Knöpfe annähen und flicken und Strümpfe stopfen, und ….« Da ihm nichts weiter einfiel, schweifte sein Blick zu Sebastian, der ihm aufmunternd zulächelte.

Meister Carolus indes runzelte die Stirn und Bärbel musterte ihn besorgt. Ob der Ammeister diese Tätigkeiten für etwas hielt, was ein Junge nicht lernen sollte? Sie hatten lange darüber gesprochen. Hatten Vorteile und Nachteile gegeneinander aufgewogen. Bärbel fand es nicht zwingend notwendig, doch Sebastian hielt es für durchaus angebracht. Sie hatten vor, die Jungen als Lehrlinge in Handwerksbetrieben unterzubringen, wenn sie einmal alt genug dafür waren. Doch nicht jeder würde heiraten können. So gesehen hatte Sebastian natürlich recht. In diesem Fall war es kein Fehler, wenn man ein paar einfache Handgriffe beherrschte, um wenigstens seine Kleidung in Ordnung zu halten. Dennoch konnte es möglich sein, dass der Ammeister diese Meinung nicht teilte. Erleichtert stellte sie fest, dass ihre Sorge unbegründet war.

Das Gesicht des beleibten Mannes erhellte sich und er klopfte Gabriel anerkennend auf die schmale Schulter. »Das ist gut, mein Junge«, sagte er lächelnd. »Die Armee braucht Söldner, die sich zu helfen wissen.«

Nun, dies war nicht das, was Sebastian für seine Jungen vorgesehen hatte, doch er überging diesen Punkt schweigend.

»Lasst uns noch einen Blick auf die Schlafkammern werfen, Pfarrer Liebig«, sagte der Ammeister bestimmt.

Sebastian führte sie eine weitere Stiege hinauf, um ihnen die gewünschten Kammern zu zeigen.

»Ich muss zugeben, Ihr hattet recht«, sagte Meister Carolus anerkennend.

»Das sehe ich genauso«, entgegnete der Stettmeister, der als einziger Adliger Zugang zur Ratsversammlung hatte. Zu diesem Zweck hatten die adligen Stadtbewohner eine eigene Zunftstube gegründet, die Constofeler genannt wurde. Sie bildete die 21. zugelassene Zunft. »Die Vorwürfe, die man gegen Euch vorbringt, sind haltlos.«

»Von unserer Seite habt Ihr nichts mehr zu befürchten«, fuhr der Ammeister fort, gefolgt von einem einvernehmlichen Nicken der übrigen Ratsmitglieder. »Ihr könnt so weitermachen wie bisher. Aber achtet darauf, dass es nicht zu weiteren Beschuldigungen kommt.«

»Ich werde mein Bestes tun«, erwiderte Sebastian erleichtert. Die Anspannung begann von ihm zu weichen, doch er würde von nun an auf der Hut sein müssen. Die wohl wichtigste Frage in dieser Sache war unbeantwortet geblieben: Wer versuchte, ihm Schwierigkeiten zu machen? Und vor allen Dingen, warum?

Schlesien

Das Wetter schlug um und der einsetzende Regen hinderte sie daran, allzu schnell voranzukommen. Immer wieder gruben sich die Räder der schwer beladenen Geschützwagen in die aufgeweichte Erde der Fahrrinnen ein und es kostete die Truppe eine Menge Zeit und Kraft, sie wieder aus dem Morast zu ziehen. Ende Mai hatten sie es endlich geschafft. Vor ihnen lag Neiße, eine Stadt mit mehreren Vorstädten, schmucken Häusern, Kirchen, Klöstern und einem gleichnamigen Fluss, der zwischen dem ummauerten Stadtkern und seinen ungeschützten Rändern dahinfloss.

Sie wurden bereits erwartet. Vor den Toren der Stadt dehnte sich auf einer weiten Ebene ein Heerlager aus, bereit, um weitere Söldner in seinem riesigen Bauch aufzunehmen. Ein nicht enden wollender Zug aus Landsknechten strömte mit ihnen hinein, die man sowohl an ihrer Aufmachung als auch an den Spuren erkennen konnte, die ein hartes, unstetes Leben in ihre Gesichter gemeißelt hatte. Die frisch angeworbenen Bewerbsmänner, die ebenfalls in Scharen herbeiströmten, unterschieden sich schon in ihrem Gesichtsausdruck von den anderen. Eine schlichte Unschuld lag in ihren Zügen, jedenfalls in denen der meisten. Überdies waren fast alle noch sehr jung und ohne eine Vorstellung von den Strapazen, die sie erwarteten. Jakob dachte an das erste Mal, als er selbst ein Heerlager betreten hatte. Vielleicht war es gut, dass die jungen Kerle keine Ahnung von dem hatten, was auf sie zukommen würde. Und wenn er es recht bedachte, ging es den Bauern, die ihren Weg gekreuzt hatten, auch nicht besser. Wahrscheinlich war es ganz egal, auf welcher Seite man stand. Die

Hauptsache bestand immer noch darin, dass man genug zu essen hatte.

In den folgenden Tagen fanden die üblichen Musterungen statt, während der schier unerschöpfliche Strom an Söldnern nicht abriss. Im Laufe der Zeit nahm das Heer die schier unglaubliche Zahl von 40 000 Landsknechten an, den Tross nicht mitgezählt, der noch um ein Vielfaches größer war. Der bevorstehende Feldzug versetzte das Lager in einen Zustand der Erregung. Sie breitete sich unter den Bewohnern aus, sprang wie eine Seuche von einem auf den andern über und fand ihren Höhepunkt in der Ankunft Wallensteins.

Am 10. Juni traf er mit einer imposanten Parade im Lager ein. Es war schier unerträglich heiß an jenem Tag, so wie es auch schon an den Tagen zuvor der Fall gewesen war. Die Sonne brannte unbarmherzig auf sie nieder und machte sie matt und schlapp. Noch vor wenigen Wochen erschien es den Söldnern wie ein Segen, als sie endlich ihre wärmenden Strahlen zur Erde geschickt hatte, doch nun verfluchten sie die sengende Hitze und wünschten sich nichts sehnlicher als ein kühles, schattiges Plätzchen.

Das bevorstehende Ereignis, das noch verhüllt, aber für alle spürbar wie eine unsichtbare Welle durch die Menge schwappte, schien ihnen in dieser Hinsicht etwas Erleichterung zu verschaffen. Von überallher strömten Männer und Trossweiber herbei, krochen aus ihren Schlupfwinkeln, um nur ja nichts zu verpassen. Das erste, was Jakob, Peter und Balthasar davon mitbekamen, waren die Fanfarenklänge, die so scharf wie eine Schwertschneide die Luft zerschnitten. Sie folgten dem Strom der Menschen, der an einer bestimmten Stelle eine Gasse zu bilden schien. Es dauerte nicht lange, bis sie den Grund dafür erkannten. Wallenstein! Der Heerführer kam, um seine Macht und Würde unter Beweis zu stellen und um seine Soldateska zu inspizieren. Sein Einzug ins Lager glich einer prunkvollen Prozession. Prächtig ausstaffierte

Musikanten mit Trommeln, Pfeifen und langen Fanfaren gingen dem eigentlichen Zug voraus, um das Ereignis anzukündigen. Hinter ihnen schritt ein großes, weißes Ross, dessen elegante Bewegungen von seinem hohen Wert zeugten. Es schien gut ausgebildet zu sein, denn selbst die Menge, die eine respektvolle Schneise um das Tier bildete, aber dennoch nicht zu übersehen war, schien es nicht zu ängstigen. Auf seinem Rücken saß der Generalissimus selbst, aufrecht, stolz und mit einem Gesichtsausdruck, der über alles erhaben zu sein schien. Er trug den eisernen Harnisch eines Kürassiers. Ein großer weißer Kragen zierte die auf Hochglanz polierte Rüstung zusammen mit einer auffallend roten Schärpe über der linken Schulter.

Magdalena, die sich mit Claußs zu ihnen gesellt hatte, um das Ereignis zu bestaunen, zog angewidert die Nase kraus. Es stank nach Pferden, Schweiß und Exkrementen, wie es bei diesem Wetter nicht anders zu erwarten war. Wenigstens die Kinder hatten in den angrenzenden Flüssen Neiße und Biele gebadet, die sich in einer Windung des Lagers miteinander vereinigten. Nun liefen auch sie herbei und schlüpften zappelnd zwischen den Erwachsenen hindurch, um einen günstigen Platz zu erwischen.

Hinter Wallenstein ritt sein Gefolge, das ihm an Pracht in nichts nachzustehen schien. Sein Auftritt ließ die Söldner vor Ehrfurcht erschauern, und sollten sie in den langen Winternächten auf irgendeine Weise mit ihm gehadert haben, so war dieser Groll nun wie weggeblasen. Sie kannten seine Ausstrahlung, zumindest diejenigen, die schon unter ihm gedient hatten. Er konnte ihnen den Sieg bringen, doch es war auch nicht mit ihm zu spaßen. Er war beeindruckend und schrecklich zugleich. Seine Feinde bezeichneten ihn als Gottlosen, obwohl er doch für die Sache des Kaisers und somit für den katholischen Glauben kämpfte. Doch man munkelte, dass er ein abergläubischer Mann war, der sein Schicksal mithilfe von Horoskopen berechnen ließ. Ohne jeden Zweifel kannte er keine Gnade, wenn es darum ging, das Recht im Heer wieder herzustellen. Seine Strafen waren hart und es war ihm egal, ob es sich dabei um Söldner oder junge Burschen aus dem Tross handelte, die viele Landsknechte als billige Hilfskräfte begleiteten. Und auf den Feldzügen zeigte sich die ganze Härte seiner Kriegsführung, obwohl man ihm auch zugute halten musste, dass er für Nahrung gesorgt hatte, sobald es ihm möglich war.

Er war ein Emporkömmling, von den meisten gefürchtet und geachtet, und man sagte ihm nach, dass er mehr Feinde als Freunde hatte. Keiner schien ihn aufrichtig zu lieben, obwohl er nicht den Eindruck machte, als ob er irgendeiner Liebe bedurfte. Vielleicht lag es daran, weil er so viel höher stand als sie selbst, vielleicht aber fürchtete er, dass sie ihm mehr schaden als nützen könne.

Neun Tage später bliesen die Fanfaren das Signal zum Aufbruch. Ein unendlicher Heerwurm aus vierzigtausend Söldnern setzte sich in Bewegung, um den Kampf mit dem Dänenkönig wieder aufzunehmen, der durch den Winter zum Erliegen gekommen war. Bereits im letzten August hatte ein Teil von Wallensteins Truppen, zusammen mit der Katholischen Liga unter Tilly, Christian IV. eine empfindliche Niederlage beigebracht. Christians Plan, Tillys und Wallensteins Heere voneinander zu trennen und sie weit auseinanderzuziehen, um das Land zwischen ihnen einzunehmen, war zunächst aufgegangen, obwohl die beiden Heerführer durch eigene Unstimmigkeiten einen gehörigen Teil dazu beigetragen hatten. Wallenstein schnappte den Köder des Dänenkönigs und konzentrierte sich auf die Verfolgung des Mansfelders.

Es war der erste Kriegseinsatz von Jakob und seinen Kameraden gewesen. Ein Feldzug, der sie das Wesen und die Unbarmherzigkeit des Krieges gelehrt hatte.

Mansfeld war mit Christian verbündet und lockte Wallenstein in einem mörderischen Marsch weit fort vom dänischen Heer. Nur, dass dies zu jener Zeit niemand begriff. Ein weiterer Verbündeter war Bethlen Gabor, mit dem sich der Mansfelder in Ungarn vereinigen sollte. Dies war ihm auch gelungen. Genützt hatte es indes allen dreien nichts. Wallenstein durchschaute gerade noch rechtzeitig den Plan und schickte Tilly 8000 Mann Verstärkung. Von alledem hatten Jakob und seine Freunde nichts mitbekommen. Tilly besiegte den Dänenkönig in der gewaltigen Schlacht bei Lutter, wobei sich Christian nur mit knapper Not vor einer Gefangenschaft retten konnte. Der Mansfelder war seiner eigenen Taktik des Verwüstens erlegen und, wie sie wussten, inzwischen vor Hunger, Krankheit und Schwäche gestorben. Eine Menge ihrer Kameraden hatten dasselbe Schicksal erlitten. Und Bethlen Gabor hatte seinen Frieden mit dem Kaiser gemacht. Doch die Marschrute des Grafen von Mansfeld hatte eine Schneise der Verwüstung hinterlassen. Sein Heer war über Schlesien und Mähren vorgedrungen. Um die Stellung in den eroberten Gebieten zu halten, hatte er in den schlesischen Städten Besatzungen hinterlassen, und nach seinem Tod waren die Reste seiner Truppe dazugestoßen. Etwa 14 000 Mann standen nun unter dänischem Kommando in Schlesien. Zu wenig, um Wallensteins viel größeres Heer aufzuhalten und der Dänenkönig konnte ihnen nicht helfen, da seine eigenen Truppen immer noch von Tilly in Schach gehalten wurden. So durchpflügten sie das Land in südöstlicher Richtung, um die günstige Lage zu nutzen und den reformierten Feind zu vertreiben. Seine Bewohner hatten viel Mühe darauf verwendet, es wieder einigermaßen herzustellen. Die meisten Felder waren angesät worden. Das Korn reifte und der leuchtend rote Mohn betupfte die Äcker auf liebliche Weise. Auf dem gesamten Weg wurden sie von Schmetterlingen begleitet, bunt, unschuldig und nichts von den Gräueln des vorangegangenen Jahres ahnend, flatterten sie von einer Blüte zur anderen, als ob es nichts anderes gäbe, als die Schönheit dieses einzigen Sommers.

Schließlich gelangte ein Teil des Heeres vor die befestigten Mauern des Städtchens Leobschütz. Auch Jakob und seine Kameraden waren dabei.

Bei ihrer Ankunft grollte der Donner eines Gewitters aus der Ferne wie der Vorbote einer Schlacht. Ein dräuendes Unheil, das sich bedrohlich über die Mauern, Zinnen und Dächer legte.

Nach einer kurzen Verhandlung, in der Wallenstein der Besatzung vorschlug, sich zu ergeben, die jedoch in der kategorischen Ablehnung der Besatzer resultierte, wurden die Kartaunen in Stellung gebracht. Eine beeindruckende Anzahl an Infanterie und Kavallerie stellte sich auf, die das kleine Städtchen in Angst und Schrecken versetzte. Dann trat eine gespenstische Stille ein. Ein kurzes Atemholen vor dem Herannahen des Sturms. Als einziges Geräusch hörte man das Flattern der Fahnen im Wind.

Jakob stand neben seinen Kameraden, bereit nach vorn zu preschen, sobald die Mauern der Stadt gefallen waren. Um Freund von Feind unterscheiden zu können, hatten sie sich schwarz-gelbe Bänder um die Oberarme geschlungen, passend zur Fahne, die den kaiserlichen Doppeladler auf schwarz-gelbem Grund zeigte. Aaron hatte er bei Magdalena gelassen. Er wollte nicht, dass sein treuer Freund im Getümmel der Schlacht den Tod fand. Sie hatten ihm eine Leine umlegen müssen, die er an einem der Räder von Magdalenas Wagen festband. Aaron hatte ihn mit seinen bernsteinfarbenen Augen vorwurfsvoll angesehen und sein Heulen hatte ihn ein gutes Stück des Weges begleitet. Auch in Magdalenas Augen hatte Jakob geblickt. Sie waren weder tadelnd noch zornig gewesen, aber voller Sorge. Es war die Furcht um sein Leben, die aus ihnen gesprochen hatte.

Nun war er hier, inmitten seines Fähnleins. Das lange Holz der Pike lag kühl in seiner Hand. Mit der anderen fuhr er mechanisch an den Griff des Messers, das in einer ledernen Scheide an seinem Gürtel hing. Der Zeugmeister hatte ihm einen offenen Helm gegeben. Er war innen mit Leder bespannt, das zusätzlich mit Stofffetzen ausgepolstert war, doch das ungewohnte Gewicht des Eisens drückte gegen seinen Schädel und er überlegte, ob er ihn nicht lieber absetzen sollte. Schließlich unterdrückte er den Impuls und behielt den Helm auf seinem Kopf. Vielleicht würde er noch froh um ihn sein.

Die Zeit des stillen Verharrens war das Schlimmste vor einer Schlacht. Man hatte so viel Zeit, sich ihre Schrecknisse auszumalen. Die Angst vor einer möglichen Verletzung oder dem herannahenden Tod ballte sich wie eine harte Kugel in Jakobs Magen zusammen. Viele der Männer hielten ihre Köpfe gesenkt und murmelten ein Gebet. Doch war es überhaupt rechtens, in diesem Fall zu beten? Für wen sollte sich der Herrgott entscheiden? Für die Katholischen oder die Evangelischen? Waren sie nicht beide Christen? Und taten sie das, was Gott von ihnen wollte? Er fand darauf keine Antwort und so sprach er dennoch still ein eigenes Gebet, in das er Elisabeth und seine Schwester mit einschloss. Andere hatten sich Mut angetrunken und hofften, dass der Alkohol ihnen die Kühnheit bescheren würde, die ihnen fehlte.

»In solch einem Moment könnte ich immer etwas kochen», flüsterte Balthasar plötzlich neben ihm. Letztes Jahr, als sie den Mansfelder verfolgten, hatten sie bereits einige Städte belagert, doch es war nie zum Kampf gekommen. »Verrückt nicht?« Sein gutmütiges Gesicht wendete sich Jakob zu, doch dieser zuckte mit den Schultern. »Ein schönes Stück Fleisch vielleicht, über dem Feuer gebraten.« Balthasar fuhr sich mit der Zunge über die Lippen. »Mit Kräutern gewürzt und so fett, dass sein Saft ins Feuer tropft. Das wäre mir jetzt tausendmal lieber, als dieser Ungewissheit ausgeliefert zu sein.«

Dann war es mit der Stille vorbei. Der Donner der Schlacht setzte ein, dröhnte aus den schweren Eisenkanonen und zerriss ihnen fast das Trommelfell. Dennoch hieß es weiter abzuwarten, ob die Stadtmauern unter dem Beschuss der gusseisernen Kugeln einstürzen würden. Die Besatzung von Leobschütz war in der Zwischenzeit nicht untätig gewesen. Auch sie hatte Geschütze in Stellung gebracht, die von den Stadtmauern aus bedrohlich in ihre Richtung wiesen.

Jakob schluckte. Die dicht gestaffelten Reihen der Söldner, die darauf warteten, in die Stadt einzudringen, würden ein lohnendes Ziel abgeben. Zwar hatten sie keine Tercios gebildet, aber eine einzige Kugel konnte regelrechte Schneisen durch sie hindurch schlagen und einen Teppich aus zerfetzten Leibern zurücklassen. Jeder Donnerschlag ließ sie erbeben, brachte ihr Herz zum Rasen und beschleunigte ihren Atem, als ob sie meilenweit gerannt wären.

»Weiter nach hinten«, bellte Hauptmann von Ovelacker.

Erleichtert zogen sich die Männer aus der Reichweite der Geschütze zurück.

Nach über einer Stunde geschah es dennoch. Eine steinerne Kanonenkugel schlug in ihrer Nähe auf den Boden, wo sie in einer Fontäne aus Tausenden kleiner Bruchstücke zerbarst. Der Druck des Einschlags brachte ein paar Männer zu Fall, zerfetzte diejenigen, die ihr am nächsten standen und ließ die anderen vor Angst erbeben. Jakob duckte sich vor Schreck. Ein sirrendes Pfeifen ertönte an seinem linken Ohr, gefolgt von einem brennenden Schmerz. Seine Hand fuhr nach oben und er stellte erleichtert fest, dass es vermutlich ein Splitter war, der sein Ohrläppchen gestreift hatte. Doch als er sich umwandte, sah er, dass der Mann hinter ihm am Boden lag. Der Splitter musste ihm ins Auge gedrungen sein und hatte von dort aus seinen Weg bis zum Gehirn fortgesetzt. Er war bereits tot! Jakob erschauerte, als er den leblosen Körper betrachtete. Peters Blick traf den seinen. Er wusste, was er dachte. Nur wenige Millimeter hatten ihn vom Tod oder einer grässlichen Verstümmelung getrennt!

Leobschütz' verzweifelte Gegenwehr erwies sich dennoch als erfolglos. Kurz darauf fielen die Stadtmauern. Der Schlachtruf der Kaiserlichen drang aus den Mündern ihrer Anführer und pflanzte sich wie ein Feuersturm durch die Reihen der Söldner fort. »Sankta Maria«, brüllten sie, dann stürmten sie durch die Ruinen des Bollwerks ins Innere der Stadt. Die dänischen Truppen leisteten erbitterten Widerstand und Jakob konzentrierte sich nur noch auf eines. Auf Hauen und Stechen und den verzweifelten Versuch, sein eigenes Leben zu retten, ohne Rücksicht auf den Feind. Seine Picke ließ er gleich zu Anfang zurück. Ihre Spitze war in die Brust eines Gegners gefahren, wo sie zitternd steckenblieb. Der Mann starrte ihn ungläubig an und starb einen schnellen Tod. Jakob ließ den langen Griff los, im Nahkampf war die Waffe ohnehin nicht zu gebrauchen. Stattdessen zog er sein Messer, um eine blutige Ernte einzufahren.

Es dauerte Stunden, bis der Kampf vorüber war, doch sie gingen als Sieger aus einer Stadt, die nach Tod und Verderben stank. Jakobs Kleider waren blutverschmiert. Den Helm hatte er im Eifer des Gefechts verloren, aber nach einer kurzen Bestandsaufnahme stellte er fest, dass nur wenig davon sein eigenes Blut war, das an seinen Kleidern klebte. Vor der Stadt warteten die Frauen, um die siegreichen Söldner in Empfang zu nehmen. Aaron kam auf ihn zugeschossen und leckte ihm voller Freude die Hand. Dann sah er Magdalena. Ihr Gesicht strahlte eine unbeschreibliche Freude aus, und ehe er es sich versah, fiel sie in seine Arme und drückte ihn erleichtert an ihren schmalen Körper. Er lachte über ihr Glück, selbst froh darüber, noch am Leben zu sein. Als er aufsah, entdeckte er Clauß. Fast ein wenig verloren stand er etwas abseits und heftete den Blick auf sie. Ein merkwürdiger Ausdruck lag in seinem Gesicht. Nicht die Überheblichkeit, die er sonst an den Tag legte. Er wirkte fast ein wenig enttäuscht und es lag eine Traurigkeit in seinen Augen, die ihn frösteln ließ. Doch das schlimmste daran war, er wusste, was in Clauß vorging.

Als die Nacht hereinbrach und sich eine gnädige Dunkelheit über die blutige Stadt legte, feierten sie. Es gab Fleisch und Brot im Überfluss, selbst an Branntwein und Bier sparte Wallenstein nicht, um seine Männer für die Einnahme der Stadt zu belohnen. Jakob war ziemlich betrunken, als er das Feuer für einen Moment verließ. Seine Blase drückte, es war höchste Zeit, sie zu entleeren. Der Hund war bei Balthasar, Peter und Magdalena geblieben. Aarons Bauch schien so vollgestopft wie sein eigener zu sein. Nun lag er matt und müde im Gras und hatte sich lediglich auf den Rücken gedreht, als Jakob sich auf den Weg machte. Mit schwankenden Schritten steuerte Jakob auf einen Busch etwas abseits des Lagers zu. Gemächlich öffnete er seine Hose und erleichterte sich. Ein breites Grinsen lag auf seinem Gesicht. Heute hatte er dem Teufel ein Schnippchen geschlagen. Er war mit heiler Haut davon gekommen. Vielleicht war doch etwas dran, dass er ein Gefrorener war? Einer, dem der Tod nichts anhaben konnte. Bei all dem Glück, das ihm widerfuhr … Trotz der misslichen Umstände überstand er Hunger, Krankheit und eine üble Verletzung. In der heutigen Schlacht war er ohne nennenswerte Blessuren davongekommen, selbst der Splitter einer Kanonenkugel konnte ihm nichts anhaben. Ein idiotisches Kichern drang aus seinem Mund. Als er fertig war, drehte er sich mit unsicheren Schritten um – und fuhr erschrocken zurück. Eine breitschultrige Gestalt baute sich vor ihm auf. Eine der Feuerstellen beleuchtete den Mann von der Seite und warf schwarz-goldene Schatten über das runde Gesicht mit der gebrochenen Nase. Clauß sah ihn mit kalten Augen an. Jakob schluckte. Von einem Moment zum anderen war das Gefühl der Unverwundbarkeit wie weggeblasen. Jäh fühlte er sich in die Zeit zurückversetzt, in der er noch ein Junge war. Die Angst kroch ihm wie eine Schlange den Rücken empor. Clauß hatte schon immer etwas Bedrohliches an sich gehabt, doch in letzter Zeit waren sie so etwas wie Freunde geworden, wenn es auch nie eine solch tiefe Freundschaft war, die er zu Peter und Balthasar empfand. Er war immer auf der Hut vor ihm, denn er wusste, wie brutal Clauß werden konnte, wenn ihm etwas gegen den Strich ging. – Und er konnte sich denken, was Clauß missfallen hatte.

»Magdalena«, stieß Clauß hervor. »Warum machst du ihr schöne Augen? Ich dachte, du hättest ein eigenes Mädchen zu Hause?«

»Das tue ich gar nicht«, erwiderte Jakob entrüstet.

»Dann lass sie gefälligst in Ruhe!« Clauß Stimme klang bissig.

»Sie gehört mir, hast du verstanden?« Die tanzenden Schatten auf seinem Gesicht verwandelten es in eine wütende Fratze. Er ballte seine Hände zu Fäusten. Es waren große Hände. Er konnte sie wie die schweren Pochhämmer einsetzen, die in seiner Kindheit das Erz zu feinem Sand zerschlagen hatten.

Trotzdem reizte er Jakob zum Widerspruch. Er wusste nicht, warum. Vielleicht war es die Zuneigung, die er für Magdalena empfand. Sie war nicht von der Art, die Clauß vermutete. Er fühlte sich verantwortlich für das Mädchen, obwohl er wusste, dass sie ihn liebte und es klüger gewesen wäre, ihr aus dem Weg zu gehen. Doch in gewisser Weise waren sie Seelenverwandte. Sie hatten beide keine schöne Kindheit gehabt und dies war es, was sie miteinander verband. Möglicherwiese widersprach er Clauß aber einfach nur deshalb, weil er nun ein Mann war und es sich beweisen wollte, dass er dem ungehobelten, grobschlächtigen Kerl durchaus ebenbürtig sein konnte. – Trotz seiner Angst. Er war nicht mehr der kleine schwächliche Junge von damals. »Und was soll ich deiner Meinung nach tun?« Jakobs Stimme klang voller Angriffslust. Er ballte die Fäuste, für den Fall, dass er sie benutzen musste, ließ aber die Arme locker hängen. »Soll ich etwa jedes Mal davonrennen, wenn ich sie sehe?«

Nicht weit von ihnen entfernt fiel ein Feuer Funken sprühend in sich zusammen. Ein funkelndes Glitzern brach sich in Clauß' Augen. Sein Blick war starr und unverhüllt, wie der eines Wolfes, der ein Reh schlagen will.

»Natürlich nicht«, erwiderte er barsch. »Du sollst ihr nur keine schönen Augen machen, verstehst du?« Er senkte den Blick und starrte zu Boden. Plötzlich schien er wie eine einstürzende Mauer in sich zusammenzufallen. Die brutale Maske fiel von ihm ab. »Immer haben alle Angst vor mir gehabt. Das tun auch jetzt noch die meisten. Nicht wahr? Aber Liebe und Anerkennung? All das hab ich kaum gekannt. Nicht mal von meiner Mutter, die mich immer als ungehobelten Klotz bezeichnet hat. Ich war immer nur der Sonderling. Der Aussätzige, den keiner wirklich mochte. Bis jetzt hat mir das nichts ausgemacht. – Aber nun«, er stockte. Ein Seufzen entrang sich seiner Kehle. Es klang wie das Klagen eines Sterbenden, der sich zu einem letzten Atemzug auf den Boden sinken lässt. »Ich kann nichts dafür, aber ich liebe dieses Mädchen.« Clauß rieb sich mit einer fahrigen Geste über das Gesicht. »Alles, was ich mir wünsche ist, dass sie es ebenfalls tut.« Sein Blick richtete sich wieder auf Jakob. In seinen Augen lag nun wieder die alte Härte. »Und niemand wird mir dabei in die Quere kommen. Hast du verstanden? Sonst …« Er beendete den Satz nicht und ließ ihn wie den Rauch der Feuer in der Luft hängen.

Jakobs Herz krampfte sich zusammen. Er öffnete seine Fäuste und verschränkte die Arme hinter dem Rücken. War es Mitleid oder das Gefühl, ein ähnliches Schicksal zu teilen? Beide waren sie verliebt, und dennoch schien die Erfüllung dieser Liebe in unerreichbarer Ferne zu liegen. Trotzdem kam er nicht umhin, Clauß noch eine Frage zu stellen. »Was ist, wenn sie deine Gefühle nicht erwidert?«

Clauß zuckte mit den Achseln. Auf einem der Feuer war frisches Holz nachgelegt worden. Die Flammen loderten hell auf und ihr Schein spiegelte sich auf den kahlen Stellen seines Schädels. »Vielleicht wird sie es irgendwann einmal tun? Ich werde geduldig sein. Verstehst du? Eines Tages vielleicht wird sie mich brauchen und ich … ich werde da sein.«

Sie blieben nur so lange wie nötig vor Leobschütz. Die dänischen Besatzer wurden entwaffnet. Ein Großteil der feindlichen Söldner wechselte die Seiten und trat ohne Rücksicht auf religiöse Anschauung oder den moralischen Sinn ihres Handelns in Wallensteins Heer über. Dies war keine Frage der Überzeugung, sondern lediglich der Versuch, ein sicheres Auskommen zu haben und am Leben zu bleiben. Nachdem Wallenstein bei den überlebenden Stadtbewohnern ein Strafgeld als Schadenersatz für seine Aufwendungen angefordert hatte, wurde den Männern des Stoßtrupps ein dreifacher Monatssold ausbezahlt. Jakob schwelgte in der Summe des Geldes, ließ es sich gut gehen und ertränkte seine Schuldgefühle in Branntwein. Er hatte vermutlich mehr als einen Menschen getötet. Doch was sollte er tun? Wenn *er* es nicht tat, würden es die anderen tun. In der Schlacht folgten alle dem gleichen Ziel: Es galt, das nackte Leben zu retten!

Dann zogen sie weiter. Den ganzen Sommer lang war ihr Leben in steter Bewegung. Sie zogen von Dorf zu Dorf, von Stadt zu Stadt, und überall, wo sie sich aufhielten, entehrten sie das Land durch Leid und Tod.

September 1627

Der Sieg ist unser

Bis Ende August hatte das Heer Wallensteins den dänischen Feind immer weiter nach Norden gedrängt. Ein Sieg gegen Christian IV. reihte sich an den anderen. Am 1. September trafen die Söldner in Tillys Hauptquartier in Lauenburg ein, einer Stadt an der Elbe, die man auf flaches, weites Land gebaut hatte. Jakob und seine Freunde waren in Hochstimmung. Der Friede schien zum Greifen nahe zu sein. Die Männer begannen sich nach Ruhe und Erholung zu sehnen und einem Gefühl, das ihnen verhieß, sich nicht mehr ständig in Gefahr zu befinden. Die Kämpfe der letzten Wochen waren hart und entbehrungsreich gewesen, obwohl sie immer zum Sieg geführt hatten. Wallenstein schien ein vom Glück gesegneter Feldherr zu sein und auch Tilly hatte seine Sache gut gemacht. Am 2. September wurde ein Bote mit einem sorgfältig ausgearbeiteten Friedensangebot der beiden Feldherrn zum dänischen König gesandt. Christian war am Ende. Wenn er auf die Verhandlungen einging, würde dies weiteres Blutvergießen vermeiden. Nun warteten sie alle auf seine Antwort.

Das Land war kühl in dieser Gegend. Obwohl der Spätsommer ihnen noch einige warme, sonnige Tage bescherte, kündigte sich der Herbst bereits mit ungemütlichen Nächten an, die ihnen den Aufenthalt im Freien erschwerten. Nun saßen sie um das Feuer und streckten die Hände den wärmenden Flammen entgegen. Es war der 3. September. Ein frischer, feuchter Morgen brach an. Von der Elbe trieben Nebelfetzen durch das Lager und störten den Weg der Sonne zu ihren nachtkalten Gliedern.

»Was werdet ihr tun«, fragte Peter träge, »wenn der Krieg zu Ende ist?«

Clauß zuckte mit den Achseln und beobachtete dabei Magdalena, die gerade der Mutter eines kleinen Jungen einen Tiegel reichte. Sie hatte Honig darin abgefüllt, der mit Spitzwegerich versetzt war. Der Junge hustete laut und bellend, was Aaron dazu brachte, seinen Kopf zu heben und ihn interessiert zu mustern. Sein geschlitztes Ohr stellte sich auf und der Junge zuckte beim Anblick des Hundes erschrocken zurück.

»Gebt ihm immer wieder einen Löffel davon, am besten in heißer Milch – wenn ihr welche habt –, das wird den Husten lindern.« Die Frau nickte dankbar und gab Magdalena eine Münze für ihre Dienste, bevor sie mit dem Kind zu ihrer eigenen Feuerstelle aufbrach.

»Keine Ahnung, was ich machen werde«, griff Balthasar den Faden wieder auf. Er runzelte angestrengt die breite Stirn. »Ich schätze, ich werde nach Hause gehen und erst mal nach dem Rechten sehn. – Falls es überhaupt noch etwas gibt, das man so nennen könnte.«

Für Jakob war dies keine Frage. Er würde auf dem schnellsten Weg zu Elisabeth zurückkehren, falls man ihn überhaupt gehen ließ. Seine Strafe war noch lange nicht verbüßt. Aber vielleicht würde dieser Sieg zu einer glücklichen Fügung werden, die ihn schneller nach Hause brachte? Doch auch er hatte keine Ahnung von dem, was er dort vorfinden würde. Er wusste nicht einmal, ob Elisabeth noch am Leben war, denn im Gegensatz zu ihm hatte sie keinen Brief an ihn gesendet. Ob sie wohl keine Gelegenheit dazu gehabt hatte? Es könnte aber auch sein, dass der

Brief unterwegs verloren gegangen war. Nicht alle kamen ans Ziel. Dies schien ihm noch die harmloseste Erklärung des Ganzen zu sein und er hoffte inständig, dass sie richtig war. »Und was wirst du tun?«, fragte er Peter.

Peter dachte eine Weile über diese Frage nach, während sich Magdalena wieder zu ihnen setzte. »Ich schätze, mir wird nichts anderes übrig bleiben, als umherzuziehen und nach einer geeigneten Bleibe Ausschau zu halten. Das Land meiner Heimat ist zu versehrt, um dort einen Neubeginn zu wagen.«

Das aufgeschichtete Holz der Feuerstelle fiel krachend in sich zusammen. Funken flogen auf und tanzten in der warmen Luft, die wie ein Schwall über sie hinwegfuhr. Clauß schnippte einen glimmenden Holzsplitter von seiner Hose, bevor er ein Loch hineinbrennen konnte. »Was ist mit dir?« Er nickte aufmunternd in Magdalenas Richtung.

Sie hob den Kopf und sah ihn mit ihren zwielichtigen Augen an. »Ich habe nicht die geringste Ahnung«, erwiderte sie gleichmütig. »Irgendetwas wird sich schon finden.«

Clauß grinste breit. Ihre Antwort schien ihm zu gefallen. »Nun, dann sind wir schon zu dritt. Mich zieht nichts mehr zum Erzkasten zurück. Vielleicht kann ich mir einen Hof kaufen und mich dort niederlassen. Irgendwo wo der Boden fruchtbar ist und das Leben nicht ganz so mühsam. Der Sold war nicht übel in letzter Zeit. Wenn ich ihn zusammenhalte, müsste er für ein bescheidenes Anwesen reichen.« Dass zu diesem Traum auch ein Weib gehörte, dass unverkennbar Magdalenas Züge trug, behielt er lieber für sich.

»Bleibt nur die Frage, wo du ihn finden wirst«, entgegnete Peter. »Wir ziehen eine Spur des Elends hinter uns her. Du wirst weit wandern müssen, bis du eine Gegend findest, in der man in Frieden und Wohlstand leben kann.«

»Da bin ich ganz deiner Meinung«, bekannte Jakob. »Ich hingegen ziehe es vor, nach Hause zurückzukehren und nötigenfalls dort wieder etwas aufzubauen.«

»Das sagst du nur, weil du dort ein Liebchen hast«, erwiderte Balthasar. Er kicherte in seiner gutmütigen Art.

»Das ist wahr«, erwiderte Jakob freimütig. »Obwohl ich nicht verstehe, was es darüber zu lachen gibt.« Er klang etwas verärgert. Seine Narbe klopfte sacht pulsierend an seine Stirn. Seufzend stand er auf und klopfte sich den Staub von der Hose.

»Wo gehst du hin?« Peter blickte interessiert von der anderen Seite des Feuers zu ihm herüber.

»Ich suche den Schreiber. Wenn das Heer eine Ruhepause einlegt, schlägt er üblicherweise sein Zelt auf, um Briefe zu schreiben. Schließlich sollte mein *Liebchen* wissen, dass ich noch am Leben bin.« Er warf sein gewelltes Haar in den Nacken. Eine dichte schwarze Mähne, die ihm bis auf die Schultern fiel. Die Mode der Söldner hatte auch vor seinen Freunden nicht haltgemacht. Alle trugen sie langes Haar und modische Bärte, die bei den meisten aus einem gezwirbelten Schnauzbart und einem Knebelbart bestanden. Nur Clauß' Schädel war, abgesehen von einem bescheidenen Kranz, so kahl wie ein Ei.

Magdalena erhob sich ebenfalls. »Du brauchst den Schreiber nicht darum zu bitten. Ich kann es genauso gut tun und ich mache es ganz umsonst. Für einen guten Freund sozusagen.« Sie lächelte scheu und in ihren sonderbaren Augen sah er nichts, was ihn davon abgehalten hätte.

Er warf einen Seitenblick zu Clauß, der ihn alarmiert betrachtete. Er wusste, dass Clauß dies nicht gefiel, doch sollte er Magdalenas Angebot deshalb ausschlagen? Schließlich handelte es sich um einen Freundschaftsdienst. Und der Brief ging an die Frau, an die er sein Herz verschenkt hatte. Jeder Trottel würde dabei bemerken, dass es sich nicht um Magdalena handelte. »Wenn du meinst«, sagte er deshalb gedehnt. Wahrscheinlich schadete es ebenso wenig, wenn sie erfuhr, dass seine Gefühle für Elisabeth immer noch dieselben waren. Doch vor seinen Freunden würde er ihr diesen Brief auf gar keinen Fall diktieren.

Peter, der wie immer mehr Feingefühl besaß als die anderen,

streckte seine langen Knochen und hievte sich in die Höhe. »Na, dann kommt«, wies er Clauß und Balthasar an, »sehen wir uns ein wenig im Lager um, damit Jakob und Magdalena sich ungestört ihrer Aufgabe widmen können.«

Die zwei Männer standen widerstrebend auf. Balthasar, weil er nur ungern seinen Platz verließ und Clauß, weil er Jakob nicht mit Magdalena allein lassen wollte. Doch den beiden blieb keine andere Wahl. Peter führte sie zielstrebig und harmlos plaudernd vom Lager fort.

Magdalena verschwand indessen im Wagen, neben dem der Zugochse gemächlich an einem großen Büschel Gras kaute, das man ihm hingeworfen hatte.

Jakob ließ sich in den Schneidersitz sinken und verharrte wartend am Feuer. Der Nebel begann sich allmählich zu lichten, doch die Sonne war hinter einer Wolke verschwunden und hinterließ ein tristes Grau, das sich über Menschen, Zelte und Wagen legte.

Es dauerte eine ganze Weile, bis Magdalena mit Papier, Feder und Tinte wieder zum Vorschein kam. »Wo hast du das denn aufgetrieben?« Jakob runzelte die Stirn und betrachtete sie schmunzelnd.

»Ich hab's eingetauscht«, erwiderte sie spitzbübisch. »Ein Offizier, dem ich eine Kugel aus dem Bein gefischt hatte, wollte kein Geld für meine Dienste herausrücken. Stattdessen habe ich ihm dies hier entlockt.« Sie wies mit dem Kinn auf Papier und Tinte. »Jedoch erst, nachdem ich ihm damit gedroht hatte, nicht mehr nach seinem Bein zu sehen, und falls es sich entzündete, könne er seinem Geiz die Schuld dafür geben.«

Jakob schüttelte grinsend den Kopf. »Du feilschst schlimmer als eine Marketenderin.«

»Jeder muss sehen, wo er bleibt«, erwiderte sie trocken. Sie sank auf ihre Knie, fegte mit der Hand ein Stück des Bodens sauber und legte das Papier sorgfältig darauf.

Aaron erhob sich derweil gähnend, schlenderte zu Magdalena

hinüber und ließ sich mit einem satten Plumpsen neben ihr nieder.

»Also was ist nun?« Magdalena hob die Hand und kraulte Aaron hinter den Ohren. Der Hund gab einen genießerischen Seufzer von sich. »Was möchtest du deiner Elisabeth sagen?«

Nun war Jakob doch etwas verlegen. Er rutschte beklommen hin und her. Es war gar nicht so einfach, seine Gefühle vor einem anderen zu offenbaren. Schon gar nicht, wenn es sich dabei um ein junges, hübsches Weib handelte. Der Ansatz ihres kastanienfarbenen Haares funkelte rötlich im Widerschein der Flammen und der hellbraune Fleck in ihrem rechten Auge schien ihn durchdringend zu mustern. Jakob fühlte, wie sich die Narbe auf seiner Stirn zu einem dunklen Rot verfärbte.

»Nun komm schon«, forderte sie ihn amüsiert auf. »Sei nicht so schüchtern. Ich bin es nur, und ich werde garantiert niemandem verraten, was du mir anvertraut hast.«

»Nun gut. Schreib ihr, dass … dass ich sie … immer noch liebe«, stotterte er, »und ich die Hoffnung nicht aufgebe, dass ich sie … eines Tages wiedersehe.«

Magdalena nickte und setzte die Feder an den obersten Rand des Briefes.

Plötzlich fühlte er sich ihr seltsam ausgeliefert. Sie hätte alles Mögliche schreiben können, ohne dass er es bemerken würde, doch nun war es für solche Überlegungen zu spät. Jetzt half nur noch die Flucht nach vorn. Bald erzählte er immer flüssiger und versuchte dabei, sich Elisabeths Bild ins Gedächtnis zu rufen. Berichtete von den Siegen, die sie errungen hatten, von seiner ungebrochenen Sehnsucht nach ihrer Nähe und sah dabei zu, wie Magdalena seine Worte auf das Papier bannte. Sein Gesicht begann zu strahlen, er vergaß alles um sich herum. Auch die junge Frau vor seiner Nase, deren Augen verborgen hinter ihren gesenkten Wimpern lagen und die Enttäuschung über seine Worte widerspiegelten.

»Schreib ihr, dass der Krieg bald zu Ende sein wird und ich

nach Hause komme«, fuhr Jakob fort. »Dann können wir endlich heiraten.«

Während Magdalena all dies niederschrieb, breitete sich Kälte in ihrem Herzen aus, wie Frost auf einem Winterfeld. Warum nur hatte sie sich zu solch einer Torheit hinreißen lassen? Sie beschwichtige ihr Gewissen damit, dass sie Jakob eine Freude machen wollte, doch wenn sie ehrlich war, hatte sie es aus reiner Neugierde getan. Sie hatte gehofft, dass Jakobs Gefühle für Elisabeth schwächer geworden, ja dass sie gänzlich verschwunden waren. Es war so *viel* Hoffnung in ihr gewesen. Ihr Gesicht gefror zu einer lächelnden Maske. Jakob schien nichts von ihren Gefühlen zu bemerken. Er lachte fröhlich und die Zuversicht schien jede Faser seines Körpers zu durchdringen, während Magdalena mit ihrem Schicksal haderte. Sie gönnte Elisabeth diesen Brief nicht. Diesem fremden Mädchen, das weit entfernt ihr eigenes Leben führte. Dabei war *sie* es, die an seiner Seite stand, wenn er in die Schlacht zog. Sie war es, die um ihn bangte, bis er endlich wieder zurückkehrte. Sie war bei ihm, wenn er jemanden brauchte, dem er all die Schrecklichkeit erzählen konnte, die er erlebt hatte. Die ihn freisprach von seiner Schuld. Sie war es, die das Leben mit ihm teilte, auch wenn er nicht mehr zuließ als die Nähe der Seele und nicht die des Körpers. Sogar dazu wäre sie bereit gewesen! Gewiss, sie hatte dagegen angekämpft, sie wollte diese Liebe nicht. Als sie von zu Hause fortgelaufen war, hatte sie sich geschworen, dass es keinen Mann mehr geben sollte, der irgendeine Macht über sie ausübte. Weder über ihren Willen noch über ihre Gefühle! Niemand sollte ihr je wieder so wehtun, wie es ihr Vater getan hatte. Es hatte einmal eine Zeit gegeben, in der sie ihn geliebt hatte, doch in seinen Augen war sie dieser Liebe nicht würdig gewesen. Den Schmerz darüber konnte sie heute noch fühlen. – Und doch konnte sie nicht anders, als sich Jakob zu ergeben. Sie wäre ihm mit Freuden in die Arme gelaufen. Aber er bedurfte ihrer Liebe gar nicht. Er verschmähte dieses kostbare Geschenk, das sie ihm reichen wollte. Es war einfach nicht gerecht!

»Seid ihr endlich fertig?«, rief Peter plötzlich. Er kam im Eilschritt auf die beiden zu. Sein Gesicht glühte vor Erregung.

»Ich denke schon«, erwiderte Jakob, noch ganz in seine eigenen Gedanken vertieft.

»Dann komm. Der Bote ist zurück. Hat wohl nicht allzu lange mit der Antwort gedauert.«

»Möchtest du noch deinen Namen darunter schreiben?«, fragte Magdalena freundlich. Ihr ganzer Körper fühlte sich taub an, doch ihre Haltung verriet nichts von dem Aufruhr, der in ihr stattgefunden hatte.

Jakob malte mit verkrampften Fingern die Buchstaben seines Namens auf das Papier, das einzige, was er in dieser Hinsicht zuwege brachte. Dann notierte sie auf der noch leeren Rückseite, wohin der Brief gehen sollte und wo sich das Heer befand, in dem Jakob diente.

»Komm endlich«, rief Peter. »Oder willst du nicht wissen, was der Dänenkönig gesagt hat?« Er scharrte ungeduldig mit den Füßen, wie ein Pferd, das kurz davor war, durchzugehen.

»Warte noch einen Moment.« Jakob streckte die Hand aus, um den Brief in Empfang zu nehmen.

»Lass nur«, wehrte Magdalena ab. »Ich muss sowieso noch nach der jungen Mutter sehen, die gestern ihr Kind verloren hat. Ich werde schon einen geeigneten Kurier finden, der den Brief zu den Postreitern bringt.«

Jakob nickte und erhob sich. »Ich danke dir.«

Magdalena lächelte tapfer. Sie faltete den Brief zusammen, sodass die Adresse auf der äußeren Seite gut zu lesen war. Ihre Augen folgten den beiden Freunden, bis sie ihren Blicken entschwanden. Dann fielen sie auf das gefaltete Papier. Sie drehte es unschlüssig in den Händen. Ein trauriger Schatten huschte über ihr Gesicht. Eine Weile saß sie einfach nur da. – Schließlich gab sie sich einen Ruck. Entschlossen erhob sie sich und legte ein paar Scheite auf das schwächer werdende Feuer. Ruhig sah sie zu, wie es sich von Neuem entzündete. Betrachtete die Flammen, die gierig nach dem frischen Holz leckten. Dann warf sie den Brief in die alles verzehrende Hitze hinein.

Bestandsaufnahme

Es war bereits Ende September. Die letzten Tage waren noch einmal schön, golden und warm gewesen, doch die Gerüche des Herbstes nach Erde und überreifen Früchten lagen bereits in der Luft. Die Äpfel im Garten leuchteten rotwangig und reif, und die Birnen fielen zur Erde und mussten gesammelt werden, damit man sie zu Most verarbeiten konnte. An der südlichen Stallwand hingen duftende Trauben, ihre kleinen Körper nicht größer als eine Perle, aber so geschmackvoll, dass es eine Freude war, sie zu kosten. Nun war es Abend. Die rasch einsetzende Dunkelheit warf bereits lange Schatten in die Ecken und Buchten des Stalles. Elisabeth seufzte. Sie konzentrierte sich auf das Melken der Ziege, eine ihrer letzten Tätigkeiten nach einem langen Arbeitstag – zumindest was die Arbeit draußen betraf. Danach würde sie drinnen nach dem Rechten sehen. Mutter war nicht mehr so agil wie früher. Elisabeth sorgte sich um sie und es verschlechterte ihr Gewissen noch mehr, weil die alte Frau beim Pflügen, Säen und Ernten des Korns mit anpacken musste. Sie hätte ihr die schwere Arbeit gern erspart, doch allein war sie fast nicht zu bewältigen.

Die Dunkelheit im Stall nahm zu und die Konturen der Wände verschwammen zu einem schwärzlichen Grau. Doch Elisabeths Hände wussten auch so, was zu tun war. Während der kräftige Strahl der Milch mit einem gemütlichen Geräusch in den Kübel strömte, dachte sie über die letzten Monate nach. Trotz der vielen Arbeit blickte sie auf einen zufriedenstellenden Sommer zurück. Außer dem Lämmchen, das sie nach der Rettungsaktion im Frühjahr schlachten musste, hatten alle Tiere überlebt und sich bei mildem Wetter und üppigem Gras eine gehörige Speckschicht für den Winter angefressen. Die restlichen Lämmer entwickelten sich prächtig, noch dazu handelte es sich bei beiden um Mutterschafe, die sie nächstes Jahr decken lassen konnte.

Von einem Teil des Erlöses für die geschorene Wolle hatte sie in Straßburg ein Huhn gekauft, das nun friedlich glucksend hinter einem Gatter im Stroh scharrte. Dies hatte zur Folge, dass ihr Speiseplan etwas mehr Abwechslung bekam. Das beste Geschäft hatte sie allerdings erst auf dem Heimweg abgeschlossen, nachdem sie sich von Bärbel und Sebastian verabschiedet hatte. Noch in der Stadt war ihr ein junger Schafsbock über den Weg gelaufen. Es handelte sich um ein schönes, geradezu prächtiges Tier, doch sein Besitzer konnte es nicht behalten, da sonst die Gefahr der Inzucht für seine Herde zu groß wurde. Da niemand es kaufen wollte, musste er es wohl oder übel zur *Metzig* bringen. Elisabeth verwickelte den Mann in ein Gespräch und merkte schnell, dass er Mitleid mit dem Bock hatte und es lieber sehen würde, wenn er am Leben blieb und für Nachwuchs sorgte. So wurden sie sich schnell einig. Elisabeth konnte dem Mann zwar nicht so viel bieten, wie er gern gehabt hätte, doch sein Erbarmen mit dem Tier sorgte dafür, dass er ihr den Rest erließ. Es hatte sie den ganzen übrigen Gewinn gekostet, aber die Aussicht, einen eigenen Bock zu haben, war mehr als verlockend. Zum Stöcklin würde sie auf gar keinen Fall mehr gehen. Mit dem Hirten würde sie sich wegen der Ziege schon einig werden, aber zumindest was die Schafe betraf, würde sie eine Weile keine fremde Hilfe mehr benötigen. Das Ziegenböckchen hatte in der Zwischenzeit beträchtlich an Gewicht zugelegt. Sie würden es noch eine Weile am Leben lassen, aber spätestens im November musste es geschlachtet werden, damit der Geschmack des Fleisches nicht von den Ausdünstungen der Geschlechtsreife überdeckt wurde. Auch die Ernte war einigermaßen gut verlaufen. Mit dem Ertrag konnten sie den Winter überstehen und das Ziegenböckchen würde für einen gewissen Vorrat an Fleisch sorgen.

Alles in allem konnten sie zufrieden sein, obwohl Mutter immer noch einen verbitterten Eindruck machte. Langsam bekam Elisabeth das Gefühl, dass sich dieser Zustand wohl nicht mehr ändern würde. Sie selbst fühlte jeden Tag die entsetzliche Last der Schuld, dafür verantwortlich zu sein. Von Jakob hatte sie nichts mehr gehört, obwohl sie nicht wusste, ob dies ein gutes oder ein schlechtes Zeichen war.

Ansonsten hatte sich ihre Situation ein klein wenig verändert. Man grüßte sie wieder nach dem Kirchgang und ein paar verwegene Seelen redeten sogar ein paar Worte mit ihr, so wie Katharina, die hin und wieder auf dem sonntäglichen Nachhauseweg mit ihr plauderte. Aber die meisten schnitten sie nach wie vor und beobachteten argwöhnisch jeden ihrer Schritte. Doch dies war lediglich eine Frage der Gewöhnung.

Die Milch der Ziege verebbte. Elisabeth tätschelte ihr den Rücken, ließ das Tier frei und erhob sich vom Melkschemel. Es hatte keinen Sinn, sich immerzu mit Dingen auseinanderzusetzen, die man ohnehin nicht ändern konnte. Sie wollte zufrieden sein mit dem, was sich als gut erwiesen hatte. Im Übrigen konnte es nur besser werden, den Hof hatte sie schließlich auch in den Griff bekommen. Dies war zumindest etwas. Es war ein kleiner Hoffnungsschimmer, sachte wie ein schmaler Silberstreif am Horizont. Es lag an ihr, ihn breiter und größer werden zu lassen.

Ein Jahr später
Spätsommer 1628

Du sollst nicht stehlen

Bärbel blieb einen Moment stehen und hielt sich den Rücken. Sie musste ein wenig verschnaufen, außerdem tat ihr das Kreuz weh und seit einigen Tagen war ihr morgens seltsam übel. Sie horchte in sich hinein. Ob sie wohl wieder ein Kind erwartete? Die Anzeichen sprachen dafür, es konnte sich aber genausogut um eine *verstockte Menses* handeln. Sie zuckte mit den Achseln. Sie würde ohnehin nichts daran ändern können, aber es wäre schön, Sebastian ein Kind zu schenken, dessen leiblicher Vater er war. – Auch wenn es ihnen an Kindern nicht mangelte. Im Frühling hatten sie eines der Dachgeschosse ausgebaut. Die Neigung war hier noch nicht so groß, sodass vier Kammern entstanden waren. Drei für die Kinder mit jeweils zwei Betten und eine Kammer für Grete, damit sich Grete und Therese auch einmal zurückziehen konnten. Die Betten für die Kinder waren inzwischen alle belegt, und nun überlegten sie, ob es nicht sinnvoll wäre, ein weiteres Dienstmädchen anzustellen, dessen Hauptaufgabe es war, die Kinder zu betreuen. Thereses Kräfte ließen immer mehr nach und sie konnte nicht überall sein.

Prustend vor Anstrengung nahm Bärbel den Sack wieder auf, den sie zuvor abgestellt hatte. Sie schleppte ihn in den Hinterhof, der angenehm nach frischem Stroh duftete, das zu einem Hügel aufgeschüttet in einer Ecke lag. Dort angekommen schüttelte sie seinen spröden Inhalt aus und begann, neues Stroh hineinzustopfen. Es war höchste Zeit, die Füllung der Strohsäcke in den Betten zu wechseln. Vor allem in den Kammern in zweiten Stock. Das Ungeziefer vermehrte sich sonst zu sehr, obwohl man es nie ganz weg bekam. Vor drei Tagen war ein größerer Geldbetrag abgegeben worden, der ihnen dies ermöglicht hatte. Das Findelhaus lief immer noch nach dem gleichen Prinzip. Mehrmals am Tag baten sie den Herrgott, dass er sie mit allem versorgte, was sie brauchten. Und jeden Tag erlebten sie aufs Neue, dass er sie nicht im Stich ließ. Doch im Überfluss lebten sie trotzdem nicht. Es war nie mehr da, als benötigt wurde. Bärbel hatte sich schon oft gefragt, warum dies so war. Vielleicht weil der Herrgott wollte, dass sie ihm an jedem einzelnen Tag vertrauten? Möglich war es.

Als Bärbel ihre Arbeit beendet hatte, band sie den Sack zu und machte sich daran, ihn wieder nach oben zu schleppen. Von der

Küche her hörte sie das fröhliche Geplapper der drei Kleinen, die sich mit Therese dort aufhielten und Grete beim Kochen halfen – wenn man es so nennen wollte. Ein Gefühl der Dankbarkeit beschlich sie, als sie daran dachte, wie gut die beiden Frauen inzwischen miteinander auskamen. Mit leisen Schritten schlich sie die schmale Stiege hinauf, wobei ihr das knarrende Holz einen Strich durch die Rechnung machte. Im ersten Stock war es mucksmäuschenstill um diese Zeit. Sebastian unterrichtete gerade und verlangte dabei absolute Ruhe. Nur eine Stimme konnte sie vernehmen. Sie gehörte einem der größeren Jungen, der einen Psalm aufsagte. Ein übliches Mittel, um das Gedächtnis der Kinder zu trainieren.

Der Schweiß lief ihr in Strömen über den Rücken, als sie den Sack endlich in das leere Bett zurückgestopft hatte. Kleine Staubkörnchen tanzten in den Sonnenstrahlen, die vom Fenster hereindrangen. Sie wedelte sie beiseite, während sie sich zum nächsten Bett aufmachte. Nun begann alles von vorne: den Sack hinunterschleppen, ausschütteln und mit frischem Stroh füllen.

Bei einem der Säcke stutzte sie plötzlich. Sie war gerade dabei, das alte Stroh hinauszubefördern, als etwas klimpernd auf den Boden des Hinterhofs fiel. Bärbel hockte sich hin und wühlte verwundert in den brüchigen Halmen, bis sie auf einen Lederbeutel stieß. Mit spitzen Fingern zog sie ihn aus der strohigen Masse hervor und öffnete ihn. Es waren Münzen darin. Ein paar Pfennige und ein ganzer Schilling. Bärbel erstarrte. Keines der Kinder besaß eigenes Geld, und offensichtlich war es in dem Strohsack versteckt worden, damit niemand etwas davon mitbekam. Sie wusste, wer in dem Bett schlief. Gabriel teilte es sich mit Georg. Sie wollte nicht voreilig sein, aber sie konnte sich schon denken, wem es gehörte.

Gabriel und Georg standen vor Sebastian, der sie mit finsterem Blick musterte. Der Beutel mit dem Geld lag in seiner Hand. Gabriels Herz zog sich bei diesem Anblick zusammen, doch sein Gesicht strahlte die übliche Harmlosigkeit aus. Aus den Augenwinkeln heraus beobachtete er Georg. Der Junge war etwas kleiner als er und starrte den Beutel mit großen Augen an. Von ihm war keine Hilfe zu erwarten. Zwar war er für jede Prügelei zu haben, doch ihm fehlte die nötige Gerissenheit, sich am eigenen Schopf aus einer üblen Lage zu ziehen.

»Dieser Beutel wurde in eurem Bett gefunden«, hob Sebastian an. »Habt ihr eine Ahnung, wie er dorthin kommt?«

Georg schüttelte den Kopf wie ein nasser Hund, der versucht, das Wasser aus seinem Fell zu schütteln. »Nein, Herr Pfarrer«, antwortete er. »Was ist denn drin?«

Sebastians Blick fiel auf Gabriel. »Kannst du Georg sagen, was sich in dem Beutel befindet?«, fragte er. Die großen, blauen Augen des Jungen hielten seinem Blick stand, doch seine Gesichtszüge waren ernst geworden. Sebastian meinte sogar eine Spur von Furcht darin zu entdecken, aber er antwortete nicht und presste stattdessen die Lippen fest aufeinander.

»Ich warte auf eine Antwort«, entgegnete Sebastian streng. Wieder erntete er nichts als zurückhaltendes Schweigen.

Sebastian atmete ärgerlich durch die Nase aus. »Nun gut, dann werde ich euch sagen, was sich darin befindet. Es sind Münzen. Mehrere Pfennige und ein Schilling.«

Georg schlug die Hand vor den Mund. »Du lieber Himmel! Wo kommt das denn her?«

Unterdessen ließ Sebastian Gabriel nicht aus den Augen. Der Junge senkte die Lider und blickte zu Boden. Sebastian hatte bereits vermutet, dass Georg mit der ganzen Sache nichts zu tun hatte. Der Junge besaß nicht die dafür nötige Durchtriebenheit. Außerdem war er etwas tollpatschig und eher grob. Wahrscheinlich war er gar nicht dazu fähig, jemandem unbemerkt das Geld aus der Tasche zu ziehen. Bei Gabriel sah das ganz anders aus. Er war schnell und geschickt in seinen Bewegungen, und seine Liebenswürdigkeit ließ ihn allzu harmlos erscheinen. Er selbst hatte ja bis vorhin geglaubt, dass Gabriel ein anderer Mensch geworden war. Sebastian blickte auf das engelsgleiche Gesicht mit den blonden, wilden Locken, so ungezähmt wie der Junge selbst. Gabriel hatte sie alle getäuscht! Hinter seiner liebenswerten Art verbarg sich ein ganz anderer Charakter. Doch ließ er sich wenigstens nicht zu einer Lüge hinreißen, denn sein Schweigen deutete darauf hin, dass er sehr wohl wusste, wie das Geld in den Strohsack gekommen war.

»Du kannst gehen, Georg«, fuhr Sebastian fort.

Der Junge nickte und beeilte sich, aus dem Zimmer zu kommen, froh, jeglicher Strafe entflohen zu sein.

Sebastians Blick ruhte immer noch auf Gabriel, der auf seine nackten Zehen starrte. Jetzt, im Sommer, war es nicht nötig, dass sie Schuhe trugen. »Wirst du mir nun sagen, woher das Geld kommt?«

Der Kopf des Jungen bewegte sich langsam in die Höhe, bis er in der Lage war, dem viel größeren Mann in die Augen zu sehen. Er war in letzter Zeit um ein ganzes Stück gewachsen, aber so groß wie sein Ziehvater war er noch lange nicht. Sein Herz krampfte sich noch mehr zusammen, als er die Enttäuschung in den Zügen des Mannes entdeckte, der ihm viel bedeutete. Eigentlich hatte er vorgehabt, ihm irgendeine Geschichte aufzutischen, die ihn aus dieser Situation retten konnte. Doch auf einmal fehlten ihm die Worte dafür. Er hatte sich aus Leibeskräften bemüht, Sebastian nicht zu verärgern. Aber gewisse Dinge ließen sich einfach nicht ändern. Nun würde er ihn noch mehr enttäuschen müssen. »Ich habe es gestohlen«, sagte er.

Sebastian entfuhr ein Seufzen. Diese Antwort kam einer Kapitulation seiner Erziehung gleich. Auch er hatte den Jungen gern. Außerordentlich gern sogar. Er hatte es sich so sehr gewünscht, dass aus ihm ein ehrlicher, aufrechter Mensch werden würde und kein Dieb, dem man nicht über den Weg traute. Er räusperte sich. »Kannst du mir erklären, weshalb du das getan hast?«

»Nein.«

»Nein?« Sebastian riss langsam der Geduldsfaden. »Was heißt denn ›Nein‹? Fehlt dir irgendetwas, hast du Hunger, brauchst du frische Kleidung oder etwas anderes?«

»Nein.«

»Aber warum tust du es dann?«

»Das geht Euch nichts an«, erwiderte Gabriel abweisend.

»Das geht mich nichts an?«, brauste Sebastian auf. »Du lebst unter meinem Dach, isst an meinem Tisch, bist ein Mitglied unserer großen Familie – und denkst, dass mich das nichts angeht? Wenn herauskommt, dass ich hier Diebe beherberge, wird das Findelhaus geschlossen!«

Gabriels Kopf sank in einer resignierenden Bewegung wieder nach unten. Seine schmalen Schultern bebten sacht. Sebastian war sich nicht sicher, ob er weinte oder mühsam ein Kichern unterdrückte, doch aus seinem Mund drang kein Laut.

»Gut, wie du willst«, sagte Sebastian schließlich. »Du wirst dieses Geld in meinem Beisein dem Almosenschaffner übergeben. Dazu wirst du zehn Hiebe auf den nackten Hintern erhalten, und wenn ich dich noch einmal erwische, wirst du das Haus verlassen müssen. Hast du mich verstanden?«

Gabriel nickte so ergeben wie ein Schaf, das man zur Schlachtbank führte. Offensichtlich hatte er nicht gekichert, denn in seinen Augen standen Tränen.

»Die Strafe wird sofort vollstreckt«, sagte Sebastian trocken und löste die Schnalle seines Gürtels.

Der Bettlerkönig

»Herr Pfarrer! Ihr müsst kommen! – Schnell!« Bastian war ganz aufgelöst, als er mit hochrotem Kopf und nach Luft schnappend ins Haus stürmte. Es war später Nachmittag. Die größeren Kinder hatten nach dem Unterricht und der für sie anfallenden Arbeit für zwei Stunden Ausgang bekommen. In dieser Zeit hielten sie sich auf der Straße oder einem der Plätze auf, schließlich mussten sie ja auch einmal an die frische Luft, die heute den kalten Hauch des Winters in sich trug. Es war kurz vor Martini und auf den Feldern vor der Stadt lag morgens eine glitzernde Schicht aus Raureif.

Sebastian hatte ein Feuer im Ofen der Stube gemacht, dessen grüne Kacheln ein Rosenmuster trugen. Er saß gemütlich auf der Ofenbank und beaufsichtigte gerade Marie, Johannes und Sybilla, die einträchtig miteinander spielten. Das laute Geschrei des Jungen schreckte ihn auf – und nicht nur ihn. Marie verzog ängstlich das Gesicht und war gerade im Begriff zu weinen, als Bastian in die Stube stürmte.

»Was ist denn?«, fragte Sebastian, während er Marie tröstend auf den Arm nahm. »Ist etwas passiert?«

Bastian nickte wild. »Gabriel! Sie haben Gabriel beim Stehlen erwischt und nun sitzt er im Zuchthäusel beim Kornmarkt.«

»Was?!« In Sebastians Eingeweide fuhr ein brennender Stich. Wurde der Junge denn nie vernünftig? »Bärbel«, schrie er, doch sie war schon in der Tür.

»Geh nur«, sagte sie. »Ich passe auf die Kleinen auf.« Bärbel sah nicht gut aus, aber inzwischen stand fest, dass sie schwanger war und es sich nur um eine vorübergehende Übelkeit handelte, die in nicht allzu langer Zeit vorbei sein sollte.

Erleichtert drückte Sebastian die kleine Marie in ihre Arme, eilte ins Schlafzimmer, um Hut und Mantel zu holen, und kam wenig später wieder heraus.

»Na dann komm«, sagte er zu Bastian. »Ich will sehen, was ich tun kann.«

Die Kälte traf ihn mit voller Wucht, als sie vor die Tür traten, und er zog den Mantel enger um sich. Ein leichter Nieselregen setzte ein, was seine Stimmung nicht gerade verbesserte. Die Gedanken schossen wie Pfeile durch seinen Kopf, als er mit Bastian die Straßen entlangeilte. Warum hatte der Junge schon wieder gestohlen? Was trieb ihn nur dazu? Hatten die Schläge nicht gereicht, die er ihm verpasst hatte? War er zu milde gewesen? Nein, das konnte nicht sein. Gabriel hatte zwei Tage lang nicht sitzen können nach seiner Abreibung mit dem Gürtel. »Weißt du, was er gestohlen hat?«, fragte er Bastian, der mit den langen Schritten des Pfarrers kaum mithalten konnte.

Der Junge schüttelte atemlos den Kopf.

Die Händler, die am Kornmarkt ihr Getreide in Säcken verkauften, waren schon dabei, ihre Wagen zu beladen, um den Heimweg anzutreten. Mitten in der Häuserzeile stand das beinahe durchsichtige Zuchthäusel, in dem Verbrecher zur Schau gestellt wurden. Schnell liefen sie darauf zu. Nur ein einziger Unhold saß heute hinter der vergitterten Außenwand. Ein Büttel hatte sich breitbeinig daneben postiert, um die Ordnung aufrechtzuerhalten.

»Gabriel! Mein Gott Gabriel!«, stieß Sebastian hervor. Der Anblick des Jungen rührte ihn und auch Bastian starrte fassungslos auf das zusammengekauerte Bündel vor seinen Füßen. Gabriel hockte in seiner Zelle wie ein Huhn im Käfig, während die Vorbeiziehenden ihn verhöhnten und begafften. Straßendiebe gab es allzu oft in dieser Stadt und die Leute machten keinen Hehl daraus, was das Beste war, um sie loszuwerden. Gabriels Gesicht war dreckverschmiert, das linke Auge zugeschwollen und dunkel verfärbt. Seine Kleidung wies mehrere Risse auf. Man hatte ihn tüchtig verprügelt. Er blickte zu ihm hoch wie ein Tier, das in die Fänge des Hundeschlägers geraten war und der es vor die Tore der Stadt schleppen würde, um dort sein grausiges Werk zu vollenden. Sebastian ahnte, dass Gabriel nicht viel anderes zu erwarten hatte. Sein Herz zog sich bei diesem Gedanken schmerzhaft zusammen. Er liebte den Jungen. Er wusste, dass er ungehorsam war und oft genug seine eigenen Wege ging. Außerdem war er ein Dieb und wahrscheinlich hatte er schon mehr als einmal gelogen. Doch er konnte diesen erbärmlichen Anblick nicht ertragen, und die Vorstellung, dass man ihm Gewalt antat, nahm ihm fast die Luft zum Atmen. Sebastian ging in die Hocke. Der Regen war inzwischen stärker geworden und tropfte von der Hutkrempe auf seine Knie. Der Büttel beäugte ihn misstrauisch. »Gabriel, was hast du nur wieder angestellt?«, fragte er wehmütig.

Der Junge schaute ihn mit dem gesunden Auge trostlos an. »Ich kann nichts dafür«, erwiderte er. »Aber das werdet Ihr mir sowieso nicht glauben.« Die Bitterkeit in seiner Stimme verknotete Sebastians Eingeweide und ballte sie zu einer harten Kugel. Ihm war plötzlich so übel, wie es Bärbel in den letzten Wochen gewesen sein musste.

»Erklär' es mir trotzdem«, entschied er. »Vielleicht kann ich dir helfen.«

Mit einem Blick zu dem Büttel, der ihr Gespräch interessiert verfolgte, schüttelte Gabriel den Kopf.

Sebastian nickte verstehend. »Nun gut«, sagte er dann. »Ich werde sehen, was ich tun kann.« Er richtete sich auf und wandte sich an den etwas schäbig aussehenden Mann, der Gabriel bewachte. »Was hat der Junge getan?«, fragte er.

»Gestohlen«, erwiderte dieser kurz angebunden.

»Wie viel?«, wollte Sebastian wissen.

»Drei Schilling.« Der Büttel spukte angewidert auf den Boden. »Es ist immer dasselbe mit dieser Brut. Am besten ertränkt man sie alle in der Breusch, damit ehrliche Bürger ohne Angst um ihr Geld auf die Straße gehen können.«

Trotz der herben Worte des Mannes atmete Sebastian auf. Drei Schilling waren ein Betrag, der noch zu den leichteren Diebstählen zählte. Wären es mehr als fünf Schillinge gewesen, wäre Gabriel mit dem Tod bestraft worden.

»Was meint Ihr, welche Strafe der Junge dafür bekommen wird?«

Der Büttel kratzte seinen struppigen Schopf. »Nun, ich nehme an, dass man ihn an den Pranger stellen und *stäupen* wird. – Für einen Straßenjungen wie ihn verhängt der Richter gern vierzig Rutenschläge«, bemerkte er mit einem Blick auf Gabriel, dessen

Finger sich an das Gitter klammerten. »Obwohl der Stockmeister üblicherweise bei neununddreißig aufhört.«

Sebastian schluckte. Neununddreißig Schläge mit dem Stock waren keine Kleinigkeit. Wie sollte ein zarter Junge wie Gabriel das überstehen? »Bleibt er die Nacht über hier?«, fragte er.

Der Büttel nickte.

Sebastian ging noch einmal in die Hocke und legte seine Hand auf die regennassen Finger, die das Gitter umklammerten. »Hab keine Angst«, sagte er. »Ich komme wieder. – Ganz bestimmt.«

Der Junge nickte.

»Komm«, wandte er sich an Bastian. »Wir müssen etwas erledigen.«

Im Eilschritt liefen sie nach Hause. Die Not des Jungen legte sich wie ein brennender Gürtel um Sebastians Brust. Er musste etwas unternehmen. – Nur, was sollte er tun? Er durfte sich auf keinen Fall zu erkennen geben, sonst stand es schlecht um das Findelhaus. Wenn der Ammeister erfuhr, dass er Diebe beherbergte, steckte er in den gleichen Schwierigkeiten wie vor eineinhalb Jahren. Gabriel einfach seiner Strafe zu überlassen, kam dennoch nicht infrage, obwohl er einen kleinen Teil davon mit Sicherheit verdient hätte, aber diese Stockschläge waren alles andere als milde. Schon so mancher war nach solch einer rauen Behandlung gestorben und Sebastian bezweifelte, dass der Stockmeister Erbarmen mit Gabriel haben würde. Wahrscheinlich war dies die normale Vorgehensweise, um unliebsame Straßenkinder für immer loszuwerden. Schließlich gab es mehr als genug davon und auch er konnte nicht alle in seinem Haus aufnehmen.

Zu Hause angekommen erklärte er Bärbel die ganze Sache, dann ging er ins Schlafzimmer und sank vor dem Bett auf seine Knie.

Als Sebastian etwa eine Stunde später das Schlafzimmer wieder verließ, hatte er einen Entschluss gefasst. Draußen war es dunkel. In der großen Stube brannten Kerzen aus Rindertalg, um den

Tisch beim Nachtmahl zu erleuchten. In dem dämmrigen Raum war es mucksmäuschenstill. Die Kinder sahen ihn mit großen Augen an. Sie alle hatten inzwischen mitbekommen, was vorgefallen war. Furcht stand in ihren Gesichtern und verlieh ihnen eine Unschuld, die sein Herz berührte. Gabriel war einer von ihnen. Sie wollten genauso wenig wie er, dass ihm etwas zustieß. Und er war für sie alle verantwortlich! Er gab Bärbel einen Wink, ihr zu folgen, und verließ mit Hut und Mantel die Stube, um nach unten zu eilen. Bärbel lief mit wehenden Röcken hinter ihrem Mann her.

»Was hast du vor?«, fragte sie.

»Ich werde den Jungen freikaufen«, erklärte Sebastian entschieden. »Das ist die einzige Möglichkeit, die uns bleibt.«

»Du willst den Büttel bestechen?«, fragte Bärbel erstaunt.

Sebastian nickte. Er presste die Lippen fest aufeinander. »Es gibt keinen anderen Weg«, seufzte er. »Der Junge wird die Strafe wahrscheinlich nicht überstehen, und wenn herauskommt, dass er eines unserer Kinder ist, wird das Folgen für das Findelhaus haben.«

Bärbel nickte verstehend. »Wie viel Geld willst du dem Büttel geben?«

»Alles, was wir im Moment besitzen«, erklärte Sebastian entschieden.

»Zehn Schilling? So viel? Und was sollen wir in den nächsten Tagen essen?«

»Der Herrgott wird für uns sorgen«, entgegnete er knapp. Er drückte Bärbel einen Kuss auf die Wange und verschwand hinaus in die Nacht.

Sebastian stand vor dem Büttel und musterte ihn prüfend. Es war immer noch derselbe, was ein gutes Zeichen war, denn er sah danach aus, als ob er zusätzliches Geld nötig hätte. Er hatte ihn in einen Nebenraum des Zuchthäusels geführt, damit niemand ihr Gespräch belauschen konnte.

»Ich gebe Euch acht Schilling, wenn Ihr mir den Jungen überlasst.« Eine innere Stimme sagte ihm, dass es klug war, nicht den vollen Betrag, den er zur Verfügung hatte, zu nennen. So hatte er immer noch etwas Spielraum nach oben.

Der Büttel rieb sich nachdenklich über das bärtige Kinn. »Nun, das ist nicht so einfach, wie Ihr vielleicht denkt«, erklärte er zögernd. »Ich gehe damit ein hohes Risiko ein. Wenn herauskommt, dass ich den Jungen hab laufen lassen, wird mir das übel bekommen, und wenn er mir entwischt, wird mir das eine ordentliche Rüge einbringen.«

»Wie wäre es mit neun Schilling, um Eure Unannehmlichkeiten etwas zu mildern.«

»Zwölf«, entgegnete der Büttel.

Sebastian sank das Herz in die Hose. So viel Geld hatte er nicht. »Zehn, und es ist abgemacht«, antwortete er.

Der Büttel sah ihm nachdenklich in die Augen, dann nickte er. »Gut. Habt Ihr das Geld bei Euch?«

Nun war es an Sebastian, erleichtert zu nicken.

Der Büttel trat näher an ihn heran. Sebastian konnte seinen Atem riechen, der von fauligen Zähnen mit einer Prise Branntwein kündete. »Ich werde unserem Vöglein den Schlüssel geben, damit es sich aus seinem Käfig befreien kann. Später werde ich behaupten, dass er ihn mir gestohlen hat, als ich zu nah am Gitter vorbeigekommen bin«, flüsterte er.

»Was geschieht, wenn er frei ist? Wird man sich an ihn erinnern können?«

»Es wird wohl am besten sein, wenn er für ein paar Wochen verschwindet. Aber er ist ein Straßenjunge«, sagte der Büttel. »dergleichen gibt es viele und ich werde mich kaum an sein Gesicht erinnern können, sobald er fort ist.« Er zwinkerte Sebastian verschwörerisch zu. »Auch Euch habe ich noch nie gesehen und Ihr nennt mir auch besser nicht Euren Namen.«

Sebastian nickte und streckte dem Büttel die Hand hin. »Dann ist es abgemacht. Hier ist das Geld.«

Der Büttel nahm es gierig entgegen und zählte die Münzen nach. Ein zufriedenes Leuchten huschte über sein Gesicht. Er konnte das Geld dringend gebrauchen. Er hatte Schulden, die bezahlt werden mussten, sonst würde es ihm schlecht ergehen. Das Risiko, das er hier einging, war ein geringeres Übel.

Es war zehn Uhr. Sebastian schlenderte durch die Straßen, die den Kornmarkt umgaben, in der Hoffnung, Gabriel zu entdecken und ihn nach Hause zu begleiten. Nicht, dass der Junge sich so sehr schämte, dass er nie mehr zu ihnen zurückkehrte! Die Glocken der Straßburger Kirchen begannen zu läuten und der Nachtwächter blies das *Grüselhorn*, um die Juden daran zu erinnern, dass es höchste Zeit war, die Stadt zu verlassen. Danach hörte Sebastian den üblichen Sprechgesang: »Hört Ihr lieben Herren, lasst Euch sagen, vom Turm die Glock hat zehn geschlagen! Zehn Gebote setzt Gott ein. Gib, das wir gehorsam sein. Menschenwachen, kann nichts nützen. Gott muss wachen. Gott muss schützen. Gib uns eine gute Nacht!«

Sebastian spähte in die Schatten der Häuserzeilen. Die Läden waren zum Schutz vor der Nacht bereits fest verriegelt worden. Nur hin und wieder schimmerte ein schmaler Lichtstreifen durch das Holz. Selbst wenn Gabriel hier irgendwo steckte, würde er ihn nicht mehr erkennen können. Sebastian seufzte leise und rieb sich die schmerzenden Finger. Es war bitterkalt. Höchste Zeit, um heimzugehen und sich aufzuwärmen, doch einen Versuch würde er noch wagen. Er schlich sich in die Nähe des Zuchthäusels und riss angestrengt die Augen auf. Der sichelförmige Mond war von einer Dunstglocke umgeben, sein dürftiges Licht drang kaum durch die Dunkelheit hindurch. Bewegte sich in der durchsichtigen Zelle noch etwas? Gabriel fror bestimmt genauso sehr wie er. Wenn dies der Fall war, würde er sich bewegen müssen, um sich warm zu halten. Doch so sehr Sebastian sich auch bemühte, er konnte den Raum hinter dem Gitter nicht mit seinen Blicken durchdringen. Schließlich gab er auf. Der Büttel hatte nicht gesagt, wann er Gabriel freilassen würde. Es blieb ihm nichts anderes übrig, als zu warten und zu hoffen, dass der Junge das Findelhaus als einen Ort betrachtete, zu dem er bedenkenlos zurückkehren konnte.

Sebastian saß regungslos am Tisch und blickte in das trübe Dunkel der Stube. Schon die halbe Nacht wartete er auf Gabriel, doch bis jetzt war der Junge nicht eingetroffen. Die Zeit wurde ihm unendlich lang und er kannte inzwischen jeden Umriss, jeden schwarzen Schatten, der sich in dem schmalen Raum vom Rest des Dunkels abhob. Zu guter Letzt war ihm eingefallen, dass er Gabriel angedroht hatte, dass er das Findelhaus verlassen müsse, falls er noch einmal stehlen sollte. Was, wenn er sich nun wirklich nicht mehr nach Hause traute? Wenn er Angst hatte, davongejagt zu werden? *Nein, der Junge ist nicht dumm,* versuchte er die quälenden Gedanken zu verscheuchen. *Er muss doch erkannt haben, dass ich mir Sorgen mache, und vielleicht hat er das Gespräch mit anhören können, das ich mit dem Büttel in einem Nebenraum des Zuchthäusels geführt habe.* Ein neuer Gedanke schoss ihm in den Sinn und er raufte sich verzweifelt die Haare. Ob Gabriels Flucht nicht geglückt war? Vielleicht hatte der Büttel auch einfach nur das Geld genommen und seinen Teil der Abmachung getrost vergessen?

Ein zaghaftes Klopfen unterbrach endlich die Qual, die seine Seele peinigte. Horchend hob er den Kopf. Nun war es wieder still. Hatte er sich getäuscht? Leise stand Sebastian auf und bewegte sich auf die angelehnte Tür der Stube zu. Da! – Da war es wieder! Dieses Mal hörte er das Klopfen an der Haustür deutlicher. Er eilte die knarzende Stiege hinunter, obwohl er um diese Zeit einen verhältnismäßig großen Lärm in dem sonst so stillen Haus machte. Heute nahm er keine Rücksicht darauf. Seine Nerven vibrierten, als er die Tür aufriss. Davor stand eine in sich zusammengesunkene Gestalt, gedemütigt und geschlagen. »Gabriel!« Sebastian trat einen Schritt vor und zog ihn in seine Arme.

Gabriel zitterte vor Kälte. Dennoch sträubte er sich gegen seine Umarmung. Er schien nicht zu wissen, wie ihm geschah. Wahrscheinlich hatte er strenge Worte oder eine weitere Strafe erwartet.

Gabriel war auf diese Art der Begrüßung nicht gefasst gewesen, aber sie rührte sein Herz, und seine Scham über den Ärger, den er verursacht hatte, wuchs noch mehr. Eigentlich hatte er gar nicht zurückkehren wollen, schließlich hatte man ihm ja gesagt, dass er nach einem weiteren Zwischenfall nicht mehr willkommen sein würde. Doch das Verlangen sich zu rechtfertigen war stärker gewesen. Er musste noch etwas richtigstellen, bevor er ging.

»Komm herein«, flüsterte Sebastian.

Der Junge nickte zögernd. Sebastian führte ihn in die Küche und schenkte Milch in einen Becher, die Gabriel gierig trank. Es schien eine Ewigkeit her zu sein, seit er das letzte Mal etwas getrunken hatte.

»Hast du Hunger?«

Gabriel schüttelte den Kopf.

Sebastian fröstelte. Das Feuer im Herd war ausgegangen und der Junge zitterte immer noch vor Kälte. »Komm. Lass uns nach oben gehen. In der Stube ist es gemütlicher.« Die Kacheln des Ofens speicherten die Hitze des Feuers wesentlich länger als der Küchenherd, und so war es angenehm warm, als sie oben ankamen. Sebastian öffnete die Ofentür, schürte das Feuer und legte noch ein paar Scheite nach.

»Setz dich«, wandte er sich leise an Gabriel.

Der Junge sank auf die Ofenbank.

Eine Weile saßen sie einfach nur schweigend nebeneinander und genossen die Wärme der Kacheln, die ihnen angenehm den Rücken hinabfloss. Dann holte Sebastian eine Kerze, zündete sie an und wies den Jungen mit einer Geste an, sich ihm gegenüber an den Tisch zu setzen.

Gabriel folgte seiner Aufforderung, aber er hielt den Kopf gesenkt und verharrte so regungslos wie eine Statue. Seine blonden

Haare standen wie schmutzige Igelstacheln von seinem Kopf ab. »Warum habt Ihr das getan?«, fragte er plötzlich.

»Was denn?«

»Na die Schuld. Warum habt Ihr sie an meiner Stelle bezahlt?«

Sebastian runzelte die Stirn. Der Junge wusste also darüber Bescheid. Dann lächelte er Gabriel an. »Weil ich dich liebe.«

»Ihr liebt mich, obwohl ich ein so schlechter Mensch in Euren Augen bin?«, fragte Gabriel erstaunt.

Sebastian nickte stumm. Er liebte den Jungen wirklich und diese Liebe war umso stärker gewesen, als er ihn gedemütigt und zerbrochen in einem Käfig gesehen hatte. Er hätte es nicht fertiggebracht, ihn seinem Schicksal zu überlassen, obwohl er es selbst verschuldet hatte. In diesem Moment ging ihm auf, dass dies das Opfer war, das Christus für sie getan hatte. Bis jetzt hatte er dies nie ganz verstanden. Es war eine Theorie gewesen, doch im Umgang mit den Kindern wurde sie fassbar. So musste sich der Herrgott fühlen mit seiner Fülle an unverständigen, geradezu bockigen Kindern, von denen die meisten in die falsche Richtung liefen. »Genau das tut Gott auch«, sagte er deshalb. »Er hat seinen Sohn auf die Erde geschickt, damit er die Schuld für uns bezahlt.« Er nahm seine Hand und schob sie unter das Kinn von Gabriel. »Gabriel. Sieh mich an. Du bist nicht der einzige, der Fehler macht. Wir alle sind Sünder. Es gibt keinen auf dieser Welt, der nicht irgendetwas angestellt hätte. Der Herrgott weiß das, aber er liebt uns trotzdem.«

Gabriel fixierte ihn mit seinem gesunden Auge. Das andere war so zugeschwollen, dass nur noch ein Schlitz davon zu sehen war. »Seid Ihr sicher?«

Sebastian lächelte. »Ganz sicher.«

Gabriel atmete tief ein. »Wisst Ihr«, fuhr er fort. »Ich bin eigentlich nur zurückgekommen, um etwas zu erklären. Ich dachte, Ihr solltet die ganze Wahrheit über diese Sache wissen, die sich heute zugetragen hat. Und obwohl Ihr mir nicht helfen könnt, möchte ich sie Euch erzählen.«

»Ich habe nichts dagegen«, erwiderte Sebastian. »Die Nacht ist noch lange nicht zu Ende. Wir haben also eine Menge Zeit.«

»Alles begann schon vor einigen Jahren«, fing Gabriel an. »Als ich noch ein Betteljunge war. Ihr müsst wissen, dass man auch auf der Straße nicht gänzlich allein ist, was oft ganz angenehm ist, hin und wieder aber auch mit recht unerfreulichen Folgen einhergeht. Die Kinder schließen sich zu Kolonnen zusammen, denn allein könnte man nicht überleben. Doch auch diese Gruppen haben ihre Anführer. Für gewöhnlich herrschen die Größten und Kräftigsten über die Kleinen, und nur derjenige findet Gnade vor ihren Augen, der tut, was sie sagen. Ich war etwa vier Jahre alt, als meine Mutter starb. Meinen Vater habe ich nie gekannt. Plötzlich war ich allein in dieser großen Stadt und niemand wollte mich haben.« Gabriels gesundes Auge glitt über die Tischplatte und fixierte einen Fleck, der sich dort durch eine Unachtsamkeit eingebrannt hatte. In seiner Fantasie war er wieder der hungrige, zerlumpte kleine Junge, der verzweifelt nach einem Ausweg aus seiner misslichen Lage suchte.

»Ich wäre wohl verhungert, wenn nicht Josef mich in seine Obhut genommen hätte.«

Es war ihm wie ein Wunder erschienen, dass der große, schmale Junge ausgerechnet Josef hieß, wie der Ehemann der Jungfrau Maria, der sich ihrer angenommen hatte und sie sicher in den Stall geleitete, wo sie den Herrn gebar. Viel mehr wusste er damals nicht von dieser Geschichte. Doch er wusste, dass sich Josef um Maria gekümmert hatte, obwohl er anfangs flüchten wollte, und diese Tatsache reichte aus, um von dem über zehn Jahre Älteren das Gleiche zu erwarten. – Und das Wunder geschah. Josef nahm ihn in seiner Kolonne auf. Er besorgte ihm eine mit dem Stadtwappen versehene Bettelmarke, die ihn dazu berechtigte, um Almosen zu bitten, doch er verlangte auch etwas dafür. Wie die meisten Kinder der Kolonne musste Gabriel stehlen, da das Betteln nicht sonderlich einträglich war. Es gab zu viele Arme, die auf die Mildtätigkeit der Reichen hofften. Gabriel erwies sich als sehr geschickt darin, und so wurde diese Fertigkeit für seinen Anführer ein lohnendes Geschäft. Mit der Zeit begriff er auch, warum Josef diese Position innehatte, obwohl er zwar groß, aber nicht kräftig war. Sein Vorteil bestand einzig und allein in seiner Schläue. Er hatte einen Weg gefunden, um sich vieler Hände zu bedienen. Die Mitarbeit des Almosenschaffners gehörte ebenfalls dazu, was für beide kein Nachteil war. Josef gab ihm das, was die Kinder gestohlen hatten – sobald es sich nicht um Münzen handelte – und der Almosenschaffner behielt es eine Weile für sich, bis sich die Aufregung wegen des Diebstahls wieder gelegt hatte. Oft ließ er nach einer Weile ein besonders kostbares Stück wie aus dem Nichts wieder erscheinen. Einer seiner Spießgesellen überbrachte dem Geschädigten die Nachricht, dass man seinen Besitz »zufällig« auf der Straße »gefunden« hatte. Dieser Botendienst war nicht ohne Risiko, doch die Gefahr schien sich zu lohnen. Gegen einen anständigen Finderlohn wurde es in die Hände des Besitzers zurückgegeben, ohne dass der Almosenschaffner in Erscheinung getreten war. Der anhaltende Erfolg der beiden hatte ihn inzwischen zu einem wohlhabenden Mann und Josef zum Bettlerkönig der Stadt gemacht.

Die Augen des Jungen richteten sich nun auf Sebastian. Das eine rund und groß, das andere dick geschwollen und von tief violetter Farbe. »Als ich mich entschied, bei Euch zu wohnen, wollte Josef mich nicht aus seiner Kolonne entlassen. Auch als ich längst bei Euch wohnte, bedrängte er mich, sobald ich mich auf der Straße blicken ließ. Er drohte mir. Immer wieder musste ich für ihn stehlen, sonst würde er Euch verraten, was für ein schlechter Mensch ich in Wirklichkeit sei. Und was dann geschehen würde, konnte ich mir an einer Hand abzählen. Also spielte ich mit bis zu dem Tag, an dem Ihr das Geld gefunden habt. Danach schwor ich mir, nie wieder zu stehlen, auch für den Bettlerkönig nicht.« Gabriel seufzte. »Ich hätte mir gleich denken können, dass daraus nichts werden würde. Man entkommt den Klauen des Teufels nicht so leicht, wenn man sich einmal darin verfangen hat. Als ich heute auf die Straße ging, war es der Almosenschaffner, der mich gepackt und des Diebstahls *überführt* hat. – Und er hat das Geld bei mir gefunden, obwohl ich nicht einen Pfennig bei mir hatte.« Gabriel sah auf. »Ich schwöre es!«

»Und was wollten die beiden damit bezwecken?«

»Na, dass ich zum Bettlerkönig zurückkehre – falls ich die Strafe überlebe. Mein Ruf bei Euch ist ja nun gründlich ruiniert – und wenn nicht das, so ist doch das Findelhaus in Gefahr. Das habt Ihr selbst gesagt. Was wird mir also anderes übrig bleiben?«

»Du wirst auf keinen Fall auf die Straße zurückkehren«, sagte Sebastian fest.

Gabriel bedachte ihn mit einem erleichterten einäugigen Blick, doch dann seufzte er leise. »Sie werden uns nicht in Ruhe lassen.« Er verschränkte die Finger ineinander, als müsste er dort Halt suchen. »Was sollen wir denn nur tun?«

Sebastian legte eine Hand auf Gabriels zitternde Hände. Der Junge hatte Angst. – Große Angst. »Vertrau dem Herrgott«, sagte er tröstend. »Er wird einen Weg für uns finden.«

Die beiden versanken in tiefes Schweigen. Gabriel wusste nicht, ob sein Ziehvater nur nachdachte oder ob er betete. Vielleicht tat er auch beides. Um ein Haar wäre er eingeschlafen. Die aufwühlenden Ereignisse des Tages hatten ihn doch sehr mitgenommen. Er schrak aus einem Zustand zwischen Schlafen und Wachen empor, als Sebastian das Wort an ihn richtete.

»Sag, könnte es sein, dass es der Almosenschaffner war, der versucht hat, das Findelhaus in Verruf zu bringen?«

Gabriel hob die Achseln. »Möglich wäre es.« Er runzelte nachdenklich die Stirn. »Es könnte in der Tat so gewesen sein. Schließlich beherbergt Ihr noch mehr Straßenkinder hier. Sie sind zwar aus anderen Kolonnen, aber wenn sich noch weitere Kinder dazu entschließen, nicht mehr zu betteln und zu stehlen, verderbt ihr den beiden das Geschäft.«

Sebastian nickte langsam. So war das also. Das Böse versuchte, das Gute zu besiegen, und zwar mit allen Mitteln, die ihm zur

Verfügung standen. Doch er würde das nicht zulassen. Obwohl er hundemüde war, brach ein unbändiger Kampfeswille in ihm auf. Seine Finger ergriffen Gabriels Hände fester. Ein zuversichtliches Grinsen verbreiterte seinen Mund. »Dann wollen wir mal sehen, wie wir den beiden die Suppe noch gründlicher versalzen können«, sagte er fröhlich.

Dezember 1628

Das Mädchen im Bach

»Mutter?«, rief Elisabeth energisch. Sie öffnete die Haustür und blickte suchend in das düstere Innere des Hauses.

Christine Strickler schlurfte mit schwerfälligen Schritten aus der Küche. »Ich komme.« Während des letzten Jahres hatte sich ihr Körper leicht nach vorne gebeugt, was dazu führte, dass sie oft zu Boden sah. Doch nun hob sich ihr Gesicht und sie erblickte die Gestalt ihrer Tochter. Ein dunkler Schattenriss vor einem gleißenden Hintergrund. Es hatte geschneit und die langsam sinkende Sonne verwandelte den Hof hinter Elisabeth in eine helle, märchenhafte Glitzerwelt.

Sie streckte ihr einen Kübel hin, blieb aber sorgsam draußen stehen, um mit ihren Holzpantinen, an denen offenkundig eine Menge Schnee klebte, nicht den Flur zu verschmutzen. »Hier, frische Milch. Könntest du sie versorgen, während ich den Stall fertig mache?«

Die alte Frau nickte und nahm den Kübel entgegen. Bevor sie die Tür schloss, blickte sie mit dem Anflug eines Lächelns ihrer Tochter hinterher, die mit vorsichtigen Schritten durch den Schnee stapfte. Ein Hauch von Stolz durchflutete sie. Ein erstes zaghaftes Gefühl, das sich in dieser Hinsicht seit Langem in ihr regte. Elisabeth schien ein gutes Händchen mit Tieren zu haben. Ihre kleine Herde hatte sich im letzten Jahr weiter vergrößert.

Der junge Schafsbock war allem Anschein nach seiner Aufgabe gewachsen. Beide Mutterschafe hatten dieses Jahr gesunde Lämmer bekommen und nun waren nicht nur sie, sondern auch ihre Erstgeborenen trächtig. Die Ziege hatte ebenfalls ein Junges geboren. Dieses Mal ein Geißlein, was wesentlich besser war, denn dies konnten sie behalten. Natürlich waren die Tiere nicht so wertvoll wie Kühe oder Pferde. Es war das Vieh der Armen, doch obwohl sie anfangs aus Gründen des Ansehens dagegen war, musste sie sich eingestehen, dass sie einen nicht unerheblichen Anteil ihres Lebensunterhaltes bestritten. Sie lieferten Fleisch, Milch und Wolle. In gewisser Weise waren sie sogar für die Eier verantwortlich. Mit dem Erlös der geschorenen Vliese ließ sich das Nötigste kaufen. Auch für zwei weitere Hühner waren noch ein paar Münzen übrig geblieben. Der Rest wurde durch die Ernte auf den Feldern und im Garten gedeckt. Wahrscheinlich würden sie es sich nächstes Jahr leisten können, die älteren Tiere in die Metzig zu bringen. Sie lebten gar nicht mal so schlecht, obwohl ihnen das kaum jemand zu gönnen schien. Zwar hatte man sie wieder in die Dorfgemeinschaft aufgenommen, doch der Dünkel des Mordes schwebte weiterhin in der Luft und schien fast wie ein Kainsmal auf ihrer Stirn zu kleben. Man duldete sie, wenn auch einigermaßen freundlich. Was aber ihr eigenes Auskommen betraf, so wäre es den Leuten scheinbar lieber gewesen, wenn es ihnen nicht so gut gegangen wäre. Vielleicht erachteten sie dies als gerechte Strafe für das, was geschehen war? Nun, sie mochten denken, was sie wollten. Inzwischen war ihr auch dies egal.

Christine schleppte den Kübel in die Küche, holte eine große, irdene Schüssel hervor und stellte diese auf den Tisch. Vorsichtig goss sie die Milch hinein. Die rahmige Flüssigkeit würde darin stocken, bevor sie von der Molke getrennt und in kleine Spanschachteln gefüllt werden konnte. Eine gelblich weiße Oberfläche zeichnete sich in der braunen Schüssel ab, als sie damit fertig war. Kurz entschlossen nahm die alte Frau die Schüssel auf und machte sich damit auf den Weg in die angrenzende Stube. Im Ofen brannte ein Feuer. Es würde schneller gehen, wenn sie die Schüssel in seine Nähe stellte. Mit dem Ellbogen schob sie die Tür beiseite, dann drehte sie sich und machte zwei schlurfende Schritte nach vorne. Auf einmal blieb ihre linke Holzpantine an einem Widerstand hängen. Sie hatte die Türschwelle vergessen! Sie stolperte in den Raum und verlor um ein Haar das Gleichgewicht. Fast wäre sie hingefallen, stattdessen rutschte ihr die Schüssel aus den Händen. Mit einem dumpfen Ton ging das schwere Gefäß zu Boden. Sonderbarerweise zersprang es nicht, doch die Milch klatschte in einer schwungvollen Fontäne gegen ihren Rock, bevor sie in feinen Bahnen an ihm herablief und sich auf die Dielen ergoss. Leise fluchend machte sich Christine daran, den Schmutz zu entfernen. Die Schüssel war tatsächlich heil geblieben, doch der Boden wurde neben der Milch von einer neuen, unschönen Schramme geziert. Nachdem sich die Stube wieder in einem halbwegs präsentablen Zustand befand, versuchte sie ihren Rock zu säubern. Doch es nützte nichts. Das Fett war bereits in den Stoff eingezogen. Sie würde ihn über Nacht in einer Lösung aus Wasser und Holzasche einweichen müssen. Aufgebracht schnaubte sie durch die Nase. Nun musste sie sich auch noch das Wasser herbeischleppen, das dafür notwendig war! Im Haus hatten sie nur noch wenig davon. Wenigstens musste sie nicht ganz so weit laufen. Für die Wäsche reichte das Wasser aus dem Bach. Der Weg dorthin war für ihre alten Knie um einiges kürzer. Mit einem Kübel bewaffnet, schlurfte sie vorsichtig zum Bachufer, an dem eine Treppe zur Oberfläche des Wassers führte. Der Schnee war nicht sehr hoch, doch er reichte, um eine alte Frau zu Fall zu bringen. Die Sonne war glücklicherweise noch nicht ganz untergegangen. So hatte sie noch genug Licht, das sie sicher dort ankommen ließ. Sie bückte sich ächzend. Zwei, drei Kübel würden genügen, um den Rock darin einzuweichen. Eine plötzliche Bewegung ließ ihren Kopf herumfahren. Unter der Brücke, die von der Straße zum Hof führte, bewegte sich etwas. Es lag im Wasser, halb von den Schatten der Holzbohlen bedeckt, die es überspannten. Eine Wasserratte vielleicht? Nein, diese wäre schon längst an ihr vorbeigeschossen, um sich in Sicherheit zu bringen. Es musste etwas anderes sein. Etwas, das sacht wie eine Wasserpflanze in der Strömung schaukelte. Sie starrte darauf, bis sich ihre alten Augen an die Düsternis gewöhnt hatten. Dann wurde ihr schlagartig klar, was dort trieb. Es waren Haare, golden und lang wiegten sie sich in der Strömung. Die Haare eines Kindes! Das Mädchen schien irgendwo festzuhängen, jedenfalls schwamm es nicht davon. Die Strömung vollzog einen Wirbel und drehte die leblose Gestalt auf den Rücken.

»Du lieber Gott!«, stieß Christine hervor. Es war Veronica, ein Nachbarskind, nicht älter als fünf oder sechs Jahre. Sie musste ins Wasser gefallen sein! Wahrscheinlich war sie am glatten Ufer ausgerutscht und hatte sich nicht mehr helfen können. Was für ein schrecklicher Tod, wenn man auf diese Weise ertrinken musste! Jäh kam ihr ein neuer Gedanke. Er durchzuckte sie bis in die alten Fingerspitzen hinein und erfüllte ihre Schenkel mit einem prickelnden Schmerz. *Vielleicht ist sie noch gar nicht tot? Ich muss das Mädchen retten, bevor es zu spät ist!*

»Hilfe!«, schrie sie laut, »Hilfe! So helft mir doch!« Dann watete sie entschlossen in den Bach hinein. Das Wasser traf sie wie eine eiskalte Wand. Sie schnappte erschrocken nach Luft. Die Strömung erfasste sie. Sie kämpfte dagegen an und schaffte es tatsächlich, das Mädchen zu erreichen. »Hiilfe!!», schrie sie noch einmal. «Hört mich denn keiner!» Ihre Hände ergriffen das Kind und zogen es in ihre Arme. Ein schlaffes, lebloses Bündel, dessen Kopf kraftlos nach hinten fiel. Sie packte es entschlossen und hievte den Oberkörper mit letzter Kraft auf das angrenzende Ufer.

Eine Frau kreischte plötzlich auf. Ein schriller, entsetzlicher Schrei, der die Luft zerriss. Christine blickte nach oben und erkannte die Mutter des Kindes, die auf der gegenüberliegenden Straßenseite wohnte. Sie kletterte ans Ufer hinab und riss ihre Tochter an sich. Hinter den beiden begann sich eine Traube aus Menschen zu bilden, die auf das schockierende Bild zu ihren Füßen starrten. Christine hob verzweifelt die Arme. Die Kraft wich erschreckend schnell aus ihrem alten Körper, doch keiner machte Anstalten, sie aus dem Wasser zu ziehen. Sie fühlte, wie ihre Gliedmaßen seltsam taub wurden, während die Mutter des Kindes verzweifelt ihre Tochter schüttelte und ihr ein paar kräftige Ohrfeigen verpasste, damit sie wieder zu sich kam. Doch es nützte nichts.

«Was hast du ihr angetan?», kreischte sie in die Richtung der alten Frau, die sich kaum noch in der Strömung halten konnte.

«Mutter!», schrie Elisabeth plötzlich vom anderen Bachufer aus. «Was ist geschehen?»

Christine konnte nicht mehr antworten. Sie bemerkte flüchtig, wie Elisabeth ins Wasser hastete, und ehe ihr die Sinne schwanden, fühlte sie die tröstliche Nähe ihrer Tochter, die sie umfing. Doch das Bild vor ihren Augen nahm sie noch deutlich wahr: eine Frau, die ihre tote Tochter in den Armen hielt, das Gesicht zu einer einzigen Anklage verzerrt. Und dieser niederschmetternde Vorwurf galt keinem anderen als ihr!

Januar 1629

Touché!

Der Junge lief dick eingemummt durch Straßburgs Gassen. Heute Nacht war es frostig gewesen, obwohl das neue Jahr einen ungewöhnlich milden, dafür aber umso regnerischen Winter mit sich gebracht hatte, der den Rhein samt Flüssen und Bächen bedrohlich ansteigen ließ. Er schlenderte gemütlich in Richtung des Münsters, wo sich die Bürger der Stadt vor einem Podest versammelten. Ein altes Weib, das sich auf dem gleichen Weg wie der Junge befand, lächelte ihm freundlich zu, denn er war eine hübsche Erscheinung. Das Gesicht, das unter der tief in die Stirn gezogenen Mütze hervorlugte, hatte die Züge eines naiven Engels, wie man sie oft auf Abbildungen und Figuren in den Kirchen fand. Und seine Augen strahlten so unschuldig wie die des Kindes in der Krippe, rein und ohne Fehl. Gabriel erwiderte ihr Lächeln und mischte sich dann unauffällig unter die Leute, die auf die Räte der Stadt warteten. Heute war Schwörtag. Der Tag, an dem die Bürger dem neu gewählten Stadtrat ihre Treue schworen, und der Rat dieses Versprechen wiederum an sie zurückgab. Eine ungeheure Menge aus dicht gedrängten Menschen hatte sich vor dem Münster und in den Gassen des Kirchhofs versammelt. Keiner wollte sich dieses Schauspiel entgehen lassen. Die Bürger, die sich in der Form eines großen Hufeisens vor einem Podest aufgestellt hatten, wurden durch die Stadtwache von den übrigen getrennt. Gabriel entdeckte Straßenkinder, die sich unter die Zuschauer gemischt hatten, die notorischen Diebe und die Bettler. Schäbig gekleidete Gestalten, manche nur in Lumpen gehüllt, deren Hände sich bittend erhoben. Heute war ein Tag der Ernte für sie, in dessen Gedränge sich vor allem die flinken Hände der Kinder in Taschen begaben, in denen sie normalerweise nichts zu suchen hatten. Unruhe erfasste die Menge, als der frisch ernannte Rat in einer feierlichen Prozession zum Podest schritt. Die Bürger bildeten eine Gasse und erhoben ihre Hände, um sich der Kopfbedeckungen zu entledigen, denn es war eine strenge Pflicht, sich barhäuptig vor dem Rat zu zeigen, wenn er sich auf dem Podest versammelte. Die nun folgenden Feierlichkeiten nahm Gabriel kaum wahr. Er entleerte seine Gedanken und konzentrierte sich allein auf die Aufgabe, die er zu erledigen hatte. Sie war nicht ohne Tücken und es würde ihn Kopf und Kragen kosten, wenn er versagte. Der Schweiß brach ihm trotz der Kälte aus. Obwohl er sich hinter dem Ring der Stadtwache befand, erhaschte er für einen kurzen Moment das Gesicht Sebastians, der sich ebenfalls zum Münster begeben hatte, wie es seine Bürgerpflicht verlangte. Seine Lippen bewegten sich, als er in den Chor der Schwörenden mit einstimmte.

Nachdem die Zeremonie beendet war, löste sich die Formation

der Stadtwache auf. Die Menge begann sich zu vermischen, denn die Leute machten sich auf den Heimweg oder strebten eine der Schenken an. Das Wirtshaus «Zum Kühlen», unweit des Münsters, erfreute sich großer Beliebtheit an solch einem Tag. Gabriel zwängte sich in das Gedränge und Geschiebe, das augenblicklich einsetzte, und schob sich nach vorne. Er brauchte eine günstigere Position für sein Vorhaben. Die Stadträte stiegen gerade von dem Podest herunter, um wieder zu ihren Frauen zu gelangen, die nicht weit entfernt auf sie warteten. Jetzt war Gabriels Stunde gekommen. Er fixierte das Weib des neuen Stettmeisters. Sie trug einen schweren Pelz, doch darunter befand sich mit Sicherheit wertvoller Schmuck, der den adligen Stand ihres Gatten zum Ausdruck brachte. Tatsächlich schimmerten die Glieder einer Goldkette an ihrem Hals auf, als sie sich in seine Richtung drehte. Die nicht mehr ganz junge und recht korpulente Frau setzte sich eben in Bewegung. Flink rannte Gabriel dicht an ihr vorbei und stellte ihr unauffällig ein Bein. Die Frau strauchelte und fiel der Länge nach hin. Gabriel blieb abrupt stehen, machte ein betretenes Gesicht und griff der Frau unter die Arme, um ihr aufzuhelfen.

«Du ungezogener Rüpel», giftete sie. «Für diese Unverschämtheit sollte man dir eine kräftige Tracht Prügel verabreichen.»

«Verzeiht, gnädige Frau», entgegnete Gabriel zerknirscht. »Dies war gewiss nicht meine Absicht.« Während er der aufgebrachten Dicken mit viel Aufhebens auf die Beine half, schob sich seine Hand geschickt unter ihren Pelz. In Windeseile suchte und fand sie den Verschluss der Kette, öffnete ihn und ließ das wertvolle Stück in seinen Ärmel gleiten. »Ich hoffe, Ihr nehmt meine Entschuldigung an«, sagte er galant, während das Weib des Stettmeisters ein spitzenbesetztes Schnäuztuch hervorzog, um ihr gerötetes Gesicht damit zu betupfen.

»Ach, mach, dass du fortkommst«, erwiderte sie in arrogantem Tonfall.

Gabriel ließ sich das nicht zweimal sagen, machte einen eleganten Diener und verschwand in der Menge. Sein Herz klopfte heftig, als er sich unter die Leute mischte. Die ganze Angelegenheit hatte nicht mehr als ein paar Sekunden gedauert, und anscheinend hatte die Stettmeisterin nicht bemerkt, dass ihr ein wertvoller Gegenstand fehlte. Geschickt wie ein Wiesel drängte er sich zwischen den Menschen hindurch, die sich auf dem Nachhauseweg befanden, und bewegte sich in die Richtung des Metzgergrabens. – Dann erklang ein Schrei. Er musste nicht nachsehen, wer ihn ausgestoßen hatte. Die Stettmeisterin hatte den Diebstahl bemerkt und sie würde sich denken können, wer dafür verantwortlich war.

»Verflixt und zugenäht«, murmelte er. »Hätte sie nicht noch ein paar Minuten damit warten können?« Er versuchte sich unauffällig zu bewegen, verlangsamte absichtlich seine Schritte, obwohl es seinen ganzen Mut kostete, nicht davonzurennen. Vielleicht gelang es ihm auf diese Weise zu entschwinden. Das Schreien von hinten verstärkte sich. »Der Junge! Er hat mich bestohlen. BESTOHLEN! Ich glaube, er ist in diese Richtung gelaufen!«

Eine Bewegung lief, wie die Bugwelle eines Schiffes, durch das Getümmel. – Ja, sie schwappte geradewegs auf ihn zu! Gabriel fühlte, wie sich sein Atem beschleunigte und ein Gefühl der Enge in seiner Brust hinterließ. Es würde ihm nichts nützen, sich unauffällig zu verhalten, sobald feststand, dass er es war, der ergriffen werden sollte. Sein Blick schoss in alle Richtungen. Zwischen den Menschen gab es nun kein Durchkommen mehr. Sie würden ihn festhalten, sobald sie es begriffen hatten. Und von hinten näherte sich eine aufgebrachte Meute, die ihn wie ein Wolfsrudel zu erhaschen suchte. Die Panik in Gabriel wuchs. Dann erblickte er den Metzgergraben, vollgefüllt mit stinkenden Abfällen aus dem dahinter liegenden Schlachthaus. Der Frost der letzten Nacht verzierte das Ganze mit einem hübschen, stachligen Überzug. Ein gelber, fettleibiger Hund machte sich an seinem Rand zu schaffen und zerrte eben einen unansehnlichen Brocken aus dem Gewirr an Gedärm, Gallenblasen und anderen ungenießbaren Teilen jener unglücklichen Kreaturen, die gestern hier ihr Leben gelassen hatten. Für Gabriel gab es jetzt nur noch die Flucht nach vorne. Er nahm Anlauf, sprang über den fetten Hund, der sich dadurch nicht stören ließ, und landete mitten im Graben. Die gefrorene Oberfläche gab nach. Er versank bis zu den Knien in Blut, Schleim und Kot. Rasch senkte er seine Hände und fuhr in die ekelerregende Masse hinein. Er unterdrückte ein Würgen, als er sie auf seiner Kleidung verteilte. Durch die Zuschauer ging ein entsetztes Raunen, das sich noch verstärkte, als Gabriel aus dem Graben schoss und nach einem weiteren Fluchtweg suchte. Die Verfolger hinter ihm hatten ihn schon fast erreicht, doch vor ihm teilte sich die Menge in einer zweiten Bugwelle, peinlich darauf bedacht, ihren Sonntagsstaat nicht mit dem Unrat auf seiner Kleidung in Kontakt zu bringen. Er rannte wie ein blutiger Dämon an Sebastian vorbei, der mit keinem Wimpernschlag zu erkennen gab, dass er den Jungen kannte, und verschwand endlich in einer der angrenzenden Gassen.

Eine bleiche Wintersonne hing fad am Himmel, als Sebastian seinen Heimweg antrat. Seine Augen streiften den Hund, der noch immer an einem Brocken herumsabberte, den Sebastian nicht einmal in die Hände genommen hätte. Angewidert nahm er den Blick von dem gierig schlabbernden Vieh und grinste. Der Junge hatte seine Sache gut gemacht. Nun konnte er nur noch hoffen, dass auch der Rest gelang.

Nach jener denkwürdigen Nacht, in der Gabriel zu ihnen zurückgekehrte, hatte er einen Entschluss gefasst. Bärbel hatte ihm Vorwürfe gemacht. Sie hielt seine Idee für zu riskant. ›Seid klug wie die Schlangen und arglos wie die Tauben‹ hatte er damals erwidert. Überdies war es die einzige Möglichkeit, die ihm eingefallen war, um den beiden Schurken das Handwerk zu legen – obwohl Bärbel natürlich recht hatte. Aber es durfte nicht sein, dass ein Bettlerkönig und ein Almosenschaffner sowohl Gabriels Existenz, als auch die des Findelhauses selbst bedrohten. Sie würden niemals Frieden finden, solange die beiden Schurken ungehindert ihren Geschäften nachgehen konnten.

Nach einer Zeit der Erholung hatte er Gabriel wieder auf die Straße geschickt, und ihm – mit dem Einverständnis des Jungen – das Stehlen erlaubt. Gabriel sollte wieder für den Bettlerkönig arbeiten und auf eine günstige Gelegenheit warten, bei der man sowohl ihn als auch den Almosenschaffner überführen konnte. Diese Gelegenheit fand sich nun nach etlichen Wochen in Gestalt des Schmucks der Stettmeisterin. Er sollte gestohlen und anschließend vom Almosenschaffner oder einem seiner Komplizen »gefunden« werden, da sich solch eindeutig identifizierbare Stücke kaum auf dem Schwarzmarkt verkaufen ließen. Der Finderlohn würde trotzdem beträchtlich sein.

Dicke Schneeflocken schwebten leise vom Himmel und begannen den Schmutz in der Gasse zu überdecken, als er das Findelhaus erreichte. Der Winter schien noch einmal zurückzukehren, doch Sebastians Gedanken streiften diese Tatsache nur flüchtig. Nun lag es an ihm, dem Ganzen eine andere Richtung zu geben.

Zwei Tage später betrat Sebastian das Haus des Stettmeisters Dagobert Blumenrath, einen prächtigen Prunkbau, der an Vornehmheit kaum noch zu übertreffen war, wie es sich für einen Mann von Adel gebührte. Ihm war mehr als nur ein wenig mulmig, als er seinen Plan noch einmal überdachte. Gabriel hatte seinen Auftrag ausgeführt und war schmutzig und stinkend, aber wohlbehalten in das Haus in der Steinstraßer Vorstadt zurückgekehrt. Bärbel hatte ihn dort unter ihre Fittiche genommen, den großen Badezuber in die Küche gestellt und ihn mit Wasser und Seife gründlich abgeschrubbt. Ein kleines Bäuchlein wölbte sich nun unter ihrem Kleid. Schon allein deshalb durfte er sich keinen Fehler erlauben. Mit zittrigen Fingern hielt Sebastian seinen Hut in den Händen und folgte der Dienstmagd die prächtige Treppe hinauf in das Arbeitszimmer des Stettmeisters. Dagobert Blumenrath saß an einem massiven, mit wertvollen Intarsien verzierten Schreibtisch und rauchte eine Pfeife. Sebastian sog den angenehm süßlichen Duft in seine Nasenlöcher. Schon seit einigen Jahren wurde auf mehreren Feldern rund um Straßburg Tabak angebaut. Das meiste davon ging mit den Schiffen in andere Gebiete, aber sein Gebrauch wurde besonders unter den wohlhabenden Bürgern der Stadt immer beliebter. Der Stettmeister machte sich nicht die Mühe, aufzustehen, sondern sah lediglich von seiner Arbeit auf, um seinen Gast zu begrüßen. Dann hob er die Hand und bot Sebastian einen mit Leder bezogenen Stuhl an.

»Was führt Euch zu mir?«, fragte er.

Sebastian starrte auf seinen Hut, den er sich auf die Knie gelegt hatte. Noch nie in seinem Leben hatte er sich so ausgeliefert gefühlt wie in diesem Moment. Wenn die Dinge nicht so liefen, wie er hoffte, konnte der Stettmeister ihn ohne Weiteres in den Turm werfen lassen, wo man ihn peinlich befragen würde, um die vermeintliche Wahrheit aus ihm herauszupressen. »Nun, dies ist eine etwas heikle Angelegenheit.«

Die Brauen in Dagobert Blumenraths schmalem Gesicht schnellten in die Höhe. »Von welcher Angelegenheit sprecht ihr?«

»Es geht um die Kette Eures Weibes, die vor ein paar Tagen gestohlen wurde«, erwiderte Sebastian. – Nun war es also heraus. Jetzt blieb nur noch die Flucht nach vorne – soweit dies überhaupt möglich war.

Der Abstand zwischen dem Haaransatz des Stettmeisters und seinen Brauen verschmälerte sich noch einmal um ein ganzes Stück. »Wisst Ihr, wo sie ist?«, fragte er misstrauisch.

»Im Augenblick nicht«, erwiderte Sebastian, »doch ich weiß, was mit ihr geschehen wird. Man wird Euch in ein paar Tagen mitteilen, dass man sie gefunden hat, und einen kräftigen Finderlohn für ihre Wiederbeschaffung verlangen.«

Dagobert Blumenraths dunkle Augen verengten sich. Er nahm

einen tiefen Zug aus seiner Pfeife. Der Rauch schwebte träge zur Decke, als er weitersprach. »Wer wird sie mir bringen?«, fragte er. Seine Stimme klang irritiert.

»Der Almosenschaffner«, erwiderte Sebastian in aller Logik, »oder einer seiner Komplizen.«

»Der Almosenschaffner?« Die Augen des Stettmeisters rundeten sich und er bedachte Sebastian mit einem Blick, als ob dieser nicht ganz richtig im Kopf wäre. »Der Inhaber dieses Amtes ist ein rechtschaffener Mann, dem daran gelegen ist, die öffentliche Ordnung aufrechtzuerhalten«, wehrte er ab.

»Nun, das dachte ich auch, aber es war eines meiner Kinder, das mich vom Gegenteil überzeugte.«

»Eines Eurer Kinder?«

Sebastian lächelte. Natürlich war Gabriel nicht sein Kind, wenngleich er ihn als solches betrachtete. »Ja. Ich betreibe ein Findelhaus in der Steinstraßer Vorstadt.«

»Ich hörte davon«, bestätigte der Stettmeister. »Ich habe auch gehört, dass es vor mehreren Monaten Schwierigkeiten in diesem Haus gegeben hat. Und nun wollt Ihr mir sagen, dass Ihr dort auch noch Lumpengesindel beherbergt?«

Sebastians Magen verkrampfte sich. »So würde ich das nicht nennen«, erwiderte er, »doch es ist wahr, dass manche Kinder von der Straße kommen. Ich versuche sie zu anständigen, gottesfürchtigen Menschen zu erziehen, aber es wird mir nicht immer leicht gemacht.«

»Das wird es uns allen nicht«, entgegnete der Stettmeister kühl. »Was hat Euch denn dieses Kind erzählt?«

Sebastian senkte den Blick auf seine Knie, knetete die Krempe seines Hutes und begann mit seiner Geschichte.

Dagobert Blumenraths Gesicht wirkte betroffen, als er endete. Er fuhr sich mit der Hand ans Kinn und überlegte. »Nun, wir werden sehen, ob sich Euer Bericht als wahr erweist.« Er kraulte gedankenverloren seinen Bart, dann sprach er weiter. »Ich danke Euch. Ihr könnt jetzt gehen.«

Sebastian erhob sich verdutzt. Er hatte erwartet, dass der Stettmeister weitere Schritte einleiten würde. – Vielleicht tat er das ja auch, aber natürlich brauchte er dies einem einfachen Pfarrer wie ihm nicht mitzuteilen. Trotzdem wagte er einen weiteren Vorstoß. »Darf ich Euch noch eine Frage stellen?«

»Wenn Ihr wollt«, gab der Stettmeister höflich zurück.

»Was werdet Ihr jetzt tun?«

Die dunklen Augen des Stettmeisters hefteten sich auf seinen Schreibtisch. »Ich weiß es noch nicht.«

Ein paar quälend lange Tage geschah nicht das Geringste. Die Stunden zogen sich für Sebastian wie zäher Brei dahin, während die Geschäftigkeit des Findelhauses ihn zwar in Beschlag nahm, aber nicht aus seinen Gedanken reißen konnte. Was würde als Nächstes geschehen? Würde sich seine Prognose als richtig erweisen oder hatten die beiden Schurken Wind davon bekommen und es sich anders überlegt? Wenn dies der Fall war, stand er als Lügner da, und was dann geschehen würde, mochte er sich lieber nicht ausmalen.

Er unterrichtete gerade die größeren Kinder, als Bärbel in die Stube trat.

»Ein Bediensteter des Stettmeisters ist hier«, sagte sie. »Er soll dich zu ihm bringen.«

Gabriel, der ebenfalls zu diesen Schülern gehörte, zog ungemütlich den Kopf zwischen die Schultern, als erwarte er ein Unglück.

Sebastian nickte, entließ die Kinder, warf Gabriel einen aufmunternden Blick zu und drückte seine Frau kurz an sich.

Ihre hellen Augen blickten besorgt. »Was will er von dir?«

»Ich weiß es nicht.« Er küsste sie auf den Mund, dann ließ er sie los. »Bete für mich«, sagte er und machte sich auf den Weg nach unten.

Der Dienstbote führte Sebastian zum Haus von Dagobert Blumenrath, wo er von einem der Mädchen ins Arbeitszimmer geführt wurde. Seine Befürchtungen verflüchtigten sich, als er das freundliche Gesicht des Stettmeisters sah.

»Setzt Euch, Pfarrer Liebig«, sagte er.

Sebastian tat wie geheißen und blickte dem Stettmeister erwartungsvoll entgegen.

»Ihr hattet recht mit Eurer Vermutung«, begann dieser. »Gestern kam ein Mann zu mir und erzählte mir, dass die Kette meines Weibes aus purem Zufall ›gefunden‹ wurde. Doch der redliche Finder – der natürlich nicht genannt werden wollte – würde sie nur hergeben, wenn ein Finderlohn in Form einer nicht unbeträchtlichen Summe bereitgestellt würde.«

In Sebastians Körper breitete sich Erleichterung aus, die sich jedoch gleich wieder verflüchtigte.

»Aber es war nicht der Almosenschaffner, der mir diese Nachricht überbrachte«, fuhr Dagobert Blumenrath fort. »Doch das war zu erwarten.« Er lehnte sich zurück und grinste. »Ich habe ihm zwei meiner Knechte hinterhergeschickt. Sie berichteten mir anschließend, dass der Bote nach einigen Umwegen zum Haus des Almosenschaffners gelaufen ist.«

»Dem Herrgott sei Dank«, erwiderte Sebastian.

Der Stettmeister beugte sich vor und verschränkte die Hände auf den Schreibtisch. »Doch dies ist noch lange kein Beweis. Es reicht nicht aus, um die beiden dingfest zu machen.«

Sebastian nickte. »Was gedenkt Ihr also zu tun?«

»Ist das Kind noch bei Euch?«, fragte der Stettmeister.

»Ja. Sicher ist es das.«

»Seid Ihr sicher, dass Ihr ihm vertrauen könnt?«

»Aber natürlich«, entgegnete Sebastian eifrig.

»Das ist gut«, antwortete der Stettmeister zufrieden, »denn Ihr werdet dafür bürgen müssen, dass seine Aussage richtig ist, *falls* es zu einer Anklage kommt.«

Sebastian erhob sich.

»Ich habe mich übrigens noch einmal mit den Vorwürfen beschäftigt, die seinerzeit gegen Euch vorgebracht wurden. Es war der Almosenschaffner, der Euch und Euer Haus beim Magistrat angeschwärzt hat. Wusstet Ihr das?«

»Nein«, erwiderte Sebastian, »aber ich hatte schon so etwas vermutet.«

Die Tür zum Haus des Almosenschaffners flog auf. Entgeistert starrte er auf die drei Büttel, die ungefragt in sein Haus stürmten.

»Was … was wollt ihr?«, krächzte er, nichts Gutes ahnend.

Einer der Büttel baute sich vor dem Mann auf, der sich wegen eines Buckels nicht vollständig vor ihm aufrichten konnte. Er war ein verkrüppelter und ebenso verbitterter Mann, den man an diesen Platz gesetzt hatte, weil er keine andere Arbeit verrichten konnte. Nicht einmal ein Weib hatte er gefunden. Keine, außer den käuflichen Huren, war bereit, mit ihm das Bett zu teilen – obwohl sein Verdienst gar nicht mal so schlecht war, doch war er offenbar nicht gut genug, um die Unliebsamkeit seiner Gegenwart dadurch aufzuwiegen. Seine einzige Freude bestand darin, andere zu quälen und ihnen ein Schnippchen zu schlagen. Der Bettlerkönig war ein perfekter Komplize für diese Art von Tätigkeit, doch nun schwante ihm Böses.

»Man beschuldigt Euch, etwas gestohlen zu haben«, hob der Büttel an.

Das nicht gerade hübsche Gesicht des Almosenschaffners war an Harmlosigkeit kaum noch zu übertreffen. »Etwas gestohlen? Und was sollte das sein?«

»Die Kette der Stettmeisterin.«

Dem etwa dreißigjährigen Mann wurde es schlecht vor Angst, doch seine Miene verriet lediglich die Empörung eines Unschuldigen. »Aber das kann unmöglich Euer Ernst sein«, erwiderte er aufgebracht. »Ich bin ein rechtschaffener Mann. Ich brauche die Kette der Stettmeisterin nicht.«

»Nun, dann werdet Ihr ja nichts dagegen haben, wenn wir uns

ein wenig bei Euch umsehen?«, fragte der Büttel in aller Gelassenheit.

»Tut, was Ihr nicht lassen könnt.« Der Almosenschaffner trat bereitwillig zur Seite und setzte sich hin.

Die Büttel stellten das ganze Haus auf den Kopf. Durchsuchten das Bettstroh, sahen in Töpfe und Kannen aus feinster Qualität, spähten unter Tische und Stühle, suchten in Ritzen und nach losen Dielen im Boden, doch die Kette kam nirgends zum Vorschein.

Der Almosenschaffner sah ihnen mit einem siegessicheren Grinsen entgegen, als sie unverrichteter Dinge ihr Werk beendeten. »Nun? Seid Ihr fündig geworden?«

Der Büttel, der vorhin schon mit ihm gesprochen hatte, schüttelte den Kopf. »Nein.«

»Seht Ihr«, erwiderte der Almosenschaffner. »Ich bin ein ehrlicher Mann und kein Dieb«, erklärte er empört, »wer immer dies behauptet hat. Ich werde mich nach seinem Namen erkundigen und für die Beschmutzung meiner Ehre zur Rechenschaft ziehen.«

»Tut das«, antwortete der Büttel zerknirscht. »Ich wünsche Euch noch einen guten Tag.«

»Das wird wohl kaum möglich sein, nach der Sauerei, die Ihr hinterlassen habt«, entgegnete der Almosenschaffner streitlustig. Seine Angst war verflogen und verwandelte sich nun in eine grimme Wut.

Der Büttel drehte sich um, gab seinen Männern einen Wink und schritt zur Tür. Kurz, bevor er sie erreicht hatte, streifte sein Blick die Truhe, auf der es sich der Almosenschaffner die ganze Zeit bequem gemacht hatte. Keiner hatte sie weiter beachtet. Flink änderte er seine Richtung. »Tut mir den Gefallen und erhebt Euch.«

»Warum?«, keifte der Almosenschaffner. »Habt Ihr nicht schon genug herumgeschnüffelt?«

»Steht auf«, sagte der Büttel schneidend.

Die beiden anderen stellten sich mit drohenden Gebärden hinter ihn. Unsicher sah der bucklige Mann von einem zum anderen.

»Herunter mit Euch!«, bellte der Büttel.

Zögernd erhob sich der Almosenschaffner. Der Büttel zog ihn vollends zur Seite, klappte den Deckel der Truhe auf und begann, ihren Inhalt herauszuholen. Ein altes Wams, ein Hemd und ein zweites Paar Hosen kamen zum Vorschein, außerdem Bettwäsche und anderes Weißzeug. Dann war die Truhe leer. Der Büttel runzelte nachdenklich die Stirn und starrte in die Truhe. Wo in Gottes Namen war nur die vermaledeite Kette? Schulterzuckend gab er auf. Anscheinend sprach der Almosenschaffner die Wahrheit und er war wirklich nur ein rechtschaffener Mann, den man verleumdet hatte. Er bückte sich, um wenigstens einen Teil des Schadens wieder gutzumachen, den sie angerichtet hatten, und fing an, die auf dem Boden liegenden Dinge wieder hineinzuräumen. Als er den ersten Stapel aus Weißzeug wieder an seinen Platz legte, blieb er zufällig an einem Splitter im Innern der Truhe hängen. Er stutzte. Der Splitter war ungewöhnlich groß und als er nachfasste, ließ er sich ohne Weiteres bewegen. Ein Brettchen in der Innenwand der Truhe sprang auf und offenbarte ein Fach, das in eines der Seitenteile eingelassen war. Dahinter verbarg sich ein Kästchen. Der Büttel schaute zu dem Almosenschaffner, aus dessen Gesicht jegliche Farbe gewichen war. Dann holte er das Kästchen heraus. Mit konzentriertem Blick öffnete er den Deckel. Ein triumphierendes Strahlen durchzog daraufhin sein Gesicht, das den Almosenschaffner an den Rand einer Ohnmacht brachte.

»Ich glaube, Ihr werdet dem Turm einen Besuch abstatten müssen«, sagte der Büttel gedehnt und sein Lächeln verbreiterte sich.

Der Rest war nicht mehr weiter schwierig, zumindest was den Stettmeister, Sebastian und Gabriel anging. Nachdem man Gabriel eingehend befragt hatte, wurde auch der Bettlerkönig in die

Obhut der Stadt gegeben. Die Anschuldigungen reichten aus, um eine peinliche Befragung vorzunehmen. Unter den Schmerzen der Tortur gestanden die beiden Schurken noch manch anderes Verbrechen, das bis jetzt im Dunkel gelegen hatte. Mehr als einmal fielen sie sich dabei gegenseitig in den Rücken, um eine mildere Strafe für sich selbst herauszuschlagen. Doch es half alles nichts. Zwei Wochen später wurden sowohl der Bettlerkönig als auch sein Komplize, der Almosenschaffner der Stadt Straßburg, zum Tod durch den Strang verurteilt. Und der zweischläfrige Galgen in der Steinstraßer Vorstadt verwandelte sich wieder einmal in ein Mahnmal gegen das Unrecht.

Sebastian und Bärbel lagen eng aneinandergekuschelt im Bett. Die Kerzen waren gelöscht und die Fensterläden zum Schutz gegen die nächtliche Kälte verschlossen. Bärbel lag auf dem Rücken und Sebastian strich bedächtig über ihren leicht gewölbten Bauch, als versuche er, das darin verborgene Leben mit seiner Hand zu ertasten. Bärbel genoss seine Wärme und den Luxus, das Zimmer wenigstens für eine Weile ganz für sich allein zu haben. Die beiden Kleinen wohnten schon seit geraumer Zeit in dem ausgebauten Dachgeschoss. Sie träumte vor sich hin und war kurz davor, in einen wohlverdienten Schlaf zu fallen.

»Es ist schon seltsam«, murmelte Sebastian plötzlich leise vor sich hin.

Bärbel schrak auf und driftete, wie ein taumelnder Schmetterling, an den Rändern des Schlafes empor. »Was ist seltsam?«, fragte sie gähnend.

»Ist dir eigentlich klar, dass es noch eine viel höhere Instanz gibt, als wir es zu denken vermögen?«

»Natürlich«, erwiderte Bärbel gelassen. »es dürfte dir nicht entgangen sein, dass es den Herrgott gibt. Schließlich bist du allein aufgrund deines Amtes zu dieser Annahme verpflichtet.«

Sebastians Hand hielt inne. »Ja, aber ich meine, dass es ihn *wirklich* gibt, verstehst du? Er ist nicht das Ergebnis irgendeiner menschlichen Lehre, kein Dogma der Kirche. Nein, er lebt tatsächlich. All die starren Dinge, die ich während meines Studiums gelernt habe – auf einmal werden sie lebendig.« Er verlagerte sein Gewicht und stützte den Kopf auf seinen angewinkelten Arm, um den Schatten ihres Gesichts erhaschen zu können. »Sie werden wahr im Umgang mit den Kindern, und am deutlichsten wird es, wenn es am schwierigsten ist.«

Das Weiße in Bärbels Augen leuchtete kurz auf, als sie diese erstaunt öffnete. »Aber warum gerade dann?«

»Ist es nicht oft so?«, erwiderte er. »Je dunkler die Finsternis, desto heller strahlt das Licht.« Er drückte ihr einen sanften Kuss auf die Stirn. »Und eben in diesen Momenten strahlte das Licht Gottes so hell in mein Herz, dass ich es endlich richtig verstanden habe.«

Bärbels Gedanken wanderten zurück in ihre Kindheit. Sie dachte an die schmerzliche Zeit, als ihre Eltern gestorben waren und sie Hofsgrund für immer verlassen mussten. Sie wusste noch genau, was sie Jakob damals gefragt hatte: »Hat der Herrgott uns vergessen?«

»Nein«, hatte er geantwortet. »Er wird schon wissen, was er tut.«

Wenn sie nun daran zurückdachte, stellte sie fest, dass Gott sie wirklich nicht vergessen oder sich selbst überlassen hatte, wenn sie auch sein Handeln nicht immer verstanden hatte. Sie war stets gut versorgt gewesen, und für Jakob hatte dies auch zugetroffen, wenn es ihm auch nicht ganz so gut ergangen war wie ihr. »Aber dieser Krieg«, warf sie ein, als ein neuer Einwand ihre Gedanken streifte. »Wird er nicht auch im Namen Gottes geführt? Doch beim besten Willen, ich kann nichts Gutes daran finden.«

Sebastian schnaubte durch die Nase. »Ich glaube nicht, dass es Gottes Wille ist, dass wir uns wegen unterschiedlicher Lehrmeinungen die Köpfe einschlagen.« Plötzlich stutzte er. »Du bist doch schon beides gewesen – lutherisch und römisch-katholisch.«

Sie nickte. »Ja, das war ich.«

»Was scheint dir das Wichtigste bei beiden Glaubensrichtungen gewesen zu sein?«

Bärbel brauchte nicht lange zu überlegen. »Nun, der Glaube an den Herrgott natürlich.«

Er lächelte sie triumphierend an, obwohl sie es mehr ahnte, als sehen konnte. »Siehst du. Das ist das Wesentliche daran und nicht das, was Menschen hinzugefügt haben.«

II. Teil

17. September 1631

Kriegsgetümmel

Nach Jahren des Krieges eilte der ersehnte Friede vor Jakob her, trieb ihn wie ein hakenschlagender Hase immer weiter in die Irre und brachte ihn zu der Feststellung, dass nichts vorhersehbar war. Er schien nicht mehr als ein Hirngespinst zu sein, das durch einen nicht enden wollenden Vorrat an Gegnern in unerreichbare Ferne rückte. Die Dänen waren besiegt, doch bald schon tauchte ein neuer König an der Ostseeküste auf, um – wie er sagte – die protestantische Sache des Heiligen Römischen Reiches Deutscher Nation zu retten. Sein Name war Gustav Adolf, der Löwe aus Mitternacht, wie ihn seine Anhänger nannten und seines Zeichens König der Schweden. Natürlich hießen ihn die protestantischen Fürsten willkommen. Und auch Frankreich würfelte fleißig mit in dem Spiel um Land und Konfession.

Nicht nur der dänische König, Christian IV. hatte in dem Gerangel um die Macht den Kürzeren gezogen. Im Jahr 1630 vernahmen Jakob und seine Freunde mit ungläubigem Erstaunen, dass der Kaiser Wallenstein seines Postens enthoben hatte. Tilly, bisher Heerführer der katholischen Liga-Truppen im Dienste des Kurfürsten von Bayern, wurde als neuer Oberbefehlshaber des kaiserlichen Heeres eingesetzt und befehligte nun beide Armeen. Niemand wusste, warum dies geschehen war, aber man munkelte, dass Wallenstein dem Kaiser zu mächtig wurde. Die katholischen Fürsten, die Wallensteins Einfluss auf Ferdinand II. nicht begrüßten, konnten ebenso dahinterstecken. Fest stand, dass Tilly ein ganz anderer Mensch als Wallenstein war, was nicht nur an seiner Erscheinung lag. Die beiden ähnelten sich so wenig wie der

Adler einer Taube und vielleicht erklärte dies, warum sie einander nicht sonderlich mochten. Tilly fehlte die Ausstrahlung, die Wallenstein wie eine unsichtbare Hülle umgab. Aber auch seine Statur war weder groß noch beeindruckend. Er war ein kleiner, hagerer Mann mit scharfen Gesichtszügen und buschigen Brauen. Darüber hinaus konnte man ihn weder prunksüchtig noch sinnenfreudig nennen, doch haftete ihm eine strenge, geradezu fanatische Frömmigkeit an, die an eine ganze Reihe von Forderungen geknüpft war. Ihre Einhaltung ließ er streng überwachen und sobald einer der Söldner sie übertrat und so dumm war, sich dabei erwischen zu lassen, wurde er aufs Übelste bestraft. Fortan war das Trinken am Vorabend der Schlacht verboten. Die Wagen der Marketender und Schankzeltbetreiber verwandelten sich zu diesem Zweck in streng bewachte, verbotene Zonen, die man mit Absperrseilen unzugänglich gemacht hatte. Erwischte man dennoch einen Söldner dabei, wie er sich an den Branntweinfässern oder anderen alkoholischen Getränken zu schaffen machte, war sein Leben verwirkt. Obwohl die meisten Söldner diese Maßnahme als notwendiges Übel ansahen, war es ein weiterer Befehl, der Tilly zu dem machte, was man einen unbeliebten Heerführer nannte. Auch Wallenstein hatte ein strenges Regiment geführt, aber es wäre ihm nie in den Sinn gekommen, das bei den Männern so beliebte Glücksspiel zu verbieten. Tilly hingegen war es verhasst. Er ließ es – ebenfalls unter Androhung der Todesstrafe – verbieten. Als sich dennoch ein Söldner damit brüstete, in kurzer Zeit eine große Summe Geldes verspielt zu haben, ließ Tilly ihn zur Warnung für alle anderen an einem Feldgalgen aufknüpfen. Der Verurteilte habe kein bürgerliches Leben geführt und sei dem Spielteufel verfallen, begründete er seine Entscheidung. Sein weiteres Leben sei dadurch sinnlos geworden. Dass ein bürgerliches Leben in seinem Gefolge ohnehin nicht möglich war und zu einer nicht gottgefälligen Auslöschung weiterer Leben führte, verschwieg er dabei. Alles in allem war Johann t'Serclaes von Tilly ein alter, griesgrämiger Mann, der schon bessere Tage gesehen hatte und die Versorgung des Heeres aufs Übelste vernachlässigte. Er galt als kluger Stratege, doch ob die Mägen seiner Soldateska gefüllt waren, schien ihn nicht zu interessieren. Selbst nachdem sie Magdeburg erobert hatten, litten sie Hunger. Obwohl es wahrscheinlich nicht Tillys Schuld war, dass die Stadt in Flammen aufging. Eine gnadenlose Grausamkeit hatte sich unter den Söldnern entfesselt, nachdem Magdeburg in ihre Hände gefallen war. Eine Gier, sich für das zu entschädigen, was sie lange Zeit entbehren mussten. Doch sie waren zu versessen darauf gewesen und am Ende hatte niemand etwas davon. Alles, was von der Stadt übrig blieb, waren der Dom, die Liebfrauenkirche und ein paar elende Fischerhütten. Der Reichtum Magdeburgs lag zerstört und zu Asche verbrannt in schwarzen Gassen und zerfallenen Häusern. Ein grauenvolles Massaker hatte zwischen ihren Mauern gewütet, bei dem fast die gesamte Einwohnerschaft ihr Leben eingebüßt hatte.

Angesichts der immer größer werdenden Zahl an sterbenden Menschen geriet die ganze Welt ins Wanken. Und so wurden Jakob, Peter, Balthasar, Clauß und Magdalena immer mehr zu einer verschworenen Gemeinschaft. Sie war ihr letzter Anker in einem tosenden Meer, in dem nichts mehr Bestand hatte. Immer noch galt Jakob als Gefrorener, einer, dem der Tod nichts anhaben konnte an der nicht enden wollenden Grenze zwischen Leben und Sterben. Der Aberglaube begann absurde Formen anzunehmen. Die Söldner wollten unverwundbar sein. Sie trugen Bleikugeln mit eingeritzten Kreuzen oder gebrauchte Henkerstricke an ihrem Körper, um sich fest und gefroren zu machen. Viel schien es nicht zu nützen, obwohl Peter, Balthasar und Clauß noch am Leben waren, und Jakob wusste, dass sie ebenfalls etwas unter ihrem Wams trugen, das den Tod verhindern sollte.

Nun hieß es wieder eine Schlacht zu führen. Etwa 32 000 Mann brachten sich einige Meilen nördlich von Leipzig in Stellung. Ein riesiges kaiserliches Heer. Die Dörfer Breitenfeld und Seehausen lagen in seinem Rücken. Als Jakob die teilweise mit

Bäumen bedeckte Anhöhe erreichte, sah er sich einer Übermacht aus Schweden und Sachsen gegenüber, die in der Ebene auf sie wartete. Selbst die Geschütze waren zahlreicher als die ihrer eigenen Artillerie. Die gesamte Frontlinie erstreckte sich über eine enorme Länge, und zwei weitere Dörfer lagen an den Ausläufern der schwedischen Schlachtformation. Eine nicht sehr erfreuliche Angelegenheit für ihre Bewohner, die mit Sicherheit bereits in den nahegelegenen Wäldern das Weite gesucht hatten, um nicht zwischen den beiden Heeren zermalmt zu werden.

Reglos standen sich die beiden Parteien gegenüber. Milder Sonnenschein strahlte von einem herbstlichen Himmel, an dem sich friedliche Schäfchenwolken tummelten. Ein Hirsch röhrte aus den Tiefen eines angrenzenden Waldes und die Blätter der Laubbäume hatten eine gelbliche Färbung angenommen, die hell zwischen dem dunklen Grün der Nadelbäume schimmerte.

Als die Sonne ihren höchsten Punkt erreicht hatte, begann der Kanonendonner. Sehr schnell stellte sich heraus, dass die schwedische Artillerie der ihren nicht nur zahlenmäßig weit überlegen war. Auf eine Salve der Kaiserlichen antworteten die Schweden mit dreifacher Schnelligkeit. Die Kanonade dauerte zwei Stunden, und obwohl Jakob in der Zwischenzeit genug Gelegenheit dazu gehabt hätte, gewöhnte er sich nie daran. An das Ausharren, während die gusseisernen Kugeln über ihre Köpfe flogen und ihr Ziel unter dem Einschlag erbebte. Die Angst, getroffen zu werden, den Rauch, der sich schwer auf ihre Lungen legte und die Sicht beeinträchtigte. An das Geschrei der getroffenen Kameraden.

Nach diesem zermürbenden Auftakt erfolgte endlich der Angriff. Zu Beginn sah es ganz gut für sie aus. Pappenheim, der unter Tillys Befehl seine Kürassiere in den Kampf führte, griff den rechten Flügel des Gegners an. Auf Tillys Kommando hin rückten vier Tercios gegen den linken Flügel vor. Jakob und seine Freunde befanden sich in einem dieser mit Piken und Musketen bewaffneten Gewalthaufen. Einer Formation, die ihnen inzwischen in Fleisch und Blut übergegangen war. Die Männer um sie herum waren wie eine feste Burg, das ganze Gefüge dazu bestimmt, die feindlichen Gegner mit schierer Wucht zu überrennen. Dennoch waren die Bewegungen der Söldner wie Tanzschritte aufeinander abgestimmt. Ihre Attacke ließ die gegnerische Front wanken. Sie drängten den Feind zurück, doch von einem Moment auf den anderen änderte sich alles. Die Ladung einer Kartätsche schlug ein und mähte eine Schneise durch sie hindurch. Plötzlich gerieten die Männer des Tercios durcheinander.

Jakob, der den Blick nach vorne gerichtet hatte, war nichts geschehen, doch eine plötzliche Bewegung von links ließ ihn ruckartig den Kopf wenden. Er sah, wie Balthasar in sich zusammensank. Blut strömte von seiner Stirn.

»Balthasar!«

Jakobs Schrei erregte Peters Aufmerksamkeit. Auch er drehte sich und sah gerade noch, wie das grobknochige Gesicht des gutmütigen Riesen einen erstaunten Ausdruck annahm. Er war in die Knie gesunken. Nun verdrehte er die Augen und kippte mit dem Oberkörper auf die von Pferdehufen aufgewühlte Erde.

»Balthasar! Was ist mit dir?« Jakob kniete sich neben seinen Freund, der ein schreckliches Stöhnen von sich gab. Als Peter zu ihnen gelangte, war Jakob schon dabei, eine kurze Bestandsaufnahme des Schadens zu machen, während die Schlacht um sie herum weitertobte und Peter ihm Rückendeckung gab. Die Wunde an Balthasars breiter Stirn war nur ein Kratzer, doch die Munition der Kartätschen war heimtückisch. Wenn sie auf ein festes Ziel traf, platzte der Munitionsbehälter auf und die in ihm befindlichen Kugeln schossen in alle Richtungen.

»Ist es sehr schlimm?«, fragte Peter. Sein langes Kinn reckte sich für einen Moment vor, ohne den Feind aus den Augen zu lassen. Er schürzte die Lippen und seine Miene verwandelte sich in den Ausdruck eines sorgenvollen Pferdes.

Jakob zuckte hilflos mit den Achseln. »Sieht wohl so aus.«

Balthasar war von mehreren Kugeln getroffen worden. Am

rechten Oberarm wies sein Hemd drei kleine Löcher auf. An ihren Rändern hatte sich ein hellroter Saum gebildet. Sein Lederwams schien außer ein paar Kratzern unversehrt zu sein, aber die Schlumperhose war auf einer Seite zerfetzt und hier schien der Schaden größer zu sein, denn in der Mitte des Oberschenkels klaffte ein unregelmäßiger Krater, der sich tief ins Fleisch zog. Ein großer, scharlachroter Fleck tränkte den zerrissenen Stoff der Hose.

Die Tercios hatten sich inzwischen vollkommen aufgelöst. Der Kampf ging nun Mann gegen Mann. Jakob duckte sich, als ein Pferd über sie hinwegsprang, während Peter Balthasars schlaffe Wangen tätschelte. Er hatte immer noch die Augen verdreht. Durch die halb geöffneten Lider war nur noch das Weiße erkennbar – die Folge einer tiefen Ohnmacht.

»Du lieber Himmel, Balthasar, wach auf!« Balthasar ignorierte Peters energische Aufforderung und nur sein Atem deutete darauf hin, dass er noch lebte. »Was machen wir denn jetzt?« Die Stimme des dürren Landsknechts klang trostlos. »Wir können ihn doch nicht einfach hier so liegen lassen!«

Jakob sah sich um. Nicht weit von ihnen entfernt befand sich eine Baumgruppe, die etwas weiter hinten in ein Wäldchen überging. Das Dickicht würde ihnen Deckung bieten, zumindest solange niemand auf die Idee kam, darin nach Überlebenden zu suchen. »Fass mit an! Wir bringen ihn dort hinüber.«

Wenn man etwas von Balthasar behaupten konnte, so mit Sicherheit, dass er schwer war. Sein anfangs fülliges Äußeres hatte infolge des Hungers zwar nicht mehr die gleichen ausgedehnten Maße, doch er besaß kräftige Knochen und seine Muskeln waren in den letzten Jahren hart wie Stahl geworden. Sie waren schweißgebadet, als sie Balthasar endlich hinter einen Saum aus Haselnussbüschen und jungen Hainbuchen geschafft hatten, die das kleine Wäldchen auf einer Seite begrenzten. Balthasar stöhnte, als sie ihn vorsichtig auf den mit Moos und altem Laub bedeckten Boden legten.

Jakob schnaufte wie ein ausgepumptes Pferd. »Such Clauß«, entgegnete er entschlossen, während er Wams und Hemd auszog, letzteres um die Wunde schlang und die Enden verknotete.

Peter nickte, holte tief Luft und rannte geduckt los. Etwas weiter entfernt schlug eine Kanonenkugel ein und ein Sprühregen aus Erde ergoss sich über ihn. Peter schlug einen Haken und suchte das Weite. Kurz darauf war er im Getümmel verschwunden. Die Zeit, die Jakob wartend neben seinem Freund verbrachte, erschien ihm unendlich lang. Auf dem Hemd, das er Balthasar fest um die Wunde gebunden hatte, um die Blutung zu stoppen, zeichnete sich ein Fleck ab. Ein scharlachroter Kreis, der seinen Rand immer mehr ausdehnte. Seine Bemühungen schienen nicht sehr erfolgreich zu sein und er wünschte sich Magdalena herbei, die sich für solche Dinge wesentlich besser eignete. Doch wie üblich war sie mit Aaron beim Tross geblieben, um das Ende der Schlacht abzuwarten, bevor sie sich um die Verletzten kümmerte. Ihr Ruf eilte ihr inzwischen voraus. Es gab viele Söldner, die sich lieber von ihr behandeln ließen als von einem der Feldschere.

Immer wieder lugte Jakob durch den Schleier aus Blättern und Zweigen hindurch, schätzte die Entfernung der Kämpfenden ein und hoffte, einen Blick auf seine Freunde zu erhaschen. Ein Pikenier brach, von einer Kugel getroffen, wenige Meter vor ihm zusammen, und ein Pferd schrie qualvoll auf, als ein Schwede eine Hellebarde in seine Brust rammte. Plötzlich tastete eine Hand nach ihm. Jakob zuckte erschrocken zusammen, dann fiel sein Blick auf Balthasars Gestalt, die wie zerschmettert am Boden lag. »Balthasar, du bist ja wach!«

Balthasar nickte und sah ihn mit großen Augen an. »Fehlt mir etwas?«, fragte er. Sein Blick glitt an seinem Körper hinunter, doch er war nicht dazu in der Lage, den Kopf zu heben. Jakobs Züge blieben ausdruckslos, doch er sah ein besorgtes Aufglimmen in seinen Augen. Balthasars große Hände glitten tastend nach unten.

»Bleib ruhig liegen!«, beschwor ihn Jakob. »Bitte, Balthasar. Spar dir deine Kraft für später auf.«

Balthasars Finger setzten ihre Reise unbeirrt fort. Schweiß lief ihm in die Augen. Er blinzelte ihn fort und ertastete ein dickes, feuchtes Polster an seinem Bein. Es kostete ihn eine ungeheure Anstrengung, die Hand zu heben. Doch er brauchte eine Bestätigung, dass seine Befürchtungen der Wahrheit entsprachen. Mit zusammengekniffenen Augen sah er das Blut, das an seinen Fingern klebte. Mit der Erkenntnis setzte der Schmerz ein. »Mein Bein«, stammelte er. »Es ist zerschossen, nicht wahr?« Seine Augen nahmen die Form eines bittenden Kindes an, das von der Mutter hören will, dass seine Albträume nicht der Wahrheit entsprachen.

Doch Jakob war nicht seine Mutter, ganz abgesehen von der Tatsache, dass auch Mütter nicht alles ungeschehen machen konnten, was ihren Kindern widerfuhr. »Nun, es prangt ein großes Loch darin«, erwiderte er, zu mutlos, um Balthasar noch länger etwas vorzumachen.

Der Boden unter ihnen erbebte. Nach einem kurzen Blick durch das Gebüsch entdeckte Jakob, dass sich die Frontlinie zu verschieben begann. Sie entfernte sich zusehends von der Stelle ihres Verstecks. Jakob gestattete sich kurz aufzuatmen. Wenigstens befanden sie sich nun abseits der Gefahrenzone.

Balthasar schien dies nicht sonderlich zu beeindrucken. Sein Atem beschleunigte sich und er fühlte, wie seine Beine kalt und gefühllos wurden. Die Nachricht war ein Schock gewesen, dessen Auswirkungen er deutlich spürte. Feine Punkte begannen vor seinen Augen zu tanzen, so glitzernd und flüchtig wie goldener Staub. Es würde nicht mehr lange dauern, bis er wieder ohnmächtig wurde. Mit schier unmenschlicher Kraft packte er Jakobs Hand. »Versprich mir, dass sie es nicht abschneiden werden! Versprich es mir!« Balthasars Stimme klang wie ein Befehl. Seine Hand schloss sich wie eine Eisenschelle um Jakobs Finger.

»Ruhig, ganz ruhig«, versuchte Jakob ihn zu beschwichtigen.

»Du wirst wieder gesund werden! Ganz bestimmt!« Im Grunde hatte er keine Ahnung, ob dieser Zustand bei Balthasar je wieder eintreten würde. Aber irgendetwas musste gesagt werden, damit der grobknochige Hüne nicht schon allein wegen des Grauens, das von ihm Besitz ergriffen hatte, in den nächsten Minuten seinem Schöpfer gegenübertrat. Mit der freien Hand strich er Balthasar die langen Haare aus der nassen Stirn. »Du darfst dich nicht so aufregen.«

»Sei still«, keuchte Balthasar, heftig nach Atem ringend. »Bring mich nicht zu einem Feldscher. Versprich mir das! Magdalena soll sich um mich kümmern. Hast du verstanden?«

Jakob nickte. »Das wird sie ganz bestimmt tun«, flüsterte er. Er wusste, was Balthasar so sehr ängstigte. Nach jeder Schlacht hörten sie die Schreie der Verwundeten, denen die Feldschere mit ihren Sägen zu Leibe rückten. Eine Amputation war eine schreckliche Tortur, die höchst selten in der Genesung des Patienten endete.

Balthasar entspannte sich ein wenig. Seine Lider begannen zu flattern und einen Augenblick später war er wieder in eine tiefe Ohnmacht gesunken, die ihn jeder Qual beraubte. Jakob atmete auf, doch das Blut, das den Verband immer weiter durchtränkte, bereitete ihm Sorge. Es schien viel zu lange zu dauern, bis Peter und Clauß bei ihnen ankamen.

Endlich schoben sich zwei ausgepumpte Gestalten durch den Vorhang aus Blättern und Zweigen, der Balthasar gnädig verdeckte.

»Wir müssen abhauen«, Clauß' Ton klang drängend. Eine lange Schnittwunde zog sich über seine linke Wange, aber er schien sie nicht zu spüren. »Die Schweden gewinnen immer mehr an Boden. Wenn es so weitergeht, werden wir die Schlacht verlieren.«

Balthasar war so schwer wie ein Geschütz, als sie ihn hochhoben.

»Schnell, zu Magdalena«, sagte Jakob. Nur wie sie dies anstellen sollten, wussten sie noch nicht.

Als sie aus dem Schutz des Wäldchens auftauchten, hatte sich der Feind bereits auf das Lager ihres Trosses zubewegt.

»Es hat keinen Zweck«, Peters Stimme bebte vor Anstrengung. »Wir laufen dem Feind direkt in die Arme.«

Jakob warf einen verzweifelten Blick auf Balthasars Bein. Klebrige Tropfen sammelten sich unter dem Verband und tröpfelten zäh auf die Erde unter ihm. »Wir müssen es dennoch tun«, erwiderte er. »Wenn wir Magdalena nicht finden, wird Balthasar sterben!«

Clauß nickte bestätigend, doch Jakob wusste, dass es ihm mehr um Magdalena als um Balthasar ging. Wenn die Schweden sie in die Finger bekamen, konnte es gut möglich sein, dass er sie niemals wiedersah.

Schließlich fanden sie eine Lücke, in der der Kampf zum Erliegen gekommen war. Die Soldateska der Kaiserlichen befand sich auf der Flucht und die Schweden jagten ihnen nach. Ihre Augen waren nach vorne gerichtet, sodass sie unbemerkt hinter dem Feind herlaufen konnten, Balthasars Körper als schwere Bürde zwischen sich. Als sie endlich bei Magdalenas Wagen ankamen, war der gesamte Tross umstellt. Aaron bellte wütend, weil man ihn angebunden hatte, doch nur durch diese Maßnahme konnten sie verhindern, dass er in die Schlacht stürmte. Jakobs alter Gefährte hatte inzwischen eine weiße Schnauze bekommen, aber seine körperliche Verfassung schien unverwüstlich zu sein, und Jakob war froh, dass Aaron ihn noch immer begleitete. Schnaufend ließen sie Balthasar zu Boden gleiten. Von Magdalena gab es jedoch nicht die geringste Spur.

»Wo ist sie hin?«, fragte Jakob in seiner Verzweiflung den Hund und erschrak, als ein altes Weib aus der Nachbarschaft antwortete.

»Irgendwo dort drüben«, erklärte sie. »Ein Schwede hat sie gefangen genommen, damit sie sich seine Wunden ansehen kann.«

Im ganzen Lager wimmelte es inzwischen von Schweden. Ihre helle Uniform unterschied sie deutlich von der bunt zusammengewürfelten Kleidung des kläglichen Rests. Jakob überlegte fieberhaft, was sie tun sollten. Balthasar lag zwar nun im Lager, doch ohne Magdalenas Beistand war er so hilflos wie ein Käfer auf dem Rücken. In der Zwischenzeit war er zu sich gekommen, doch er befand sich in einem jämmerlichen Zustand und der Blutverlust hatte ihm derart die Farbe aus dem Gesicht gewischt, dass man meinte, er sei schon tot.

»Ich gehe sie suchen«, sagte Jakob bestimmt. Er band den Hund los, der voller Dankbarkeit seine Hände leckte. »Geh! Such Magdalena«, raunte Jakob ihm ins Ohr.

»Ich komme mit.« Clauß' Stimme klang resolut und Jakob sah keinen Grund, ihn daran zu hindern. So ließen sie Peter bei dem verletzten Balthasar zurück und folgten Aaron, der sich schnüffelnd an die Arbeit machte.

Sie kamen gerade noch rechtzeitig bei Magdalena an. Der schwedische Söldner erfreute sich nach der Behandlung einer erstaunlichen Vitalität und versuchte sie gerade in ein Gebüsch zu drängen, als Jakob und Clauß sie entdeckten. Aaron schoss wie eine Kanonenkugel auf den Mann zu und zerrte an seinem Stiefel, was der Schwede mit einem entrüsteten Ausruf quittierte. Sein rechter Arm war verbunden, doch mit der linken Hand zog er ein langes Messer, um es dem Hund in den Bauch zu rammen. Clauß stürzte sich wie ein Berserker auf ihn. Von lautem Bellen begleitet, gingen die beiden zu Boden. Clauß machte seinem Ärger Luft, indem er seine Faust auf den Feind niederfahren ließ. Nicht so sehr wegen Aaron, sondern aus Sorge um Magdalena, wie Jakob wohl wusste. Binnen weniger Sekunden waren sie von schwedischen Söldnern umzingelt, die warnend ihre Musketen auf sie richteten.

»Halt«, schrie Jakob. »Hör auf!« Womit er Clauß meinte.

Die Gefahr, in der sie schwebten, schien in Magdalenas Gesicht gemeißelt zu sein. Ihre versteinerten Züge waren so blass wie die fahle Oberfläche einer Marmorstatue. Die zwielichtigen Augen richteten sich starr auf ihn, als ob sie ihn beschwören wolle, um

Himmels willen nichts Falsches zu sagen. Selbst Aaron schien die Spannung zu spüren, die wie nach einem Blitzeinschlag in der Luft schwebte. Abrupt hörte er auf zu bellen, ließ aber die am Boden kämpfenden Männer nicht aus den Augen. Jakob fasste sich und versuchte sein Herz zu beschwichtigen, das ihm heftig in der Brust klopfte. Er hatte seine Hände zu Fäusten geballt, doch er zwang sich, sie zu öffnen und in einer beschwichtigenden Geste nach vorne zu strecken. Bei dem am Boden liegenden Söldner schien es sich um einen Offizier zu handeln, was sein hochdekorierter Rock eindrucksvoll belegte.

»Wir wollen ihm nichts tun«, erklärte er freundlich an die Musketenläufe gewandt, die genau in sein Gesicht zielten. Das Ganze hatte nur wenige Sekunden gedauert, und er stieß mit dem Fuß nach Clauß, bis dieser hochschaute, um die Lage zu überblicken. Das Bild vor seinen Augen schien ihn zu überzeugen. Langsam kam er auf die Füße und streckte seinem Gegner die Hand hin, damit er sich ebenfalls in die Höhe schwingen konnte.

»Wir brauchen lediglich die Frau«, sprach Jakob weiter, sich allzu deutlich der Läufe bewusst, die sich immer noch auf ihn richteten. »Unser Kamerad ist verletzt. Er braucht ihre Hilfe, sonst wird er sterben.«

Der Offizier prustete. Ein zorniger Blick fuhr in Clauß' Richtung. »Auf einen mehr oder weniger kommt es nicht an.« Seine Aussprache hatte einen starken Akzent, doch er schien sie ohne Weiteres zu verstehen.

Jakob holte tief Luft, sein Herz drohte zu zerspringen, während er nach einem Ausweg suchte. »Kommt darauf an, auf welcher Seite er kämpft, nicht wahr?«

Sein Spiel war riskant, doch es war auch die einzige Lösung, die halbwegs plausibel war. »Wenn sie sich um ihn gekümmert hat, werden wir ohne Widerstand zu euch überlaufen.«

Clauß' Gesicht nahm einen verdutzten Ausdruck an, doch er sagte kein Wort.

»Ihr könnt uns *und* das Mädchen haben, das verspreche ich.«

Ein Rinnsal aus Schweiß lief zwischen seinen Schulterblättern hindurch. Er hoffte, dass die Söldner darauf eingingen. Wenigstens Magdalena schien nicht böse darüber zu sein, dass er sie bei diesem Handel ebenso verschachert hatte wie seine Kameraden. Ihre Züge entspannten sich. Immer noch sah sie ihm fest in die Augen, doch ihr Blick wurde weicher. Er war davon ausgegangen, dass es ihr lieber war, bei ihnen zu bleiben, und sein Gefühl schien ihn nicht zu trügen.

»Nun gut«, erwiderte der schwedische Offizier. Mit der gesunden Hand klopfte er sich den Staub von der Hose. Sein abschätzender Blick streifte die beiden Männer in seiner unmittelbaren Nähe. Ihre Körper schienen durch eine lange Dienstzeit gestählt zu sein. Er wies mit dem Kinn auf Jakob. »Wie lange bist du schon im Heer?«

»Etwas mehr als fünf Jahre«, erwiderte Jakob.

Der Offizier nickte anerkennend. »Du scheinst mir kein schlechter Söldner zu sein, wenn du diese lange Zeit unbeschadet überstanden hast.«

Balthasars Verletzung rettete ihnen schließlich das Leben. Der schwedische Offizier ließ sich auf Jakobs Handel ein, und nachdem Magdalena sich um Balthasar gekümmert hatte, begab sich die kleine Gemeinschaft in die Hand der Schweden. Etwas Besseres hätte ihnen nicht passieren können, denn die Schlacht hatte sich für das katholische Heer zu einer großen Katastrophe entwickelt. Tilly wurde verwundet. Ihm und Pappenheim gelang die Flucht. Seine Söldner hingegen bezahlten einen hohen Preis an der Stelle ihres Feldherrn. Die kaiserlichen Truppen wurden nahezu völlig aufgerieben. Etwa 12 000 Männer starben oder wurden verwundet. Der gesamte Tross der kaiserlichen Armee war ebenso verloren wie 7 000 Gefangene, die schon am nächsten Tag fast ausnahmslos in schwedische Dienste übertraten. Der Rest des Heeres löste sich auf und die Truppen des Schwedenkönigs wurden stärker denn je. Das Blatt hatte sich gewendet!

Jakob schlenderte durch das Lager. Aaron streifte hechelnd sein Bein und genoss wie sein Herr die relative Ruhe nach einer Schlacht, wenn der nächste Marschbefehl noch auf sich warten lässt. Balthasar hatte ein schweres Fieber bekommen, das ihn immer noch plagte, doch es ging ihm von Tag zu Tag etwas besser. Magdalena hatte sein Bein retten können. Wie sie das getan hatte, war Jakob schleierhaft, doch sie schien in dieser Hinsicht wirklich eine besondere Gabe zu haben. Mit keinem Wort hatte sie sich darüber beklagt, dass er sie ebenfalls an die Schweden verschachert hatte. Eigentlich konnte sie froh darüber sein, denn der kaiserliche Tross war vollkommen zerstört worden und viele ihrer Bekannten hatten dies nicht überlebt. Im Grunde waren sie alle mit dem Ergebnis der kurzen Verhandlung, die er mit dem schwedischen Offizier geführt hatte, zufrieden gewesen. Im Lager gab es genug zu essen und sie befanden sich auf der Seite des Siegers. Wenn sie dem Kaiser treu geblieben wären, hätte ihr einziger Lohn aus ihrem Tod bestanden. Ein hübsches Trossweib lächelte ihn kokett an und er grinste breit zurück, bevor sein Blick über ein Zelt streifte, das ihm bekannt vorkam. Auch hier schien es Feldschreiber zu geben, die gegen eine bestimmte Summe ihr Wissen zur Verfügung stellten. Die Sehnsucht nach Elisabeth erfasste ihn. Noch immer hatte er keine Nachricht von ihr erhalten. Die Sorge um sie lag wie ein schwerer Stein in seinem Magen. Kein einziges Lebenszeichen, das ihm bestätigte, dass sie immer noch wohlauf war und auf ihn wartete. Unbewusst griff seine Hand an seinen Halsausschnitt, doch ihr Brusttuch befand sich schon lange nicht mehr an dieser Stelle. Es war schon arg zerschlissen gewesen und so hatte er es abgenommen und sorgfältig in sein Bündel gelegt, damit es nicht noch mehr beschädigt wurde. Manchmal holte er es nachts heraus, wenn niemand ihn beobachtete. Dann drückte er sein Gesicht gegen den weichen Stoff und meinte dabei ihre Haut zu spüren, die zart über seine Wangen strich. Ihr Duft war schon längst verflogen, doch er zwang ihn wie einen Nachhall herbei, erinnerte sich an ihr Gesicht, ihren Körper, ihr Haar, damit nichts von ihr dem Vergessen anheimfiel. Er wusste, dass Magdalena immer noch tiefe Gefühle für ihn hegte, doch sie prallten an ihm ab wie ein Wasserstrahl auf Eis. Es würde keine andere für ihn geben, dessen war er sich sicher. Und vielleicht rückte das Wiedersehen mit Elisabeth nun in greifbare Nähe? In dem Moment, in dem er zu den Schweden überwechselte, war ihm bewusst geworden, welch angenehme Folgen die Fahnenflucht hatte. Seine Strafe war noch nicht beendet, doch wer sollte dies jetzt noch bemerken? Die Schlacht bei Breitenfeld hatte viele Opfer gefordert und er konnte ebenso gut zu ihnen gehören. Kein Mensch würde bemerken, dass er immer noch am Leben war. Dennoch konnte er nicht einfach verschwinden. Die Gefangenen wurden gut bewacht, auch wenn sie einen Eid auf die Fahne des Schwedenkönigs geleistet hatten. Das Vertrauen, das man in sie setzte, war noch nicht groß, und die Feldgalgen waren voll von jenen, die versucht hatten zu fliehen. Er würde also noch eine Weile bleiben müssen, bevor er ungesehen verschwinden konnte. Der Sold war hier nicht schlecht und vielleicht war es möglich, dass er nicht als armer Schlucker, sondern als gemachter Mann zu Elisabeth zurückkehren konnte. Er hatte lange darüber nachgedacht und je länger er es tat, desto besser gefiel ihm dieser Plan. Er würde noch ein paar Monate, vielleicht auch ein Jahr bei den Schweden bleiben, den hohen Sold einstreichen, und dann, wenn es an der Zeit war, würde er sich davonmachen. Endlich heim! Heim zu Elisabeth!

Seine Füße machten kehrt, ohne dass er einen bewussten Gedanken daran verschwendete. Er lief auf das Zelt des Feldschreibers zu. Er musste Elisabeth die gute Nachricht unbedingt mitteilen, wenn er sich auch nicht ganz so deutlich ausdrücken konnte, wie er es gerne wollte. Ein schlechtes Gewissen klopfte leise bei ihm an. Es war sehr nett von Magdalena gewesen, die Briefe ohne irgendeine Gegenleistung für ihn zu schreiben. Doch vielleicht stimmte etwas nicht mit ihnen? Vielleicht machte sie irgendeinen Fehler, der die Briefe in eine falsche Richtung sendete.

Er schüttelte den Kopf wie ein Pferd, das lästige Fliegen vertreibt. Er war Magdalena keine Erklärung schuldig. Sie musste gar nicht wissen, dass er beim Feldschreiber war. Es war allein seine Angelegenheit!

Anfang Februar 1632

Gerüchte

Hinter dem mit Lederhaut bespannten Fenster lag ein trüber Tag unter einem milchig grauen Himmel. Nass, kalt und freudlos. Auf dem kahlen Gerippe des Schneeballstrauches saß eine Krähenschar. Nun, da der Regen endlich nachgelassen hatte, schwelgten sie in einem schaurig-krächzenden Winterlied.

Im Innern des Hauses verwandelte sich das dürftige Licht in ein dumpfes Grau. Nur der Schein eines Kienspans und die lodernde Wärme des gemauerten Ofens brachten eine freundliche Gemütlichkeit in die Düsternis der Stube. Elisabeth lehnte seufzend ihren Rücken an die durchdringend warmen Kacheln und breitete ein wenig die Arme aus. Sie war eben erst nach Hause gekommen und bis auf die Knochen nass. Der Stoff des Hemdes unter ihrem Leibchen klebte unangenehm auf ihrer Haut. Sie war mit den Tieren im Wald gewesen, um Heu zu sparen, doch dann hatte es so heftig zu regnen begonnen, dass ihr nur noch der Rückzug übrig geblieben war. Kaum zu Hause angekommen, hatte sie festgestellt, dass es hier ebenfalls keine guten Neuigkeiten gab. Sie runzelte besorgt die Stirn und blickte zu ihrer Mutter hinüber, die auf einem Stuhl neben dem Tisch saß und sich im Lichtkreis des Kienspans über die Flickarbeit beugte.

»Mutter! Du gehst mir nicht mehr aus dem Haus!«, sagte sie in befehlshaberischem Ton. Der Stoff des Kleides begann die Wärme des Ofens in sich aufzunehmen und dampfte wie eine Gewitterwolke hinter Elisabeths Rücken.

Christine Strickler gab ein verächtliches Geräusch von sich. »Meinst du, dass sich dadurch irgendetwas ändern würde? Wenn die Leute etwas gegen mich haben, werden sie so oder so einen Weg finden, um mir das Leben schwer zu machen.«

Elisabeth holte tief und heftig Luft und stieß sie mit einem verzweifelten Schnauben wieder aus. Ein paar Dorfbuben hatten Mutter vor ein paar Stunden mit Pferdeäpfeln beworfen, als sie kurz in den Hof gegangen war. Sicher, es waren nur harmlose Jungen gewesen und außer ein paar übel riechenden Flecken auf dem Schultertuch und ihrem deutlich verletzten Stolz war kein weiterer Schaden entstanden. Doch inzwischen wurden sie so frech, dass sie sich bereits vor das Haus wagten.

Die ganze Misere hatte an jenem Tag begonnen, als Mutter die kleine Veronica retten wollte. Nach dem misslungenen Versuch war sie wochenlang krank gewesen, doch anstatt ihr dankbar zu sein, hatte dies die Leute erneut gegen sie aufgebracht. Irgendwie schienen sie zu glauben, dass sie etwas damit zu tun haben könnte, obwohl dies mehr als lächerlich war. Aus welchem Grund sollte eine alte Frau ein kleines Mädchen in den Bach stoßen?

Dieses Ereignis lag nun schon länger als drei Jahre zurück. Doch seit Veronicas Tod lebten sie so abgeschieden wie in einer luftgefüllten Blase. Es war derselbe Zustand, der sie auch nach dem Mord an Kaspar Selzer gefangen gehalten hatte. Niemand sprach mit ihnen außer ein paar eigenwilligen Kreaturen, die nichts auf das Geschwätz der anderen gaben. Katharina gehörte immer noch zu ihnen, wofür sie dem Mädchen sehr dankbar war. Die Gerüchte über sie schienen nicht abzureißen. Vor zwei Jahren hatte das Wetter weiteren Anlass für Spekulationen geliefert. Dabei hatte alles so gut angefangen. Der Frühling war herrlich gewesen. Üppig, warm und voll köstlicher Düfte. Doch als die Obstbäume in der Blüte standen, hatte es noch einmal einen kräftigen Frost gegeben. Die meisten Blüten waren erfroren und sie alle litten unter der schlechten Ernte, die daraus folgte. Es war eine Laune der Natur, die hin und wieder vorkam, aber wieder schienen die Dorfbewohner sie dafür verantwortlich zu machen. Elisabeth schnaubte verdrossen. Sie waren höchst normale Wesen – wie vermutlich jeder andere auch –, die sich nicht in der Lage befanden, solche Dinge zu beeinflussen! Höchstwahrscheinlich hing es damit zusammen, dass sie ohne fremde Hilfe auskamen. Es war offensichtlich, dass man ihnen dies nicht gönnte und nun nach einem Grund suchte, um es ihnen heimzuzahlen.

Elisabeths Herde aus Schafen und Ziegen hatte sich inzwischen deutlich vergrößert, obwohl es im letzten Jahr fast zu einer Katastrophe gekommen wäre. Der Krieg war zurückgekehrt. Wieder einmal war es Oberst Ossa, der in der Gegend hauste. An einem freundlichen, sonnigen Morgen war der Nachbarort Willstätt von den kaiserlichen Truppen eingenommen worden. Wegen seiner Funktion als Amtssitz des Hanau-Lichtenbergischen Grafen Philipp Wolfgang eignete er sich ganz besonders dafür, obwohl dieser nur selten persönlich anwesend war. Elisabeth hörte das Gefecht vom Stall aus, wo sie gerade mit dem Melken begonnen hatte. Nach einem kurzen Abstecher in den Garten bestätigten sich ihre schlimmsten Befürchtungen. Die Landsknechte waren von der anderen Seite gekommen, sodass die Bewohner Odelshofens den Einfall der Truppe nicht bemerkten. Doch das Kampfgetümmel war deutlich zu erkennen und der Tross näherte sich bereits. Sobald die Söldner in Willstätt alles von Wert an sich gebracht hatten, würden sie ebenfalls kommen, um bei ihnen das Gleiche zu tun. Sie hatte keine Minute gezögert und war mit ihren Tieren auf die Rheininseln geflüchtet, bevor es zu spät war. Man konnte es weise Voraussicht nennen, vielleicht auch Glück oder das Eingreifen des Herrgotts. Jedenfalls hatte weder sie noch eines ihrer Tiere dabei Schaden genommen. Bei vielen Dorfbewohnern sah es anders aus. Sie waren zu lange in ihren Häusern geblieben und der Soldateska direkt in die Arme gelaufen, trotz der deutlichen Hinweise auf ein Gefecht in ihrer Nachbarschaft. Einige hatte dies das Leben gekostet, andere konnten außer sich selbst auch ein paar ihrer Tiere retten. Auf jeden Fall aber hatten sie in den letzten Monaten ein karges Dasein geführt.

Auch in ihrem Haus waren Plünderer gewesen. Mutter hatte sich in der Scheuer im Heu versteckt. Glücklicherweise hatten die Männer sie nicht gefunden. Doch die Truhen mit dem Weißzeug und ihren Sonntagskleidern waren leer. Auch ein Teil des Geschirrs fehlte, und die Hühner, die sie wohl oder übel zurücklassen musste, waren ebenfalls verschwunden. Immerhin blieb ihnen mehr als den meisten – und gerade dies schien den Neid noch weiter zu entfachen.

Nun schien die Sache langsam gefährlich zu werden. Elisabeths Blick fiel auf ihre Mutter, die sich mit verkniffenem Gesicht über die Flickarbeit beugte. »Katharina hat mir erzählt, dass ihre Kühe zu wenig Milch geben.« Auch die Selzers hatten einen Großteil ihres Viehs retten können.

Christine Strickler hob den Kopf. »Ja, und?«

»Klara ist wohl der Ansicht, dass wir dahinterstecken könnten.« Elisabeth räusperte sich verlegen. Ihre Lider senkten sich über die grünen Augen, als sie zu Boden blickte. »Besser gesagt, ist sie der Meinung, dass *du* deine Finger dabei im Spiel hast.«

Die runzlige Stirn der alten Frau furchte sich noch mehr, als es ohnehin schon der Fall war. Doch nun hörte sie ihrer Tochter aufmerksam zu. Klara war die Mutter der achtzehnjährigen Katharina und Witwe von Kaspar Selzer. – Des Mannes, den Jakob erstochen hatte. Seit Kaspars Tod war sie ein griesgrämiges, verbittertes Weib, das nach jedem Strohhalm greifen würde, um ihnen das Unrecht, das sie erlitten hatte, heimzuzahlen.

»Sie will beobachtet haben, dass du dich des Nachts öfter in der Nähe ihres Stalls herumtreibst.«

Christine gab ein schnippisches Geräusch von sich.

»Außerdem soll die wenige Milch bereits auf dem Weg vom Stall ins Haus gerinnen.«

Die alte Frau hielt in ihrer Arbeit inne. Dies galt als deutliches

Zeichen, dass sich eine Hexe an den Kühen zu schaffen machte. »Ach? Und diese Hexe soll womöglich ich sein?«

Elisabeth nickte. »Sie behauptet, dass du einen Zauber gewirkt hast, der die Milch in den Eutern versiegen lässt.« Bis jetzt hatte sie ihrer Mutter gegenüber nichts davon erwähnt, doch dies und die offene Aggression der Jungen verhießen nichts Gutes. Es war besser, das Schweigen zu brechen, bevor es zu spät war.

»Wir müssen vorsichtiger sein. Im Dorf wird schon darüber getuschelt, dass Klara möglicherweise recht haben könnte.«

Christine Strickler lachte bitter auf. »Was für eine absurde Idee. Meine Beine tragen mich ohnehin kaum noch, woher sollte ich die Kraft nehmen, um jede Nacht bis zum Stall der Selzers zu laufen?«

Elisabeth zuckte mit den Achseln. »Dieses Argument wird man wohl kaum gelten lassen. Schließlich sagt man einer Hexe nach, dass sie zu allem fähig ist.«

Das Gesicht der alten Frau verzog sich zu einer grimmigen Miene. »Ach, sollen die Leute doch glauben, was sie wollen!« Ihr Tonfall veränderte sich und nahm einen unheimlichen Klang an. Noch tiefer und dunkler, als ihre Stimme ohnehin schon war. »Wer weiß, vielleicht bin ich tatsächlich eine Teufelsbuhle und gehe nachts in Tiergestalt umher, um die Kühe mit einem Milchzauber zu belegen.« Sie zog den Kopf ein und schaute wie ein scheeles Weib umher. In diesem Moment sah sie wirklich aus wie eine Hexe. In den letzten Jahren war sie rasant gealtert. Ihr Gesicht glich einem runzligen Apfel, aus dem zwar immer noch wache, blaue Augen blickten, doch wenn sie lächelte, schaute man in die Abgründe eines fast zahnlosen Mundes.

»Mutter«, erwiderte Elisabeth entrüstet. »Lass den Unfug«, sie blickte sich nach allen Seiten um, obwohl sie allein im Haus waren, »bevor du uns in noch größere Schwierigkeiten bringst, als diejenigen, die wir sowieso schon haben.«

Die Vorstellung, dass sich der Mob über die alte Frau hermachen würde, legte sich schwer auf Elisabeths Gemüt. Ihr Magen krampfte sich zusammen. »Was sollen wir nur tun?« Sie drehte ihre Vorderseite dem Ofen zu, damit diese ebenfalls trocknen konnte, und schloss für einen Moment erschöpft die Augen.

Ihre Mutter zuckte mit den Achseln. »Ich schätze, dieses Problem ist nur noch eine Frage der Zeit«, erwiderte sie schnippisch.

Elisabeth lehnte sich Halt suchend gegen die grünen Kacheln des Ofens. Er war beruhigend fest und solide unter ihren Händen. Sie fühlte die Wärme, die angenehm durch ihre Haut drang, doch sie fand keinen Trost darin. Sie wusste, was ihre Mutter damit sagen wollte. Es würde nicht mehr allzu lange dauern, bis das Leben der alten Frau beendet war. Aber bis dahin konnte noch viel geschehen – und wenn Mutter tatsächlich starb, hatte sie überhaupt niemanden mehr, der ihr beistand. Dann war sie, im wahrsten Sinne des Wortes, *mutterseelenallein.* Sie seufzte in einem tiefen, klagenden Ton. Wenn doch nur Jakob endlich zurückkommen würde. Fast sechs Jahre war er nun fort und seit jenem einzigen Brief hatte sie nichts mehr von ihm gehört. Ob er überhaupt noch lebte? Ihr Bild von ihm verblasste mit der Zeit. Nur noch mit Mühe konnte sie in ihrer Vorstellung die Konturen entstehen lassen, die für ihn so typisch waren. Seinen geschmeidigen, feinknochigen Körperbau. Die weichen Gesichtszüge, die zarte Narbe auf seiner Stirn und die dunklen Augen, die so sehr an einen Zigeuner erinnerten. Die empfindliche Haut unter ihren Lidern fing zu brennen an und die Verzweiflung legte sich über sie wie ein zu schwerer Mantel. Es gab so vieles, das sie bewältigen musste und je mehr Zeit verstrich, desto weniger wusste sie, wie lange sie es noch ertragen konnte. Trotzdem waren es noch einmal ganze vier Jahre, bis er zu ihr zurückkehren würde. – *Falls* er überhaupt kam! Die Tränen stiegen wie eine Flut in ihr auf und perlten über ihr Gesicht. Sie biss die Zähne zusammen, doch sie konnte die schluchzenden Laute aus ihrer Kehle nicht unterdrücken.

»Kind, was ist denn?« Christine Strickler sah von ihrer Arbeit auf und musterte sie blinzelnd. »Wegen eines alten Weibes wie mir musst du nicht heulen. Die Dinge geschehen sowieso auf ihre eigene Weise. Wir können nichts weiter tun, als uns mit ihnen zu arrangieren.«

Der Postreiter

Zehn Tage später kam ein Reiter ins Dorf. Die Sonne hatte sich wieder einmal hinter dicken Wolken versteckt, doch wenigstens regnete es nicht und die Kälte war auszuhalten. So gab es einige, die sich draußen aufhielten, als das Pferd in die Richtung des Bühls trabte. In seinem Sattel saß unverkennbar ein Postreiter, was durch den lauten Klang des Horns noch unterstrichen wurde, in das er mit kurzen Unterbrechungen blies. In heller Aufregung drängten die Menschen zu dem kleinen Dorfplatz. Es war mehr als wahrscheinlich, dass er Feldbriefe im Gepäck hatte. Elisabeth gesellte sich auf dem Bühl zu den anderen. Seit einer Weile hatte sie keine Scheu mehr, hierherzukommen. Doch es war auch ihre Sehnsucht, die sie wie ein unsichtbarer Faden zu diesem Fremden zog. Die Sehnsucht nach einem weiteren Brief von Jakob. Es konnte, nein, es *durfte* einfach nicht sein, dass sie seither nicht ein einziges Lebenszeichen von ihm erhalten hatte!

Der Postreiter unter der Linde sah gut genährt aus. Sein Haar war lang, wie das eines Landsknechts. Eine pompöse, rot gefärbte Feder stach von Hut und Mantel ab, die beide in einem dunklen Blau gehalten waren. Darunter kam eine etwas hellere Schlumperhose zum Vorschein. Modische Stulpenstiefel – zum besseren Gehorsam des Pferdes mit Sporen versehen – vervollkommneten das Bild und erweckten den Eindruck, dass dieser Berufsstand sein Auskommen hatte.

Das Pferd des Mannes stand hinter ihm. Muskulös und ebenso wohlgenährt wie sein Reiter, schlürfte es gierig Wasser aus einem Kübel, den man ihm eilends hingestellt hatte.

Der Postreiter musterte die Menschen, die in der Form eines

großen Hufeisens um ihn herumstanden, mit einem freundlichen Blick. »Ich habe Euch Briefe mitgebracht«, rief er. Seine Stimme war deutlich höher, als man es von jemandem mit seiner Statur erwartet hätte, »von Euren Söhnen, Männern und Liebsten.« Beim letzten Wort machte er eine charmante Verbeugung und sah dann schelmisch in die Runde, als ob er prüfen wolle, wer für letzteres infrage käme. Bei Elisabeth blieb sein Blick hängen. Er zwinkerte bedeutungsvoll in ihre Richtung.

Elisabeth spürte die Blicke der anderen auf sich und senkte schnell den Kopf, um ihnen nicht noch einen Grund zu liefern, über den sie sich das Maul zerreißen konnten.

Der Mann öffnete derweil seinen schweren Postsack, den er vom Pferd genommen hatte, und förderte aus dessen Tiefen ein paar Briefe hervor. Im Vergleich zu den Vorjahren war es eine verschwindend geringe Zahl. Ein ängstliches Raunen ging durch die hufeisenförmige Ansammlung. Der von Häusern umrahmte Dorfplatz hatte sich inzwischen gut gefüllt.

»Frantz, Johann«, die Augen des Reiters wanderten suchend umher.

»Hier! Das ist mein Mann!«, rief eine ältere Frau und meinte damit den Empfänger des Briefes. Mit roten Wangen ging sie nach vorne, um das Schreiben entgegenzunehmen und drückte es glücklich an ihre ausladende Brust. »Der ist bestimmt von unserem Sohn. Dem Herrgott sei Dank, dass er noch lebt!«, stieß sie erleichtert hervor.

»Seht lieber erst nach, ob Euch nicht ein anderer von seinem Tod berichtet«, erwiderte der Postreiter nüchtern.

Die Frau wurde kreidebleich und eilte mit dem Brief nach Hause. Wie viele andere konnte sie nicht lesen, was darin stand. Sie würde erst den Pfarrer aufsuchen müssen, um es zu erfahren.

»Murr, Georg«, rief der Bote in der blauen Tracht erneut. Wartend blickte er in die Runde.

»Der Georg ist letztes Jahr gestorben«, meldete sich einer der Männer zu Wort.

»Gibt es keine Hinterbliebenen?«

»Doch eine Tochter, aber sie wohnt in Kork.«

Der Postreiter nickte. »Gut, dann werde ich ihn nach dorthin mitnehmen.«

Es folgten nicht mehr viele Namen, für die ein Brief bestimmt war. Die Menge zerstreute sich mit betrübten Gesichtern, als der Reiter den Postsack auf dem Pferderücken verstaute und wieder in den Sattel stieg. Elisabeth senkte enttäuscht den Kopf. Wieder keine Nachricht von Jakob! Das konnte doch nicht sein! Ob er wohl doch gefallen war, ohne dass sie etwas davon mitbekommen hatte? Sie wagte nicht daran zu denken. Aber hätte sie in diesem Fall nicht wenigstens eine Nachricht über seinen Tod erhalten müssen? Doch wer hätte sie ihr schicken sollen? Sie starrte auf den sandigen Boden des Bühls, ohne ihn wirklich zu sehen. Es mochte noch andere Gründe dafür geben, dass er nicht mehr schrieb. Vielleicht waren die Briefe unterwegs verloren gegangen, oder – was die schlechtere der beiden Alternativen war – er hatte sich in eine andere verliebt und traute sich nun nicht, die Karten offen auf den Tisch zu legen. Nun – vielleicht gab es noch eine Möglichkeit, dies herauszufinden.

Der Postreiter schnalzte mit der Zunge. Er lenkte sein Pferd an dem Kübel vorbei, aus dem es seinen Durst gestillt hatte.

»Halt!« Elisabeth trat einen Schritt vor und wäre um ein Haar über einen Ausläufer der Lindenwurzel gestürzt, der hier wie eine Schlange aus dem Boden ragte.

Die haselnussbraunen Augen des Mannes musterten sie amüsiert und sein Mund verzog sich unter dem modischen Knebelbart zu einem Grinsen. »Gibt es einen besonderen Grund, warum du mich so energisch daran hinderst, meinen Weg fortzusetzen?« Die kecke, rote Feder an seinem Hut wippte sanft auf und ab, während er sprach.

»Darf ich Euch etwas fragen?«

»Aber sicher«, erwiderte der Mann. Er stieg noch einmal von seinem Pferd, um ihr Auge in Auge gegenüberzustehen. Die junge

Frau gefiel ihm außerordentlich gut, und da er der erste Mann seit Langem war, der nichts von ihrer Geschichte wusste, blickte er ihr ganz unbefangen ins Gesicht.

Widerstrebend gestand sich Elisabeth ein, dass sie den anerkennenden Blick genoss, der nicht die geringste Spur von Abscheu oder Herablassung enthielt.

»Habt Ihr nicht auch einen Brief für mich dabei?« Sie hatte das Gefühl, sich für diese Frage rechtfertigen zu müssen. »Von meinem Bräutigam, wisst Ihr«, fügte sie deshalb hinzu. »Ich warte schon so lange auf eine Nachricht von ihm.« Ihre hübschen Augen, die den Postreiter an den Grund einer bemoosten Quelle erinnerten, blickten ihn bittend an.

Der Mann nickte verstehend, obwohl seine Hoffnung, einen solchen zu finden, verschwindend gering war. Er sollte hier eigentlich nicht seine kostbare Zeit verschwenden. Überall gab es Mädchen, die auf einen Brief ihres Liebsten warteten, aber die junge Frau rührte sein Herz. »Wie heißt du denn?«

Sie senkte den Blick auf ihre schwieligen, von harter Arbeit gezeichneten Hände. »Elisabeth Strickler«, drang es leise aus dem vollen, vielleicht ein wenig zu breiten Mund. Doch die hübschen Grübchen in ihren Wangen machten diesen Eindruck wieder wett.

»Nun, dann wollen wir mal sehen.« Die Finger des Mannes lösten die Verschnürungen, mit denen der Sack am Sattel befestigt war. Mit einem Ruck zog er ihn vom Pferd, das zufrieden über die kleine Rast den Kopf senkte. Er stellte das unförmige Gebilde aus grobem Tuch auf den Boden, ging in die Knie und öffnete es. Nacheinander holte er die restlichen Briefe aus dem Sack hervor und musterte jeden einzelnen. Plötzlich erhellte sich sein Gesicht. »Wie war noch mal dein Name?«

Elisabeths Herz nahm einen aufgeregten Satz. »Elisabeth Strickler«, ihre Stimme klang plötzlich so atemlos, als ob sie zu schnell gerannt wäre.

Der Postreiter lächelte sie strahlend an. Die Fröhlichkeit in seinen Augen wirkte triumphierend, als er ihr ein zusammengefaltetes Blatt Papier unter die Nase hielt. »Hier ist er!«, sagte er nicht ohne einen Hauch von Stolz. »Lag ganz zuunterst, der kleine Schelm. Vermutlich hat er sich in einer Falte des Sacktuchs versteckt.«

»Und er ist wirklich für mich?«

Der Mann nickte und betrachtete den Absender. »Ein Jakob Selzer hat ihn geschrieben.« Mit Genugtuung beobachtete er den Anflug von Freude, der sich in dem grünen Blick seines Gegenübers spiegelte.

Elisabeth nahm ihn so vorsichtig entgegen, als ob es sich um ein rohes Ei handele, während er ächzend seine Knie streckte und sich wieder aufrichtete. Unschlüssig drehte sie ihn in den Händen.

Er nickte ihr aufmunternd zu. »Willst du nicht wissen, was drin steht?«

»Doch«, erwiderte sie zögernd. Ihre dunklen Wimpern senkten sich und er sah, wie sich ihr Gesicht veränderte. »Aber ich kann nicht lesen.«

Der Postreiter rückte den Riemen seines Horns zurecht, das ihm über den Rücken hing, während er überlegte. Er wollte ihr nicht zu nahetreten, aber vielleicht sollte er anbieten, ihr den Brief vorzulesen? Sie sollte ja schließlich wissen, was darin stand. Ein Hauch von Peinlichkeit überfiel ihn und er spürte, wie er rote Ohren bekam. Natürlich war es blöd, wenn ihr ein Fremder die persönlichen Zeilen ihres Liebsten offenbarte, aber wenn sie zum Pfarrer oder einem anderen Würdenträger ging, wäre es nicht weniger unangenehm. Im Unterschied zu jenen würde er wieder fortreiten und sie vermutlich niemals wieder sehen. Aus seinem Mund drang ein verlegenes Hüsteln. »Möchtest du, dass ich dir sage, was drin steht?«, fragte er freundlich.

Elisabeth räusperte sich. Auf ihren hohen Wangenknochen erschien ein zarter Rotton, der ihr gut zu Gesicht stand. »Nun, wenn Ihr noch ein wenig Zeit erübrigen könnt?«

Er nahm ihr den Brief aus der Hand und faltete ihn sorgfältig auseinander, während sein Pferd den Kopf mit einem gemütlichen Schnauben auf seine Schulter senkte und sich die Augen der jungen Frau an seine Lippen hefteten.

»Meine liebste Elisabeth,
ich wüsste so gerne, wie es Dir geht. Ob du wohlauf bist? Und ob Du und Deine Mutter Euer Auskommen habt? Meine Sehnsucht nach dir ist immer noch so groß, als ob wir erst vor ein paar Tagen voneinander geschieden wären. Ich hoffe, der Krieg hat Euch verschont, denn überall, wo er hinkommt, hinterlässt er eine Ödnis aus Hunger und Elend. Möge der Herrgott verhüten, dass dies in Eurer Nähe geschieht.
Meine Lage hat sich in letzter Zeit verändert. Ich bin in schwedische Gefangenschaft geraten und diene nun im Heer Gustav Adolfs. Im Moment kann ich noch nicht viel sagen, aber vielleicht bringt mich diese Tatsache früher zu Dir zurück, als ich zu hoffen wagte. Ich bete darum, dass wir uns bald gesund und in Frieden wiedersehen. Ich weiß, dass Du nicht schreiben kannst, aber ein paar Zeilen von Dir würden mich freuen.

Dein Dich liebender Jakob
In Treue verbunden, bis wir uns wiedersehn.

Postscriptum: Wie immer bitte ich Dich, meine Schwester zu grüßen, wenn Du kannst.«

Der Postreiter sah auf und wurde mit einem strahlenden Lächeln belohnt. Ihre Befangenheit hatte sich in Luft aufgelöst, nachdem der Inhalt des Briefes nun nicht mehr im Dunkeln lag und beide zu ihrer Erleichterung festgestellt hatten, dass nichts darin stand, was sie in Verlegenheit bringen konnte. »Du solltest ihm ebenfalls schreiben, damit der arme Kerl weiß, dass es dir gut geht«, riet er.

Elisabeths geschwungene Lippen verzogen sich zu einem schmalen Strich. »Ich weiß. Wenn dies nur nicht so schwierig wäre.«

Der Mann seufzte und blickte auf den ungefähren Stand der Sonne, die immer noch hinter den Wolken dümpelte. »Es wird höchste Zeit, dass ich weiterkomme, aber wenn der nächste Postreiter bei euch Halt macht, könntest du ihm einen Brief mitgeben. Frag den Pfarrer, oder jemand anderen, der des Schreibens mächtig ist.«

Elisabeth nickte. »Ich danke Euch sehr.«

»Keine Ursache«, entgegnete der Mann und stieg in den Sattel. Er tippte zum Abschied an die Krempe seines Hutes, dann trieb er sein Pferd in die Richtung der Landstraße. Das Gebell der wenigen Dorfhunde, die noch am Leben waren, begleitete ihn, bis er ihren Blicken entschwunden war und das Klappern der Pferdehufe verhallte.

Elisabeth konnte ihr Glück kaum fassen. Sorgfältig steckte sie den Brief in die Tasche ihres Fürtuchs. Sollte Jakob es tatsächlich schaffen, früher nach Hause zu kommen? Sie wagte kaum, dies zu hoffen. Doch die Freude, dass es ihm dennoch gelingen könnte, breitete sich wie ein wohliges Getränk in ihr aus. Sie strömte durch ihre Adern und floss in jeden Winkel ihres Körpers. Am liebsten wäre sie vor Freude in die Luft gesprungen, doch dies war wohl kaum schicklich und so ließ sie es bleiben.

Ein kleiner Junge lief ihr über den Weg, als sie endlich nach Hause ging. Er war ein hübscher Kerl mit einem dunklen Schopf, fast so schwarz, wie sie Jakobs Haare in Erinnerung hatte.

»Was machst du denn hier?«, fragte er sie in der unbefangenen Art eines Kindes.

Elisabeth lächelte ihn freundlich an. »Ich gehe nach Hause, und du?«

Der Junge zog seine Schultern bis an die Ohren, runzelte die Stirn und rollte mit den Augen, während er überlegte. »Ooch, nichts Besonderes.«

»Musst du nicht zu deinen Eltern?«

»Nein, ich glaube nicht«, erwiderte er. »Sie vermissen mich nicht besonders, weißt du?«

»So? Wieso denn nicht?«

Wieder zuckte er mit den Achseln. »Zu viele Geschwister. Mutter hat so viel zu tun, dass sie gar nicht merkt, wenn einer fehlt. – Und Vater … nun, dem fällt es am allerwenigsten auf.«

Elisabeth verzog ihr Gesicht zu einer mitfühlenden Geste. Obwohl der Junge viele Menschen um sich herum zu haben schien, war er wahrscheinlich so einsam wie sie selbst. »Wie heißt du?«

»Moritz«, erwiderte er mit einem breiten Grinsen, das seinem frechen Lausbubengesicht gut stand. »Und ich bin schon sechs Jahre alt.« Er streckte sich, als er das sagte, um ein wenig größer zu erscheinen.

»So alt bist du schon«, erwiderte sie anerkennend. »Sag, Moritz, möchtest du mich ein Stück begleiten?«

»Gerne«, entgegnete er eifrig nickend.

Einträchtig schlenderten Elisabeth und Moritz nebeneinander her, während der kleine Junge sie mit fröhlichem Geplapper unterhielt. Er erzählte von seinen Geschwistern, zwei Jungen und drei Mädchen, die sich ihrem Alter nach wie die Orgelpfeifen aneinanderreihten. Auf dem Hof angekommen folgte er ihr sogar in den Stall und half bei den Tieren. Nach einem abschließenden Becher Milch, bei dem er in der Küche auch das Herz der alten Christine erwärmte, ging er schließlich nach Hause.

Als Elisabeth kurz vor dem Einschlafen noch einmal über die Ereignisse der vergangenen Stunden nachdachte, stellte sie fest, dass ein ganz besonderer Tag vergangen war. Zwei wertvolle Geschenke waren ihr heute gemacht worden, die etwas Licht und Hoffnung in ihr Leben gebracht hatten. Wie ein zarter Sonnenstrahl beim Erwachen des Frühlings nach einem langen Winter.

19. Februar 1632

Das Heer

Ein schmaler Streifen versilberte den Höhenkamm des Schwarzwaldes, als Elisabeth aus dem Haus trat. Das erste Licht des Tages. Der Rest des Himmels war erfüllt von einem gekräuselten Wolkenmeer, so undurchdringlich wie ein Pelz, aber von einer schönen violett-grauen Farbe. Zart, verspielt und märchenhaft. Ein leises Lächeln umspielte Elisabeths Lippen. Es sah nach Regen aus, doch zumindest im Moment zeigte der Himmel sich von seiner schönsten Seite. Weiße Atemwölkchen drangen aus ihrem Mund, obwohl der Boden nicht gefroren war. Das Wetter war mild in letzter Zeit.

Der Henkel eines Wasserkübels lag kühl in Elisabeths Hand, während sie in Gedanken eine Liste der Dinge durchging, die heute erledigt werden mussten. Außer dem Versorgen der Tiere gab es in dieser Jahreszeit außerhalb des Hauses nicht viel zu tun. Morgen wollten sie Brot backen, also war es wohl am besten, nach dem Frühmahl Reisig für den Backofen zu richten. Bei dieser Gelegenheit konnte sie noch etwas von dem Holz zerkleinern, das sie im Herbst aufgeklaubt hatte. Es war ihnen nicht möglich gewesen, Bäume zu fällen, um daraus Scheite zu machen. Diese Arbeit war viel zu schwer für zwei Frauen, die keine Hilfe hatten. Doch man konnte sich auch auf andere Weise behelfen. Den ganzen Herbst hatte sie mit ihrer Herde auf der Waldweide verbracht, die als Allmende zum Dorf gehörte. Dort gab es genug Bruchholz, das sie während des Tages aufgesammelt und in ein vorsorglich mitgenommenes Gefährt gestapelt hatte. Einen großen Handkarren, der von den beiden kräftigsten Ziegen gezogen wurde, die ihr zur Verfügung standen. Die Tiere eigneten sich wesentlich besser für diese Aufgabe als Schafe. Nun musste das Holz nur noch gehakt werden, damit es in den Ofen passte. Da es sich in der Regel um morsches Holz oder abgebrochene Äste handelte, schaffte sie dies durchaus. Der einzige Nachteil daran war, dass man Unmengen davon brauchte. Aber wie so oft hatte ihr Wille, es den anderen zu zeigen, ihre Arbeitswut in ungeahnte Höhen getrieben – wenn sie auch zuweilen in Verzweiflung enden konnte.

Der junge Morgen spendete noch wenig Licht, doch sie kannte jeden Stein auf ihrem Weg. In sicherer Entfernung umrundete sie den Misthaufen und hob ihren Fuß über eine Rinne, die das Regenwasser vieler Jahre an dieser Stelle aus dem Schotter gespült hatte. Die Tiere raschelten im Stroh, als sie die Stalltür öffnete. In seinem Innern war die Luft erfüllt von den leisen Geräuschen der Schafe und Ziegen, ihrem Rascheln und den gemütlichen Lauten, die sie von sich gaben, wenn sie aus dem Schlaf erwachten. Das dürftige Licht fing sich in ihren gelben Augen mit den eigentümlich geschlitzten Pupillen. Elisabeths zierliche Nasenlöcher blähten sich für einen kurzen Moment. Sie hob die Nase und schnüffelte wie ein Hund in die Tiefen des Stalles. Es lag etwas in der Luft. Der übliche Geruch nach Dung, Stroh und feuchter Wolle wurde von einem anderen Duft überlagert. Einem Aroma aus Fruchtwasser und Blut – das untrügliche Anzeichen einer Geburt.

Inzwischen hatte Elisabeth die Herde in mehrere Gruppen aufgeteilt, zumindest solange sie im Stall waren. Die trächtigen Mutterschafe hatten in den letzten Tagen die Form eines voluminösen Kopfkissens angenommen, was durch ihr wollenes Haarkleid noch verstärkt wurde. Sie standen für sich allein, damit sie ihre Ruhe hatten. Seit Tagen rechnete sie damit, ein neugeborenes Lamm im Stroh zu finden. Tatsächlich entdeckte sie eines, dicht neben seiner Mutter, nachdem sich ihre Augen an die Düsternis gewöhnt hatten. Über ihr Gesicht huschte ein Lächeln. Moritz würde sich über den Neuankömmling freuen. Seit jenem Tag, an dem er sie nach Hause begleitet hatte, schaute er immer öfter bei ihnen vorbei. Ob seine Eltern wohl wussten, wo er sich aufhielt? Elisabeth kannte sie gut, obwohl sie schon lange nicht mehr mit ihnen gesprochen hatte. Nun, sie würde sie auch jetzt nicht fragen, ob sie etwas dagegen hatten. Seine Gesellschaft war wie Balsam für ihre Seele. Sie wollte sie nicht mehr missen.

Ihr Blick schweifte über die hohe Wand, welche die Mutterschafe vom Bock und mehreren männlichen Tieren trennte, die sie im Frühling zur Metzig bringen würde. Ein weiterer Bereich war für die Ziegen vorgesehen, von denen nur die weiblichen Tiere am Leben geblieben waren. Die jungen Böckchen hatte sie geschlachtet. Selbst Mutter fand das Fleisch inzwischen zart und schmackhaft. Vor allem aber machte es satt.

Elisabeth ließ die Stalltür offen, um besser sehen zu können, warf Heu in die Futterkrippen und holte mehrmals frisches Wasser aus dem Brunnen, bis alle Tröge gefüllt waren. Danach sah sie nach dem neugeborenen Lamm, einem kräftigen Böckchen. Seine Mutter schien die Geburt unbeschadet überstanden zu haben. Den anderen Mutterschafen strich sie forschend über den Körper. Zwei würden heute noch ihre Jungen bekommen. Sie hatten sich in eine Ecke des Stalles verzogen und an ihren Zitzen hing ein dicker Tropfen Milch, ein sicheres Zeichen dafür, dass es bald losging. Bei den Ziegen sah es nicht anders aus. Die intelligenten Tiere wussten, was auf sie zukam und blieben ruhig stehen, als Elisabeth sie untersuchte. Auch hier waren die meisten Tiere trächtig. Es würde nicht mehr lange dauern, bis die jungen Zicklein ihre drolligen Späße miteinander trieben. Sie freute sich schon darauf und auf die Milch, die es dann wieder geben würde. Die trächtigen Tiere wurden seit Weihnachten nicht mehr gemolken, damit sie sich für die anstehende Geburt erholen konnten. Der Rest hatte noch keinen Nachwuchs gehabt und bekam ohnehin keine Milch.

Elisabeth summte leise vor sich hin, als sie wieder aus dem Stall trat. Ein bläulich-graues Licht beschattete den Hof und die Häuser um ihn herum. Doch als sie sich daran gewöhnt hatte, blickte sie auf das unwirkliche Gemälde der fortschreitenden Dämmerung, beeindruckend und schroff. Der Himmel war immer noch bewölkt. Es dauerte lange, bis es um diese Jahreszeit richtig hell wurde. Eine veränderte Welt lag ihr zu Füßen, aus der die Dunkelheit rann wie die Körnchen in einer Sanduhr. Sie stellte den Kübel ab und hielt ein wenig inne, um das Bild vor ihren Augen zu betrachten. Die verwischten Konturen von vorhin zeichneten sich nun in aller Deutlichkeit ab. Der Schneeball streckte wie eine groteske Vogelscheuche die nackten Arme in die Luft. Auf einem seiner Äste entdeckte sie ein paar Vögel, die sich aufgeplustert aneinanderdrängten. Die Brücke, der Bach und die Häuser auf der anderen Straßenseite traten scharf hervor. Sie erinnerten an den kargen Druck einer Flugschrift. Die Konturen exakt, fast überzeichnet, aber ohne die Tiefe, die ein Bild so harmonisch machte. Plötzlich mischte sich etwas anderes darunter. Die Konturen verwischten, formten sich neu und verschmolzen zu einem eigenartigen Tanz. Elisabeth erschrak. Das Bild vor ihren Augen bewegte sich, als ob man ihm Leben eingehaucht hätte! Nur einen Herzschlag später wusste sie, dass es keine Täuschung war. Die Lebendigkeit vor ihren Augen nahm zu. Aus den Schatten formten sich Gestalten, genauso deutlich, wie sie noch vor wenigen Augenblicken die Gegenstände wahrgenommen hatte. Doch dies waren Menschen und sie kamen direkt auf sie zu!

Es dauerte nicht lange, bis sie erkannte, wen sie vor sich hatte. Es waren Söldner, angereichert durch den Tross des Heeres, das in diese Gegend einfiel wie Diebe in der Nacht! Dieses Mal waren sie klammheimlich gekommen. Leise, bevor die Dörfer erwachten. Sie spannte ihre Muskeln an, um wegzurennen, doch es war sinnlos. Nach wenigen Schritten wurde sie von zwei Landsknechten gepackt. Sie wehrte sich erbittert, schlug um sich und trommelte mit ihren Fäusten auf die Brust des einen. Die beiden Kerle lachten über die jämmerlichen Versuche, mit denen sie sich befreien wollte, und schleiften sie kurzerhand in ihr eigenes Haus. Man wartete dort bereits auf sie. Drei weitere Söldner hatten Mutter aus dem Bett gezerrt. Sie blieb im Winter gern etwas länger liegen, was bei der wenigen Arbeit auch nicht weiter ins Gewicht fiel. Nun war ihr dies zum Verhängnis geworden. Schlotternd stand sie in der kalten Stube, lediglich mit einem Hemd bekleidet, das ihren alten Körper darunter deutlich zum Vorschein brachte. Ein Junge war gerade damit beschäftigt, den Ofen zu schüren, während eines der Trossweiber Mutter gierig die Nachthaube vom Kopf riss, um sie im Licht des entfachten Kienspans einer eingehenden Prüfung zu unterziehen. Von oben hörte man das Poltern weiterer Eindringlinge, die bereits eifrig die Kammern durchwühlten. Dies alles vollzog sich in der nüchternen Atmosphäre routinierter Geschwindigkeit. Schonungslos und ohne Mitgefühl.

Einer der Söldner, ein langer Kerl, mager und knochig wie seine Gesellen, stieß Christine Strickler den ausgestreckten Zeigefinger in die Rippen. »Bei der ist nicht mehr viel zu holen«, er blinzelte spöttisch in die Richtung der alten Frau. Dann fiel sein Blick auf Elisabeth, die ihre Versuche wieder aufgenommen hatte, sich aus dem Klammergriff der beiden Kerle zu befreien, die sie ins Haus gezerrt hatten. »Ganz im Gegensatz zu der hier!« Freudig leckte er sich über die Lippen. »Die scheint mir ganz passabel zu sein. Frisches, junges Fleisch, von schönem Wuchs – und noch nicht einmal unterernährt«, fügte er anerkennend hinzu. Er grinste und entblößte dabei seine wenigen Zähne, obwohl er noch nicht alt zu sein schien.

»Das würde dir so passen!« Der Landsknecht an Elisabeths rechter Seite packte ihren Arm fester. Seine buschigen Brauen zogen sich finster zusammen. »Zuerst gehört sie mir, hast du verstanden? Danach kannst du mit ihr machen, was du willst.«

Elisabeth wurde schlecht, wofür nicht nur der abgestandene Geruch nach Schmutz und Schweiß verantwortlich war, der zu ihr herüberwehte. Es war unmissverständlich, um was es den beiden ging.

Der lange Kerl bleckte die Zähne, oder vielmehr das, was davon übrig war. Seine Kleidung bestand aus mehreren Schichten, einem Sammelsurium, das nicht zueinanderzupassen schien. Seine Hand fuhr an den Gürtel, der das Ganze zusammenhielt. In Sekundenschnelle kam ein Messer mit einer beängstigend langen Klinge zum Vorschein. Drohend richtete er die Spitze auf den Söldner zu ihrer Rechten. »Du glaubst doch nicht im Ernst, dass ich mir so etwas entgehen lasse? Vorher schneide ich dir die Gurgel durch!«

Offensichtlich verstanden die beiden in dieser Sache keinen Spaß. Elisabeth versuchte den Vorteil zu ihren Gunsten zu nutzen und wand sich vorsichtig aus den Krallen ihres Bezwingers, während zwischen den beiden Männern ein hitziger Streit entbrannte. Die übrigen setzten unbeeindruckt ihr Werk fort, wobei sie nicht sehr sanft vorgingen. Die Truhe in der Stube war inzwischen leer, doch damit schienen sich die Plünderer nicht zufriedenzugeben. Einer der Söldner nahm eine Axt und hieb in das Holz, offenbar um festzustellen, ob sie noch irgendein Geheimfach hatte, in dem man wertvolle Dinge aufbewahrte.

Ein durchdringender Schmerzenslaut ertönte. Elisabeth fuhr herum. Der schauerliche Ton kam eindeutig aus der Kehle ihrer Mutter. Doch es war kein körperlicher Schmerz gewesen. Ihre Mutter starrte entsetzt auf die Kommode mit den hübsch bemalten Wänden. Ein weiterer Söldner stand breitbeinig und mit einem großen Hammer bewaffnet davor, die Arme zum Schlag erhoben. Es war ein Geschenk ihres Mannes gewesen. Eine Gabe zur Vermählung und eines der wenigen Andenken, die sie noch hatte.

»Halt!«, schrie Christine Strickler erbost. »Was macht ihr denn? Ihr macht ja alles kaputt!«

»Dann sag uns, wo ihr das Geld versteckt habt! Sonst schlagen wir euch das ganze Haus entzwei!« Der Söldner ließ den Hammer sinken und baute sich drohend vor ihr auf.

Christine schaute verzweifelt auf die hübsche Kommode, die neben dem Fenster stand. Dann warf sie ihrer Tochter einen flehentlichen Blick zu, doch der Streit an Elisabeths Seite hatte inzwischen eine handfestere Stufe erreicht. Sie duckte sich, um einer

Faust auszuweichen, die im Eifer des Gefechts geflogen kam. Endlich ließ sie auch der zweite Söldner los, um sich in den Streit einzumischen. Sie huschte schnell zu ihrer Mutter, während der lange Kerl an ihr vorbeischlitterte und mit dem Kopf gegen die Wand krachte. Ihre Ehre war wichtiger als Geld, zumindest das bisschen, dass sie davon noch hatte. Egal welcher der drei Söldner die Prügelei gewann – *sie* würde die Siegestrophäe sein und dies würde sie mit allen Mitteln, die ihr zur Verfügung standen, verhindern! »Komm«, flüsterte sie. »Vielleicht gelingt es uns klammheimlich zu verschwinden, solange sie sich schlagen.«

Sie kamen nicht weit, wozu auch die Tatsache beitrug, dass Mutter nicht gedachte, den Kampf um ihre geliebte Kommode so schnell aufzugeben. Nur mit Mühe gelang es Elisabeth, sie hinter sich herzuziehen. Doch nach wenigen Schritten verstellte ihnen ein Trossweib den Weg und plötzlich stürmte ein weiterer Junge in die Stube. Sein Gesicht wurde von einer freudigen Erregung erhellt. »Tiere! Ich habe jede Menge Tiere im Stall gefunden! Schafe und Ziegen, und alle sind sie so fett, dass einem das Wasser im Mund zusammenläuft!«

»Nein!«, schrie Elisabeth. Sie bemerkte entsetzt, wie die versammelte Meute gierigen Blickes auf den Jungen starrte. Sie würden sich wie ein lechzendes Wolfsrudel auf die Tiere stürzen. Das Blut schoss ihr kribbelnd in die Kopfhaut. Ihre Eingeweide zogen sich vor Empörung zusammen. Vergessen war die Angst um ihre Ehre. Hier ging es um das Wichtigste, das sie besaßen. Wenn sie kein Auskommen mehr hatten, nützte ihr diese auch nichts mehr. »Nicht meine Tiere! Die bekommt ihr auf gar keinen Fall!« Sie ließ den Arm ihrer Mutter los und kämpfte sich entschlossen einen Weg ins Freie. Diejenigen, die ihr auf den Fuß folgten, schien dies zu amüsieren. Sie lachten so ausgelassen, als ob sie einen Witz gemacht hätte. Mit langen Schritten hechtete Elisabeth in die Richtung des Stalles und versperrte mit ihrem Körper schützend die Tür.

Für die Männer war es ein Leichtes, sie zur Seite zu schieben.

Alles Heulen, Betteln und Flehen nützte nicht das Geringste. Sie musste mit ansehen, wie sie die Tiere einfingen. Einige wenige hatten das Glück am Leben zu bleiben. Sie wurden davongetrieben, damit sie ihre Jungen gebären konnten. Für den Rest ging die Sache weniger glücklich aus. Ein rücksichtsloses Schlachten setzte ein. Elisabeth wendete ihren Blick ab. Sie konnte nicht zusehen, wie der Inhalt ihres Lebens von einem Augenblick auf den anderen zerstört wurde. Doch es war auch so kaum zu ignorieren. Ein angsterfülltes Blöken drang durch den Stall, bis sie sich die Finger in die Ohren steckte. Der metallische Geruch nach Blut löste den fruchtbaren Duft der Geburt ab und erfüllte die Luft mit seinem widerlichen Gestank. Das mühsam zusammengeklaubte Bruchholz wurde in den Hof geschafft, wo man ein lustiges Feuer entfachte, auf dem die gehäuteten Tiere in einer freudigen Zeremonie gebraten wurden.

Elisabeth lehnte an der äußeren Stallwand und beobachtete, in dumpfe Trauer gehüllt, das Geschehen. Das Geschrei, das mittlerweile im gesamten Dorf erklang, schien die Menschen um das Feuer nicht wirklich zu stören. Mit brutaler Gefühllosigkeit ignorierten sie es. Mutter war immer noch im Haus. Sie hatte sie schon seit Stunden nicht mehr gesehen. Ihre Kraft reichte nicht aus, um aufzustehen und zu ihr zu gehen. Die Stärke ihres Körpers schien aus ihr herausgeflossen zu sein. Sogar die Tränen liefen lautlos über ihre Wangen und tropften in die geöffneten Hände, die wie gelähmt in ihrem Schoß lagen. Es war alles dahin! Ihr so mühsam aufgebautes Leben war nur noch ein Trümmerhaufen. Für immer und unwiederbringlich zerstört! In einem Akt der völligen Starrheit beobachtete sie, wie gierige Münder das Fleisch verschlangen, das sie so lange gehegt und gepflegt hatte. Sah, wie der Bratensaft in Bärte rann oder vom Kinn eines Kindes tropfte. Die Zähne eines verkrüppelten Mannes, dessen Beine sonderbarerweise an den Knien endeten, schlugen gierig in das gegarte Fleisch. Er verschlang es mit den Bissen eines ausgehungerten

Hundes, ohne auch nur den Geschmack des Bratens zu kosten. Eine illustre Gesellschaft aus Söldnern, Weibern, Kindern und Krüppeln breitete sich vor Elisabeth aus, allesamt roh, ausgemergelt und jeglicher Moral entledigt. Eine Meute hungriger Gestalten auf der nimmermüden Suche nach Nahrung.

Doch der Spuk war noch nicht vorbei. Es gab noch einen Nachtisch – und dieser Nachtisch war sie.

Als sie wieder erwachte, war der Himmel hinter der offenen Stalltür stahlgrau. Die ganze Welt schien in eine Mischung aus Schwarz- und Grautönen versunken zu sein. Selbst das Fachwerk des Hauses und die wettergegerbten Schindeln auf dem Dach waren nichts weiter als eine Abstufung düsterer Töne vor einer schmutzig weißen Wand. Sie verlor sich darin, begann das Bild von einer Hülle außerhalb ihres Körpers zu betrachten. Das, was auf dem Boden des Stalles lag, war zu gepeinigt von Schmerz, Scham und einem grenzenlosen Ekel, um noch länger darin wohnen zu können. Sie wusste nicht, wie lange sie im Stroh gelegen hatte, doch es schien niemand da zu sein, den es gekümmert hätte. Im Stall war es seltsam still. Kein Rascheln, Meckern oder Blöken war zu hören, das auf die Anwesenheit auch nur eines einzigen Tieres hingewiesen hätte. Selbst der Mob war verschwunden. Lediglich seine zahlreichen Hinterlassenschaften bewiesen, dass er überhaupt da gewesen war. Im Hof qualmte ein großer Aschehaufen vor sich hin. Die schwarzen Gerippe zweier angekohlter Äste stachen wie Hilfe suchende Arme daraus hervor. Wie ein stummer Schrei, der auch aus ihrem Mund hätte stammen können. Der Schotter der rechteckigen Einfriedung war übersät mit Unrat. Zersplittertes Holz, verstreutes Stroh, die Überbleibsel des Schlachtens. Die abgenagten Knochen ihrer Tiere waren ein Anblick, den sie nicht ertragen konnte. Sie blickte wieder zum Himmel hinauf, ließ sich treiben wie auf einem friedlich dahingleitenden Schiff, bis eine gnädige Ohnmacht sie von der Gegenwart erlöste.

Der unheilvolle Schrei einer Schleiereule, die hoch oben in den Balken hockte, riss sie schließlich aus einem wilden Traum. Vorsichtig öffnete Elisabeth ein Auge. Oder war es ihre Mutter gewesen, die geschrien hatte? Das faltige Gesicht der alten Frau schwebte mit einem sorgenvollen Ausdruck über ihrem eigenen.

»Elisabeth!« Christine Strickler tätschelte unsanft ihre Wange. »So wach doch endlich auf!«

»Mutter! Du lebst!« Elisabeths Stimme klang so krächzend wie ein eingerostetes Scharnier. Eine einzelne Träne rollte über ihr schmutziges Gesicht. Sie hatte nicht damit gerechnet, Mutter noch einmal lebend wiederzusehen.

Christines Mund verzog sich zu einem kleinen Lächeln, bevor ihre Miene wieder einen ernsten, forschenden Ausdruck annahm. »Du siehst fruchtbar aus«, sagte sie. Ihre blauen Augen wanderten besorgt über den Körper ihrer Tochter hinweg, der hingestreckt im Stroh lag. Ein blutiger Fleck prangte auf Elisabeths Wange, obwohl er bei genauerem Hinsehen nicht von einer Wunde an dieser Stelle zu stammen schien. Sie hatte ihre Haube verloren. Ihr Haar war zerzaust und mit Strohhalmen gespickt. Geronnenes Blut, das aus einem Riss an der Kopfhaut stammte, verklebte einen Teil davon mit einem dunklen Rot. Das Kleid war an mehreren Stellen zerrissen, darunter kamen blaue Flecken und abgeschürfte Haut zum Vorschein, doch sie wusste, dass dies nicht das Schlimmste von allem war. Diese Verletzungen würden heilen, ob es der Rest auch tun würde, war nicht nur eine Frage der Zeit.

Elisabeth versuchte ein Grinsen. »Du siehst auch nicht besonders hübsch aus.«

Eine dicke Beule prangte auf der Stirn der alten Frau. Ihre Haut war seltsam glatt an dieser Stelle, doch der Rest hing so schlaff wie zuvor in ihrem Gesicht. Ihr Kinn schien ebenfalls nicht leer ausgegangen zu sein. Ein Bluterguss leuchtete dort in einem Regenbogen aus Farbe.

»Nun ja«, erwiderte Christine gedehnt. »Sie wollten unbedingt wissen, wo das Geld ist.«

Elisabeths Brauen schnellten in die Höhe. »Und? Hast du es ihnen gesagt?«

Christine verzog resignierend den Mund, ließ es aber sofort wieder sein, da es zu sehr schmerzte. »Was hätte ich denn sonst tun sollen? Ich glaube, sie hätten mich totgeschlagen, wenn ich ihnen nicht gesagt hätte, dass du es in einem kleinen Kästchen im Garten vergraben hast.« Sie seufzte. »Die Kommode ist trotzdem zu Bruch gegangen.«

Elisabeth nickte verstehend. Vorsichtig hob sie eine Hand und strich ihrer Mutter über die Wange.

»Komm mit ins Haus«, sagte die alte Frau zärtlich. »Du holst dir hier sonst noch den Tod.«

Plötzlich fühlte sie die Kälte, die aus dem Boden in ihren Körper kroch. Das Wiedersehen mit ihrer Mutter schien sie aus einer Starre zu lösen, die sie gefühllos gemacht hatte. Zumindest gegen das, was um sie herum vor sich ging. Wenn sie noch länger hier liegen blieb, würde sie sich den Tod holen. Vorsichtig bewegte Elisabeth ihre Beine. Ein jäher Schmerz flammte zwischen ihnen auf und pflanzte sich bis in den Bauch fort. Die Haut auf ihrem Rücken brannte, als sie ihn krümmte, wund gescheuert durch die harte Unterlage aus gestampftem Lehm, die sich unter dem Stroh befand. Jeder Knochen in ihrem Körper wehrte sich, schmerzhaft und steif, gegen die Bewegung. Christine half ihr. Es schien eine Ewigkeit zu dauern, bis sie endlich auf den Beinen stand. Gemeinsam wankten die beiden Frauen in Richtung des Hauses. Sie hatten ungefähr die Hälfte des Hofes überquert, als eine wütende Menge die Straße entlangkam. Dieses Mal waren es keine Landsknechte. Ein schreiender Mob eilte ihnen entgegen, bewaffnet mit Hacken, Mistgabeln und Knüppeln, oder was ihnen sonst als Waffe zur Verfügung stand. – Die Bewohner des Dorfes!

»Nein! Nicht schon wieder«, flüsterte Elisabeth.

Doch es war unverkennbar, welches Ziel die aufgebrachten Leute hatten. Mit eiligen Schritten steuerten sie auf die Brücke zu, donnerten stampfend über ihre Bohlen hinweg, dass das Gebälk erzitterte, und blieben schließlich vor den beiden Frauen stehen. Ein respektvoller Abstand war nun das einzige, was sich zwischen ihnen und den zornigen Mienen der Dorfbewohner befand.

Augustin, einer der einflussreichsten Bauern im Dorf, baute sich breitbeinig vor den beiden auf. Er taxierte sie mit einem kalten Blick. Dann sah er Elisabeth in die Augen. »Gib deine Mutter heraus!«

»Weshalb sollte ich das tun?« Elisabeths Stimme zitterte.

»Weshalb?«, fragte er spöttisch. Seine Miene ließ darauf schließen, dass er diese Frage für einen mehr als schlechten Scherz hielt. »Weil sie eine Hexe ist!« Sein Rückgrat drückte sich durch, bis er kerzengerade vor ihnen stand, um der Wichtigkeit seiner Aussage das nötige Gewicht zu verleihen.

In Elisabeths Körper stieg das Grauen auf wie eine mit Luft gefüllte Blase, die an die Oberfläche eines Bottichs drängt. Sie klammerte sich an ihre Mutter. Nein! Nicht auch noch das! War es denn immer noch nicht genug? »Du spinnst«, spie sie Augustin entgegen. »Schau sie dir doch an. Sie ist ein altes Weib.«

»Eine Hexe in der Gestalt eines alten Weibes«, erwiderte Augustin mit der ganzen Logik, die seiner Stimme zur Verfügung stand. Sein breiter Brustkorb blähte sich wichtigtuerisch auf. »Wir wissen, wozu sie fähig ist. Man hat beobachtet, wie sie unsere Kühe verzaubert hat. Zumindest den Rest, der uns bis gestern noch geblieben ist. – Und nun hat man uns auch noch diese genommen!«, presste er erbittert hervor. »Sie ist für unser Unglück verantwortlich. Sie hat die Soldateska und ihr ganzes Geschmeiß hierhergelockt!«

»So?«, schrie Elisabeth erbost. Der Schmerz in ihrem Körper begann zu rasen. An den Rändern ihres Blickfelds blitzten unwirkliche, schwarze Pünktchen auf. Sie war einer Ohnmacht nah. Mit schierer Willenskraft zwang sie sich, stehen zu bleiben. Sie durfte jetzt nicht schwach werden, sonst war Mutter verloren! »Wie erklärst du dir dann, dass es uns ebenso getroffen hat wie euch alle?«

Elisabeths grüne Augen schweiften in die Runde. Die meisten Dorfbewohner sahen nicht besser aus als sie selbst. Fast jeder hatte irgendwelche Blessuren davongetragen. Einige sahen ihr dennoch unverschämt ins Gesicht, andere senkten den Blick, ob aus Scham oder weil sie nicht vom bösen Blick getroffen werden wollten, wusste sie nicht. »Nun, wie erklärt ihr euch das?« Sie wankte gefährlich. Mutter stützte sie, oder war sie es, die ihre Mutter stützte? Das Gesicht der alten Frau war von Angst gezeichnet.

Elisabeth sah das gefährliche Glitzern in den Augen ihres Gegenübers. »Dies hat die Alte zu eurem eigenen Schutz getan«, zischte Augustin. Sein Mund versprühte Speichel, während er redete. Er gierte geradezu danach, seiner Wut freien Lauf zu lassen. Doch er war nicht allein. Sie alle brauchten eine Sühne für das unglaubliche Leid, das sich in ihrem Dorf abgespielt hatte. Auch wenn es keine vernünftige Erklärung dafür gab, forderte die Sache einen Schuldigen. Ein Opfer, an dem sich die geballte Ohnmacht der Betroffenen entladen konnte. Sie waren wie geschaffen dafür. Man hatte ihnen schon lange den Stempel der Ausgestoßenen und Sonderbaren aufgedrückt. Selbst die bösen Verdächtigungen schwebten schon eine ganze Weile wie eine Bedrohung über ihnen. Nun erging das unumstößliche Urteil. – Ob sie schuldig waren oder nicht, interessierte vermutlich niemanden. »Glaubst du, wir wissen nicht, wozu Hexen imstande sind? Sie verstellen sich, um andere von ihrer Harmlosigkeit zu überzeugen. Doch uns macht niemand etwas vor.« Mit Augustins Geduld schien es nun endgültig vorbei zu sein. Ein herrischer Wink zitierte zwei weitere Bauern nach vorn. »Schnappt sie euch. Der Scharfrichter wird die Wahrheit schon aus ihr herauskitzeln.«

Ein Kind ist uns geboren

»Herr Pfarrer! Gut, dass Ihr endlich kommt! Eure Frau liegt in den Wehen.« Gretes pockennarbiges Gesicht war vor Aufregung rot bis zu den Haarwurzeln.

»Wie bitte? Jetzt schon?« Sebastian schluckte trocken und schalt sich einen Esel. Bei dem Umfang, den sein Weib angenommen hatte, war eine baldige Geburt nichts, was man nicht vorhersehen konnte. Doch er neigte dazu, diese Wahrheit von sich zu schieben, bis sie sich unausweichlich näherte.

Angst griff nach ihm und begann sich wie ein brennendes Eisen an seine Eingeweide zu klammern. Warum konnte er sich nicht an die Tatsache gewöhnen, dass Bärbel Kinder gebar? Schließlich war es bereits das dritte Mal – die Fehlgeburt letztes Jahr nicht eingerechnet. Sobald es so weit war, fiel die Angst wie ein wildes Tier über ihn her. Eine schreckliche Furcht, dass dies das letzte Kind sein könnte, das seine Frau gebar. Dass die Geburt in einer Katastrophe endete und er sie verlieren würde – für immer und unwiederbringlich! Ihm graute schon allein bei dem Gedanken daran. Deshalb wäre es ihm lieber gewesen, Bärbel würde überhaupt keine Kinder mehr bekommen, obwohl er ahnte, dass ihm der Herr diesen Gefallen nicht tun würde. – Und schließlich war er selbst nicht ganz unschuldig daran.

Was Kinder betraf, so hatten sie mittlerweile jede Menge davon. Das Findelhaus wuchs und gedieh. Die Dachgeschosse waren bis zur Giebelspitze ausgebaut. Nur ein Raum war als Vorratskammer übrig geblieben. Überall wimmelte es von Kindern jeden Alters. Die erste Generation fing gerade an, dem Findelhaus zu entwachsen. Gabriel war nun etwa 13 Jahre alt. Genau konnte man es ohnehin nicht sagen. Aber er war im Stimmbruch und wenn er sprach, kippte er in einer grotesken Tonleiter hin und her. Noch immer sah er aus wie ein Engel, doch man ahnte bereits die männlichen Züge, die hinter der weichen Fassade an die Oberfläche drängten. In den letzten Jahren hatte er sich erfreulicherweise von einem Dieb zu einem anständigen Menschen entwickelt. Sebastian hätte gern gesehen, wenn er Theologie studiert hätte, aber Gabriel wollte lieber bei einem Buchdrucker in die Lehre gehen. In vierzehn Tagen würde er dort anfangen. Sebastian schluckte. Der Junge war ihm sehr ans Herz gewachsen. Er würde ihn vermissen, wenn er in das Haus seines Lehrmeisters zog, auch wenn er hin und wieder vorbeikommen würde. Zum ersten Mal konnte er verstehen, wie sich ein Vater fühlte, dessen Kinder das Haus verließen, obwohl er auch stolz auf sie war. Georg hatte er vor ein paar Wochen bei einem Zimmermann untergebracht und Bastian würde demnächst bei einem der *Lohgerber* anfangen, während Martha eine Stelle als Küchenmädchen erhalten hatte. Es war nicht leicht, die Kinder unterzubringen, schließlich gab es jede Menge davon, doch der gute Ruf des Findelhauses trug erheblich dazu bei.

Die Schlafplätze der Kinder, die das Haus verlassen hatten, waren in kurzer Zeit frisch belegt worden. Sebastian trug sich bereits mit dem Gedanken, ein größeres Haus zu kaufen, um noch mehr Kinder aufnehmen zu können. Das Findelhaus hatte einige Jahre in relativem Frieden verbracht. Zumindest was seine eigenen Angelegenheiten betraf. Doch draußen vor den Stadtmauern tobte der Krieg, der in regelmäßigen Abständen ganze Schwärme von Flüchtlingen nach Straßburg spülte, das wegen seiner Neutralität unangetastet blieb. Sie hätten noch viel mehr Kinder aufnehmen können, wenn ihnen mehr Platz zur Verfügung gestanden hätte. Aber sie machten auch jede Menge Arbeit. Sie hatten Gertraud, ein weiteres Dienstmädchen, einstellen müssen, um alles bewältigen zu können – vor allem, da die gute alte Therese kaum noch mit anpacken konnte und sich neuerdings selbst wie ein Kind benahm.

Sebastian folgte der aufgeregten Grete in den Flur und nahm ihr die fast dreijährige Irmgard ab, die regelrecht in seine Arme fiel. Dankbar schlossen sich ihre kleinen Ärmchen um Sebastians Hals. Ihr rundes Gesicht wirkte verstört. Sie spürte die Erregung, die wie ein Bienenschwarm im ganzen Haus summte, doch sie war noch zu klein, um zu wissen, was geschah. »Hab keine Angst«, sagte er in beruhigendem Tonfall. »Papa ist jetzt da.«

Die Kleine drückte ihren feuchten Mund auf seinen Hals und kuschelte sich wie ein Kätzchen zwischen Schulter und Halsbeuge. Irmgard war seine leibliche Tochter und nur der Herrgott wusste, ob es dieses Mal ein Mädchen oder ein Junge werden würde. Er stieg mit Irmgard die schmale Treppe empor, nahm sie auf der Ofenbank in der Stube auf seinen Schoß und wiegte sie sanft in den Armen. Im Stillen schickte er ein Gebet zum Himmel. Er wollte seine Tochter nicht noch mehr beunruhigen, indem er laut um die Gnade einer leichten Geburt bat.

Ein lang gezogener Schrei drang durch den Boden zu ihnen herauf und ließ sie beide erstarren.

Irmgard sah ihn mit großen Augen an. »Mama Aua«, sagte sie. »Großes Aua!«

Er konnte als Antwort nur nicken. Zu dick war der Kloß, der in seinem Hals steckte.

Ein weiterer Schrei ertönte. Sebastian hielt der Kleinen die Ohren zu und überlegte, ob er sie nicht lieber zu den anderen bringen sollte, die in den beiden größeren Dachkammern bei Gertraud waren. Die Küche war wieder einmal in ein Geburtszimmer verwandelt worden. In der Aufregung hatte er ganz vergessen, wie hellhörig das Haus war. Die Geräusche drangen nun allzu deutlich zu ihnen herauf. Bevor er sich jedoch zwischen der Flucht mit Irmgard oder dem tapferen Ausharren auf der Ofenbank entscheiden konnte, hörte er jemanden die Stiege heraufkommen. Das Holz knarzte vernehmlich.

Kurz darauf streckte Grete ihren Kopf durch die Stubentür. »Das Kind ist geboren«, verkündete sie feierlich.

Sebastian horchte auf. »Was, so schnell schon?« Damit hatte er überhaupt nicht gerechnet.

Grete nickte. »Es ist alles in Ordnung«, sagte sie erleichtert. »Ihr braucht Euch keine Sorgen mehr zu machen.«

Sebastian fiel ein Stein vom Herzen, während sich Gretes Schritte wieder entfernten. Es war die rascheste Geburt, die Bärbel hinter sich gebracht hatte, aber er wollte sich keineswegs beklagen. Von seiner Last enthoben, sog er tief die Luft in seine Lungen.

Die kleine Irmgard sah ihn mit großen Augen an. »Mama jetzt wieder gesund?«, fragte sie.

Sebastian lächelte und strich der Kleinen über das seidige Haar. »Bald«, beruhigte er sie. In diesem Punkt sah sie ihrer Schwester Marie sehr ähnlich. Beide Mädchen hatten das rotgoldene Haar ihrer Mutter geerbt. Ansonsten hatte Irmgard aber auch etwas von ihm mitbekommen. Das dunkle Blau seiner Augen und ebenso die hohe Stirn, von der er hoffte, dass sie sich mit den Jahren nicht ganz so ausprägte wie seine eigene.

Nach einer Weile kam Grete erneut die Treppe herauf und öffnete feierlich die Tür. »Ihr könnt jetzt herunterkommen.«

Sebastian blickte seine Tochter fragend an. »Sollen wir den anderen sagen, dass du ein Geschwisterchen bekommen hast?«

Irmgard presste fest die Lippen aufeinander und schüttelte den Kopf.

Sebastian runzelte die Stirn und sah ihr tief in die großen, kindlichen Augen. Dann zuckte er mit den Achseln und beschloss, für dieses Mal egoistisch zu sein. »Würdest du den Kindern sagen, was geschehen ist?«, wandte er sich gut gelaunt an Grete.

Grete nickte. »Mach ich, Herr Pfarrer.«

»Sei so nett und nimm Irmgard mit. Ich gehe besser allein hinunter.«

Die rundliche Köchin nahm das kleine Mädchen in Empfang. »Komm. Du darfst mit den anderen spielen, während dein Vater nach deiner Mutter sieht.«

Mit diesem Vorschlag war Irmgard einverstanden. »Spielen«, rief sie fröhlich, bevor Grete mit ihr das Zimmer verließ.

Die Luft in der Küche war erfüllt von fruchtbaren Gerüchen und stickiger Hitze. Das Feuer im Herd tat sein Bestes, um diese Tatsache aufrechtzuerhalten und die geschlossenen Fensterläden sorgten für ein Übriges. Die Hebamme nickte ihm kurz zu, bevor sie sich wieder um die Reste der Geburt kümmerte. Sebastian war froh, dass er Irmgard nicht mitgenommen hatte. Hier sah es aus, als ob ein Kampf stattgefunden hätte. Das Aussehen seines Weibes machte dabei keine Ausnahme. Die Äderchen in ihren Augen schienen geplatzt zu sein und sie schenkte ihm einen geradezu blutrünstigen Blick. Bärbel saß auf einem Schemel. Der Säugling lag in straffe Windeln gewickelt in ihren Armen. Ein zufriedenes Lächeln kräuselte ihre Lippen. Es war wie eine Zeremonie. Sie würde erst zu Bett gehen, wenn er das Kind gesehen hatte.

»Bärbel«, sagte er. »Ist alles in Ordnung?«

Sie nickte lächelnd. »Eine schnelle, aber ziemlich schmerzhafte Angelegenheit. Der kleine Mann hier hatte es wohl sehr eilig, auf die Welt zu kommen.«

Sebastian stutzte. »Es ist ein Junge?«, fragte er ungläubig. Nach zwei Mädchen hatte er es fast nicht mehr für möglich gehalten, einen Sohn zu bekommen.

Bärbel nickte zufrieden. »Wir sollten ihn Sebastian nennen, wie seinen Vater«, sagte sie zärtlich.

Sebastian blickte auf das kleine Gesichtchen seines Sohnes. Mit einer Mischung aus Bestürzung und Entzücken erkannte er auch hier die väterlich hohe Stirn bei dem Jungen. Wie seine Mutter trug er deutliche Spuren eines Kampfes im Gesicht. Nase und Stirn waren flammend rot, die Haut an manchen Stellen abgeschürft, als ob er gefallen wäre. Sacht strich er mit einem Finger über die zierliche Wange des Neugeborenen.

»Ich habe einen besseren Namen für ihn«, sagte er.

Bärbels Brauen schossen in die Höhe. Ihre hellen Augen sahen ihn fragend an.

»Wie wäre es mit Jakob?«

Bärbel schluckte, dann liefen Tränen der Rührung über ihre erhitzten Wangen. »Das wäre schön«, erwiderte sie.

So nimmt das Schicksal seinen Lauf

Ein gräuliches Licht fiel durch die Ritzen des Holzladens vor Elisabeths Schlafkammer, um einen weiteren trüben Wintertag anzukündigen. Elisabeth blinzelte, schrak empor und setzte sich ruckartig auf. Ein stechender Schmerz fuhr ihr in den Unterkörper. Er brachte Erinnerungen mit sich, die zusammen mit den wirren Träumen, die sie gehabt hatte, ein Bild von dem ergaben, was gestern vorgefallen war. Mutter! Sie hatten Mutter mitgenommen, und sie war nicht in der Lage gewesen, etwas dagegen zu tun! – Verletzt und schwach, wie sie sich fühlte. In einem Anfall von Trübsal setzte sie sich vorsichtig auf die Bettkante und ließ ihren Tränen freien Lauf. Sie hatte alles verloren. Nichts, nicht ein einziges Tier war ihr geblieben. Und nun sollte ihre alte Mutter noch einmal für etwas büßen, das sie nicht getan hatte. Nur, dass es sie dieses Mal das Leben kosten würde! Tiefe, erstickte Schluchzer drangen aus Elisabeths Kehle und brachten ihren Leib zum Beben. Der Schmerz in ihrem Körper verschlimmerte sich, doch sie konnte die Tränen nicht zurückhalten. Sie hatte so hart gearbeitet, um sie beide am Leben zu halten. Wenn sie ehrlich war, gab es noch einen weiteren Grund, weshalb sie nicht aufgegeben hatte. Sie hatte etwas erschaffen wollen, das größer war als sie selbst. Etwas, auf das sie stolz sein konnte und den Makel überdeckte, der von ihr ausging. Aber es war ihr nicht gelungen.

Nichts im Leben schien gerecht zu sein, dafür würden andere schon sorgen! Sie gehörte nicht zu jenen, denen man gestattete, wieder auf die Beine zu kommen. Man würde sie wieder und wieder in den Staub stoßen, bis sie ganz und gar zerbrochen war. Aber es ging hier nicht nur um sie. Mutter war diejenige, die man wie eine räudige Bestie in den Turm geschleift hatte. Die alte Frau war viel zu schwach gewesen, um sich zu wehren. Zwar hatte sie es versucht, aber am Ende hing sie wie ein schlaffer Sack zwischen den beiden Bauern, die sie rücksichtslos hinter sich herzogen. Sie musste sie dort herausholen. Irgendeinen Weg musste es doch geben!

Plötzlich ertönte ein scharrendes Geräusch an der Haustür. Elisabeth erstarrte. Leise stand sie auf und bewegte sich mühsam in Richtung der Stiege, die nach unten führte. Sie war auf der Hut. Möglicherweise hatte es der aufgebrachte Mob nun auch auf sie abgesehen. Sie lauschte. Von draußen ertönte nur dieses einzige Geräusch. Ein seltsames Kratzen an der Außenseite der Tür. Nichts, was auf eine Ansammlung von Menschen hingedeutet hätte. Unschlüssig stand Elisabeth am oberen Absatz der Treppe. Sollte sie hinuntergehen und nachsehen? Kurz darauf hörte sie ein Meckern. *Es ist eine Ziege,* schoss es ihr durch den Kopf. Nun eilten ihre Füße fast die Stiege hinunter, obwohl ihr Körper rebellierte. Als sie die Tür öffnete, blickte sie auf geschecktes Fell, nebst einem schmalen Kopf mit kurzen Hörnern und langen Ohren. Es war eine ihrer besten Ziegen. Ein treues Tier, das wohl entwischt sein mochte und den Weg zu ihr zurückgefunden hatte. Ihr dicker Leib zuckte. Sie war immer noch trächtig. Vorsichtig ging Elisabeth in die Hocke und kraulte das Tier hinter den Ohren. In seinen seltsamen Augen blitzte so etwas wie Verständnis auf, als ob es wüsste, wie Elisabeth sich fühlte. Ein paar Tautropfen hatten sich in den langen Wimpern verfangen, doch es hätten genauso gut Tränen sein können.

Ein fauchender Sturm weckte sie am nächsten Morgen, der gegen die Nordseite des Hauses drückte und die Dachbalken zum Ächzen brachte. Weißer Reif bedeckte das Ufer des Baches, als sie aus dem Fenster spähte. Er wogte zitternd auf dem winterlichen Gras, während das Wasser – ein dunkler Strom in seiner Mitte – ungerührt dahinfloss. So ungerührt wie der Scharfrichter, der sie gestern nicht einen einzigen Blick auf ihre Mutter hatte werfen lassen. Kalt und ohne Gefühl. Es war immer noch derselbe große, kräftige Mann, der sie in Jakobs Zelle geführt hatte. Damals vor so entsetzlich langer Zeit. Nur, dass er ihr in jenen Tagen ein wenig milder vorgekommen war. Selbst seine Gesichtszüge hatten sich nicht wesentlich verändert, wenn sich auch die Spuren des Alters nun deutlich auf seiner Haut abzeichneten. Er hatte einen Jungen von etwa zwölf Jahren bei sich gehabt, als sie ihn im Turm aufsuchte. Der Junge sah ihm so ähnlich, dass es sich dabei nur um seinen Sohn und Nachfolger handeln konnte. Doch war er nicht ganz so abgebrüht wie sein Vater. Sie hatte Mitleid in seinen Augen gesehen.

»Deiner Mutter geht es gut«, hatte er ihr in einem unbeobachteten Moment zugeflüstert. »Aber nicht mehr lange …«.

Sie wusste, was er damit meinte. Wenn Mutter nicht zugab, dass sie eine Hexe war, würde man sie einer peinlichen Befragung unterziehen. – Einer Tortur, die die alte Frau mit Sicherheit nicht überstehen würde. Elisabeth schlug verzweifelt die Hände vor ihr Gesicht. Was sollte sie nur tun? Sie hatte sich das Hirn zermartert, wie sie Mutter helfen, sie möglicherweise aus dem Turm befreien konnte. Doch es gab keinen Ausweg – zumindest keinen, der sie nicht beide das Leben kosten würde.

Nach einer Weile ließ sie die Hände sinken und straffte ihre Schultern. Es war sinnlos, in Selbstmitleid zu zerfließen. Dies würde Mutter auf keinen Fall zu ihr zurückbringen. Sie musste stark und den Dingen gewachsen sein, die auf sie zukamen, obwohl ihr noch immer jeder Knochen wehtat und die Wunde an ihrer Kopfhaut heftig pochte. Überdies musste sie sich um die Ziege kümmern. Das treue Tier hatte gestern zwei Junge bekommen. Gesunde, starke Zicklein, denen die Aufregung der letzten Tage anscheinend nicht geschadet hatte. Sie musste der Alten Futter und Wasser geben, damit ihr wenigstens diese drei erhalten blieben.

Der Sturm ließ langsam nach. Elisabeth saß noch immer im Stall und betrachtete die beiden Zicklein, die eifrig am Euter ihrer Mutter saugten. Sie fürchtete sich davor, nach drinnen zu gehen. Was sollte sie auch dort? Es war niemand da, mit dem sie reden konnte.

Ein plötzlicher Windstoß riss die Stalltür auf. Sie erhob sich mit einer vorsichtigen Bewegung, die ihren Körper nicht allzu sehr in Aufruhr versetzte, um die Tür wieder zu schließen. Es war nicht gut, die Kleinen der zugigen Luft auszusetzen. Als sie sich umdrehte, entdeckte sie, dass nicht der Wind die Tür aufgestoßen hatte. Eine Silhouette zeichnete sich deutlich vor dem grauen Tageslicht ab, das so schmutzig wie eine Pfütze war. Die Silhouette eines Mannes! Elisabeths Herz schien vor Schreck zu explodieren. Dann fing es an zu rasen und sie wich unbewusst vor der fremden Gestalt zurück. Ihre Augen huschten umher, auf der Suche nach irgendetwas, das sie als Waffe benutzen konnte. Ein pulsierender Schmerz flutete durch ihren Körper und sie erinnerte sich allzu lebhaft daran, was die Söldner ihr angetan hatten. Sie würde so etwas nicht noch einmal über sich ergehen lassen. Selbst wenn es ihren Tod bedeutete!

Die Gestalt in der Nähe der Tür setzte ihre Schritte mit Bedacht. Langsam kam sie näher. Das Gesicht immer noch unkenntlich in der Düsternis des Stalles. »Du musst keine Angst haben«, sagte sie. »Ich tue dir nichts.«

Elisabeth blinzelte. Sie kannte diese Stimme, doch sie hatte sie schon lange nicht mehr gehört.

Vorsichtig kam der Mann auf sie zu. Er drehte die Handflächen nach außen, zum Zeichen, dass er nicht die Absicht hatte, ihr Gewalt anzutun. Endlich stand er so dicht vor ihr, dass sie ihn erkennen konnte. »Andreas«, flüsterte sie atemlos. Mit ihm hätte sie am allerwenigsten gerechnet. Einst war Andreas ihr Verehrer gewesen. Er wollte sie heiraten und konnte es nicht ertragen, dass sie sich stattdessen für Jakob entschieden hatte. Elisabeth räusperte sich. »Was willst du hier?«, fragte sie barsch. Sie zwang sich, ihr Herz zu beschwichtigen, indem sie versuchte, ruhiger zu atmen. Nun wusste sie wenigstens, mit wem sie es zu tun hatte, doch sie war auf der Hut.

»Darf ich die Tür schließen?«, fragte er. Seine Stimme klang süß wie Honig.

»Wozu?«, fragte sie scharf.

»Ich möchte etwas klären.«

Ihre grünen Augen blickten so hart wie Eis. Er sah die Abwehr und das Misstrauen darin, doch er wusste, dass er nichts anderes zu erwarten hatte. »Keine Angst. Ich will nur mit dir *reden*, verstehst du?«

Elisabeth nickte mit einer knappen Bewegung. Während er die Stalltür von innen verriegelte, griff sie nach der Mistgabel. Die hölzernen Zinken waren eine erbärmliche Waffe, aber immerhin fühlte sie sich etwas sicherer damit. Ihr Rücken lehnte an einer der Trennwände, mit denen sie die Herden unterteilt hatte. Nun waren die meisten Ställe leer.

Langsam und vorsichtig, wie eine Katze vor dem Sprung, kam Andreas wieder näher. Jetzt, da das Licht von draußen sie nicht mehr blendete, konnte Elisabeth ihn besser erkennen. Sein ovales Gesicht war voller und männlicher geworden, als sie es in Erinnerung hatte, doch die hellbraunen Augen blickten nicht ganz so arrogant wie früher.

Andreas schluckte nervös. Es war ein hartes Stück Arbeit, das ihm bevorstand. Trotzdem war er gewillt, sie zu tun. »Darf ich mich setzen?«, fragte er freundlich. Er wies mit der Hand auf das aufgehäufte Stroh, auf dem Elisabeth eben noch gesessen hatte.

»Was willst du hier?«, fragte sie erneut, ohne seine Frage zu beantworten.

Er nahm trotzdem Platz und sah ihr offen in die Augen. »Es tut mir leid, was mit deiner Mutter geschehen ist.«

Elisabeth gab ein kurzes Schnauben von sich. »Bist du gekommen, um mir das zu sagen?« Ihre Stimme klang aufgebracht. »Frag doch *deine Mutter*, wie es dazu gekommen ist!« Sie spukte die Worte fast hervor. Ihr Herz begann wieder zu rasen. Dieses Mal vor Wut statt vor Angst. »Wenn sie dieses Gerücht nicht in die Welt gesetzt hätte, wäre Mutter nie im Turm gelandet!« Ein gleißender Schmerz fuhr durch ihre Kopfhaut.

»Ich weiß, dass sie für einen Teil dieser Schuld die Verantwortung trägt«, bekannte er reumütig. »Und ich weiß auch, dass es noch mehr gibt, das zwischen uns nicht im Reinen ist.« Er blickte zu Boden. »Doch du wirst zugeben müssen, dass auch du nicht unwesentlich dazu beigetragen hast.« Mit einer fast verlegenen Geste fuhr er sich durch das dunkelblonde Haar.

»Ich? Weshalb sollte ich das? Weil ich mich verliebt hatte? Weil ich dachte, ein wenig Glück mein eigenes nennen zu können? Ist das meine Schuld?«

»Und? Bist du nun *glücklich*?«

Sie musterte ihn mit einem durchdringenden Blick. In ihre grünen Augen trat ein stahlhartes Leuchten, als ob sie ihn damit töten wolle. Dann senkten sich ihre Lider und sie schüttelte langsam den Kopf.

Seine Stimme klang immer noch ruhig, als er weitersprach. »Ich möchte dir einen Vorschlag machen. Ein Angebot, das die Unstimmigkeiten zwischen unseren Familien ausräumen *und* deine Mutter vor dem Scheiterhaufen retten könnte.«

Unvermittelt erstarrte sie.

Er hatte gewusst, dass sie bei diesen Worten aufhorchen würde. Dass es die Not war, die sie zwingen würde, ihm weiter zuzuhören. Nun musste er sie nur noch für den Rest gewinnen, und dies war der weitaus schwierigere Teil dieser Angelegenheit. Er sah ihr tief in die Augen. Verlor sich in dem schönen Anblick, der ihn früher schon fast um den Verstand gebracht hatte. Ihr Zauber war noch nicht gebrochen. »Heirate mich«, sagte er schlicht.

Elisabeths Blick schweifte trostlos über den Hof. Ein neuer quälender Tag brach an. Andreas war schon lange fort, doch sein Nachhall belästigte ihre Gedanken. Sie hatte in der letzten Nacht nicht viel geschlafen. Ihr Kopf fühlte sich an, als ob er mit loser Wolle gefüllt wäre, dumpf und dröhnend.

Noch immer war es kalt und der neblige Dunst, der abends aus dem Boden stieg, verdickte die weiße Kruste aus Reif, die morgens alles mit einer sauberen, reinen Schicht bedeckte. Es schien der Inbegriff dessen zu sein, was Andreas vorhatte. Auch er wollte reinwaschen, was durch Taten schmutzig geworden war, obwohl sie bezweifelte, dass dies so einfach ging.

Sie war davon ausgegangen, dass sie der Schlag treffen würde, als Andreas ihr seinen Vorschlag unterbreitet hatte, doch nichts dergleichen war geschehen. Sie war am Leben geblieben und das Rad der Zeit hatte nicht aufgehört, sich zu drehen. Die Erinnerung an seine Worte lag ihr noch frisch und deutlich in den Ohren. Sie hatte ihn empört zurückgewiesen, ihm die Schuld an dem gegeben, was geschehen war, doch er hatte sich nicht abweisen lassen. Am Ende hatte die Sorge um ihre Mutter gesiegt.

»Ich verspreche dir, dass wir erst dann heiraten werden, wenn deine Mutter wieder frei ist.« Die hellbraunen Augen hatten sie bei diesen Worten gebannt angeblickt.

»Wie willst du das anstellen?«, hatte sie gefragt, immer noch auf der Lauer. Spähend nach dem Haken, den die Sache doch haben *musste*. Sie konnte sich nicht vorstellen, dass er dies aus reiner Nächstenliebe tat. Nicht einmal aus Liebe zu ihr.

Andreas hatte mit den Achseln gezuckt. »Ein paar Worte hier. Etwas Geld an der richtigen Stelle. – Die Meinung der Menschen ist beeinflussbar, wenn etwas für sie dabei herausspringt.«

Ein ekelhafter Kloß hatte plötzlich Elisabeths Kehle verengt, der sie fast zum Würgen brachte. »Und diese Meinung entscheidet über Leben oder Tod, nicht wahr?«

So war es wohl! Ob etwas der Wahrheit entsprach oder nicht, ließ sich weder an der rechten Gesinnung noch an Rechtschaffenheit oder Ehre festmachen. Es kam einfach darauf an, wer über das meiste Geld und den rechten Einfluss verfügte. Von beidem schienen die Selzers immer noch genug zu besitzen. Nun hing es allein von ihrer Entscheidung ab, ob Mutter starb oder von aller Schuld befreit wurde. Doch so sehr sie die Dinge auch drehte und wendete, es blieb die einzige Möglichkeit. – Sie musste die Hand ergreifen, die man ihr bot, wenn das Leid ihrer Mutter ein Ende haben sollte. Die alte Frau durfte nicht länger für die selbstsüchtigen Wünsche ihrer Tochter bezahlen. Zu viel war schon über sie hereingebrochen und Elisabeth fühlte die Last der Schuld wie ein schweres Joch auf ihren Schultern. So hatte sie widerstrebend in

Andreas' Vorschlag eingewilligt. Sie wusste zwar nicht, wie sie ein Leben an seiner Seite überstehen sollte. Ebenso wenig, wie sie ohne die Hoffnung leben konnte, Jakob wiederzusehen und mit *ihm* das nachzuholen, was ihnen bisher verwehrt geblieben war. Elisabeth schnaubte. Welche Ironie des Schicksals, dass Jakob sie letztendlich doch noch an seinen Widersacher verloren hatte. Auch in diesem Fall würde sie Schuld auf sich laden, nur dass dieses Mal ein anderer davon betroffen war. Anscheinend konnte sie nichts tun, ohne einen Menschen, der ihr am Herzen lag, zu verletzen.

Die Stalltür öffnete sich erneut, als sie gerade mit den Ziegen beschäftigt war. Erschrocken zuckte Elisabeth zusammen, doch dann entdeckte sie einen dunklen Schopf, der sich in der Höhe des Riegels befand. »Moritz«, stieß sie erleichtert hervor.

Die großen, dunklen Augen des Jungen musterten sie. »Natürlich. Wer denn sonst?«, erwiderte er in aller Logik. Sein Blick glitt durch den Stall, bevor er seinen Kopf hob, um ihr in die Augen zu sehen. »Bist du sehr traurig, dass deine Tiere fort sind?«

»Ach Moritz«, erwiderte sie. Sie ging in die Knie. Ihre Arme schlangen sich um den zarten Jungenkörper und endlich fand sie in der Wärme seiner schmalen Gestalt ein wenig Trost.

Nichts auf der Welt ist umsonst

Andreas machte sich auf den Weg. Es war beißend kalt, doch er spürte die Kälte nicht. Der Besuch bei Elisabeth hatte ihn mit frischem Mut erfüllt. Das Gespräch war besser verlaufen, als er zu hoffen gewagt hatte. Nun musste er nur noch seinen Teil der Abmachung einhalten, – alles andere würde sich fügen. Seine Hand fuhr in die Jackentasche. Ein Beutel voller Münzen steckte darin. Die Söldner hatten nur wenig Geld bei ihm gefunden. Er hatte es unter der Wurzel einer großen Eiche vergraben, die weit genug von seinem Hof entfernt lag. Auch den Schmuck seiner Mutter hatte er dort untergebracht. Verstohlen schüttelte er den Kopf. Wie konnten die Leute nur so leichtsinnig sein und die Wertsachen in ihren Häusern oder in deren Nähe verstecken? Die meisten hatten keinen Pfennig mehr, nachdem die Söldner jeden Winkel durchforscht hatten. Aber vielleicht war er ja auch klüger als alle anderen? Er gestattete sich ein verhaltenes Schmunzeln. Nun würde ihn sein scharfer Verstand wohl doch noch ans Ziel seiner Wünsche bringen. Er hatte lange auf diesen Moment gewartet. Aber bald würde es so weit sein – vorausgesetzt, er konnte die Leute auf seine Seite ziehen. Er holte tief Luft und wappnete sich für das, was auf ihn zukommen würde. Sein Weg führte ihn die Dorfstraße hinunter. Schließlich gelangte er zu einem Fachwerkhaus, das dem seinem fast aufs Haar glich. Ein Knecht hockte träumend auf einem Hackklotz nahe der Stallwand, die Axt, mit der er das davor aufgeschichtete Holz zerkleinern sollte, lag nachlässig über seinen Knien. Er hatte Andreas nicht kommen sehen und fuhr erschrocken zusammen, als er ihn erblickte.

Andreas grinste freundlich. »Keine Angst«, sagte er, »ich verrate dich schon nicht.« Er war nicht in der Stimmung, um Unheil anzurichten. Der Knecht würde eine harsche Rüge erhalten, wenn sein Bauer erfuhr, dass er faul gewesen war.

Kurz darauf stand er vor der schweren, zweigeteilten Haustür. Tiefe Narben zogen sich durch das dicke Eichenholz. Spuren eines gewaltsamen Zutritts durch die Söldner.

Eine Magd öffnete ihm, nach einem misstrauischen Blick durch eine der Ritzen.

»Bring mich zu deinem Herrn«, sagte er knapp. »Ich habe etwas mit ihm zu besprechen.«

»Er ist in der Küche«, erwiderte sie. Ein blaues Auge zierte ihr schlichtes Gesicht, das ihn an einen Pfannkuchen erinnerte. *Ein Andenken an die Söldner,* dachte Andreas, *wenn sie ihr nicht noch ein weiteres Geschenk dagelassen haben.* Viele Weiber waren vergewaltigt worden. Es war nur eine Frage der Zeit, bis man bei einigen das Ergebnis eines gerundeten Bauches erkennen konnte.

Die junge Magd wies ihn an, ihr zu folgen.

Der Bauer stand in der Küche und wartete darauf, dass man ihm sein Essen servierte. Ein fragwürdiges Gemisch, das auf dem Herd vor sich hin köchelte und ebenso schlecht roch, wie es nach einem flüchtigen Blick darauf aussah. Überrascht hob er den Kopf. »Andreas! Was führt dich zu dieser frühen Stunde in mein Haus?«

»Guten Morgen, Augustin«, erwiderte Andreas gut gelaunt. »Ich muss etwas mit dir bereden.«

Er folgte Augustin in die Stube. Der Bauer bot ihm einen Platz am Tisch an.

»Ich kann dir leider nichts anbieten«, sagte Augustin zerknirscht. »Es ist nichts mehr da. Nicht einmal einen Becher Milch habe ich mehr. Kein einziges Stück Vieh haben mir die Landsknechte gelassen und das Gesocks, das sie mitgebracht haben, hat den Rest mitgenommen.«

»Das tut mir leid für dich«, entgegnete Andreas mitleidvollen Blickes.

Augustin brummte.

»Vielleicht kann ich dem ein wenig abhelfen?« Andreas beobachtete das leise Flackern in den Augen des Bauern.

»Wie soll das gehen?«, erwiderte er. »Du hast ja selbst nichts mehr.«

Andreas' Miene verriet nicht das Geringste. Es ging niemanden etwas an, dass er zwei Kühe und ein Pferd auf den Rheininseln in Sicherheit gebracht hatte, schon lange bevor die Söldner ein weiteres Mal über ihr Dorf herfielen. Auch dies war eine Vorsichtsmaßnahme, die ihn nun reicher als alle anderen machte. Michel, der Knecht, der ihm seit einigen Jahren diente, bewachte sie dort, und er würde dafür sorgen, dass niemand etwas davon erfuhr. Andreas kramte in dem Beutel, den er in seiner Jackentasche versteckte, und holte ein paar Münzen hervor. »Diese Münzen könnten dir dazu verhelfen, wieder zu etwas zu kommen. Einem Stück Vieh vielleicht, oder Saatgut für die nächste Ernte.«

Die Hand des Bauern schob sich nach vorne, um danach zu greifen, doch Andreas legte schnell seine eigene Hand darüber.

Überrascht hob Augustin die Brauen.

»Dies ist jedoch mit einer Gegenleistung verbunden«, sagte Andreas schnell.

»Welche soll das sein?«, fragte Augustin überrascht.

»Du ziehst deine Anschuldigungen zurück.«

»Welche Anschuldigungen?«

»Diejenigen, die du gegen Christine Strickler vorgebracht hast.«

Der Bauer sah aus, als ob ihn der Schlag getroffen hätte. »Bist du verrückt? Ich mache mich vor dem ganzen Dorf lächerlich, wenn ich das tue.«

»Nun, dann wird es wohl mit dem Geld nichts werden« erwiderte Andreas zerknirscht. »Ts, ts, ts«, er schnalzte besorgt mit der Zunge. »Und ich dachte, du hättest es bitter nötig. Ihr müsst wohl weiter von Gras und Wurzeln leben, wenn du so auf deine Ehre erpicht bist.«

Augustin holte tief Luft. Er hatte keine Vorräte mehr. Alles war ihm genommen worden und die Zeit des Hungers schwebte wie ein schwerer Schatten vor seinem inneren Auge. Es würde ewig dauern, bis wieder etwas wuchs, und auch dann brauchten sie erst einmal Saatgut, um überhaupt etwas anzubauen. Ganz zu schweigen von irgendwelchen Tieren, die man schlachten konnte oder wenigstens etwas Milch gaben. Das ganze Haus war leer gefegt wie die Scheuer nach einem langen Winter.

Lange Zeit sagte Augustin nichts, doch Andreas konnte förmlich sehen, wie es hinter der Stirn des Bauern arbeitete. »Du hast doch nicht wirklich gesehen, wie die alte Stricklerin einen Hexenzauber vollführt hat, oder?«, half er etwas nach.

»Nun ja«, erwiderte der Bauer. Er wand sich wie eine Schlange. »Das nicht, aber deine Mutter hat doch behauptet …«

»Sie wird ihre Aussage zurückziehen.« Dies war ein Problem, mit dem sich Andreas später beschäftigen würde. Doch seine Mutter hatte keine andere Wahl. Entweder dies oder er würde sie vor die Tür setzen. Er war jetzt der Herr des Hofes, nicht sie.

In den Augen des Bauern keimte Hoffnung auf. Wenn Klara nichts mehr gegen die alte Stricklerin vorzubringen hatte, stand er nicht allein da. »Nun, ich könnte mich ja getäuscht haben«, erwiderte er.

Andreas gestattete sich ein breites Lächeln. »So ist es richtig«, sagte er. »Du wirst sehen, die ganze Angelegenheit ist schneller vergessen, als du zu hoffen wagst.«

Zufrieden verließ Andreas den großen Hof. Er musste noch weitere Bauernhöfe aufsuchen, doch am Ende würde die Not über alle Vernunft siegen. – Er war dann nicht mehr so reich wie zuvor, doch er würde den Siegespreis empfangen, nach dem sein Herz so sehr begehrte.

Der Boden glitzerte, als ob er mit Edelsteinen übersät wäre. Als Christine Strickler nach oben blickte, schimmerte der Himmel in der Farbe von entrahmter Milch. Eine blasse Sonne lugte schüchtern daraus hervor. Der Anblick erschien ihr so schön wie das neue Jerusalem nach dem Jüngsten Gericht. Tief sog sie die kalte Luft in ihre Lungen und freute sich über das stechende Gefühl in ihrer Brust, als ob es nichts Besseres gäbe. Sie hätte jauchzen können vor Glück. Noch einmal war sie dem Tod entronnen. Dem Sensenmann von der Schippe gesprungen, obwohl sie nicht im Geringsten damit gerechnet hatte. Warum sie freigelassen wurde, geschweige denn, *wie* es zu diesem plötzlichen Sinneswandel gekommen war, wusste sie nicht.

Nachdem man sie zum Turm geschleppt hatte, wurde sie der Obhut des Scharfrichters übergeben. Der grobschlächtige Mann hatte sie vollständig entkleidet. Christine hatte sich in Grund und Boden geschämt, was durch die Tatsache, dass sein Sohn und Lehrling ebenfalls anwesend war und sie von oben bis unten betrachtete, noch verschlimmert wurde. Anschließend hatten ihr die beiden den Kopf kahl geschoren, damit sie keine Zaubermittel in den Haaren verstecken konnte, und sie eingehend nach Hexenmalen untersucht. Zum Glück hatten sie keine gefunden, aber dies sprach sie nicht von allen Verdächtigungen frei. Am Tag darauf wurde sie in das Kellergewölbe des Turms geführt. Der Schultheiß und drei Schöffen erwarteten sie dort zu einer Befragung. Man hatte ihr immer wieder die gleichen Fragen gestellt – gütlich und einvernehmlich. Ob sie sich auf Zaubermittel verstehe? Ob sie die Milch der Kühe verhext habe? Und ob sie einen Zauber gewirkt habe, der das Heer in das Dorf gelockt hatte? Ob sie gar mit dem Teufel im Bunde sei? Natürlich hatte sie dies geleugnet. Mochten andere diese Dinge tun können. Sie verstand sich nicht auf ein einziges von ihnen. Dann hatte der Scharfrichter ihr die Geräte gezeigt. Daumenschrauben, Zangen, die man zum Glühen bringen konnte und eine Streckbank, die bedrohlich in der Ecke stand. Christine schluckte hart, als sie sich daran erinnerte. Es war nicht schwer, sich vorzustellen, was man damit anstellen konnte. In den nächsten Tagen wären diese Dinge mit Sicherheit zum Einsatz gekommen. Für heute war eine neuerliche Befragung vorgesehen. Ein Verhör, das sie mit Furcht erwartet hatte. Stattdessen hatte man sie lediglich mit den knappen Worten entlassen, dass sie schleunigst nach Hause gehen solle. Nun, dies würde sie auch ohne Umschweife tun. Nie war es ihr leichter gefallen, einer Aufforderung Folge zu leisten. Vielleicht wusste Elisabeth eine Antwort auf dieses seltsame Verhalten? Oh, sie war so begierig, die unerwartete Freude mit ihr zu teilen. Zu lange schon hatte sie ihre Tochter für das Unglück verantwortlich gemacht, das vor Jahren über sie hereingebrochen war. Dies sollte nun ein Ende haben.

Vorsichtig setzte sie einen Fuß vor den anderen. Sie war nicht mehr die Jüngste. Nicht auszudenken, wenn sie hinfiel und sich ausgerechnet heute ein Bein brach. Christines Blick glitt forschend an sich hinunter. Ein dürrer Körper steckte in einem allzu weiten Kleid. Die Haut an den Händen war so dünn wie Papier, runzlig und von Altersflecken übersät. Die Schatten der Knochen darunter deutlich erkennbar. Ihr ganzer Körper hatte sich im Lauf der Jahre verwandelt. Nun bestand er lediglich aus einem zerbrechlichen Gerippe, eingebettet in lose Haut und schmelzendes Fleisch. In nicht allzu langer Zeit würden nur noch die Knochen übrig bleiben … – Aber noch war nicht alles verloren. Sie würde die Zeit nutzen, die ihr blieb, um wieder gutzumachen, was sie verdorben hatte. Es war nicht recht, ihre Tochter zu betrüben. Elisabeth sollte wieder frei atmen können und nicht schier zerbrechen unter der Last ihrer Schuld. Eine Gänsehaut überzog Christines Körper. Man hatte sie ohne Schultertuch zum Turm geschafft. Heute war es viel kälter als vor ein paar Tagen. Der Winter kam noch einmal mit aller Macht zurück, wie es ihr schien.

Sie fror bis auf die Knochen, als sie mit schwerfälligen Schritten endlich die Brücke überquerte. Das Haus wirkte wie ausgestorben. Eine plötzliche Angst ergriff die alte Frau. Hoffentlich war Elisabeth zu Hause! Nicht auszudenken, wenn man sie ebenfalls eingesperrt hatte oder sie am Ende geflohen war, um einem ähnlichen Schicksal zu entgehen. Mit zittrigen Händen drückte sie die Klinke am Eingang des Hauses. Die Tür sprang auf und Christine schlurfte ins Innere.

»Elisabeth! Bist du da?«, rief sie. Ihre Stimme klang dünn und furchtsam.

Sie hörte ein Scharren von der Stube her. Jemand hatte einen Stuhl zurückgeschoben und war damit über den Boden geschrammt. So schnell sie es vermochte, ging sie auf die Tür zu, die den Flur von der Stube trennte. Ihre alten Augen durchforschten das trübe Licht, nachdem sie diese geöffnet hatte. Sie konnte zunächst nicht viel erkennen, da die Lederhaut vor dem Fenster einen guten Teil der Helligkeit wegnahm. Schließlich entdeckte sie, was sie suchte. Elisabeth saß am Tisch, inmitten der ramponierten Möbel. Die Stube befand sich noch in demselben Zustand, in dem die Söldner sie verlassen hatten. Dies war sehr untypisch für ihre tatkräftige Tochter. Irgendetwas musste geschehen sein. Etwas, das nicht mit Christines freudigem Herzen in Einklang zu bringen war. Elisabeth hatte den Blick auf ihre gefalteten Hände gesenkt. Christines Angst verstärkte sich. »Elisabeth! Was ist mit dir?«, flüsterte sie entsetzt.

Elisabeth sah auf. Ihre schönen grünen Augen blickten so traurig und hoffnungslos, dass es schmerzte. »Mutter, ich werde heiraten«, sagte sie. Tränen schossen ihr in die Augen und benetzten ihre Hände, die wie tot auf der Tischplatte lagen.

Mitte April 1632

Eine Hochzeit wird gefeiert

Nach einer angemessenen Verlobungszeit von nur wenigen Wochen und der dreimaligen Bekanntgabe des Aufgebots im sonntäglichen Gottesdienst fand die Vermählung von Andreas und Elisabeth statt. Das Wetter war ungewöhnlich schön für die Jahreszeit und so erstaunlich wie die Trauung selbst. Die einzigen Personen, die glücklich darüber zu sein schienen, waren Andreas und seine Schwester Katharina. Andreas, weil er sich am Ziel seiner Wünsche wähnte, und Katharina, weil sie Elisabeth mochte und sich auf ihre Gesellschaft freute.

Für Klara war die Wahl ihres Sohnes eine Katastrophe gewesen, ganz zu schweigen davon, dass sie dem Schultheißen gestehen musste, dass sie sich doch nicht ganz so sicher war, was die Zauberkünste der alten Christine anbetraf. Am Ende hatte sie sich aber beugen müssen. Andreas war der Herr des Hofes – nicht sie. So blieb ihr nur, sich entweder zu fügen oder das Haus zu verlassen. Doch wo sollte sie hin, wenn sie nicht als bettelndes, altes Weib auf der Straße enden wollte?

Auch Christine war über die Wahl ihrer Tochter nicht glücklich gewesen, obwohl sie sehr schnell einsah, dass dieses Versprechen sie in die Freiheit geführt hatte. Keiner war sich plötzlich mehr sicher gewesen, sie auch nur in der Nähe des Kuhstalls gesehen zu haben. Erstaunlicherweise konnte sich auch niemand mehr daran erinnern, dass die Milch auf dem Weg vom Stall ins Haus geronnen war. Selbst der Korker Schultheiß hatte kein Interesse mehr an einer Anklage gehabt und stellte das Ganze als »Missverständnis« dar. Doch Christine wusste ebenso, dass all diese Bekundungen auf einem wackligen Boden standen und sich jederzeit wieder gegen sie wenden konnten, falls Elisabeth ihr Versprechen brach. Dennoch gefiel ihr der Gedanke nicht, dass sie von nun an allein in dem kleinen Fachwerkhaus am Bach leben würde. – Wenn es auch ein geringer Preis gegen das war, was ihre Tochter auf sich nahm. Sie beobachtete Elisabeth, als sie sich für die Hochzeit fertig machte. Sie sah aus wie ein Schaf, das zum Schlachter geführt wurde. Christine hätte ihr gern geholfen, doch sie waren wie Verurteilte, die den Strick gegen das Richtschwert eingetauscht hatten. Sie konnten nichts tun.

Jedenfalls stand ihre Tochter am Ende vor ihr. Angetan mit einem neuen dunkelgrünen Sonntagsrock, der gut zu ihren Augen passte. Einem engen Leibchen in derselben Farbe, aus dem die Ärmel eines blütenweißen Leinenhemdes hervorblitzten und einem großen, aber schlichten weißen Kragen. Andreas hatte dafür gesorgt, dass seine Braut etwas zum Anziehen hatte. Woher das Geld dafür kam, hatte er ihnen verschwiegen. Ihr Haar hatte Elisabeth streng zurückgekämmt und den geflochtenen Zopf wie eine Krone um die Rundungen ihres Kopfes geschlungen. Sie sah blass aber gefasst aus, und trotz ihrer Traurigkeit war sie das, was man schön nennen konnte. Christine hätte es gern gesehen, wenn sie gelächelt hätte, doch sie wagte nicht, etwas in dieser Hinsicht zu sagen. Zu dünn war das Eis, auf dem sie sich bewegten. Der alten Frau war es, als ob die Gefühle ihrer Tochter dicht unter der Oberfläche lauerten. Wie Fische, die einen Weg durch gefrorenes

Wasser suchten, waren sie kurz davor, an einer dünnen Stelle aufzutauchen, um die Kruste der Beherrschtheit zu durchbrechen.

Da die Familie der Stricklers über keinen Mann verfügte, der die Braut in die Obhut ihres Bräutigams führen konnte, kam Katharina und holte sie ab. Ihre Augen leuchteten bei Elisabeths Anblick. Christine konnte sich denken, warum. Wahrscheinlich träumte sie davon, selbst einmal an Elisabeths Stelle zu sein. Doch Christine wusste, dass diese Hoffnung kaum erfüllt werden konnte. Obwohl Katharina hübsch war, würde es schwer werden, einen Mann für sie zu finden. Wer wollte schon ein Weib mit nur einer Hand, die für viele Dinge nicht zu gebrauchen war. Wahrscheinlich würde sie eine alte Jungfer werden, deren einzige Freude darin bestand, die Kinder ihrer Schwägerin heranwachsen zu sehen.

Sie folgte den beiden zu dem Hof der Selzers. Die meisten Gäste hatten sich bereits eingefunden. Andreas hatte das halbe Dorf eingeladen. Tische und Bänke waren im Freien aufgestellt worden, und man sprach schon ordentlich dem Branntwein zu, den er eigens in Straßburg gekauft hatte. Hinzu kam ein frisch erworbenes Schwein, das nun in Stücke zerteilt in einem großen Kessel garte. Die lustige Gesellschaft verfiel bei ihrem Erscheinen in jähes Schweigen. Nur die Vögel in den Ästen des großen Nussbaums zwitscherten noch fröhlich vor sich hin.

Andreas schluckte, als er seine Braut in den Hof kommen sah. Ein wohliger Schauer lief ihm über den Rücken. Sie sah so schön aus in dem schlichten, dunkelgrünen Kleid, das ihre Figur gut zur Geltung brachte. Die harte Arbeit hatte ihre Schultern etwas auseinandergezogen, aber immer noch war sie schlank und anmutig. Die Zartheit ihrer Taille war die eines jungen Mädchens, während ihre Haut so rein und weiß schimmerte wie ein Wintermorgen. Ihre Augen blickten nicht sehr fröhlich, doch er war voller Zuversicht, dass sich dies bald ändern würde. Die geflochtene Krone in ihrem Haar gefiel ihm gut. Es war über den Winter etwas dunkler geworden, doch er wusste, dass es im Sommer in der sattgoldenen Farbe reifen Weizens leuchtete. Sie war alles, was er je in seinem Leben begehrt hatte. Keine andere hatte dem Vergleich zu ihr standhalten können. – Und nun war er am Ziel. »Mutter«, rief er. »Komm und begrüße deine Schwiegertochter.«

Elisabeth sah das Begehren in den Augen ihres zukünftigen Mannes und senkte den Blick. Sie wusste, woran er dachte. Es erfüllte sie mit Abscheu und sie schob es in eine Ecke ihrer Gedanken zurück, die sie noch sorgsam verschlossen hielt. Sie würde sich erst damit beschäftigen, wenn es an der Zeit war. Dann fiel ihr Blick auf Klara, die langsam auf sie zukam. In den letzten Jahren war sie deutlich gealtert. Nicht nur, dass sie an Gewicht verloren hatte. Viele sahen nicht mehr so wohlgenährt wie früher aus. Ihr Haar wurde von dicken silbernen Strähnen durchzogen und in ihrem Gesicht befand sich ein Dickicht aus Falten. Aber es war ihre nach vorn gebeugte Haltung, die sie bestürzte. *Man sieht ihr an, wie viel Überwindung es sie gekostet hat, dieser Heirat zuzustimmen.* Sie lächelte nicht, als sie Elisabeth begrüßte, doch aus dem Rest der Gesellschaft brandete bei dieser Geste Jubel auf.

Nachdem auch der letzte Gast eingetroffen war, schritt der Festzug nach Kork, um den kirchlichen Segen zu erbitten. Der Pfarrer war immer noch der gleiche Mann, der Elisabeth Jakobs Brief vorgelesen hatte. Tränen stiegen ihr in die Augen, die sie nur mit Mühe zurückhalten konnte. Nie im Leben hätte sie gedacht, dass dieser Mann sie mit einem anderen vermählen würde. Nach der Zeremonie und einer Gabe an den Almosenschaffner führte das frisch vermählte Paar den Festzug wieder an den Ort der Geselligkeit zurück, den sie am Morgen verlassen hatten.

Dort war alles für das Essen vorbereitet worden. Die beiden Mägde des Hofes und drei weitere aus der Nachbarschaft trugen Platten mit gegartem Schweinefleisch und frisch gebackenem Brot zu den Tischen. Becher wurden gefüllt und nach dem Essen spielten drei Spielleute zum Tanz auf.

Elisabeth erkannte, dass sich Andreas wirklich viel Mühe gegeben hatte, das Fest so schön wie möglich zu gestalten. Doch er musste auch eine Menge Geld dafür ausgegeben haben. Die Selzers waren schon immer wohlhabende Bauern gewesen, doch sie wunderte sich immer mehr darüber, wie es ihm gelungen war, solch eine Summe vor den Söldnern zu verstecken. Die große Gesellschaft genoss die unerwartete Wohltat, die ihr zuteilwurde. Sie beobachtete die Leute beim Essen, während sie selbst kaum einen Bissen hinunterbringen konnte. Sie stopften alles in sich hinein, bis sie schier zu platzen schienen. Zu groß war der Hunger gewesen, mit dem die meisten hierhergekommen waren.

Die Gäste waren zuerst etwas befangen, was den Umgang mit Elisabeth betraf, doch im Laufe des Festes verlor sich dieser Eindruck. Die Frauen redeten plötzlich wieder so ungezwungen mit ihr, wie sie es vor Jahren getan hatten. Es erschien ihr fast so, als ob zuvor nichts gewesen wäre. Die Männer forderten sie sogar zum Tanz auf und sie genoss die Fröhlichkeit, die an diesem Tag dann doch noch auf sie übersprang. Zu groß war die Freude, wieder ein Teil der Gemeinschaft zu sein. Bei einem dieser Tänze entdeckte sie Moritz, der mit einem kleinen Mädchen die Bewegungen der Erwachsenen zu imitieren versuchte. Seine Haltung war so würdevoll, dass Elisabeth lächeln musste. Mit konzentrierten Mienen drehten sich die Kinder schwungvoll zur Musik. Als er Elisabeth entdeckte, zwinkerte er ihr mit einem verschwörerischen Lächeln kokett zu.

Viel zu schnell vergingen die Stunden. Unter zotigen Bemerkungen und mancherlei Scherzen wurde das frisch vermählte Paar schließlich zu seiner Schlafkammer gebracht. Die Nacht war schon längst hereingebrochen und die Gäste zogen ihres Weges. Früher hatte diese Kammer Kaspar und Klara gehört. Nun war es Andreas' Recht, darin zu wohnen. Seine Mutter hatte aus diesem Grund vor ein paar Tagen in das Reich ihres verstorbenen Vaters umziehen müssen. Andreas zog die Tür hinter sich zu und blickte mit vor Stolz geblähter Brust um sich. Ein großes Himmelbett stand an der gegenüberliegenden Wand. Schwere Vorhänge hingen auf jeder Seite von den Pfosten herab, die man zuziehen konnte, um ungestört zu sein. An der anderen Wand befand sich ein Schrank und unter dem Fenster eine Kommode mit einem Krug und einer Waschschüssel darauf. »Nun? Wie gefällt es dir?«

Elisabeths Lippen kräuselten sich zu einem gezwungenen Lächeln. »Es ist sehr schön«, erwiderte sie kühl. Ihre Lider senkten sich, um ihn nicht ansehen zu müssen.

Andreas schluckte seine Enttäuschung darüber hinunter. Bedächtig legte er ihr eine Hand unters Kinn und hob ihren Kopf so, dass sie ihm in die Augen sehen musste. »Wir werden hier sehr glücklich sein«, flüsterte er heiser. Dann küsste er sie. Er spürte, wie sie sich dabei versteifte, wie sie instinktiv zurückwich. Nicht sehr, aber doch so, dass er das Gefühl hatte, an einer ekelerregenden Krankheit zu leiden. Er schnaubte und eine unterdrückte Wut brannte plötzlich wie ein loderndes Feuer in seinem Magen. Er ließ von ihr ab, entledigte sich seiner Hose, riss das Wams von seinen Schultern und warf es zu Boden. Nur mit seinem Hemd bekleidet, ging er auf das Bett zu und schlug mit bebenden Händen das Laken zurück. »Komm ins Bett«, sagte er barsch.

Elisabeth sah seinen Blick, als er sich auf den Strohsack setzte, der als Unterlage diente. Das Verlangen in den hellbraunen Augen, die fordernde Wut. Ekel überkam sie, doch sie wusste, es gab kein Zurück. – Jetzt und auch in Zukunft nicht.

Mitte Juni 1632

Die Wege des Herrn sind unerforschlich

Bärbel wischte sich mit dem Handrücken den Schweiß von der Stirn und schob mit ihrer freien Hand ein paar verirrte Haare unter die Haube zurück. Mit der anderen hielt sie den kleinen Jakob umfangen, der konzentriert an ihrer Brust saugte. Sie hatte ihn zum Stillen von den Wickeltüchern befreit, die seinen Körper normalerweise straff umfingen. In den letzten Tagen schien es Bärbel viel zu schwül zu sein, um einen Säugling in den Zustand einer verpuppten Raupe zu verwandeln, obwohl man es im Allgemeinen für die beste Methode hielt. Er dankte es ihr, indem er mit einem seiner Beinchen in ihren Bauch trat, während seine kleinen Finger gierig nach ihrer entblößten Brust griffen. Ein Schmerzenslaut entfuhr ihr, doch sie lächelte dabei milde. Ihren Sohn schien es ohnehin nicht sonderlich zu interessieren. Die Nahrungsquelle an seinem Mund war ihm bedeutend wichtiger.

Das ganze Haus war angefüllt mit feuchter, heißer Luft, die einem das Atmen schwer machte. Eigentlich viel zu früh für diese Jahreszeit. Der Sommer hatte noch nicht einmal richtig begonnen, doch das Wetter erlaubte sich hin und wieder seine eigene Zeitrechnung.

Der kleine Jakob gedieh prächtig. Sie war Sebastian immer noch dankbar dafür, dass er den Jungen so genannt hatte. Immerhin wusste keiner, ob ihr Bruder je noch einmal nach Hause zurückkehren würde. Sie seufzte tief, nahm den Kleinen hoch und legte ihn zum Aufstoßen über ihre Schulter. Wenigstens in ihm würde sein Name weiterleben.

Sie war gerade dabei, ihren Sohn wieder in das straff gewickelte Päckchen zu verwandeln, das seine Glieder fest am Körper hielt, als Grete zur Tür hereinstürzte.

»Bist du fertig?«

»Nur noch einen Moment«, erwiderte Bärbel. »Ist irgendetwas geschehen?«

Grete hob ratlos die Schultern. »Es muss wohl etwas in der Luft liegen. Ottilia hat sich schon zweimal übergeben. David klagt über Bauchkrämpfe und Markus rennt alle paar Minuten zum Abtritt. Und nun fängt auch noch Therese an, über Bauchschmerzen zu klagen. Gertraud hat mich gebeten, ihr zu helfen. Aber die Küche verlangt ebenfalls nach mir.«

Bärbel nickte und hob den Kleinen in seine Wiege. »Ich komme sofort.« Sie strich ihrem Jüngsten über die runde Wange.

»Schlaf gut, mein Kleiner«, sagte sie zärtlich. Dann ging sie in den zweiten Stock hinauf.

In der ersten Kammer spielten die Kinder friedlich. Die fünfjährigen Zwillinge Peter und Paul schnippten Tonmurmeln über den Boden und versuchten die des anderen mit ihrer eigenen zu treffen. Ihre Tochter Irmgard hockte daneben und schaute ihnen zu, die Puppe, die sie überall mit hinnahm, fest an sich gedrückt. Sybilla spielte mit drei weiteren Mädchen Vater und Mutter. Zwei von ihnen mussten die Rolle des Vaters übernehmen, da die männlichen Vertreter des Findelhauses dies wohl für unwürdig hielten. Doch die Luft in der Kammer war mit dem Geruch entleerter Gedärme gefüllt und von nebenan hörte man gequältes Jammern, neben Gertrauds beruhigenden Lauten. Irmgard hob die Ärmchen und schoss auf sie zu. Die Kleine hatte das Genick eingezogen, als ob sie Schläge zu erwarten hätte, doch Bärbel wusste, dass sie Angst vor dem hatte, was in den angrenzenden Kammern vor sich ging. »Du lieber Gott«, murmelte sie. Sie nahm ihre Tochter auf den Arm und riss die Läden auf, die man zum Schutz gegen die Hitze bis auf einen Spalt geschlossen hatte. Die schlechte Luft schien förmlich in den Räumen zu stehen. In der zweiten Kammer lagen David und Markus in ihren Betten und waren in der Zwischenzeit eingeschlafen. Ihre Haut hatte die kränkliche Farbe entrahmter Milch, und ein feiner Schweißfilm lag auf den erschöpften Gesichtern. Ottilias Jammern ging inzwischen in ein Heulen über. Irmgard fing bei diesem Geräusch bedenklich zu schniefen an. Bärbel stolperte über einen achtlos auf dem Boden liegenden Kreisel, als sie auf das Geräusch zueilte. In dem Moment, in dem sie die Tür erreichte, erbrach sich Ottilia von Neuem. Gertraud hielt für diesen Fall einen Kübel bereit, doch das Kind hatte sich so sehr erbrochen, dass der Boden und ihr Kleid ebenfalls etwas davon abbekommen hatten.

Bärbel nahm Gertraud den Kübel ab, während Irmgard in den Chor der Weinenden mit einstimmte. »Lass nur. Ich gehe nach unten, um ihn zu leeren und bringe gleich einen Lappen mit.«

Gertraud nickte dankbar.

Mit einer heulenden Irmgard und dem Kübel bewaffnet, stieg Bärbel die schmale Treppe hinunter. Auf halbem Weg traf sie Sebastian. Sein Gesicht wirkte bekümmert. »Ich komme gerade aus Thereses Kammer«, sagte er und presste die Lippen aufeinander. »Es geht ihr gar nicht gut.«

Bärbel seufzte. »Oben sieht es auch nicht besser aus.«

Sebastian nahm den Kübel aus ihrer Hand, damit sie Irmgard trösten konnte. Seine Stirn kräuselte sich vor Sorge. »Der Herrgott wird uns beistehen«, sagte er dann.

Wen er damit beruhigen wollte – sich selbst oder sein Weib –, konnte Bärbel nicht sagen.

Am Tag darauf lag das halbe Findelhaus in den Betten. Der Gestank schwärender Bäuche hing unheilschwanger in der Luft. Die meisten Kranken wanden sich unter Krämpfen und hatten hohes Fieber, das sie immer wieder in den Schlaf der Erschöpfung schickte. – Wenigstens dann schien es ihnen etwas besser zu gehen, doch sobald sie erwachten, begann der Kreislauf aus Durchfall und Erbrechen von Neuem. Bärbel, Sebastian, Grete und Gertraud arbeiteten bis zur Erschöpfung, doch sie konnten nicht mehr tun, als die Kranken zu säubern, ihre fiebrigen Körper zu kühlen und ihnen Nahrung anzubieten. Den meisten stand nicht der Sinn nach Essen und wenn sie es dennoch taten, kam kurz darauf alles wieder aus ihnen heraus. Was sollten sie nur tun? Sebastian warf sich voller Kummer auf die Knie. Er betete für jedes der ihnen anvertrauten Kinder und erflehte ihren Schutz und ihre Heilung. Doch nichts änderte sich.

Sebastian strich Therese liebevoll über die runzlige Wange. Er stand in der Kammer, die sie seit jenen Tagen, in denen sie bei ihm eingezogen war, in Besitz genommen hatte. Zusammen mit Bärbel kleidete er die alte Frau in ihre Sonntagskleider. Ihre Seele hatte das Haus des Körpers bereits verlassen. Sie war nicht mehr als eine leblose Hülle – und doch war es Therese. Die gute alte Therese, die mit ihnen durch dick und dünn gegangen war und sie auch dann nicht verlassen hatte, als ihre Kraft immer mehr zur Neige ging. Dieser letzte Kampf war nun zu viel für sie gewesen. Ihr Körper bestand nur noch aus Haut und Knochen. Sebastian zerschnitt es fast das Herz. Er wusste, dass seine einstige Haushälterin ein altes Weib war, dessen baldiger Tod keine Überraschung darstellte, dennoch senkte sich eine tiefe Trauer in seine Seele.

Bärbel hielt einen Moment inne und betrachtete Sebastian von der Seite. Behutsam legte sie ihm eine Hand auf die Schulter. »Sie ist jetzt bei Gott«, sagte sie weich.

Sebastian presste die Lippen zusammen und nickte. »Und doch tröstet es mich nicht.«

Auch Grete war von Trauer erfüllt. Sie stand in der angrenzenden Küche, um eine Brühe für die kranken Kinder zu kochen und schniefte dabei wie ein erkältetes Pferd.

»Die arme Grete«, sagte Bärbel.

Sebastian nickte. Er wusste, dass Grete den Tod der alten Frau ebenso sehr beklagte wie er selbst.

Mittlerweile hatte sich die Krankheit wie eine schäbige Decke über das Haus in der Steinstraßer Vorstadt gelegt. Die Seuche griff um sich, ebenso wie die Angst, die sie alle erfasst hatte. Sogar den Erwachsenen stand die Furcht ins Gesicht geschrieben, als ob man sie hineingemeißelt hätte. Bei manchen Kindern äußerte sie sich auf andere Art und Weise. Irmgard nässte wieder ein, obwohl sie längst trocken war. Peter und Paul prügelten sich ständig, was sie seit ihrer Ankunft im Findelhaus nur noch selten getan hatten, und Marie wich kaum noch von Bärbels Seite. Die Angst hatte auch Sebastian ergriffen. Wie das Netz einer Spinne begann sie ihn zu umgarnen. Einigen Kindern ging es sehr schlecht. Sie hatten alles probiert. Jedes Mittelchen, das ihnen einfiel, hatten sie angewendet, aber alle waren sie unzureichend gewesen. Er hatte sogar einen Apotheker aufgesucht. Nachdem er dem durchaus ernst zu nehmenden Mann ihre Lage geschildert hatte, war dieser überzeugt davon, dass es sich um eine Vergiftung handele. Danach hatte er ein irdenes Gefäß von einem Regal genommen, das eine Wand des großen Raumes vollständig bedeckte.

»Mumienpulver«, hatte der Apotheker mit leiser Stimme und bedeutungsvollem Blick gesagt. So, als ob diese Information nicht für jeden bestimmt sei. »Ein hochwirksames Mittel gegen eine Vielzahl von Krankheiten. – Natürlich gehören Vergiftungen ebenfalls dazu. Der Zustand Eurer Kinder wird sich in kürzester Zeit bessern, wenn Ihr ihnen dreimal am Tag eine Messerspitze davon gebt. Ihr werdet sehen!«

Sebastian hatte viel Geld für dieses Wundermittel bezahlt, aber nichts hatte sich geändert. Ottilia war Therese binnen weniger Stunden in den Tod gefolgt und wahrscheinlich würden noch weitere Kinder sterben. Ihre kleinen Körper waren so ausgezehrt, dass es nur noch eine Frage der Zeit sein würde. Sebastian fuhr sich verzweifelt mit den Fingern durch die Haare. Der Herrgott hatte ihm diese Kinder anvertraut. Er war für sie verantwortlich! Was sollte er nur tun?

Bärbel zog die weiße Schürze zurecht, die Thereses Sonntagskleid vervollständigte. *Sie ist mager geworden,* dachte Sebastian betrübt. Er mochte es lieber, wenn sie etwas runder war und ihre Konturen nicht so scharf hervortraten. Das Stillen hatte sie in letzter Zeit ohnehin schon genug Kraft gekostet. Nun kamen auch noch die Strapazen der letzten Tage hinzu. Mit einer unbewussten Geste griff Bärbel an ihren Bauch. Ihre Mundwinkel zogen sich missbilligend nach unten. In Sebastians Kopf begann eine Alarmglocke zu läuten. »Bärbel, was ist? Bist du etwa auch krank?«

»Nein, nein«, winkte sie ab, und setzte eine zuversichtliche Miene auf. »Nur ein leichtes Bauchgrimmen, sonst nichts.«

Sebastian holte erschrocken Luft. *Lieber Herrgott, bitte nicht auch noch das!,* schickte er ein Stoßgebet zum Himmel. Er würde es nicht verkraften, wenn Bärbel etwas zustoßen würde.

Sie legte ihm begütigend die Hand an die Wange. »Mach dir

keine Sorgen. Es ist alles in Ordnung. Wie es allerdings mit David und Markus weitergehen soll, weiß ich nicht. Alles, was sie zu sich nehmen, kommt wieder heraus – auf die eine oder andere Weise.« Sie zog vor Sorge die Stirn kraus. »Ach Sebastian, was sollen wir nur tun?«

Ihre wasserblauen Augen blickten so schutzbedürftig wie die eines Kindes. Sein Herz flog ihr zu. Er schlang seine Arme um sie und drückte sie fest an sich. »Wir werden das tun, was wir immer getan haben. Beten und darauf hoffen, dass der Herrgott uns hilft. – Und wenn er dabei ein Wunder vollbringen muss!«

Und Sebastian tat, wie er geredet hatte. Sobald er nicht gebraucht wurde, zog er sich ins Schlafzimmer zurück und fiel dort auf die Knie. Tag und Nacht fand man ihn dort. Den kleinen Jakob im Rücken, der meist friedlich in seiner Wiege lag, flehte er den Herrn an, ein Wunder zu tun.

Bärbel öffnete leise die Tür zum Schlafzimmer und stieß einen überdrüssigen Seufzer aus, als sie ihren Mann dort entdeckte. Schon wieder! In letzter Zeit schien er es doch sehr zu übertreiben. Bärbel machte sich langsam Sorgen um ihn. Er war so sehr in sein Gebet vertieft, dass er sie nicht einmal wahrnahm. Langsam schlich sie sich an ihn heran. Er hatte die Augen geschlossen. Vielleicht schlief er ja? Doch nein, dafür war seine Haltung zu aufrecht. Er schien in einer ständigen Anspannung zu stehen, als ob er den Herrgott dazu *zwingen* müsste, endlich ein Wunder zu tun. Bärbels Mund nahm einen traurigen Zug an. Bis jetzt war seine Bitte nicht erhört worden. Bereits sechs Kinder waren gestorben, und wenn nicht endlich etwas geschah, würde heute noch ein weiteres folgen. Die Pflege der Kinder und die ständigen Begräbnisse forderten die Kraft der Gesunden fast bis zur Neige. Ihre beiden leiblichen Töchter waren ebenfalls krank. Die Sorge um sie machte sie mürbe. Der sechsjährigen Marie ging es inzwischen etwas besser, aber Irmgard war in jenem Alter, in dem man besonders schnell an dieser Krankheit starb. Auch eines ihrer eigenen Geschwister war vor vielen Jahren an Sommerdurchfall gestorben. Es war nicht viel jünger als Irmgard gewesen. Nur Jakob schien die Krankheit zu verschonen. Sie warf einen kurzen Blick in die Wiege. Der Kleine schlief tief und fest.

Noch immer schien Sebastian sie nicht zu bemerken, obwohl sie nur noch eine Handbreit von ihm entfernt stand. Doch er schlief wirklich nicht. Sie konnte ganz deutlich sehen, wie seine Augen hinter den geschlossenen Lidern umherwanderten. Die Wimpern fast unsichtbar vor dem dunklen Untergrund der tiefen Schatten, die sich dort abzeichneten. Der Zug um seinen Mund war angespannt und seine Haut offenbarte die gräuliche Blässe anhaltender Erschöpfung.

Sie stieß ihn sacht mit dem Finger an. »Sebastian«, wisperte sie, um den Kleinen nicht zu wecken. »Meinst du nicht, dass es für heute genug ist?«

Sebastian schrak auf. »Du lieber Himmel, Bärbel! Hast du mich erschreckt!«, sagte er eine Spur zu laut.

Aus der Wiege drang ein entrüstetes Greinen.

»Pst! Du wirst Jakob wecken!«

Sebastian nickte.

»Es ist Zeit für das Abendessen«, flüsterte Bärbel. »Möchtest du dich nicht zu uns an den Tisch setzen?«

Sebastian setzte ein humorloses Lächeln auf. »Sitzt dort überhaupt noch jemand?« Sein Ton war von Bitterkeit erfüllt.

Bärbel setzte eine tadelnde Miene auf. »Mach es nicht noch schlimmer, als es ist«, erwiderte sie streng. »Ein paar Kinder sitzen schon noch dort. Dazu Grete, Gertraud und ich. Du solltest ihnen mit deiner Anwesenheit etwas Mut machen. Und *danach*«, sie hob mahnend den Finger, »legst du dich ins Bett und wenn ich dich selbst hineintragen muss. Du hast schon ewig nicht mehr richtig geschlafen.«

»Aber«, warf Sebastian ein und rappelte sich in die Höhe. »Ich darf mein Gebet nicht vernachlässigen«, protestierte er schwach. »Der Herrgott will gebeten sein.«

»Aber das heißt doch nicht, dass du nichts anderes mehr tun sollst! Meinst du nicht, dass der Herr dein Gebet schon längst gehört hat? Was für ein hartherziger Gott müsste er sein, wenn er tausendmal um dasselbe gebeten werden will?«

Sebastian nickte langsam. Sein Kopf schien keine schnelleren Bewegungen mehr zuzulassen und auch sein Magen war mit einem Mal empfindlich dagegen. »Wahrscheinlich hast du recht«, entgegnete er. »Ich habe den Herrn schon so oft um dieses Wunder gebeten. – Und mein Magen könnte in der Tat etwas zu essen vertragen.«

Bärbel sah ihm ins Gesicht. Ihr Blick war voller Zärtlichkeit. »Na, siehst du. Es kann unmöglich der Wille des Herrgotts sein, dass du deinen Körper zugrunde richtest. Du musst dich schonen, Sebastian. Die Kinder brauchen dich.« Sie fühlte, wie ihre Augen feucht wurden. »Und ich brauche dich auch! Mehr als du denkst.«

Sebastian lächelte. Er hob die Arme, um sie an sich zu ziehen. Plötzlich verlor sein Gesicht jeden Ausdruck. Für einen Moment starrte er ins Leere, dann verdrehte er die Augen und fiel krachend zu Boden. Direkt an Bärbel vorbei, während seine Stirn die Holzumrandung des Bettes streifte. Jakobs Greinen ging in lautes Schreien über, doch Bärbel achtete nicht auf ihn.

»Sebastian«, schrie sie entsetzt. Sie drehte ihn auf den Rücken und nahm sein Gesicht in beide Hände. Die Haut war an einer Stelle aufgeplatzt. Blut strömte aus der Wunde, doch das war nicht das, was sie erschütterte. Seine Haut war kochend heiß. *Oh nein,* dachte sie und ihr Schreien wurde lauter. »Grete, komm schnell! Sebastian … ich glaube, die Krankheit hat auch ihn erwischt!«

Sebastian erwachte in seinem Bett. Ein Würgen schüttelte seinen Körper und er erbrach sich mühevoll. Es war nichts als Galle, die er hervorspie, was auch kein Wunder war, denn er hatte schon seit Stunden nichts mehr gegessen. Sein ganzer Körper schien aus

Säure zu bestehen, die sich brennend durch seine Eingeweide fraß. Fieber kochte in ihm, brannte wie ein Feuer, das seine Adern zu verflüssigen schien. Noch dazu brummte sein Schädel. Seine Hand fuhr an die Stirn und er ertastete einen dicken Verband, der wie ein Turban seinen Kopf umschlang.

Bärbel hielt ihm eine Schüssel hin und wischte ihm den Mund, als er endlich fertig war. Er lächelte ihr dankbar zu, dann fiel er in einen Zustand der Dämmerung, die in einen von wilden Träumen begleiteten Schlaf mündete.

Auf einmal war er wieder ein kleines Kind, vielleicht vier oder fünf Jahre alt. Jedenfalls trug er noch das geschlechtslose Kittelchen aller Jungen und Mädchen bis zu ihrem siebten Lebensjahr. Seine Schwester war drei Jahre jünger als er und machte gerade ihre ersten Schritte mit einem Laufwägelchen, einer Konstruktion aus Stäben, vier Rädern und einem Griff. Er spielte mit seinen Holzpferden und den dazu passenden Rittern, von denen manche schon arg mitgenommen aussahen. Er ließ sie gegeneinander antreten, stellte sie in immer neuen Formationen einander gegenüber und focht Kriege mit ihnen aus, während Mutter in einem Sessel saß und Strümpfe stopfte. Seine Mutter war eine hübsche Frau mit einem lieblichen Gesicht. Er liebte ihre weichen Wangen, das üppige blonde Haar, das so oft aus ihrer Haube entwischte, und ihr sanftes Lächeln. Plötzlich verwandelte sich dieses Lächeln. Er war so sehr in sein Spiel vertieft gewesen, dass er gar nicht bemerkt hatte, dass er den Nachttopf hätte aufsuchen sollen. Nun war es zu spät und eine große Pfütze begann sich unter ihm zu bilden.

»Sebastian«, Mutters Ruf schallte schneidend durch die Stube. »Wie kannst du nur so etwas tun?«

Angelockt durch Mutters Schelte erschien kurz darauf sein Vater. Eine lastende Angst legte sich auf Sebastians Brust. Er mochte seinen Vater nicht besonders. Die strenge Haltung seines Körpers, die hagere Gestalt, der ernste Blick und die oft zu einem Strich zusammengekniffenen Lippen wurden nur noch durch seine Art übertroffen. Als sein Vater entdeckte, was er angestellt hatte, zogen sich seine Brauen vor Ärger zusammen. Eine tiefe Falte bildete sich über seiner Nasenwurzel, die nichts Gutes erahnen ließ. Sebastian wusste, er hatte eine Strafe zu erwarten und hier kam ihr Vollstrecker. Seine kleinen Hände begannen zu zittern, doch während sein Vater auf ihn zukam, verwandelte er sich in eine andere Person. Eine Gestalt, von der er ganz fest wusste, dass dies der Herrgott war. Woher dieses Wissen kam, konnte er nicht sagen – er hatte ihn ja noch nie gesehen. Doch schien dies nicht weiter wichtig zu sein. Viel bemerkenswerter war, dass er genauso streng dreinblickte wie sein Vater. Er machte nicht den Eindruck, als ob er voller Güte wäre. Sebastian erschrak, aber plötzlich war er nicht mehr der kleine Junge und eine ungeheure Wut ergriff ihn. »Warum hilfst du mir nicht?«, schrie er ihn an. »Warum lässt du zu, dass so viele Kinder sterben? Hörst du mich denn nicht?« Er ging auf den Herrgott zu. Er hätte ihn packen und schütteln mögen, doch je näher er kam, desto durchscheinender schien die Gestalt zu werden. Als er schließlich vor ihr stand, löste sie sich vor seinen Augen auf, wie Rauch, der ins Nichts entschwindet. »Komm zurück«, schrie er. »Ich will mit dir reden!« Er lief in der Stube umher, schaute in jedem Winkel, sogar unter dem schweren Teppich auf dem Fußboden nach, doch darunter war nichts als eine gähnende Leere. Plötzlich kam Sebastian ein fürchterlicher Gedanke. Was, wenn es den Herrgott gar nicht gab? Wenn er einem Geist hinterherrannte, der gar nicht helfen konnte, weil er nichts als pure Einbildung war?

Grete lief in ihre Kammer, zog ihre schmutzige Schürze aus und machte sich zurecht. Sie hatte einen Entschluss gefasst. Kurze Zeit später klopfte sie energisch an die Schlafzimmertür ihrer Herrschaft.

»Herein«, erklang eine bekümmerte Stimme von drinnen.

Bärbel saß auf der Kante des Ehebettes, als sie öffnete, und fuhr Sebastian mit einem feuchten Tuch über den Schweiß, der sich in seiner Halsbeuge gebildet hatte. Der Pfarrer sah alles andere als gut aus.

»Ich gehe fort«, sagte Grete knapp. Die kleinen Narben auf ihren Wangen schimmerten wie silberne Halbmonde in ihrem Gesicht.

Bärbel sah erschrocken auf. »Wo willst du hin?«

»Hilfe holen.«

»Bei einem Medicus?« Alles andere hatten sie ja schon ausprobiert.

Grete schüttelte den Kopf. »Damit er ihn zur Ader lässt?« Ihr Blick fiel auf die eingefallenen Wangen des Pfarrers. »Danach ist er so geschwächt, dass er noch schneller stirbt, als es ohnehin der Fall wäre. – Glaub mir, der Einzige, für den diese Art der Behandlung von Vorteil ist, ist der Medicus selbst, denn sie spült eine Menge Münzen in seinen Beutel.«

»Was aber willst du dann tun?« Bärbels ganze Haltung war von Hoffnungslosigkeit erfüllt. Ihr bekümmerter Blick kehrte zu ihrem Mann zurück, doch seine Augen waren immer noch geschlossen. Er schien sie nicht zu bemerken.

Grete zuckte mit den Achseln. »Ich weiß es noch nicht.«

Leise schloss sie die Tür und verließ das Haus. So konnte es nicht weitergehen. Es musste irgendeinen Weg geben, der dieser Qual ein Ende setzte. Nur wie er aussehen sollte, wusste sie nicht. Doch sie hatte nicht vor, zuzusehen, wie einer nach dem anderen vor ihrer Nase wegstarb. Das Findelhaus war ihr wie eine neue Familie geworden. Eine Familie, die sie sich immer gewünscht hatte. Sie konnte den Gedanken nicht ertragen, sie wieder zu verlieren. Nicht noch einmal würde sie diese Qual überstehen. Sie streifte ziellos durch die Stadt, fragte hier und dort nach, wog die Möglichkeiten gegeneinander auf. Das Rezept des Apothekers hatten sie ausprobiert, doch es war ohne jede Wirkung. Es gab Bader, die etwas von der Heilkunst verstanden, doch beschränkte es sich meist auf das Ziehen von Zähnen, das Ansetzen von Schröpfgläsern oder die Amputation von Fingern und Zehen. Sie hingegen brauchte etwas ganz anderes. Tauben gurrten auf den Dächern, als sich ein Gedanke in ihr formierte. Schließlich passierte sie die Brücke über dem Gerbergraben. Die Fassaden der am Ufer stehenden Fachwerkhäuser spiegelten sich in seinem schmutzigen Wasser. In der Umgangssprache der Städter wurde das Gerberviertel auch Klein Frankreich genannt. Diesen Namen hatte es der Franzosenkrankheit zu verdanken, einer verheerenden Lustseuche, zu deren Behandlung man im vorigen Jahrhundert hier ein Siechenhaus gebaut hatte.

Angewidert zog sie die Nase kraus. Die anhaltende Hitze verstärkte den üblen Gestank, der aus dem stinkenden Graben zu ihr aufstieg, doch daran durfte sie sich jetzt nicht stören. Die Menschen, die hier lebten, gehörten nicht zu den Reichen. Nur die Lohgerber verfügten über ein besseres Auskommen als ihre weniger gut bezahlten Nachbarn. Die meisten jedoch konnten sich weder einen Medicus noch den Apotheker leisten. Hier war man auf andere Hilfe angewiesen. Ihre Füße trugen sie zu den Marktständen des Gerberviertels, vorbei an einer Lohmühle, in der man Baumrinde zu feinem Pulver zermahlte.

Bei den Lauben der Fischer konnte man ihr nicht weiterhelfen, doch sie sah es in den Augen der Marktweiber, dass sie etwas verschwiegen. Sie fragte weiter, setzte sich auf die Fährte wie ein Jagdhund, der einer Blutspur folgt. Auch bei den Lauben für Fleisch und Geflügel wollte man ihr nicht helfen. Schließlich gelangte sie zu einer Müllersfrau, die gemahlenes Getreide verkaufte.

»Wollt Ihr Mehl oder lieber geschrotetes Korn?«, fragte sie. »Ich habe Weizen und Roggen von bester Qualität. Alles trocken über den Winter gebracht und kein bisschen schimmlig.«

»Nein«, lehnte Grete dankend ab. »Aber ich frage mich, ob Ihr mir wohl in einer anderen Sache helfen könnt?«

»Was wollt Ihr denn wissen?«, fragte die Müllerin gerade heraus. Die Haut um ihre braunen Augen zersprang in ein Geflecht aus Fältchen, als sie Grete aufmunternd anlächelte.

»Ich suche eine Heilerin, vielleicht auch ein Kräuterweib, wenn Ihr versteht?«

Die Frau senkte den Blick. Das Lächeln in ihrem Gesicht gefror zu einer Maske, während sie tief Luft holte. »Nun, ich weiß nicht so recht, was Ihr damit meint«, antwortete sie vorsichtig.

Grete wusste, warum die Frau so argwöhnisch war. Zu viele harmlose Weiber, die anderen mit ihren Heilkünsten helfen wollten, waren als Hexen denunziert worden. *Nun gut,* dachte sie, *dann werde ich ihr wohl etwas auf die Sprünge helfen müssen.* Sie langte in einen Beutel, den sie unter ihrer Schürze trug, und holte eine Münze heraus. Anders würde sie wohl nicht an die gewünschte Information gelangen. So viel stand fest. Sie streckte die flache Hand aus. »Ich möchte niemandem ein Leid zufügen«, sagte sie nachdrücklich. »Doch ich brauche dringend Hilfe.« Durch den Vorhang ihrer Wimpern sah Grete das leise Leuchten in den Augen der Frau. *»Bitte!«* Das Zögern der Müllersfrau ließ Gretes Hoffnung fast schon dahinschwinden, aber dann griffen ihre Finger doch nach der Münze, die auf ihrer Handfläche lag.

»Fragt nach Walburga. Dort im zweiten Haus auf der rechten Seite.« Ihre Augen huschten in die Richtung, die Grete einschlagen sollte.

Grete lächelte breit. »Ich danke Euch.«

Das Haus lag direkt am Wasser. Die geräumige Kammer, die Walburga darin ihr Eigen nannte, war erfüllt von dem durchdringenden Duft der Kräuter, die in Büscheln von der Decke hingen. Er überdeckte etwas den allgegenwärtigen Gestank vor sich hin rottender Tierhäute. Der Raum war so fleckig wie seine Besitzerin. Walburga war in mehrere Lagen geflickten Stoffes gehüllt, die man großzügigerweise als Kleid bezeichnen konnte. Ihr Haar steckte unter einer schmutzigen Haube und sie sah alles andere als vertrauenerweckend aus. Dennoch war sie der einzige Ausweg, der Grete blieb.

»Was willst du?«, fragte sie. Ihre Stimme klang rau und unfreundlich.

»Ich brauche ein Mittel gegen Durchfall und Erbrechen«, erwiderte Grete.

»Für wen?«

Grete schnaubte, doch dann erzählte sie der dubiosen Gestalt, deren wettergegerbtes Gesicht sie auf etwa vierzig Jahre schätzte, die ganze Geschichte.

Walburga nickte. Zum ersten Mal sah Grete so etwas wie Verständnis oder gar Mitleid in den grauen Augen der Frau. »Möhrensuppe«, sagte sie schließlich. »Du musst die Möhren mit Wasser bedecken und sie eine Stunde lang kochen. Dann zerstampfst du sie zu einem feinen Brei und füllst noch einmal soviel Wasser hinzu. Gib ein wenig Salz hinein – falls du welches hast – und rühre das Ganze noch einmal gut um. Wenn du das den Kindern gibst, werden sie die Suppe bei sich behalten.«

»Möhrensuppe? Das ist alles?« Grete konnte es kaum glauben.

»Du wirst sehen, dass es hilft.«

Grete nickte. »Ich danke dir.«

»Gib mir lieber meinen Lohn«, erwiderte Walburga. Ihre Stimme schnarrte wie eine rostige Kanne. »Das ist besser als jeder Dank.«

Grete kramte in ihrem Beutel. Sie würde einen guten Teil ihres eigenen Lohns dafür opfern müssen, doch wenn es half, war dies nicht weiter schlimm.

Sie lief den weiten Weg bis zur Krautenau und erstand einen Sack voll junger Möhren, die gerade aus der Erde geschlüpft waren. Dann ging sie frischen Mutes nach Hause.

Sebastian erwachte aus einer tiefen Ohnmacht. Sein Körper fühlte sich seltsam hölzern an. Taub und empfindungslos, als ob Geist und Seele in einer Hülle gefangen wären, die sich aufzulösen schien. Angestrengt öffnete er ein Auge. Seine Hand geriet in sein Blickfeld. Sie war also noch da, wenn er auch nicht die Kraft hatte, einen einzelnen Finger zu bewegen. Er lag im Bett, so viel stand fest. Sein Blick glitt an seiner Nase vorbei und weiter den

Körper hinab. Er schien deutlich weniger geworden zu sein. Die obersten Rippen stachen unter dem Hemd hervor, weiter unten verdeckte eine Decke gnädig den Rest. Wenn er es sich recht überlegte, fühlte er in dieser Gegend doch etwas. Ein Brennen erfüllte seinen Bauch. Ob es Hunger war oder der Beginn von Fäulnis in seinem Innern? Seine Gedanken wurden jäh von Bärbel unterbrochen, die gerade ins Schlafzimmer spähte.

»Sebastian«, war es freudige Erregung oder Erleichterung, die aus ihrer Stimme sprach? War er so lange nicht ansprechbar gewesen? Nun, der Zustand seines Körpers ließ immerhin darauf schließen. Bärbel hatte einen Teller in der Hand. Sie stellte ihn neben das Bett und musterte ihn gründlich, bevor sie lächelte. »Sebastian«, sagte sie noch einmal, als ob sie den Namen schon lange nicht mehr ausgesprochen hätte. »Geht es dir besser?«

»Mmh«, murmelte er, zu keiner weiteren Antwort fähig.

»Ich bin so froh, dass du aufgewacht bist«, sagte sie. Tränen traten in ihre Augen. »Ich dachte, ich würde dich für immer verlieren.«

Plötzlich fiel ihm alles wieder ein. Seinen Streit, den er ausgefochten hatte, bevor er in eine grenzenlose Leere gestürzt war. Es war ein Kampf mit sich und dem Herrgott gewesen, und die Angst, die er dabei gehabt hatte, peinigte ihn erneut. »Bärbel«, krächzte er. Seine Stimme klang wie eingerostet. »Ich habe Angst. Angst, dass sich mein Glaube als haltlos erweist. Dass da nichts als eine haltlose Leere ist, wenn ich sterbe.« Seine letzten Worte waren nicht mehr als ein kraftloses Flüstern.

Bärbel betrachtete ihn überrascht. Das liebe Gesicht, dessen Wangen eingefallen waren. Die tiefen Ringe unter den dunkelblauen Augen. Den Verband auf der Stirn hatten sie gestern abgenommen. Eine verschorfte Wunde, fast so lang wie ihr Daumen, zog sich über die rechte Stirnseite. Ob er wohl immer noch fantasierte? Oder hatte die Krankheit ihm so sehr den Kopf verdreht, dass er seinen Glauben verloren hatte? Auf jeden Fall brauchte er erst einmal etwas zu essen, damit er wieder zu Kräften kam. »Hier wird nicht gestorben«, erwiderte sie energisch und schob ihm resolut ein Kissen in den Rücken, ungeachtet der Tatsache, dass ihm jeder Knochen wehtat. Sie setzte sich auf die Bettkante und nahm den Teller, den sie mitgebracht hatte, auf ihren Schoß.

»Was ist das?«, krächzte er schwach.

»Möhrensuppe«, sagte sie grob. Sie wusste, dass er Möhren nicht sonderlich mochte.

Sebastian verzog angewidert das Gesicht.

Sie ignorierte diesen Hinweis und streckte ihm mit der Strenge einer unerbittlichen Mutter den Löffel entgegen. »Iss! Und wehe, du drehst den Kopf zur Seite!«

Sebastian hing seinen Gedanken nach. Man hatte ihn auf das Lotterbett in der Stube verbannt. Es würde noch eine Weile dauern, bis er wieder völlig hergestellt war. Noch immer war er mager wie ein Stecken und seine Kraft reichte gerade mal vom Bett zur Stube. Eine Tatsache, die ihn ganz kribbelig machte, er hätte gerne wieder mit angefasst. Doch dies würde wohl noch eine Weile warten müssen und so hatte er viel Zeit, um über alles nachzudenken, was in den letzten drei Wochen auf ihn eingestürmt war. Die schreckliche Seuche mit ihren Todesfällen hatte ihn aus dem Gleichgewicht gebracht. Hinzu kam der schlimme Traum, den er gehabt hatte. Sollte ihm dieser Traum etwa zu denken geben? Er war ein von Zweifeln geschüttelter Mann, der nicht mehr wusste, was er glauben sollte.

Zehn Kinder waren gestorben, bevor die Seuche dank Gretes Hilfe zum Erliegen gekommen war. Dies war ein Drittel aller Kinder des Findelhauses. Hinzu kam noch Therese. Einige waren überhaupt nicht krank geworden und der Rest war wie Irmgard dem Tod noch einmal entronnen. – Genauso wie er. Auch Johannes hatte die Krankheit überstanden, zur Freude von Marie, die ihn wie einen Zwillingsbruder liebte. Was auch kein Wunder war, schließlich hatten sie sich am Anfang ihres Lebens sogar die Wiege geteilt.

Bärbel kam, mit Jakob auf dem Arm, aus dem Schlafzimmer. Glücklicherweise war der Kleine nicht krank geworden und auch Grete, Bärbel und Gertraud waren verschont geblieben. *Wie seltsam,* dachte Sebastian, *warum trifft es die einen und die anderen nicht? Ob sie wohl reineren Herzens sind? Ist das eine Erklärung?* Bärbel kam auf ihn zu, drückte ihm einen vorsichtigen Kuss auf die malträtierte Stirn und reichte Jakob in seine Arme. Der Kleine wurde seit zwei Tagen nur noch bis zum Nabel stramm gewickelt. Seine Händchen bedienten sich der neu gewonnenen Freiheit und untersuchten das Hemd, das sein Vater trug.

»Wie geht es dir?« Bärbel musterte ihn liebevoll.

Sebastian zuckte mit den Achseln. »Ich weiß es nicht. Um die Wahrheit zu sagen, weiß ich nicht einmal mehr, was ich glauben soll.«

Seine Miene war so jämmerlich, dass Bärbel stutzte, doch sie erinnerte sich daran, dass er es schon einmal erwähnt hatte. Kurz nachdem er wieder zu sich gekommen war. »Was kannst du nicht glauben?«

»Na, dass es den Herrgott wirklich gibt. Und wenn es ihn gäbe, hätte er dann nicht helfen können?«

»Auf welche Hilfe hast du denn gewartet?«, fragte sie.

»Dass der Herr ein Wunder tut. Dass er die Krankheit wegnimmt und uns rettet!« Seine dunkelblauen Augen blickten leicht entrüstet in Bärbels Gesicht. Was hatte sie denn sonst gedacht?

»Und?«, fragte Bärbel verständnislos. »Hat er dieses Wunder denn nicht getan? Schließlich ist die Krankheit zum Erliegen gekommen.«

Wieder zuckte Sebastian mit den Achseln. »Vielleicht? Man könnte aber sagen, dass er ziemlich spät dran gewesen ist.«

Bärbels Lippen verwandelten sich in einen schmalen Strich. Fast sah sie so streng aus wie sein Vater in dem Traum, den er gehabt hatte. »Weißt du, was ich glaube, Sebastian Liebig?«

Er horchte auf. So förmlich redete sie ihn normalerweise nicht an. »Was?«

»Dass du ein Feigling bist, der bei der erstbesten Schwierigkeit von dem ablässt, was ihm zuvor noch völlig klar gewesen ist.«

Sebastian öffnete vor Empörung den Mund. »Aber …«

»Nichts aber«, erwiderte sie, als ob sie zu einem unartigen Kind spräche. »Erinnere dich daran, wie viel Gutes wir mit Gottes Hilfe erlebt haben. Wie viele Male hat er uns aus einer verzwickten Lage befreit?«

»Ja, ich weiß«, brummte Sebastian ungehalten. »Aber was ist mit den Kindern, die gestorben sind?«

Bärbel hob die Brauen. »Du solltest am besten wissen, wo sie jetzt sind.«

Sebastian schnaubte. »Ja schon, aber hätte er nicht noch ein Weilchen damit warten können? Sie hatten das ganze Leben noch vor sich.« Er dachte an die achtjährige Ottilia, die so viele Jahre bei ihnen gewesen war. Sie war ein liebes Mädchen gewesen. Er hätte gern dabei zugesehen, wie sie heiratete und eine Familie gründete.

Bärbel holte einen Stuhl und setzte sich neben Sebastian. Das Lotterbett war zu schmal für sie beide. Jakob hatte sich in der Zwischenzeit in den Arm seines Vaters gekuschelt, sicher und geborgen. Sie nahm Sebastians freie Hand und strich liebevoll über die gerundeten Furchen, die sich in seine Innenfläche gegraben hatten. Zeichnete die Linien nach, von denen manche sagten, man könne in ihnen das Schicksal ihres Trägers erkennen. »Vielleicht hatte der Herrgott einen guten Grund, sie jetzt schon zu sich zu holen. Es könnte doch sein, dass ihnen dadurch vieles erspart geblieben ist.« Sie hob die Lider und blickte ihm in die Augen. Das Fliegennest aus Sommersprossen auf ihrem zierlichen Nasenrücken trat heute deutlicher hervor. Ein Ergebnis des Sommers, der vor der Tür arglos vor sich hindümpelte, wie ein Wesen aus einer fremden Welt.

Sebastian zuckte die Achseln, unfähig zu sprechen. Die Trauer packte ihn mit schonungsloser Heftigkeit. »Weiß nicht«, presste er schließlich hervor.

»Du solltest dem Herrn vertrauen«, sagte sie weich. »Es gibt so vieles, was wir nicht verstehen, aber er wird seine Gründe dafür haben. Meinst du nicht?«

Für eine Weile war es still in der Stube. Sebastian dachte darüber nach, welche Erfahrungen sie seit der Gründung des Findelhauses gesammelt hatten. Eigentlich hatte Bärbel recht. Sie hatten so viele Wunder gesehen. Konnte er da wirklich annehmen, dass der Herrgott nun falsch gehandelt hatte? Oder dass es ihn am Ende gar nicht gab? Vielleicht sollte er auf das sehen, was gut gelaufen war, und dafür dankbar sein. Ein Wort aus der Heiligen Schrift kam ihm plötzlich in den Sinn: Gottes Zusagen leuchten wie ein Licht in der Dunkelheit. Diese Versprechen waren immer noch da. Sie standen schwarz auf weiß in dem Buch, in dem er schon so oft gelesen hatte. In diesem Moment war er froh, dass er ein so tapferes Weib hatte, das es wagte, ihm den Kopf zurechtzurücken – auch wenn sein Herz voller Trauer war. Seine Augen füllten sich mit Tränen. »Oh Bärbel«, brach es aus ihm heraus. »Ich liebe dich so sehr!«

Erklärende Worte

Elisabeth war nicht wohl dabei, den Schotterweg allein entlangzugehen. Der Krieg war weitergezogen, doch ganz sicher war man trotzdem nicht. Es gab zu viele Wegelagerer, Heimatlose und Entrechtete. Zu viele Hungrige, die für den Erhalt ihres eigenen Lebens vor nichts zurückschreckten. Das Gelände war hier so flach wie eine Flunder. Man konnte meilenweit sehen, sich aber auch schlecht vor anderen verstecken. Gerade dies hätte sie bitter nötig gehabt. Immer wieder spähte sie nach hinten, nutzte die Deckung von Bäumen und Sträuchern, um mit den Schatten auf der Straße zu verschmelzen. Nach einer Weile ertönte das Knarzen von Rädern hinter ihr. Hastig schlüpfte sie zwischen die stachligen Zweige der Hagebutten am Wegesrand, duckte sich unter eine Eberesche, deren Äste zusammen mit Efeuranken zu einem immergrünen Vorhang verschmolzen, und entging so dem Blick eines Bauern aus dem Dorf, der auf der Sitzfläche seines Wagens vor sich hin träumte. Nichts ahnend fuhr er an ihr vorüber. Er hatte eine Kuh vor seinen Leiterwagen gespannt. Das einzige Tier, das er vor den Söldnern gerettet hatte, als sie im Februar wie die Schmeißfliegen über sie hergefallen waren. Wahrscheinlich hatte er sie irgendwo auf den Rheininseln versteckt. Nach einer Weile schob sie vorsichtig die Zweige der Hagebutten auseinander und bewunderte ihre weißen und rosafarbenen Blüten, als sie weiter darüber nachdachte. Inzwischen wusste sie, dass es auch Andreas gelungen war, ein paar Tiere auf die Seite zu schaffen. Er hatte einen Unterstand auf einer der Rheininseln gebaut, versteckt zwischen Hainen und Dickicht. Zwei Kühe und ein Pferd lebten dort. Michel, der immer noch Knecht auf dem Hof war, bewachte sie, und nachdem eine der beiden vor ein paar Tagen gekalbt hatte, kamen sie sogar in den Genuss frischer Kuhmilch. Andreas nahm jeden zweiten Tag den weiten Weg auf sich, um sie zu holen.

Der Wagen des Bauern verschwand in der Ferne und Elisabeth setzte aufatmend ihren Weg fort. Niemand sollte wissen, wohin sie unterwegs war. Doch dies war gar nicht so einfach. Klara traute ihr nicht über den Weg und bewachte sie auf Schritt und Tritt. Ihre missgünstigen Augen folgten ihr überall hin und wenn sie es nicht tat, dann war Alfred, der Unterknecht, in Elisabeths Nähe. Es war, als ob Klara geradezu nach etwas suchte, das ihre Unehrenhaftigkeit unter Beweis stellte. Nun, in gewisser Weise hatte sie wahrscheinlich recht. Es war keine Liebe, die sie mit ihrem Sohn verband. – Und es war mehr als wahrscheinlich, dass sich dieses Gefühl nie einstellen würde, obwohl Andreas sich große Mühe gab. Sie konnte nicht sagen, dass er wüst oder grob zu ihr war, obwohl ihm das als Ehemann durchaus zustand. Von Rechts wegen hätte er sie schlagen können, ohne dass der Schultheiß sich in der Pflicht sah, etwas dagegen zu unternehmen. Sie war Eigentum ihres Mannes, und er konnte tun, wonach ihm der Sinn stand. Doch Andreas hatte sich, nach dem kurzen Wutausbruch in der Hochzeitsnacht, anders entwickelt, als sie es erwartet hatte. Er war freundlich und aufmerksam und strengte sich an, ihr zu gefallen. Dennoch gehörte ihr Herz einem anderen. Sie konnte nichts dafür, aber es ließ sich einfach nicht ändern – obwohl sie es versucht hatte. In den letzten Wochen war der Entschluss in ihr gereift, dass Jakob erfahren sollte, wie es um sie stand. Er hatte ein Recht auf die Wahrheit, so bitter sie auch sein mochte. Deshalb war sie heute aufgebrochen, um ihre Mutter zu besuchen, nachdem sie wusste, dass Andreas nach den Tieren schauen würde. Dies war ein Vorwand, der sie vor ungebetenen Blicken schützen sollte. Natürlich war ihr Alfred auf dem Weg durch das Dorf gefolgt. Er stellte sich dabei nicht besonders geschickt an und so war es ein Leichtes für Elisabeth, ihm auf die Schliche zu kommen. In ihrem Elternhaus war sie vor den Augen der verdutzten Christine aus dem Fenster gestiegen und über die Felder entschwunden. Bei dem Gedanken daran, dass Alfred immer noch nichts ahnend auf seinem Posten stand, grinste sie in sich hinein. Er würde noch eine ganze Weile warten müssen.

Endlich tauchte das Dorf Kork vor Elisabeth auf. Sie schlug den Weg zum Pfarrhaus ein. Sie wusste nicht, ob ihr das, was sie vorhatte, gelingen würde, aber diese eine Sache musste noch getan werden. Ihre Seele fand sonst keine Ruhe! Doch wie sollte sie es anstellen? Was sollte sie sagen, um es Jakob so schonend wie möglich beizubringen? Es würde ein Schock für ihn sein, egal wie sie es drehte und wendete. Ihr Magen krampfte sich zusammen, als sie daran dachte. Jakobs Liebe zu ihr schien ungebrochen zu sein. Zumindest stand dies in dem Brief, den sie erhalten hatte. Was würde er sagen, wenn er erfuhr, dass sie einen anderen geheiratet hatte? Und dann war da noch der Pfarrer. Sie wusste nicht, wie er reagieren würde. Vielleicht weigerte er sich, den Brief zu schreiben? Beherzt klopfte sie schließlich an die Tür des Pfarrhauses.

Sie würde es nie herausfinden, wenn sie nicht einen Anfang machte.

Ein Dienstmädchen öffnete ihr. Sie wurde in eine arg ramponierte Stube geführt. Auch an ihr schien der Krieg nicht spurlos vorübergegangen zu sein. Kurz darauf durchmaß der Pfarrer den Raum. Mit der leicht gebeugten Haltung eines zu groß geratenen Menschen kam er auf sie zu. Es fehlte in der Tat nicht viel, bis sein Kopf die Decke gestreift hätte. Er war schon immer groß gewesen, doch hier drinnen fiel es Elisabeth mehr auf als in den hohen Mauern der Kirche. Seine haselnussbraunen Augen blickten freundlich auf sie herab. »Was kann ich für dich tun?«, fragte er, nachdem sie sich begrüßt hatten.

Elisabeth nahm ihren ganzen Mut zusammen. Der Pfarrer war kein Unmensch. Sie wusste, dass er auch eine weiche Seite hatte. »Ich möchte, dass Ihr einen Brief für mich schreibt.«

Die buschigen Brauen des Pfarrers hoben sich. »Und wer soll den Brief denn bekommen?«

»Jakob«, antwortete sie schlicht. Es hatte ohnehin keinen Sinn, um die Wahrheit herumzureden.

»Du bist verheiratet«, erwiderte der Pfarrer streng. Sein Gesicht wurde ernst. »Der Stand, der dich mit deinem Mann verbindet, ist eine gottgefällige Ordnung, die unumstößlich ist. Da ziemt es sich gewiss nicht, einen Brief an seinen Liebsten zu schreiben.«

Elisabeth sah ihn flehentlich an. »Bitte, Herr Pfarrer. Ich will ihm nur sagen, dass ich geheiratet habe. – Er hat ein Recht darauf, es zu erfahren.«

Der Pfarrer betrachtete die Augen seines Gegenübers. Ihr Blick war so eindringlich, als schauten sie tief in seine Seele. Er wusste, was die junge Frau und ihre Mutter durchgemacht hatten. Es war keine Kleinigkeit, als Hexe denunziert zu werden und die Methoden der Verhöre jagten jedem normalen Menschen einen Schauer über den Rücken. Von dort war es nur noch ein kleiner Schritt, in dem man vom Leben zum Tod befördert wurde. Immer noch dankte er dem Herrn dafür, dass es Sache der weltlichen Obrigkeit war, sich mit diesen Dingen herumzuschlagen, doch er hätte sich dazu äußern sollen. Schon seit einiger Zeit besaß er das Büchlein »Von Zauberei und Zauberern, gründlicher Bericht« das Anton Praetorius, ein Amtsbruder aus der reformierten Kirche geschrieben hatte. Durch diese Schrift war er zu der Überzeugung gelangt, dass solche Prozesse nicht den biblischen Grundsätzen entsprachen, auch wenn Luther und Calvin noch der Meinung waren, man solle Hexen und Zauberer dem Feuertod übergeben. Ebenso forderte Praetorius die Abschaffung der Folter, mit der die Besagten zu erzwungenen Geständnissen getrieben wurden. Aber er war nicht Praetorius. Ihm fehlte der Mut, öffentlich zu einer Meinung zu stehen, die nicht dem Zeitgeist entsprach. So hatte er zwar den plötzlichen Sinneswandel des Schultheißen und seiner Schöffen begrüßt, aber dieser war nicht von ihm ausgegangen, wie es seine Aufgabe gewesen wäre. Es war mehr als wahrscheinlich, dass Andreas dies zuwege gebracht hatte. Schon bei der Vermählung der beiden war ihm aufgegangen, dass Elisabeth Andreas lediglich aus diesem Grund geheiratet haben musste. Er erinnerte sich an ihre Züge an jenem Tag. Sie wirkte gefasst, aber in ihren Augen spiegelte sich Trauer, dunkel und trostlos, als ob sie sich auf einem Begräbnis befunden hätte. Doch er war nicht ohne Mitgefühl. Vielleicht war es an der Zeit, etwas gutzumachen? Einen Teil der Schuld einzulösen, die auch er dabei auf sich geladen hatte?

Er räusperte sich. »Also gut«, sagte er barsch, um seine Autorität zu wahren. »Aber nur diesen einen Satz. Hörst du?«

Der Ausdruck in Elisabeths Gesicht veränderte sich. »Nicht mehr?«, fragte sie fassungslos. Sie hatte Jakob wenigstens erklären wollen, wie es dazu gekommen war. Dass sie ihn noch immer liebte … dass es nicht ihre Schuld war, wie die Dinge nun standen.

»Nur diesen einen Satz«, erwiderte der Pfarrer streng, auch wenn sie in seinen Augen einen zarten Hauch von Mitleid erkennen konnte. »Alles andere wäre nicht recht.«

Elisabeth nickte. »Nun gut, wenn es denn so sein soll.« Sie presste die Lippen fest aufeinander, dann zog sie ein zusammengefaltetes Blatt Papier aus ihrer Rocktasche. »Hier. Ich habe seinen letzten Brief mitgebracht, damit Ihr wisst, wohin Ihr ihn schicken müsst.«

Der Pfarrer warf einen Blick darauf. Das Papier war fleckig, die Schrift an manchen Stellen dünn und zu kleinen verwaschenen Kreisen zerlaufen. Eine Folge der Tränen, die es benetzt hatten. Er schluckte. Man konnte noch ohne Weiteres lesen, wohin der Brief gehen sollte. Dennoch konnte er nicht garantieren, dass er jemals bei seinem Empfänger ankam. »Das Heer ist mit Sicherheit längst weitergezogen. Es ist möglich, dass Jakob diesen Brief nie bekommen wird.«

Elisabeths Gesicht nahm einen entschlossenen Ausdruck an. »Nun, aber einen Versuch ist es wert. Ich könnte es nicht ertragen, wenn er plötzlich vor mir stünde und ich ihm die Wahrheit ins Gesicht sagen muss!«

Ach Jakob, dachte sie. *Wie traurig dies alles doch ist.* Und ihr Herz flog ihm entgegen. Ging auf die Reise, um ihm all das zu bringen, was ihre Worte nicht ausdrücken durften.

Wie geht es mit dem Findelhaus weiter? Und werden Jakob und Elisabeth sich noch einmal begegnen? Dies alles erfahren Sie im nächsten Band. Fragen Sie in Ihrer Buchhandlung danach …

Ein paar abschließende Worte

Die Zeit des Dreißigjährigen Krieges war eine schreckliche Zeit voller Hunger, einem unbarmherzigen Menschenbild und roher Gewalt. Die Kirchen und ihre Vertreter machten dabei selten eine Ausnahme. Trotzdem hat es immer wieder Männer und Frauen gegeben, die sich den herrschenden Verhältnissen mutig entgegenstellten, genauso wie es Menschen des Glaubens gab, deren Handeln uns heute vielleicht etwas seltsam vorkommt. Ein Teil von Sebastians Erlebnissen mit dem Findelhaus berichtet von der Geschichte eines solchen Menschen. Sein Name war eigentlich Georg Müller, der auch als der Waisenvater von Bristol bezeichnet wurde. Obwohl er nicht zur Zeit des Dreißigjährigen Krieges lebte, fand ich seine Biografie so bemerkenswert, dass ich eine seiner Erfahrungen kurzerhand in diese Zeit transportiert habe. Im Laufe seines Lebens gründete Müller mit seiner Frau mehrere Waisenhäuser. Die Arbeit der Müllers lebte von Spenden, ohne dass er jemals einen Aufruf in dieser Hinsicht durchgeführt hätte, weil er darauf vertraute, dass Gott für alles Notwendige sorgen würde. Seine Aufgabe bestand lediglich darin, es im Gebet zu erbitten und das Geschenkte klug einzusetzen. Auf diese Weise sorgte er über die Jahre für über 1000 Waisenkinder. Die Tagebucheinträge Müllers belegen dies auf eine sehr eindrückliche Weise.

›Herr Müller‹, schrieb die Bristol Evening News nach seinem Tod im Jahre 1898, ›war eine einmalige Erscheinung unter den Menschenfreunden des 19. Jahrhunderts. In einem Zeitalter des Unglaubens und des Materialismus probierte er Theorien praktisch aus, die viele Menschen nur für weltfremdes Theologengezänk halten.‹
Auszug aus der Biografie von Roger Steer, CLV Verlag

Worterklärungen

Allmende: Gemeinschaftliches Eigentum eines Dorfes, das von allen Bürgern (und deren Angehörigen) genutzt werden konnte.
Fähnlein: Kleinste taktische Einheit eines Söldnerheeres zur Zeit des Dreißigjährigen Krieges.
Franzosenkrankheit: Syphillis
Gewerbslauben: Marktstände, die sich im Schutz eines Laubenganges befanden.
Grüselhorn: Signalhorn aus Messing in der Form und Größe eines jüdischen Schofars.
Latwerk: Eingedickter Fruchtsaft, der mit Honig und Gewürzen luftgetrocknet und danach in dünne Scheiben geschnitten wurde.
Lohgerber: spezialisierte Form der Gerberei. Das mit Eichenlohe gegerbte Rindsleder war besonders strapazierfähig und wurde zu Sätteln, Schuhsohlen, Ranzen o. ä. verarbeitet.
Lotterbett: Schmale Liege in der Stube, auf der man sich ausruhen konnte.
Metzig: Schlachthaus
Muhme: Tante
Mumienpulver: Als Heilmittel verwendete Substanz aus zermahlenen ägyptischen Mumien. Daneben kursierten zahlreiche Fälschungen.
Oheim: Onkel
Profos: Hüter der Ordnung in der Armee
Schirmer: Menschen ohne Bürgerrecht, die in ärmlichen Verhältnissen lebten und die Allmende nicht nutzen durften.
Stäupen: Prügelstrafe, die in aller Öffentlichkeit am Pranger durchgeführt wurde.
Treidelpferde: Pferde, die vom Flussufer aus auf sogenannten Treidelpfaden die Schiffe stromaufwärts zogen.

Verstockte Menses: Ausbleiben der Periode wegen krankhafter Probleme.
Viktualien: Lebensmittel des täglichen Gebrauches
Weibel: Feldwebel, taktischer Gehilfe des Hauptmanns bei der Einteilung und Aufstellung der Schlachtenordnung.
Wiede: Verdrehter Zweig aus Fichte, Haselnuss oder Weide, der durch ein bestimmtes Verfahren zu einem sehr elastischen und reißfesten Holztau wurde.

Der Fluss Breusch in Straßburg ist heute unter dem Namen Ill bekannt.
Die Namen des Amm- und Stettmeisters sind frei erfunden, jedoch an alte, in der Stadt Straßburg vorkommende Namen angelehnt.

Quellen

G/Geschichte. Menschen, Ereignisse, Epochen
Wer war wer im Dreißigjährigen Krieg, von Dr. Klaus Koniarek
Mit Gottes Segen in die Hölle, und mehrere andere Veröffentlichungen zum Dreißigjährigen Krieg
Ortenau (Geschichte, Genealogie)
Geschichte der Ortenau, von Karl Hanß
Historische Bücher der Dörfer Kork und Legelshurst
Sowie das Historische Museum in Straßburg und zahlreiche andere Quellen zur Geschichte der Stadt

Dank

Danken möchte ich all jenen, die mir geholfen haben, diesen Roman zu schreiben, und mir mit Rat und Tat zur Seite standen.
Meinem Mann Jochen Hurst, sowie Ilona Hurst und Klaus Lusch, die jede Seite meines Manuskripts gelesen und mir wertvolle Tipps gegeben haben.
Herrn Kern von mediaKern für das Vertrauen, das er in mich setzt, und Frau Karádi für das wunderschöne Cover des Buches.
Und zu guter Letzt meiner Mutter, die so manch leckeres Essen in der Endphase des Manuskripts für uns gekocht hat.

Weitere Bücher von Heidrun Hurst

Die Kinder des Bergmanns

Bestell-Nr. 5.122.305
ISBN 978-3-8429-2305-8
320 Seiten, € 14,95

17. Jahrhundert. Unglückliche Umstände zwingen die beiden Bergmannskinder Jakob und Bärbel Selzer zu einer abenteuerlichen Reise vom Schwarzwald ins Rheintal. Doch ihre Verwandten sind nicht erfreut über ihre Ankunft und trennen die beiden.
Bärbel kommt als Küchenhilfe zu einer Familie nach Straßburg. Nach einigen Jahren wird sie ungewollt schwanger. Wie wird sie sich entscheiden?
Jakob bleibt als Knecht auf dem Hof. Doch die zunehmende Abneigung des Bauern und seines Sohnes Andreas sind für ihn schwer zu ertragen. Und hat die aufkeimende Liebe zu Elisabeth, einer Bauerntochter, überhaupt eine Chance? Als Andreas ebenfalls um Elisabeth wirbt, überstürzen sich die Ereignisse.

Ein packender historischer Roman aus der Zeit des Dreißigjährigen Krieges.

Der weiße Rabe

Bestell-Nr. 5.122.304
ISBN 978-3-8429-2304-1
360 Seiten, € 14,95

Ein schrecklicher Ruf eilt den schnellen Drachenbooten voraus. Die wilden Krieger aus dem Norden gieren nach Kampf und Beute, Ruhm und Ehre. Sie wollen sich und ihren erbarmungslosen Göttern beweisen, dass sie furchtlose Helden sind. Denn für Schwächlinge gibt es in der Welt der Wikinger keinen Platz. Leif Svenson ist fast noch ein Kind, als er in diese Welt eintritt. Fest entschlossen, ein ruhmreicher Krieger zu werden, können ihn alle Kämpfe, Demütigungen und Intrigen nicht davon abbringen. Er ahnt noch nichts von dem dunklen Geheimnis, das über seinem Leben liegt. Aber es kommt der Tag, an dem die Schatten länger werden. Der Jäger wird zum Gejagten, und Leif Svenson kann der Entscheidung nicht mehr ausweichen.
Eine packende, historische Erzählung aus dem Norden.

Das Opfer des Wikingers

Bestell-Nr. 5.122.303
ISBN 978 3 8429 2303 4
336 Seiten, € 14,95

Norwegen im Jahr 802 n. Chr. Leif Svenson und seine Frau Aryana haben geahnt, dass es nicht einfach sein würde, den Menschen in seinem Heimatdorf die lebendige Hoffnung nahe zu bringen, die er selbst kennengelernt hat. Der neue Glaube ist so ganz anders als die Lebensweise und Götterwelt der Nordmänner. Wie die Liebe zu Gott und zweier Menschen zueinander siegt, wird in diesem packenden, gut recherchierten Roman beeindruckend erzählt.